U0585916

鲁迅著作分类全编

乙编七卷

书籍序跋集

序的解放

鲁迅 著

陈漱渝 王锡荣 肖振鸣 编

SPM 南方出版传媒 广东人民出版社

·广州·

图书在版编目（CIP）数据

序的解放：上下卷 / 鲁迅著；陈漱渝，王锡荣，肖振鸣编 . — 广州：广东人民出版社，2019.7

（鲁迅著作分类全编）

ISBN 978-7-218-13446-8

Ⅰ．①序… Ⅱ．①鲁… ②陈… ③王… ④肖… Ⅲ．①鲁迅散文－散文集 Ⅳ．① I210.4

中国版本图书馆 CIP 数据核字（2019）第 056074 号

XU DE JIEFANG:SHANGXIA JUAN

序的解放：上下卷

鲁迅　著　　陈漱渝 王锡荣 肖振鸣　编

出 版 人：肖风华

特邀策划：房向东
责任编辑：严耀峰　马妮璐
责任技编：周　杰　易志华
装帧设计：周伟伟

出版发行：广东人民出版社
地　　址：广东省广州市海珠区新港西路 204 号 2 号楼（邮政编码：510300）
电　　话：（020）85716809（总编室）
传　　真：（020）85716872
网　　址：http：//www.gdpph.com
印　　刷：山东临沂新华印刷物流集团有限责任公司
开　　本：787mm×1092mm　1/16
印　　张：40.5　**字　数**：486 千
版　　次：2019 年 7 月第 1 版　2019 年 7 月第 1 次印刷
定　　价：78.00 元（全二册）

如发现印装质量问题，影响阅读，请与出版社（020－85716808）联系调换。
售书热线：（020）85716826

目　录

《越铎》出世辞

  于越故称无敌于天下，海岳精液，善生俊异，后先络驿，展其殊才；其民复存大禹卓苦勤劳之风，同勾践坚确慷慨之志，力作治生，绰然足以自理。世俗递降，精气播迁，则渐专实利而轻思理，乐安谧而远武术，鸷夷乘之，爰忽颠陨，全发之士，系踵踯渊，而黄神啸吟，民不再振。辫发胡服之虏，旃裘引弓之民，翔步于无余之旧疆者盖二百余年矣。已而思士笃生，上通帝旨，转轮之说，弥沦大区，国士桓桓，则首举义旗于鄂。诸出响应，涛起风从，华夏故物，光复太半，东南大府，亦赫然归其主人。越人于是得三大自由，以更生于越，索虏则负无量罪恶，以底于亡。民气彭张，天日腾笑，孰善赞颂，庶犷伟之声，将充宙合矣。顾专制久长，鼎镬为政，以聚敛穷其膏髓，以禁令制其讥平，瘠弱槁枯，为日滋永，桎梏顿解，卷挛尚多，民声寂寥，群志幽又闷，岂以为匹夫无与于天下，尚如戴朔北之虏也。共和之治，人仔于肩，同为主人，有殊台隶。前此罪恶，既咸以归索虏，索虏不克负荷，俱以陨落矣。继自今而天下兴亡，庶人有责，使更不同力合作，为华土谋，复见瘠弱槁枯，一如往日，则番番良士，其又将谁咎耶？是故侪伦则念之矣，独立战始，且垂七旬，智者竭虑，勇士效命，而吾侪庶士，坐观其成，悗不尽一得之愚，殆自放于国民之外。爰立斯报，就商同胞，举文宣意，希翼治化。纾自由之言议，尽个人之天权，促共和之进行，尺政治之得失，发社会之蒙覆，振勇毅之精神。灌输真知，扬表方物，凡有知是，贡其颛愚，力小愿宏，企于改进。不欲守口，任华土更归寂寞，复自负无量罪恶，以续前尘；庶几闻者戒勉，收效毫厘，而吾人公民之责，亦借以尽其什一。猗此于越，故称无敌于天下，鸷夷纵虐，民生槁枯，今者解除，义当兴作，用报古先哲人征营治理之业。唯专制永长，昭苏非易，况复神驰白水，孰眷旧乡，返顾高丘，正哀无女。呜呼，此《越铎》之所由作也！

题注：

本篇最初发表于 1912 年 1 月 3 日绍兴《越铎日报》创刊号上，署名黄棘。初未收集。

《越铎》是《越铎日报》的略称。《越铎日报》是辛亥革命后由越社创办的，宋子佩、王铎中等主办，1912 年 1 月 3 日创刊，1927 年 3 月停刊。

越社是鼓吹革命的文学团体，在南社的影响下成立，时间在 1911 年春夏间。鲁迅曾应越社创始人宋子佩之请，编辑"越社丛刊"第一集，发起创办《越铎日报》并为其撰写文章。本篇即为该报写的发刊词。

《古小说钩沉》序

小说者，班固以为"出于稗官"，"闾里小知者之所及，亦使缀而不忘，如或一言可采，此亦刍荛狂夫之议"。是则稗官职志，将同古"采诗之官，王者所以观风俗知得失"矣。顾其条最诸子，判列十家，复以为"可观者九"，而小说不与；所录十五家，今又散失。惟《大戴礼》引有青史氏之记，《庄子》举宋钘之言，孤文断句，更不能推见其旨。去古既远，流裔弥繁，然论者尚墨守故言，此其持萌芽以度柯叶乎！余少喜披览古说，或见谲敿，则取证类书，偶会逸文，辄亦写出。虽丛残多失次第，而涯略故在。大共贲语支言，史官末学，神鬼精物，数术波流；真人福地，神仙之中驷，幽验冥征，释氏之下乘。人间小书，致远恐泥，而洪笔晚起，此其权舆。况乃录自里巷，为国人所白心；出于造作，则思士之结想。心行曼衍，自生此品，其在文林，有如舜华，足以丽尔文明，点缀幽独，盖不第为广视听之具而止。然论者尚墨守故言。惜此旧籍，弥益零落，又虑后此闲暇者尠，爰更比缉，并校定昔人集本，合得如干种，名曰《古小说钩沉》。归魂故书，即以自求说释，而为谈大道者言，乃曰：稗官职志，将同古"采诗之官，王者所以观风俗知得失"矣。

题注:

本篇最初发表于绍兴"越社丛刊"第一集（1912 年 2 月），借署"周作人"。初未收集，后收入《鲁迅辑校古籍手稿》。

鲁迅于 1910 年开始辑录唐以前的小说佚文，至 1911 年底辑成佚文集《古小说钩沉》，共收周《青史子》、晋裴启《语林》等 36 篇。《三闲集·鲁迅译著书目》著录有："《古小说钩沉》三十六卷（辑周至隋散佚小说。未印。）"1938 年版《鲁迅全集》据稿本标点收入此书，编入第八卷。但本篇未收入。

鲁迅曾在致郑振铎的信（1935 年 3 月 30 日）中谈及《古小说钩沉》"未印"的缘由："至于《古小说钩沉》，我想可以不必排印，因为一则放弃已久，重行整理，又须费一番新工夫；二则此种书籍，大约未必有多少人看，不如暂且放下。待将来有闲工夫时再说。"

谢承《后汉书》序

《隋书·经籍志》：《后汉书》一百三十卷，无帝纪，吴武陵太守谢承撰。《唐书·艺文志》同，又《录》一卷。《旧唐志》三十卷。承字伟平，山阴人，博学洽闻，尝所知见，终身不忘；拜五官郎中，稍迁长沙东部都尉，武陵太守。见《吴志·妃嫔传》并注。《后汉书》宋时已不传，故王应麟《困学纪闻》自《文选》注转引之。吴淑进注《事类赋》在淳化时，亦言谢书遗逸。清初阳曲傅山乃云其家旧藏明刻本，以校《曹全碑》，无不合，然他人无得见者。惟钱塘姚之骃辑本四卷，在《后汉书补逸》中，虽不著出处，难称审密，而确为谢书。其后仁和孙志祖，黟汪文台又各有订补本，遗文稍备，顾颇杂入范晔书，不复分别。今一一校正，厘为六卷，先四卷略依范书纪传次第，后二卷则凡名氏偶见范书或所不载者，并写入之。案《隋志》录《后汉书》八家，谢书最先，草创之功，足以称纪。而今日逸文，乃仅藉范晔书，《三国志》注及唐宋类书以存。注家务取不同之说，以备异闻。而类书所引，又多损益字句，或转写讹异，至不可通，故后贤病其荒率，时有驳难。亦就闻见所及，最其要约，次之本文之后，以便省览云。

[附] 姚辑本《谢氏后汉书补逸》抄录说明

《谢氏后汉书补逸》五卷　何梦华藏书　钱唐丁氏善本书室藏书
今在江南图书馆

钱唐姚之骃辑，后学孙志祖增订。前有嘉庆七年萧山汪辉祖序云，"案吴淑进注《事类赋》状在淳化时，已称谢书遗逸。王应麟《困学记闻》云：谢承，父婴，为尚书侍郎。原注：谢承《后汉书》，见《文选》注。是谢书在宋时已无传本。康熙间，姚氏之骃撰《后汉书考逸》，中有谢书四卷；孙颐谷先生重加纂集，凡姚采者一一著其出处，误者正，略者补，复以范书参订同异，其未采者别为续辑一卷。证引精博，可谓伟平功臣矣。"又归安严元照序云，"谢书于忠义隐逸，蒐罗最备，不以名位为限，其所以发潜德幽光者，蔚宗不及也。"又有之骃原序。是书为梦华钞本，有"钱唐何元锡字敬祉号梦华又号蜻隐"，又"布衣暖菜根香读书滋味长"两印。

壬子四月，假江南图书馆藏本写出，初五日起，初九日讫，凡五日。

[附] 关于汪辑本《谢承后汉书》

谢承《后汉书》八卷，谢沈《后汉书》一卷，黟人汪文台南士辑，并在《七家〈后汉书〉》中。有太平崔国榜序，其略云："康熙中，钱唐姚鲁斯辑《东观汉记》以下诸家书为补逸，颇沿明儒陋习，不详所自，遗陋滋多。孙颐谷侍御曾据其本为谢承书补正，未有成书。近甘泉黄右原比部亦有辑本，视姚氏差详，终不赅备。黟汪先生南士，绩学敦行，著书等身，以稽古余力，重为搜补。先生之友汤君伯玗，称先生旧藏姚本，随见条记，丹黄殆徧。复虑未尽，以属弟子汪学惇，学惇续有增益。学惇殁后，藏书尽售于人，汤君复见此本，已多脱落。亟手录一过，以还先生之子锡藩。锡藩奉楹书，客江右，同岁生会稽赵扬朱从锡藩叚钞，余因得见是书。扬朱言：先生所据《北堂书钞》，乃朱氏潜采堂本，题曰《大唐类要》者也，归钱唐汪氏振绮堂。辛酉乱后，汪氏藏书尽散。浙中尚有写本，为孙氏冶城山馆物，后归陈兰邻大令家，近亦鬻诸他氏，远在闽中，无从叚阅，异日得之，当可续补数十条"云。岁壬子夏八月叚教育部所藏《七家后汉书》写出，初二日始，十五日毕。

[附] 汪辑本《谢承后汉书》校记

　　元年十二月十一日，以胡克家本《文选》校一过。十二日，以《开元占经》及《六帖》校一过。十三日，以明刻小字本《艺文类聚》校一过。十四日，以《初学记》校一过。十五日，以《御览》校一过。十六至十九日，以范晔书校一过。二十至二十三日，以《三国志》校一过。二十四至二十七日，以《北堂书钞》校一过。二十八至三十一日，以孙校本校一过。元年一月四日至七日，以《事类赋》注校一过。

题注：

　　本篇据手稿编入，写于 1912 年 9 月。初未收集，后收入《鲁迅辑校古籍手稿》。1912年4月，鲁迅在南京教育部工作时，从江南图书馆借得何梦华抄本《谢氏后汉书补逸》，并抄录一册。1912年5月，鲁迅随教育部到北京工作，8月2日至15日，鲁迅又抄录从教育部图书室借来的汪文台辑本《谢承后汉书》共八卷。12月，鲁迅以汪辑本为底本进行校勘，先后以《文选》《开元占经》《六帖》《艺文类聚》《初学记》《御览》校一过，又以范晔《后汉书》《三国志》《北堂书钞》《事类赋》注校一过，用功甚勤。鲁迅的校本订正了许多前人的错误，并发现了若干新逸文。

谢沈《后汉书》序

　　《隋志》：《后汉书》八十五卷，本一百二十二卷，晋祠部郎谢沈撰。《唐志》：一百二卷，又《汉书外传》十卷。《晋书》《谢沈传》：沈字行思，会稽山阴人。郡命为主簿，功曹，察孝廉，太尉郗鉴辟，并不就。会稽内史何充引为参军，以母老去职。平西将军庾亮命为功曹，征北将军蔡谟牒为参军，皆不就。康帝即位，以太学博士征，以母忧去职。服阕，除尚书度支郎。何充庾冰并称沈有史才，迁著作郎，撰《晋书》三十余卷。会卒，年五十二。沈先著《后汉书》百卷及《毛诗》，《汉书外传》，所著述及诗赋文论皆行于世，其才学在虞预之右。案《隋志》无《外传》者，或疑本在《后汉书》百二十二卷中，《唐志》乃复析出之，然据本传当为别书，今无遗文，不复可考。惟《后汉书》尚存十余条，辄缀辑为一卷。

题注：

　　本篇据手稿编入，写于1913年3月。初未收集，后收入《鲁迅辑校古籍手稿》。谢沈（292—344），浙江会稽山阴人，《后汉书》

著者。鲁迅从姚之姻本《〈后汉书〉补逸》和汪文台本《七家〈后汉书〉》中各辑出辑本一卷。这是鲁迅收集的乡邦文献的一个重要部分。

虞预《晋书》序

　　《隋志》：《晋书》二十六卷，本四十四卷，讫明帝，今残缺，晋散骑常侍虞预撰。《唐志》：五十八卷。《晋书·虞预传》：著《晋书》四十余卷。与《隋志》合，《唐志》溢出十余卷，疑有误。本传又云：预字叔宁，征士喜之弟也。本名茂，犯明穆皇后讳，改。初为县功曹，见斥。太守庾琛命为主簿。纪瞻代琛，复为主簿，转功曹史。察孝廉，不行。安东从事中郎诸葛恢，参军庾亮等荐预，召为丞相行参军兼记室。遭母忧，服竟，除佐著作郎。大兴中，转琅邪国常侍，迁秘书丞，著作郎。咸和中，从平王含，赐爵西乡侯。假归，太守王舒请为谘议参军。苏峻平，进封平康县侯，迁散骑侍郎，著作如故。除散骑常侍，仍领著作。以年老归，卒于家。

题注：

　　本篇据手稿编入，写于 1913 年 3 月。初未收集。鲁迅所辑虞预《晋书》一卷，后收入《鲁迅辑校古籍手稿》。虞预，晋代浙江余姚人。著有《晋书》44 卷、《会稽典录》20 篇、《诸虞传》12 篇，均佚。

《云谷杂记》跋

右单父张淏清源撰《云谷杂记》一卷，从《说郛》写出。证以《大典》本，重见者廿五条，然小有殊异，余皆《大典》本所无。《说郛》残本五册，为明人旧抄，假自京师图书馆，与见行本绝异，疑是南村原书也。《云谷杂记》在第三十卷。以二夕写毕，唯讹夺甚多，不敢轻改，当于暇日细心校之。癸丑六月一日夜半记。

题注：

本篇据手稿编入，写于 1913 年 6 月 1 日。初未收集，后收入《鲁迅辑校古籍手稿》。《云谷杂记》，南宋张淏所著，原书已佚。鲁迅于 1913 年 5 月 31 日、6 月 1 日从明钞残本辑出遗文 49 条成一卷。

《嵇康集》跋

　　右《嵇康集》十卷，从明吴宽丛书堂钞本写出。原钞颇多讹敚，经二三旧校，已可籀读。校者一用墨笔，补阙及改字最多。然删易任心，每每涂去佳字。旧跋谓出吴匏庵手，殆不然矣。二以朱校，一校新，颇谨慎不苟。第所是正，反据俗本。今于原字校佳及义得两通者，仍依原钞，用存其旧。其漫灭不可辨认者，则从校人，可惋惜也。细审此本，似与黄省曾所刻同出一祖。惟黄刻帅意妄改，此本遂得稍稍胜之。然经朱墨校后，则又渐近黄刻。所幸校不甚密，故留遗佳字，尚复不少。中散遗文，世间已无更善于此者矣。癸丑十月二十日镫下记。

题注：

　　本篇据手稿编入，写于1913年10月20日。初未收集，后收入《鲁迅辑校古籍手稿》。鲁迅于1913年10月1日从京师图书馆借出吴宽丛书堂钞本，并以此为底本在1913年至1931年间多次校订《嵇康集》。

《云谷杂记》序

　　《云谷杂记》，宋张淏撰。《宋史·艺文志》，《文献通考》，《直斋书录解题》皆不载。明《文渊阁书目》有之，云一册，然亦不传。清乾隆中，从《永乐大典》辑成四卷，见行于世。此本一卷，总四十九条，传自明钞《说郛》第三十卷，与陶珽所刻绝异。刻本析为三种，曰《云谷杂记》，曰《艮岳记》，曰《东斋纪事》，阙失七条，文句又多臆改，不足据。《大典》本百二十余条，此卷重出大半，然具有题目，详略亦颇不同，各有意谊，殊不类转写讹异。盖当时不止一刻，曾有所订定，故《说郛》及《大典》所据非一本也。淏字清源，其先开封人，自其祖寓婺之武义，遂为金华人。举绍兴二十七年进士，补将仕郎，主管吏部架阁文字，举备顾问。绍定元年，以奉议郎致仕。又尝侨居会稽，撰《会稽续志》八卷，越中故实，往往赖以考见。今此卷虽残阙，而厓略故在，传之世间，当亦越人之责邪！原钞讹夺甚多，校补百余字，始可通读，间有异同，辄疏其要于末。其与《大典》本重出者，亦不删汰，以略见原书次第云。甲寅三月十一日会稽周作人记。

题注：

　　本篇据手稿编入，写于 1914 年 3 月 11 日，借署周作人名。初未收集，后收入《鲁迅辑校古籍手稿》。鲁迅据《永乐大典》《说郛》等书辑出一卷，校补百余字，并于 1914 年 3 月 16 日至 22 日写成定本。

《志林》序

  《晋书·儒林·虞喜传》：喜为《志林》三十篇。《隋志》作三十卷，《唐志》二十卷，并题《志林新书》。今《史记索隐》，《正义》，《三国志》注所引有二十余事，於韦昭《史记音义》，《吴书》，虞溥《江表传》多所辨正。其见于《文选》李善注，《书钞》，《御览》者，皆阙略不可次第。《说郛》亦引十三事，二事已见《御览》，余甚类小说，盖出陶珽妄作，并不录。

题注：

  本篇据手稿编入，写于1914年8月18日。初未收集，后收入《鲁迅辑校古籍手稿》。《志林》，晋代虞喜著，鲁迅据《史记索隐》《正义》《〈三国志〉注》等多种古籍辑校出一卷，共40则。鲁迅曾将辑校的《志林》《广林》《范子计然》《任子》和《魏子》五种合订为一册。

《广林》序

《隋志》：梁有《广林》二十四卷，《后林》十卷，虞喜撰，亡。《唐志·后林》复出，无《广林》。杜佑《通典》引一节，书实尚存，又多引虞喜说，大抵杂论礼服或驳难郑玄，谯周，贺循，与所谓《广林》相类。又有称《释滞》，《释疑》，《通疑》者，殆即《广林》篇目。《通疑》以难刘智《释疑》。余不可考。今并写出，次《广林》之后。

题注：

本篇据手稿编入，约写于 1914 年 8 月。初未收集，后收入《鲁迅辑校古籍手稿》。《广林》，晋代虞喜著，鲁迅据《通典》等多种古籍辑校成一卷，共 11 则。

《范子计然》序

　　《唐书·艺文志》:《范子计然》十五卷，范蠡问，计然答。列农家。马总《意林》:《范子》十二卷。注云"并是阴阳历数也。"《汉书·艺文志》有《范蠡》二篇，在兵权家，非一书。《隋志》亦不载计然，然贾思勰《齐民要术》已引其说，则出于后魏以前，虽非蠡作，要为秦汉时故书，《隋志》盖偶失之。计然者，徐广《史记音义》云范蠡师也，名研。颜师古《汉书》注云：一号计研，其书有《万物录》，著五方所出，皆直述之。事见《皇览》及《中经簿》。又《吴越春秋》及《越绝》并作计倪。此则倪，研及然，声皆相近，实一人耳。案本书言计然以越王鸟喙，不可同利，未尝仕越。而《越绝》记计倪官卑年少，其居在后，《吴越春秋》又在八大夫之列，出处画然不同。意计然，计倪自为两人，未可以音近合之。又郑樵《通志·氏族略》引《范蠡传》：蠡师事计然。姓辛氏，字文子。章宗源以辛为宰氏之误。《汉志》农家有《宰氏》十七篇，或即此，然不能详。审谛逸文，有论"天道"及"九宫""九田"，亦时著蠡问者，与马总所载《范子》合。又有言庶物所出及价直者，与师古所谓《万物录》合。盖《唐志》著录合此二分，故有十五篇，而马总，颜籀各举一分，所述遂见殊异，实为一书。今别其论阴阳，记方物者为上下卷，计倪《内经》亦先阴阳，后货物，殆计然之书例本如此，而二人相樛，亦自汉已然，故《越绝》即计以计然为计倪之说矣。

题注：

本篇据手稿编入，约写于 1914 年 8 月。初未收集，后收入《鲁迅辑校古籍手稿》。《范子计然》即"范蠡问，计然答"。鲁迅据《史记》《汉书》等 20 种古籍辑校成两卷，共 121 则。

《任子》序

　　马总《意林》:《任子》十二卷,注云,名奕。《御览》引《会稽典录》:"任奕,字安和,句章人。"又《吴志》注引《典录》:朱育对王朗云,近者"文章之士,立言粲盛则御史中丞句章任奕,鄱阳太守章安虞翔,各驰文檄,晔若春荣。"罗濬《四明志》亦有奕传,云今有《任子》十卷。奕书宋时已失,《志》云今有者,盖第据《意林》言之,隋唐志又未著录,故名氏转晦。胡元瑞疑即任嘏《道论》,徐象梅复以为临海任旭。今审诸书所引,有任嘏《道德论》,有《任子》,其为两书两人甚明。惟《初学记》引任嘏论云:"夫贤人者,积礼义于朝,播仁风于野,使天下欣欣然歌舞其德。"与《御览》四百三引《任子》相类,为偶合或误题,已不可考。今撰写直题《任子》者为一卷,以存其书。

题注:

　　本篇据手稿编入,约写于1914年8月。初未收集,后收入《鲁迅辑校古籍手稿》。《任子》,东汉任奕著,浙江句章(今慈溪)人。鲁迅据《意林》《太平御览》等古籍辑校成一卷,共26则。鲁迅辑本封面作《任奕子》,正文题为《任子》。

《魏子》序

　　《隋志》:《魏子》三卷，后汉会稽人魏朗撰。《唐志》同。马总《意林》作十卷，当由后人析分，或"十"字误。朗字少英，上虞人，桓帝时为尚书，被党议免归，复被急征，行至牛渚自杀。见《后汉书·党锢传》。

题注:

　　本篇据手稿编入，约写于1914年8月。初未收集，后收入《鲁迅辑校古籍手稿》。《魏子》，后汉魏朗著。魏朗，浙江会稽人。鲁迅据《意林》《太平御览》等古籍辑校成一卷，共18则。鲁迅辑本封面作《魏朗子》，正文题为《魏子》。

《会稽郡故书杂集》序

　　《会稽郡故书杂集》者，取史传地记之逸文，编而成集，以存旧书大略也。会稽古称沃衍，珍宝所聚，海岳精液，善生俊异，而远于京夏，厥美弗彰。吴谢承始传先贤，朱育又作《土地记》。载笔之士，相继有述。于是人物山川，咸有记录。其见于《隋书·经籍志》者，杂传篇有四部三十八卷，地理篇二部二卷。五代云扰，典籍湮灭。旧闻故事，殆匙孑遗。后之作者，遂不能更理其绪。作人幼时，尝见武威张澍所辑书，于凉土文献，撰集甚众。笃恭乡里，尚此之谓。而会稽故籍，零落至今，未闻后贤为之纲纪。乃刜就所见书传，刺取遗篇，絫为一袠。中经游涉，又闻明哲之论，以为夸饰乡土，非大雅所尚，谢承虞预且以是为讥于世。俯仰之间，遂辍其业。十年已后，归于会稽，禹勾践之遗迹故在。士女敖嬉，瞬睨而过，殆将无所眷念，曾何夸饰之云，而土风不加美。是故敍述名德，著其贤能，记注陵泉，传其典实，使后人穆然有思古之情，古作者之用心至矣！其所造述虽多散亡，而逸文尚可考见一二，存而录之，或差胜于泯绝云尔。因复撰次写定，计有八种。诸书众说，时足参证本文，亦各最录，以资省览。书中贤俊之名，言行之迹，风土之美，多有方志所遗，舍此更不可见。用遗邦人，庶几供其景行，不忘于故。第以寡闻，不能博引。如有未备，览者详焉。太岁在阏逢摄提格九月既望，会稽周作人记。

题注：

　　本篇最初发表于1914年12月《绍兴教育杂志》第二期，后收入1915年2月在绍兴木刻刊行的《会稽郡故书杂集》，均借署周作人名。此书是鲁迅辑录古代逸书8种，分别是谢承《会稽先贤传》、虞预《会稽典录》、钟离岫《会稽后贤传记》、贺氏《会稽先贤象赞》、朱育《会稽土地记》、贺循《会稽记》、孔灵符《会稽记》和夏侯曾先《会稽地志》。内容记载古代会稽的山川地理、人物事迹、名胜传说等。以下8篇是鲁迅为所辑8种逸书分别撰写的序文。

谢承《会稽先贤传》序

　　《隋书·经籍志》:《会稽先贤传》七卷,谢承撰。《新唐书·艺文志》同。《旧唐书·经籍志》作五卷。侯康《补三国艺文志》云:"《御览》屡引之。"所记"诸人事,多史传之佚文。严遵二条,足补《后汉书》本传之阙。陈业二条,足以证《吴志·虞翻传》注。吉光片羽,皆可宝也。"今撰集为一卷。承字伟平,山阴人。吴主孙权时,拜五官郎中,稍迁长沙东部都尉,武陵太守。撰《后汉书》百余卷。见《吴志·谢夫人传》。

题注:

　　本篇收入 1915 年 2 月在绍兴木刻刊行的《会稽郡故书杂集》,借署周作人名。《会稽先贤传》,东汉谢承著,内容记载严遵、董昆等 8 人事迹。鲁迅辑录一卷,收佚文 9 则。

虞预《会稽典录》序

　　《隋书·经籍志》:《会稽典录》二十四卷,虞预撰。《旧唐书·经籍志》,《新唐书·艺文志》同。预字叔宁,余姚人。本名茂,犯明帝穆皇后讳,改。初为县功曹,见斥。太守庾琛命为主簿。纪瞻代琛,复为主簿,转功曹史。察孝廉,不行。安东从事中郎诸葛恢,参军庾亮等荐预,召为丞相行参军兼记室。遭母忧,服竟,除佐著作郎。大兴中,转琅邪国常侍,迁秘书丞,著作郎。咸和中,从平王含,赐爵西乡侯。假归,太守王舒请为咨议参军。苏峻平,进封平康县侯,迁散骑侍郎,著作如故。除散骑常侍,仍领著作。以年老归,卒于家。撰《晋》四十余卷,《会稽典录》二十篇。见《晋书》本传。《典录》,《宋史·艺文志》已不载,而宋人撰述,时见称引,又非出于转录。疑民间尚有其书,后遂湮昧。今搜缉逸文,尚得七十二人。略依时代次第,析为二卷。有虑非本书者,别为存疑一篇,附于末。

题注:

　　本篇收入 1915 年 2 月在绍兴木刻刊行的《会稽郡故书杂集》,

借署周作人名。《会稽典录》，晋代虞预撰，内容记载范蠡、严光、谢承等72人事迹及地理佚文。鲁迅辑录上、下两卷，收佚文112则。

钟离岫《会稽后贤传记》序

　　《隋书·经籍志》:《会稽后贤传记》二卷，钟离岫撰。《旧唐书·经籍志》,《新唐书·艺文志》并云《会稽后贤传》三卷。无"记"字。钟离岫未详其人。章宗源《〈隋志〉史部考证》据《通志·氏族略》以为楚人。案《元和姓纂》云:"汉有钟离昧，楚人。钟离岫撰《会稽后贤传》。"楚人者谓昧，今以属岫，甚非。汉代以来，钟离为会稽望族，特达者众，疑岫亦郡人，故为邦贤作传矣。今缉合逸文，写作一卷，凡五人，仍依《隋志》题曰《传记》。

题注:

　　本篇收入 1915 年 2 月在绍兴木刻刊行的《会稽郡故书杂集》，借署周作人名。《会稽后贤传记》，钟离岫撰。鲁迅文中说:"钟离岫未详其人。"本书内容记载孔愉、孔群等 5 人事迹佚文。鲁迅辑录一卷，收佚文 5 则。

贺氏《会稽先贤像赞》序

《隋书·经籍志》:《会稽先贤像赞》五卷。《旧唐书·经籍志》作四卷,贺氏撰。《新唐书·艺文志》云:《会稽先贤像传赞》四卷。其书当有传有赞,故《旧唐志》史录,集录各著其目。又有《会稽太守像赞》二卷,亦贺氏撰。今悉不传。唯《北堂书钞》引《先贤像赞》二条,此后不复见有称引,知其零失久矣。辄复写所存《传》文为一卷。《赞》并亡。贺氏之名亦无考。

题注:

本篇收入 1915 年 2 月在绍兴木刻刊行的《会稽郡故书杂集》,借署周作人名。《会稽先贤像赞》,贺氏撰。贺氏未详其人。本书内容记载董昆、綦毋俊事迹的佚文两则。鲁迅辑录一卷。

朱育《会稽土地记》序

　　《隋书·经籍志》史部地理篇:《会稽土地记》一卷,朱育撰。《旧唐书·经籍志》,《新唐书·艺文志》并作四卷,又削"土地"二字,入杂传记类。《世说新语》注引《土地志》二条,不题撰人,盖即育记。所言皆涉地理,意《唐志》以为传记者,失之。其书,唐宋以来,绝不见他书征引,知阙失已久。所存逸文,亦寥落不复成篇。以其为会稽地记最古之书,聊复写出,以存其目。育字嗣卿,山阴人,吴东观令,遥拜清河太守,加位侍中。见《会稽典录》。

题注:

　　本篇收入 1915 年 2 月在绍兴木刻刊行的《会稽郡故书杂集》,借署周作人名。《会稽土地记》,朱育撰。内容记载山阴、长山的佚文两则,鲁迅辑录一卷。

贺循《会稽记》序

　　《隋书·经籍志》:《会稽记》一卷,贺循撰。《旧唐书·经籍志》,《新唐书·艺文志》皆不载。循字彦先,山阴人,举秀才,除阳羡,武康令。以陆机荐,召为太子舍人。元帝为晋王,以为中书令,不受。转太常,领太子太傅,改授左光禄大夫,开府仪同三司。卒赠司空,谥曰穆。见《晋书》本传。

题注:

　　本篇收入 1915 年 2 月在绍兴木刻刊行的《会稽郡故书杂集》,借署周作人名。《会稽记》,贺循撰。内容记载会稽地理传说的佚文 4 则,鲁迅辑录一卷。

孔灵符《会稽记》序

　　孔灵符《会稽记》,《隋书·经籍志》及新旧《唐志》皆不著录。《宋书·孔季恭传》云：季恭，山阴人。子灵符，元嘉末为南谯王义宣司空长史，南郡太守，尚书吏部郎。大明初，自侍中为辅国将军，郢州刺史。入为丹阳尹，出守会稽。又为寻阳王子房右军长史。景和中，以近近臣，被杀。太宗即位，追赠金紫光禄大夫。诸书引《会稽记》，或云孔灵符，或云孔晔。晔当是灵符之名。如射的谚一条，《御览》引作灵符，《寰宇记》引作晔，而文辞无甚异，知为一人。《艺文类聚》引或作孔皋，则晕字传写之误。今亦不复分别，第录孔氏《记》为一篇。其不题撰人者，别次于后。

题注：

　　本篇收入 1915 年 2 月在绍兴木刻刊行的《会稽郡故书杂集》，借署周作人名。《会稽记》，孔灵符撰，内容记载会稽地理传说的佚文 56 则，鲁迅辑录一卷。

夏侯曾先《会稽地志》序

夏侯曾先《会稽地志》，《隋书·经籍志》及新旧《唐志》皆不载。曾先事迹，亦无可考见。唐时撰述已引其书，而语涉梁武，当是陈隋间人。

题注：
　　本篇收入1915年2月在绍兴木刻刊行的《会稽郡故书杂集》，借署周作人名。《会稽地志》，夏侯曾先撰，内容记载会稽山川地理、人物传说的佚文33则，鲁迅辑录一卷。

《百喻经》校后记

乙卯七月二十日，以日本翻刻高丽宝永己丑年本校一过。异字悉出于上，多有谬误，不可尽据也。

题注：

本篇据手稿编入，写于 1915 年 7 月 20 日，原在鲁迅藏《百喻经》校本后。《百喻经》，全名《百句譬喻经》，印度僧伽斯那著，南朝印度来华僧人译。鲁迅 1914 年大量购藏和研究佛经，本书是鲁迅 1914 年捐资由金陵刻经处刻印的。

《寰宇贞石图》整理后记

　　右总计二百卅一种，宜都杨守敬之所印也。乙卯春得于京师，大小四十余纸，又目录三纸，极草率。后见它本，又颇有出入，其目录亦时时改刻，莫可究竟。明代书估刻丛，每好变幻其目，以眩买者，此盖似之。入冬无事，即尽就所有，略加次第，帖为五册。审碑额阴侧，往往不具，又时杂翻刻本，殊不足凭信。以世有此书，亦聊复存之云尔。

题注：

　　本篇据手稿编入，原在鲁迅整理本《寰宇贞石图》目录之后。《寰宇贞石图》，清杨守敬编。杨守敬1880—1884年间曾任清政府出使日本大臣随员。驻日期间，将所收集的历代石刻拓本编为《寰宇贞石图》，于光绪八年（1882）在日本印书局石印出版。初版收入周、秦、汉、唐、金等朝代及高丽、日本等地碑刻共300余种。宣统二年（1910）在上海重印，改为230余种，分为6册。鲁迅于1916年8月3日买到《寰宇贞石图》散页，重新排列顺序，分为5册，共232种，并编写了总目及分册目录，于1916年1月撰写了整理后记。鲁迅重订后并未印行，1986年由上海书画出版社影印出版。

《嵇康集》序

魏中散大夫《嵇康集》，在梁有十五卷，《录》一卷。至隋佚二卷。唐世复出，而失其《录》。宋以来，乃仅存十卷。郑樵《通志》所载卷数，与唐不异者，盖转录旧记，非由目见。王楙已尝辨之矣。至于椠刻，宋元者未尝闻，明则有嘉靖乙酉黄省曾本，汪士贤《二十一名家集》本，皆十卷。在张溥《汉魏六朝百三名家集》中者，合为一卷，张燮所刻者又改为六卷，盖皆从黄本出，而略正其误，并增逸文。张燮本更变乱次第，弥失其旧。惟程荣刻十卷本，较多异文，所据似别一本，然大略仍与他本不甚远。清诸家藏书簿所记，又有明吴宽丛书堂钞本，谓源出宋椠，又经袌庵手校，故虽迻录，校文者亦为珍秘。予幸其书今在京师图书馆，乃亟写得之，更取黄本雠对，知二本根源实同，而互有譌夺。惟此所阙失，得由彼书补正，兼具二长，乃成较胜。旧校亦不知是否真出袌庵手？要之盖不止一人。先为墨校，增删最多，且常灭尽原文，至不可辨。所据又仅刻本，并取彼之譌夺，以改旧钞。后又有朱校二次，亦据刻本，凡先所幸免之字，辄复涂改，使悉从同。盖经朱墨三校，而旧钞之长，且泯绝矣。今此校定，则排摈旧校，力存原文。其为浓墨所灭，不得已而从改本者，则曰"字从旧校"，以著可疑。义得两通，而旧校辄改从刻本者，则曰"各本作某"，以存其异。既以黄省曾，汪士贤，程荣，张溥，张燮五家刻本比勘讫，复取《三国志》注，《晋书》，《世说新语》注，《野客丛书》，胡克家翻宋尤袤本《文选》李善注，及所著《考异》，宋本《文选》六臣注，相传唐钞《文选集注》残本，《乐府诗集》，《古诗纪》，及陈禹谟刻本《北堂书钞》，胡缵宗本《艺文类聚》，锡山安国刻本《初学记》，鲍崇城刻本《太平御览》等所引，著其同异。姚莹所编《乾坤正气集》中，亦有中散文九卷，无所正定，亦不复道。而严可均《全三国文》，孙星衍《续古文苑》所收，则间有勘正之字，因并录存，以备省览。若其集作如此，而刻本已改者，如"憖"为"慾"，"瘖"为"悟"；或刻本较此为长，如"遊"为"游"，"泰"为"太"，"慾"为"欲"，"樽"为"尊"，"殉"为"徇"，"飭"为"饰"，"閑"为"閒"，"蹔"为"暂"，"脩"为"修"，"壹"为"一"，"途"为"塗"，"返"为"反"，"捨"为"舍"，"弦"为"絃"；或此较刻本为长，如"饑"为"飢"，"陵"为"凌"，"熟"为"孰"，"玩"为"翫"，"災"为"灾"；或虽异文而俱得通，如"迺"与"乃"，"兖"与"荠"，"强"与"彊"，"于"与"於"，"无""毋"与"無"。其数甚众，皆不复著，以省烦累。又审旧钞，原亦不足十卷。其第一卷有阙叶。第二卷佚前，有人以《琴赋》足之。第三卷佚后，有人以《养生论》足之。第九卷当为《难宅无吉凶摄生论》下，而全佚，则分第六卷中之《自然好学论》等二篇为第七卷，改第七第八卷为八九两卷，以为完书。黄，汪，程三家本皆如此，今亦不改。盖较王楙所见之缮写十卷本，卷数无异，而实佚其一卷及两半卷矣。原又有目录在前，然是校后续加，与黄本者相似。今据本文，别造一卷代之，并作《逸文考》，《著录考》各一卷，附于末。恨学识荒陋，疏失盖多，亦第欲存留旧文，得稍流布焉尔。

中华民国十有三年六月十一日会稽。

题注：

　　本篇据手稿编入，写于 1924 年 6 月 11 日。初未收集，后收入《鲁迅辑校古籍手稿》。鲁迅自 1913 年至 1935 年，陆续校勘《嵇康集》长达 23 年，校勘十余次，现存抄本 3 种，亲笔校勘本 5 种，另有《嵇康集》校文 12 页。还有《嵇康集考》《嵇中散集考》《嵇康集逸文》等手稿。在鲁迅整理的众多古籍中，《嵇康集》是校勘时间最长、次数最多的一种。嵇康是魏晋时著名的思想家和文学家，祖籍绍兴。

《陶元庆氏西洋绘画展览会目录》序

陶璇卿君是一个潜心研究了二十多年的画家，为艺术上的修养起见，去年才到这暗赭色的北京来的。到现在，就是有携来的和新制的作品二十余种藏在他自己的卧室里，谁也没有知道，——但自然除了几个他熟识的人们。

在那黯然埋藏着的作品中，却满显出作者个人的主观和情绪，尤可以看见他对于笔触，色采和趣味，是怎样的尽力与经心，而且，作者是夙擅中国画的，于是固有的东方情调，又自然而然地从作品中渗出，融成特别的丰神了，然而又并不由于故意的。

将来，会当更进于神化之域罢，但现在他已经要回去了。几个人惜其独往独来，因将那不多的作品，作一个小结构的短时期的展览会，以供有意于此的人的一览。但是，在京的点缀和离京的纪念，当然也都可以说得的罢。

一九二五年三月一六日，鲁迅。

题注：

本篇最初发表于 1925 年 3 月 18 日《京报副刊》。初未收集。

陶元庆（1893—1929），浙江绍兴人。当时在上海立达学园任美术教师。他曾为鲁迅的作品集《彷徨》《朝花夕拾》《坟》等设计封面。他的第一次画展于 1925 年 3 月在北京举行，本文是鲁迅为他的画展目录所作的序文。

《热风》题记

现在有谁经过西长安街一带的，总可以看见几个衣履破碎的穷苦孩子叫卖报纸。记得三四年前，在他们身上偶而还剩有制服模样的残余；再早，就更体面，简直是童子军的拟态。

那是中华民国八年，即西历一九一九年，五月四日北京学生对于山东问题的示威运动以后，因为当时散传单的是童子军，不知怎的竟惹了投机家的注意，童子军式的卖报孩子就出现了。其年十二月，日本公使小幡酉吉抗议排日运动，情形和今年大致相同；只是我们的卖报孩子却穿破了第一身新衣以后，便不再做，只见得年不如年地显出穷苦。

我在《新青年》的《随感录》中做些短评，还在这前一年，因为所评论的多是小问题，所以无可道，原因也大都忘却了。但就现在的文字看起来，除几条泛论之外，有的是对于扶乩，静坐，打拳而发的；有的是对于所谓"保存国粹"而发的；有的是对于那时旧官僚的以经验自豪而发的；有的是对于上海《时报》的讽刺画而发的。记得当时的《新青年》是正在四面受敌之中，我所对付的不过一小部分；其他大事，则本志具在，无须我多言。

五四运动之后，我没有写什么文字，现在已经说不清是不做，还是散失消灭的了。但那时革新运动，表面上却颇有些成功，于是主张革新的也就蓬蓬勃勃，而且有许多还就是在先讥笑，嘲骂《新青年》的人们，但他们却是另起了一个冠冕堂皇的名目：新文化运动。这也就是后来又将这名目反套在《新青年》身上，而又加以嘲骂讥笑的，正如笑骂白话文的人，往往自称最得风气之先，早经主张过白话文一样。

再后，更无可道了。只记得一九二一年中的一篇是对于所谓"虚无哲学"而发的；更后一年则大抵对于上海之所谓"国学家"而发，不知怎的那时忽而有许多人都自命为国学家了。

自《新青年》出版以来，一切应之而嘲骂改革，后来又赞成改革，后来又嘲骂改革者，现在拟态的制服早已破碎，显出自身的本相来了，真所谓"事实胜于雄辩"，又何待于纸笔喉舌的批评。所以我的应时的浅薄的文字，也应该置之不顾，一任其消灭的；但几个朋友却以为现状和那时并没有大两样，也还可以存留，给我编辑起来了。这正是我所悲哀的。我以为凡对于时弊的攻击，文字须与时弊同时灭亡，因为这正如白血轮之酿成疮疖一般，倘非自身也被排除，则当它的生命的存留中，也即证明着病菌尚在。

但如果凡我所写，的确都是冷的呢？则它的生命原来就没有，更谈不到中国的病证究竟如何。然而，无情的冷嘲和有情的讽刺相去本不及一张纸，对于周围的感受和反应，又大概是所谓"如鱼饮水冷暖自知"的；我却觉得周围的空气太寒冽了，我自说我的话，所以反而称之曰《热风》。

一九二五年十一月三日之夜，鲁迅。

题注：

本篇未另发表，最初收入《热风》。《热风》是鲁迅于 1918 年至 1924 年在北京所作随感录及短评的结集，1925 年 11 月由北京北新书局出版。

《热风》收入发表在《新青年》上的《随感录》27 篇，发表在《晨报副镌》上的短评 14 篇。关于本书，鲁迅在《〈华盖集〉题记》中说："我编《热风》时，除遗漏的之外，又删去了好几篇。"不久在《再来一次》一文中又说："去年编定《热风》时，还有绅士们所谓'存心忠厚'之意，很删削了好几篇。"这些没有编入《热风》的文章，有一篇题为《"两个桃子杀了三个读书人"》，后来鲁迅在《再来一次》中抄引了它的全文。又一篇《"音乐"？》，后收入《集外集》。

《华盖集》题记

在一年的尽头的深夜中，整理了这一年所写的杂感，竟比收在《热风》里的整四年中所写的还要多。意见大部分还是那样，而态度却没有那么质直了，措辞也时常弯弯曲曲，议论又往往执滞在几件小事情上，很足以贻笑于大方之家。然而那又有什么法子呢。我今年偏遇到这些小事情，而偏有执滞于小事情的脾气。

我知道伟大的人物能洞见三世，观照一切，历大苦恼，尝大欢喜，发大慈悲。但我又知道这必须深入山林，坐古树下，静观默想，得天眼通，离人间愈远遥，而知人间也愈深，愈广；于是凡有言说，也愈高，愈大；于是而为天人师。我幼时虽曾梦想飞空，但至今还在地上，救小创伤尚且来不及，那有余暇使心开意豁，立论都公允妥洽，平正通达，像“正人君子”一般；正如沾水小蜂，只在泥土上爬来爬去，万不敢比附洋楼中的通人，但也自有悲苦愤激，决非洋楼中的通人所能领会。

这病痛的根柢就在我活在人间，又是一个常人，能够交着“华盖运”。

我平生没有学过算命，不过听老年人说，人是有时要交“华盖运"的。这"华盖"在他们口头上大概已经讹作"镬盖"了，现在加以订正。所以，这运，在和尚是好运：顶有华盖，自然是成佛作祖之兆。但俗人可不行，华盖在上，就要给罩住了，只好碰钉子。我今年开手作杂感时，就碰了两个大钉子：一是为了《咬文嚼字》，一是为了《青年必读书》。署名和匿名的豪杰之士的骂信，收了一大捆，至今还塞在书架下。此后又突然遇见了一些所谓学者，文士，正人，君子等等，据说都是讲公话，谈公理，而且深不以"党同伐异"为然的。可惜我和他们太不同了，所以也就被他们伐了几下，——但这自然是为"公理"之故，和我的"党同伐异"不同。这样，一直到现下还没有完结，只好"以待来年"。

也有人劝我不要做这样的短评。那好意，我是很感激的，而且也并非不知道创作之可贵。然而要做这样的东西的时候，恐怕也还要做这样的东西，我以为如果艺术之宫里有这么麻烦的禁令，倒不如不进去；还是站在沙漠上，看看飞沙走石，乐则大笑，悲则大叫，愤则大骂，即使被沙砾打得遍身粗糙，头破血流，而时时抚摩自己的凝血，觉得若有花纹，也未必不及跟着中国的文士们去陪莎士比亚吃黄油面包之有趣。

然而只恨我的眼界小，单是中国，这一年的大事件也可以算是很多的了，我竟往往没有论及，似乎无所感触。我早就很希望中国的青年站出来，对于中国的社会，文明，都毫无忌惮地加以批评，因此曾编印《莽原周刊》，作为发言之地，可惜来说话的竟很少。在别的刊物上，倒大抵是对于反抗者的打击，这实在是使我怕敢想下去的。

现在是一年的尽头的深夜，深得这夜将尽了，我的生命，至少是一部分的生命，已经耗费在写这些无聊的东西中，而我所获得的，乃是我自己的灵魂的荒凉和粗糙。但是我并不惧惮这些，也不想遮盖这些，而且实在有些爱他们了，因为这是我转辗而生活于风沙中的瘢痕。凡有自己也觉得在风沙中转辗而生活着的，会知道这意思。

我编《热风》时，除遗漏的之外，又删去了好几篇。这一回却小有不同了，一时的杂感一类的东西，几乎都在这里面。

一九二五年十二月三十一日之夜，记于绿林书屋东壁下。

题注：

本篇最初发表于 1926 年 1 月 25 日北京《莽原》半月刊第二期。收入《华盖集》。

《华盖集》是鲁迅 1925 年所作杂文的结集，除《题记》《后记》外，共收 31 篇，1926 年 6 月由北京北新书局出版。本书出版之前，陈源在他的《闲话》里攻击鲁迅的杂文，说："除了《热风》中的二三篇外，实在没有一读之价值。"所以鲁迅在《题记》中特意说明："一时的杂感一类的东西，几乎都在这里面。"1934 年 5 月 22 日他在致杨霁云信中又写道："我的杂感集中，《华盖集》及《续编》中文，虽大抵和个人斗争，但实为公仇，决非私怨，而销数独少，足见读者的判断，亦幼稚者居多也。"

《华盖集》后记

本书中至少有两处，还得稍加说明——

一，徐旭生先生第一次回信中所引的话，是出于ＺＭ君登在《京报副刊》（十四年三月八日）上的一篇文章的。其时我正因为回答"青年必读书"，说"不能作文算什么大不了的事"，很受着几位青年的攻击。ＺＭ君便发表了我在讲堂上口说的话，大约意在申明我的意思，给我解围。现在就钞一点在下面——

> "读了许多名人学者给我们开的必读书目，引起不少的感想；但最打动我的是鲁迅先生的两句附注，……因这几句话，又想起他所讲的一段笑话来。他似乎这样说：
>
> "'讲话和写文章，似乎都是失败者的征象。正在和运命恶战的人，顾不到这些；真有实力的胜利者也多不做声。譬如鹰攫兔子，叫喊的是兔子不是鹰；猫捕老鼠，啼呼的是老鼠不是猫……。又好像楚霸王……追奔逐北的时候，他并不说什么；等到摆出诗人面孔，饮酒唱歌，那已经是兵败势穷，死日临头了。最近像吴佩孚名士的"登彼西山，赋彼其诗"，齐燮元先生

的"放下枪枝，拿起笔干"，更是明显的例了。'"

二，近几年来，常听到人们说学生嚣张，不单是老先生，连刚出学校而做了小官或教员的也往往这么说。但我却并不觉得这样。记得革命以前，社会上自然还不如现在似的憎恶学生，学生也没有目下一般驯顺，单是态度，就显得桀傲，在人丛中一望可知。现在却差远了，大抵长袍大袖，温文尔雅，正如一个古之读书人。我也就在一个大学的讲堂上提起过，临末还说：其实，现在的学生是驯良的，或者竟可以说是太驯良了……。武者君登在《京报副刊》（约十四年五月初）上的一篇《温良》中，所引的就是我那时所说的这几句话。我因此又写了《忽然想到》第七篇，其中所举的例，一是前几年被称为"卖国贼"者的子弟曾大受同学唾骂，二是当时女子师范大学的学生正被同性的校长使男职员威胁。我的对于女师大风潮说话，这是第一回，过了十天，就"碰壁"；又过了十天，陈源教授就在《现代评论》上发表"流言"，过了半年，据《晨报副刊》（十五年一月三十日）所发表的陈源教授给徐志摩"诗哲"的信，则"捏造事实传布流言"的倒是我了。真是世事白云苍狗，不禁感慨系之矣！

又，我在《"公理"的把戏》中说杨荫榆女士"在太平湖饭店请客之后，任意将学生自治会员六人除名"，那地点是错误的，后来知道那时的请客是西长安街的西安饭店。等到五月二十一日即我们"碰壁"的那天，这才换了地方，"由校特请全体主任专任教员评议会会员在太平湖饭店开校务紧急会议，解决种种重要问题。"请客的饭馆是那一个，和紧要关键原没有什么大相干，但从"所有的批评都本于学理和事实"的所谓"文士"学者之流看来，也许又是"捏造事实"，而且因此就证明了凡我所说，无一句真话，甚或至于连杨荫榆女士也本无其人，都是我凭空结撰的了。这于我是很不好的，所以赶紧订正于此，庶几"收之桑榆"云。

一九二六年二月十五日校毕记。仍在绿林书屋之东壁下。

题注：

本篇未曾在报刊上发表，收入 1926 年由北京北新书局出版的《华盖集》。

后记补充说明了关于《华盖集》中诸篇文章涉及的几个问题。ZM 是当时北京师范大学的学生，其文章题为《鲁迅先生的笑话》，参看《通讯（复孙伏园）》（收入《集外集拾遗补编》）。"诗哲"，指徐志摩；"文士"学者，指陈西滢等人。陈源教授给徐志摩"诗哲"的信，指 1926 年 1 月 30 日《晨报副刊》所载《闲话的闲话之闲话引出来的几封信》之九：《西滢致志摩》，其中充满对鲁迅的诬蔑，鲁迅写了《不是信》予以反击（收入《华盖集续编》）。

《痴华鬘》题记

　　尝闻天竺寓言之富，如大林深泉，他国艺文，往往蒙其影响。即翻为华言之佛经中，亦随在可见，明徐元太辑《喻林》，颇加搜录，然卷帙繁重，不易得之。佛藏中经，以譬喻为名者，亦可五六种，惟《百喻经》最有条贯。其书具名《百句譬喻经》；《出三藏记集》云，天竺僧伽斯那从《修多罗藏》十二部经中钞出譬喻，聚为一部，凡一百事，为新学者，撰说此经。萧齐永明十年九月十日，中天竺法师求那毗地出。以譬喻说法者，本经云，"如阿伽陀药，树叶而裹之，取药涂毒竟，树叶还弃之，戏笑如叶裹，实义在其中"也。王君品青爱其设喻之妙，因除去教诫，独留寓言；又缘经末有"尊者僧伽斯那造作《痴华鬘》竟"语，即据以回复原名，仍印为两卷。尝称百喻，而实缺二者，疑举成数，或并以卷首之引，卷末之偈为二事也。尊者造论，虽以正法为心，譬故事于树叶，而言必及法，反多拘牵；今则已无阿伽陀药，更何得有药裹，出离界域，内外洞然，智者所见，盖不惟佛说正义而已矣。

　　　　　　　　　　　　中华民国十五年五月十二日，鲁迅。

题注:

　　本篇最初收入王品青点校本《痴华鬘》一书，1926 年 6 月由上海北新书局出版。收入《集外集》。《痴华鬘》即《百喻经》的原名，印度僧伽斯那所作，南朝时由其弟子来华传教时译成中文，收入 98 则寓言故事，是一部通过比喻故事宣传佛教的经典。

《何典》题记

　　《何典》的出世，至少也该有四十七年了，有光绪五年的《申报馆书目续集》可证。我知道那名目，却只在前两三年，向来也曾访求，但到底得不到。现在半农加以校点，先示我印成的样本，这实在使我很喜欢。只是必须写一点序，却正如阿 Q 之画圆圈，我的手不免有些发抖。我是最不擅长于此道的，虽然老朋友的事，也还是不会捧场，写出洋洋大文，俾于书，于店，于人，有什么涓埃之助。

　　我看了样本，以为校勘有时稍迁，空格令人气闷，半农的士大夫气似乎还太多。至于书呢？那是，谈鬼物正像人间，用新典一如古典。三家村的达人穿了赤膊大衫向大成至圣先师拱手，甚而至于翻筋斗，吓得"子曰店"的老板昏厥过去；但到站直之后，究竟都还是长衫朋友。不过这一个筋斗，在那时，敢于翻的人的魄力，可总要算是极大的了。

　　成语和死古典又不同，多是现世相的神髓，随手拈掇，自然使文字分外精神；又即从成语中，另外抽出思绪：既然从世相的种子出，开的也一定是世相的花。于是作者便在死的鬼画符和鬼打墙中，展示了活的人间相，或者也可以说是将活的人间相，都看作了死的鬼画符和鬼打墙。便是信口开河的地方，也常能令人仿佛有会于心，禁不住不很为难的苦笑。

够了。并非博士般角色，何敢开头？难违旧友的面情，又该动手。应酬不免，圆滑有方；只作短文，庶无大过云尔。

中华民国十五年五月二十五日，鲁迅谨撰。

题注：

本篇最初收入北新书局 1926 年 6 月出版的《何典》一书。初未收集。

《何典》是一部多用俗谚写成的讽刺性滑稽体章回小说，共十回，写的全是鬼蜮世界。它的题材、构思乃至语言都别具一格。它的作者是清代乾隆、嘉庆年间上海才子张南庄，署"过路人编定"，生平不详。从光绪四年（1878 年）"海上餐霞客"写的《跋》中，知道他"书法欧阳，诗宗范陆"，为当时上海十位"高才不遇者"之冠。

1926 年 6 月刘半农将此书标点后请鲁迅为之作序。同年由北新书局出版。

刘半农在标点时，将书中一些内容粗俗的文字删去，代以空格。后在再版时恢复原样，故刘半农在 1926 年 12 月 21 日写的《关于〈何典〉的再版》中说："'空格令人气闷'这句话，现在已成为过去。"

1932 年，日本编印《世界幽默全集》，鲁迅应编者增田涉的请托，把《何典》作为中国八种幽默作品之一，提供给他们，并在 5 月 22 日致增田涉信中说，《何典》一书"近来当作滑稽本，颇有名声"。

《华盖集续编》小引

还不满一整年，所写的杂感的分量，已有去年一年的那么多了。秋来住在海边，目前只见云水，听到的多是风涛声，几乎和社会隔绝。如果环境没有改变，大概今年不见得再有什么废话了罢。灯下无事，便将旧稿编集起来；还豫备付印，以供给要看我的杂感的主顾们。

这里面所讲的仍然并没有宇宙的奥义和人生的真谛。不过是，将我所遇到的，所想到的，所要说的，一任它怎样浅薄，怎样偏激，有时便都用笔写了下来。说得自夸一点，就如悲喜时节的歌哭一般，那时无非借此来释愤抒情，现在更不想和谁去抢夺所谓公理或正义。你要那样，我偏要这样是有的；偏不遵命，偏不磕头是有的；偏要在庄严高尚的假面上拨它一拨也是有的，此外却毫无什么大举。名副其实，"杂感"而已。

从一月以来的，大略都在内了；只删去了一篇。那是因为其中开列着许多人，未曾，也不易遍征同意，所以不好擅自发表。

书名呢？年月是改了，情形却依旧，就还叫《华盖集》。然而年月究竟是改了，因此只得添上两个字："续编"。

一九二六年十月十四日，鲁迅记于厦门。

题注：

本篇最初发表于1926年11月16日北京《语丝》周刊第一〇四期。收入《华盖集续编》。

《华盖集续编》，鲁迅于1926年所作杂文的结集，1926年10月14日在厦门初步编定。1927年1月8日又将在厦门所作的6篇杂文编入，作为"续编的续编"。付印前又补一篇，共计33篇，另《小引》一篇。1927年5月由上海北新书局出版。

1925年8月鲁迅离开北京到厦门大学任教，1927年1月鲁迅离开厦门前往广州。《华盖集续编》所收杂感，就是鲁迅这一年里所写。"删去了一篇"，指最初发表于1926年4月16日《京报副刊》的《大衍发微》，后收入《而已集》作为附录。

《坟》题记

　　将这些体式上截然不同的东西，集合了做成一本书样子的缘由，说起来是很没有什么冠冕堂皇的。首先就因为偶尔看见了几篇将近二十年前所做的所谓文章。这是我做的么？我想。看下去，似乎也确是我做的。那是寄给《河南》的稿子；因为那编辑先生有一种怪脾气，文章要长，愈长，稿费便愈多。所以如《摩罗诗力说》那样，简直是生凑。倘在这几年，大概不至于那么做了。又喜欢做怪句子和写古字，这是受了当时的《民报》的影响；现在为排印的方便起见，改了一点，其余的便都由他。这样生涩的东西，倘是别人的，我恐怕不免要劝他"割爱"，但自己却总还想将这存留下来，而且也并不"行年五十而知四十九年非"，自以为愈老就愈进步。其中所说的几个诗人，至今没有人再提起，也是使我不忍抛弃旧稿的一个小原因。他们的名，先前是怎样地使我激昂呵，民国告成以后，我便将他们忘却了，而不料现在他们竟又时时在我的眼前出现。

　　其次，自然因为还有人要看，但尤其是因为又有人憎恶着我的文章。说话说到有人厌恶，比起毫无动静来，还是一种幸福。天下不舒服的人们多着，而有些人们却一心一意在造专给自己舒服的世界。这是不能如此便宜的，也给他们放一点可恶的东西在眼前，使他有时小不舒服，知道原来自己的世界也不容易十分美满。苍蝇的飞鸣，是不知道人们在憎恶他的；我却明知道，然而只要能飞鸣就偏要飞鸣。我的可恶有时自己也觉得，即如我的戒酒，吃鱼肝油，以望延长我的生命，倒不尽是为了我的爱人，大大半乃是为了我的敌人，——给他们说得体面一点，就是敌人罢——要在他的好世界上多留一些缺陷。君子之徒曰：你何以不骂杀人不眨眼的军阀呢？斯亦卑怯也已！但我是不想上这些诱杀手段的当的。木皮道人说得好，"几年家软刀子割头不觉死"，我就要专指斥那些自称"无枪阶级"而其实是拿着软刀子的妖魔。即如上面所引的君子之徒的话，也就是一把软刀子。假如遭了笔祸了，你以为他就尊你为烈士了么？不，那时另有一番风凉话。倘不信，可看他们怎样评论那死于三一八惨杀的青年。

此外，在我自己，还有一点小意义，就是这总算是生活的一部分的痕迹。所以虽然明知道过去已经过去，神魂是无法追蹑的，但总不能那么决绝，还想将糟粕收敛起来，造成一座小小的新坟，一面是埋藏，一面也是留恋。至于不远的踏成平地，那是不想管，也无从管了。

我十分感谢我的几个朋友，替我搜集，抄写，校印，各费去许多追不回来的光阴。我的报答，却只能希望当这书印钉成功时，或者可以博得各人的真心愉快的一笑。别的奢望，并没有什么；至多，但愿这本书能够暂时躺在书摊上的书堆里，正如博厚的大地，不至于容不下一点小土块。再进一步，可就有些不安分了，那就是中国人的思想，趣味，目下幸而还未被所谓正人君子们所统一，譬如有的专爱瞻仰皇陵，有的却喜欢凭吊荒冢，无论怎样，一时大概总还有不惜一顾的人罢。只要这样，我就非常满足了；那满足，盖不下于取得富家的千金云。

> 一九二六年十月三十大风之夜，鲁迅记于厦门。

题注：

本篇最初发表于 1926 年 11 月 20 日《语丝》周刊第一〇六期，题为《〈坟〉的题记》。收入《坟》。

《坟》系鲁迅 1907 年至 1925 年所作论文的结集，计 23 篇，1926 年在厦门编定，1927 年 3 月由北京未名社出版。《题记》主要讲述了编集本书的缘由。此外 1934 年鲁迅在《集外集·序言》中又这样说："中国的好作家是大抵'悔其少作'的，他在自定集子的时候，就将少年时代的作品尽力删除，或者简直全部烧掉。……但我对于自己的'少作'，愧则有之，悔却从来没有过。……如果少时不作，到老恐怕也未必能作，又怎么还知道悔呢？先前自己编了一本《坟》，还留存着许多文言文，就是这意思……"

本书原拟列入"莽原丛刊"之一，1926 年 10 月 29 日鲁迅致李霁野信中说："据长虹说，似乎《莽原》便是《狂飙》的化身，这事我却到他说后才知道。我并不希罕'莽原'这两个字，此后就废弃它。《坟》也不要称'莽原丛刊'之一了。"

写在《坟》后面

　　在听到我的杂文已经印成一半的消息的时候，我曾经写了几行题记，寄往北京去。当时想到便写，写完便寄，到现在还不满二十天，早已记不清说了些甚么了。今夜周围是这么寂静，屋后面的山脚下腾起野烧的微光；南普陀寺还在做牵丝傀儡戏，时时传来锣鼓声，每一间隔中，就更加显得寂静。电灯自然是辉煌着，但不知怎地忽有淡淡的哀愁来袭击我的心，我似乎有些后悔印行我的杂文了。我很奇怪我的后悔；这在我是不大遇到的，到如今，我还没有深知道所谓悔者究竟是怎么一回事。但这心情也随即逝去，杂文当然仍在印行，只为想驱逐自己目下的哀愁，我还要说几句话。

　　记得先已说过：这不过是我的生活中的一点陈迹。如果我的过往，也可以算作生活，那么，也就可以说，我也曾工作过了。但我并无喷泉一般的思想，伟大华美的文章，既没有主义要宣传，也不想发起一种什么运动。不过我曾经尝得，失望无论大小，是一种苦味，所以几年以来，有人希望我动动笔的，只要意见不很相反，我的力量能够支撑，就总要勉力写几句东西，给来者一些极微末的欢喜。人生多苦辛，而人们有时却极容易得到安慰，又何必惜一点笔墨，给多尝些孤独的悲哀呢？于是除小说杂感之外，逐渐又有了长长短短的杂文十多篇。其间自然也有为卖钱而作的，这回就都混在一处。我的生命的一部分，就这样地用去了，也就是做了这样的工作。然而我至今终于不明白我一向是在做什么。比方做土工的罢，做着做着，而不明白是在筑台呢还在掘坑。所知道的是即使是筑台，也无非要将自己从那上面跌下来或者显示老死；倘是掘坑，那就当然不过是埋掉自己。总之：逝去，逝去，一切一切，和光阴一同早逝去，在逝去，要逝去了。——不过如此，但也为我所十分甘愿的。

然而这大约也不过是一句话。当呼吸还在时，只要是自己的，我有时却也喜欢将陈迹收存起来，明知不值一文，总不能绝无眷恋，集杂文而名之曰《坟》，究竟还是一种取巧的掩饰。刘伶喝得酒气熏天，使人荷锸跟在后面，道：死便埋我。虽然自以为放达，其实是只能骗骗极端老实人的。

所以这书的印行，在自己就是这么一回事。至于对别人，记得在先也已说过，还有愿使偏爱我的文字的主顾得到一点喜欢；憎恶我的文字的东西得到一点呕吐，——我自己知道，我并不大度，那些东西因我的文字而呕吐，我也很高兴的。别的就什么意思也没有了。倘若硬要说出好处来，那么，其中所介绍的几个诗人的事，或者还不妨一看；最末的论"费厄泼赖"这一篇，也许可供参考罢，因为这虽然不是我的血所写，却是见了我的同辈和比我年幼的青年们的血而写的。

偏爱我的作品的读者，有时批评说，我的文字是说真话的。这其实是过誉，那原因就因为他偏爱。我自然不想太欺骗人，但也未尝将心里的话照样说尽，大约只要看得可以交卷就算完。我的确时时解剖别人，然而更多的是更无情面地解剖我自己，发表一点，酷爱温暖的人物已经觉得冷酷了，如果全露出我的血肉来，末路正不知要到怎样。我有时也想就此驱除旁人，到那时还不唾弃我的，即使是枭蛇鬼怪，也是我的朋友，这才真是我的朋友。倘使并这个也没有，则就是我一个人也行。但现在我并不。因为，我还没有这样勇敢，那原因就是我还想生活，在这社会里。还有一种小缘故，先前也曾屡次声明，就是偏要使所谓正人君子也者之流多不舒服几天，所以自己便特地留几片铁甲在身上，站着，给他们的世界上多有一点缺陷，到我自己厌倦了，要脱掉了的时候为止。

倘说为别人引路，那就更不容易了，因为连我自己还不明白应当怎么走。中国大概很有些青年的"前辈"和"导师"罢，但那不是我，我也不相信他们。我只很确切地知道一个终点，就是：坟。然而这是大家都知道的，无须谁指引。问题是在从此到那的道路。那当然不只一条，我可正不知那一条好，虽然至今有时也还在寻求。在寻求中，我就怕我未熟的果实偏偏毒死了偏爱我的果实的人，而憎恨我的东西如所谓正人君子也者偏偏都矍铄，所以我说话常不免含胡，中止，心里想：对于偏爱我的读者的赠献，或者最好倒不如是一个"无所有"。我的译著的印本，最初，印一次是一千，后来加五百，近时是二千至四千，每一增加，我自然是愿意的，因为能赚钱，但也伴着哀愁，怕于读者有害，因此作文就时常更谨慎，更踌躇。有人以为我信笔写来，直抒胸臆，其实是不尽然的，我的顾忌并不少。我自己早知道毕竟不是什么战士了，而且也不能算前驱，就有这么多的顾忌和回忆。还记得三四年前，有一个学生来买我的书，从衣袋里掏出钱来放在我手里，那钱上还带着体温。这体温便烙印了我的心，至今要写文字时，还常使我怕毒害了这类的青年，迟疑不敢下笔。我毫无顾忌地说话的日子，恐怕要未必有了罢。但也偶尔想，其实倒还是毫无顾忌地说话，对得起这样的青年。但至今也还没有决心这样做。

今天所要说的话也不过是这些，然而比较的却可以算得真实。此外，还有一点余文。

记得初提倡白话的时候，是得到各方面剧烈的攻击的。后来白话渐渐通行了，势不可遏，有些人便一转而引为自己之功，美其名曰"新文化运动"。又有些人便主张白话不妨作通俗之用；又有些人却道白话要做得好，仍须看古书。前一类早已二次转舵，又反过来嘲骂"新文化"了；后二类是不得已的调和派，只希图多留几天僵尸，到现在还不少。我曾在杂感上掊击过的。

新近看见一种上海出版的期刊，也说起要做好白话须读好古文，而举例为证的人名中，其一却是我。这实在使我打了一个寒噤。别人我不论，若是自己，则曾经看过许多旧书，是的确的，为了教书，至今也还在看。因此耳濡目染，影响到所做的白话上，常不免流露出它的字句，体格来。但自己却正苦于背了这些古老的鬼魂，摆脱不开，时常感到一种使人气闷的沉重。就是思想上，也何尝不中些庄周韩非的毒，时而很随便，时而很峻急。孔孟的书我读得最早，最熟，然而倒似乎和我不相干。大半也因为懒惰罢，往往自己宽解，以为一切事物，在转变中，是总有多少中间物的。动植之间，无脊椎和脊椎动物之间，都有中间物；或者简直可以说，在进化的链子上，一切都是中间物。当开首改革文章的时候，有几个不三不四的作者，是当然的，只能这样，也需要这样。他的任务，是在有些警觉之后，喊出一种新声；又因为从旧垒中来，情形看得较为分明，反戈一击，易制强敌的死命。但仍应该和光阴偕逝，逐渐消亡，至多不过是桥梁中的一木一石，并非什么前途的目标，范本。跟着起来便该不同了，倘非天纵之圣，积习当然也不能顿然荡除，但总得更有新气象。以文字论，就不必更在旧书里讨生活，却将活人的唇舌作为源泉，使文章更加接近语言，更加有生气。至于对于现在人民的语言的穷乏欠缺，如何救济，使他丰富起来，那也是一个很大的问题，或者也须在旧文中取得若干资料，以供使役，但这并不在我现在所要说的范围以内，姑且不论。

我以为我倘十分努力，大概也还能够博采口语，来改革我的文章。但因为懒而且忙，至今没有做。我常疑心这和读了古书很有些关系，因为我觉得古人写在书上的可恶思想，我的心里也常有，能否忽而奋勉，是毫无把握的。我常常诅咒我的这思想，也希望不再见于后来的青年。去年我主张青年少读，或者简直不读中国书，乃是用许多苦痛换来的真话，决不是聊且快意，或什么玩笑，愤激之辞。古人说，不读书便成愚人，那自然也不错的。然而世界却正由愚人造成，聪明人决不能支持世界，尤其是中国的聪明人。现在呢，思想上且不说，便是文辞，许多青年作者又在古文，诗词中摘些好看而难懂的字面，作为变戏法的手巾，来装潢自己的作品了。我不知这和劝读古文说可有相关，但正在复古，也就是新文艺的试行自杀，是显而易见的。

不幸我的古文和白话合成的杂集，又恰在此时出版了，也许又要给读者若干毒害。只是在自己，却还不能毅然决然将他毁灭，还想借此暂时看看逝去的生活的余痕。惟愿偏爱我的作品的读者也不过将这当作一种纪念，知道这小小的丘陇中，无非埋着曾经活过的躯壳。待再经若干岁月，又当化为烟埃，并纪念也从人间消去，而我的事也就完毕了。上午也正在看古文，记起了几句陆士衡的吊曹孟德文，便拉来给我的这一篇作结——

> 既眂古以遗累，信简礼而薄葬。
> 彼裘绂于何有，贻尘谤于后王。
> 嗟大恋之所存，故虽哲而不忘。

览遗籍以慷慨，献兹文而凄伤！

一九二六，一一，一一，夜。鲁迅。

题注：

本篇最初发表于 1926 年 12 月 4 日《语丝》周刊第一〇八期。收入《坟》。

在写了《坟》的《题记》20 多天后，鲁迅又写下这篇后记，记下了当这本"古文和白话合成的杂集"出版时，他自己的心境以及对青年读者的希望。1926 年 11 月 18 日，他在给许广平的信中说："我近来只做了几篇付印的书的序跋，虽多牢骚，却有不少真话……"同年 11 月 28 日致许广平信中又写道："我自到此地以后，仿佛全感空虚，不再有什么意见，而且有时确也有莫名其妙的悲哀，曾经作了一篇我的杂文集的跋，就写着那时的心情，十二月末的《语丝》上可以发表，你一看就知道。"

《华盖集续编的续编》前记

在厦门岛的四个月，只做了几篇无聊文字，除去最无聊者，还剩六篇，称为《华盖集续编的续编》，总算一年中所作的杂感全有了。

一九二七年一月八日，鲁迅记。

题注：

本篇收入《华盖集续编》，未发表。鲁迅于 1926 年 10 月 14 日在厦门初步编定《华盖集续编》。1927 年 1 月 8 日又将在厦门所作的 6 篇杂文编入，作为"续编的续编"。

《绛洞花主》小引

　　《红楼梦》是中国许多人所知道，至少，是知道这名目的书。谁是作者和续者姑且勿论，单是命意，就因读者的眼光而有种种：经学家看见《易》，道学家看见淫，才子看见缠绵，革命家看见排满，流言家看见宫闱秘事……。

　　在我的眼下的宝玉，却看见他看见许多死亡；证成多所爱者，当大苦恼，因为世上，不幸人多。惟憎人者，幸灾乐祸，于一生中，得小欢喜，少有罣碍。然而憎人却不过是爱人者的败亡的逃路，与宝玉之终于出家，同一小器。但在作《红楼梦》时的思想，大约也止能如此；即使出于续作，想来未必与作者本意大相悬殊。惟被了大红猩猩毡斗篷来拜他的父亲，却令人觉得诧异。

　　现在，陈君梦韶以此书作社会家庭问题剧，自然也无所不可的。先前虽有几篇剧本，却都是为了演者而作，并非为了剧本而作。又都是片段，不足统观全局。《红楼梦散套》具有首尾，然而陈旧了。此本最后出，销熔一切，铸入十四幕中，百余回的一部大书，一览可尽，而神情依然具在；如果排演，当然会更可观。我不知道剧本的作法，但深佩服作者的熟于情节，妙于剪裁。灯下读完，憣为短引云尔。

一九二七年一月十四日，鲁迅记于厦门。

题注：

本篇最初编入上海北新书局 1928 年出版的《绛洞花主》剧本。初未收集。

《绛洞花主》是厦门大学教育系四年级学生陈梦韶根据《红楼梦》改编的剧本，共十五幕。绛洞花主，贾宝玉的别号，见《红楼梦》第三十七回："李纨道：'你还是你的旧号"绛洞花主"就是了。'"陈梦韶 1926 年 10 月间曾听鲁迅讲授《中国小说史略》中的《红楼梦》部分，并曾向鲁迅请教。得到鲁迅的指教后，对剧本进行了修改并将剧本送请鲁迅指教。鲁迅答复："我给你写几个字作为《引言》，你可以寄到北新书局去试试。"（陈梦韶：《回忆鲁迅先生为〈绛洞花主〉剧本作小引的经过》)）

鲁迅日记 1927 年 1 月 14 日记有"……寄还陈梦韶剧本稿并附《小引》"，即指本文。

《游仙窟》序言

　　《游仙窟》今惟日本有之，是旧钞本，藏于昌平学；题宁州襄乐县尉张文成作。文成者，张鷟之字；题署著字，古人亦常有，如晋常璩撰《华阳国志》，其一卷亦云常道将集矣。张鷟，深州陆浑人；两《唐书》皆附见《张荐传》，云以调露初登进士第，为岐王府参军，屡试皆甲科，大有文誉，调长安尉迁鸿胪丞。证圣中，天官刘奇以为御史；性躁卞，傥荡无检，姚崇尤恶之；开元初，御史李全交劾鷟讪短时政，贬岭南，旋得内徙，终司门员外郎。《顺宗实录》亦谓鷟博学工文词，七登文学科。《大唐新语》则云，后转洛阳尉，故有《咏燕诗》，其末章云，"变石身犹重，衔泥力尚微，从来赴甲第，两起一双飞。"时人无不讽咏。《唐书》虽称其文下笔立成，大行一时，后进莫不传记，日本新罗使至，必出金宝购之，而又訾为浮艳少理致，论著亦率诋诮芜秽。鷟书之传于今者，尚有《朝野佥载》及《龙筋凤髓判》，诚亦多诋诮浮艳之辞。《游仙窟》为传奇，又多俳调，故史志皆不载；清杨守敬作《日本访书志》，始著于录，而贬之一如《唐书》之言。日本则初颇珍秘，以为异书；尝有注，似亦唐时人作。河世宁曾取其中之诗十余首入《全唐诗逸》，鲍氏刊之《知不足斋丛书》

中；今矛尘将具印之，而全文始复归华土。不特当时之习俗如酬对舞咏，时语如瞧眡婪媟，可资博识；即其始以骈俪之语作传奇，前于陈球之《燕山外史》者千载，亦为治文学史者所不能废矣。

中华民国十六年七月七日，鲁迅识。

题注：

本篇写于 1927 年 7 月 7 日，最初以手迹制版收入 1929 年 2 月北新书局出版的《游仙窟》。初未收集。

《游仙窟》，唐代传奇，张鷟作，国内失传已久。鲁迅好友章廷谦据日本刻本与朝鲜刻本重新点校出版。

《尘影》题辞

在我自己，觉得中国现在是一个进向大时代的时代。但这所谓大，并不一定指可以由此得生，而也可以由此得死。

许多为爱的献身者，已经由此得死。在其先，玩着意中而且意外的血的游戏，以愉快和满意，以及单是好看和热闹，赠给身在局内而旁观的人们；但同时也给若干人以重压。

这重压除去的时候，不是死，就是生。这才是大时代。

在异性中看见爱，在百合花中看见天堂，在拾煤渣的老妇人的魂灵中看见拜金主义，世界现在常为受机关枪拥护的仁义所治理，在此时此地听到这样的消息，我委实身心舒服，如喝好酒。然而《尘影》所赍来的，却是重压。

现在的文艺，是往往给人以不舒服的，没有法子。要不然，只好使自己逃出文艺，或者从文艺推出人生。

谁更为仁义和钞票写照，为三道血的"难看"传神呢？我看见一篇《尘影》，它将愉快和重压留与各色的人们。

然而在结末的"尘影"中却又给我喝了一口好酒。

他将小宝留下，不告诉我们后来是得死，还是得生。作者不愿意使我们太受重压罢。但这是好的，因为我觉得中国现在是进向大时代的时代。

一九二七年十二月七日，鲁迅记于上海。

题注：

本篇最初收入 1927 年 12 月上海开明书店出版的《尘影》卷首。原题《〈尘影〉序言》，后又发表于 1928 年 1 月 1 日上海《文学周报》第二九七期。收入《而已集》。

黎锦明（1905—1999），湖南省湘潭县石潭坝人。1926 年 9 月从北京师范大学毕业后，黎锦明前往广东海丰中学任教，次年离开海丰，经汕头到上海。由于亲身经历了彭湃领导的海陆丰农民运动，黎锦明写下了在我国现代文学史上较早反映农民运动的中篇小说《尘影》。小说描写 1927 年蒋介石国民党背叛革命前后南方一个小县城的局势，这个小县城在大革命中成立了"县执行委员会"和"工农纠察队"，斗争了豪绅地主；蒋介石叛变革命后，反动势力反攻倒算，屠杀了革命者及工农群众。鲁迅为这部小说作序，肯定了它的价值。

当陶元庆君的绘画展览时

——我所要说的几句话

陶元庆君绘画的展览，我在北京所见的是第一回。记得那时曾经说过这样意思的话：他以新的形，尤其是新的色来写出他自己的世界，而其中仍有中国向来的魂灵——要字面免得流于玄虚，则就是：民族性。

我觉得我的话在上海也没有改正的必要。

中国现今的一部分人，确是很有些苦闷。我想，这是古国的青年的迟暮之感。世界的时代思潮早已六面袭来，而自己还拘禁在三千年陈的桎梏里。于是觉醒，挣扎，反叛，要出而参与世界的事业——我要范围说得小一点：文艺之业。倘使中国之在世界上不算在错，则这样的情形我以为也是对的。

然而现在外面的许多艺术界中人，已经对于自然反叛，将自然割裂，改造了。而文艺史界中人，则舍了用惯的向来以为是"永久"的旧尺，另以各时代各民族的固有的尺，来量各时代各民族的艺术，于是向埃及坟中的绘画赞叹，对黑人刀柄上的雕刻点头，这往往使我们误解，以为要再回到旧日的桎梏里。而新艺术家们勇猛的反叛，则震惊我们的耳目，又往往不能不感服。但是，我们是迟暮了，并未参与过先前的事业，于是有时就不过敬谨接收，又成了一种可敬的身外的新桎梏。

陶元庆君的绘画，是没有这两重桎梏的。就因为内外两面，都和世界的时代思潮合流，而又并未桎亡中国的民族性。

我于艺术界的事知道得极少，关于文字的事较为留心些。就如白话，从中，更就世所谓"欧化语体"来说罢。有人斥道：你用这样的语体，可惜皮肤不白，鼻梁不高呀！诚然，这教训是严厉的。但是，皮肤一白，鼻梁一高，他用的大概是欧文，不是欧化语体了。正唯其皮不白，鼻不高而偏要"的呵吗呢"，并且一句里用许多的"的"字，这才是为世诟病的今日的中国的我辈。

但我并非将欧化文来比拟陶元庆君的绘画。意思只在说：他并非"之乎者也"，因为用的是新的形和新的色；而又不是"Yes""No"，因为他究竟是中国人。所以，用密达尺来量，是不对的，但也不能用什么汉朝的虑俿尺或清朝的营造尺，因为他又已经是现今的人。我想，必须用存在于现今想要参与世界上的事业的中国人的心里的尺来量，这才懂得他的艺术。

一九二七年十二月十三日，鲁迅于上海记。

题注：

本篇最初发表于 1927 年 12 月 19 日上海《时事新报》副刊《青光》。收入《而已集》。

陶元庆（1893—1929），浙江绍兴人。当时在上海立达学园任美术教师。他曾为鲁迅的作品《彷徨》《朝花夕拾》《坟》等设计封面。他的第一次画展于 1925 年 3 月在北京举行，鲁迅曾为之作《〈陶元庆氏西洋绘画展览会目录〉序》。1927 年 12 月，陶元庆在上海俭德储蓄会再次举行画展，鲁迅又去观看并作本文，是年 12 月 17 日鲁迅日记载："午后钦文来，并同三弟及广平往俭德储蓄会观立达学园绘画展览会。"

《奔流》编校后记

一

创作自有他本身证明，翻译也有译者已经解释的。现在只将编后想到的另外的事，写上几句——

Iwan Turgenjew 早因为他的小说，为世所知，但论文甚少。这一篇《Hamlet und Don Quichotte》是极有名的，我们可以看见他怎样地观察人生。《Hamlet》中国已有译文，无须多说；《Don Quichotte》则只有林纾的文言译，名《魔侠传》，仅上半部，又是删节过的。近两年来，梅川君正在大发《Don Quixote》翻译热，但愿不远的将来，中国能够得到一部可看的译本，即使不得不略去其中的闲文也好。

《Don Quixote》的书虽然将近一千来页，事迹却很简单，就是他爱看侠士小说，因此发了游侠狂，硬要到各处去除邪惩恶，碰了种种钉子，闹了种种笑话，死了；临死才回复了他的故我。所以 Turgenjew 取毫无烦闷，专凭理想而勇往直前去做事的为 "Don Quixote type"，来和一生瞑想，怀疑，以致什么事也不能做的 Hamlet 相对照。后来又有人和这专凭理想的 "Don Quixoteism 式" 相对，称看定现实，而勇往直前去做事的为"Marxism 式"。中国现在也有人嚷些什么"Don Quixote"了，但因为实在并没有看过这一部书，所以和实际是一点不对的。

《大旱的消失》是 Essay，作者的底细，我不知道，只知道是 1902 年死的。Essay 本来不容易译，在此只想介绍一个格式。将来倘能得到这一类的文章，也还想登下去。

跋司珂（Vasco）族是古来住在西班牙和法兰西之间的 Pyrenees 山脉两侧的大家视为世界之谜的人种。巴罗哈（Pio Baroja y Nessi）就禀有这族的血液，以一八七二年十二月廿八日，生于靠近法境的圣舍跋斯丁市。原是医生，也做小说，两年后，便和他的哥哥 Ricardo 到马德里开面包店去了，一共开了六年。现在 Ricardo 是有名的画家；他是最独创底的作家，早和 Vicente Blasco Ibáñez 并称现代西班牙文坛的巨擘。他的著作至今大约有四十种，多是长篇。这里的小品四篇，是从日本的《海外文学新选》第十三编《跋司珂牧歌调》内，永田宽定的译文重翻的；原名《Vidas Sombrias》，因为所写的是跋司珂族的性情，所以仍用日译的题目。

今年一说起"近视眼看匾"来，似乎很有几个自命批评家郁郁不乐，又来大做其他的批评。为免去蒙冤起见，只好特替作者在此声明几句：这故事原是一种民间传说，作者取来编作"狂言"样子，还在前年的秋天，本豫备登在《波艇》上的。倘若其中仍有冒犯了批评家的处所，那实在是老百姓的眼睛也很亮，能看出共通的暗病的缘故，怪不得传述者的。

俄国的关于文艺的争执，曾有《苏俄的文艺论战》介绍过，这里的《苏俄的文艺政策》，实在可以看作那一部的续编。如果看过前一书，则看起这篇来便更为明了。序文上虽说立场有三派的不同，然而约减起来，不过是两派。即对于阶级文艺，一派偏重文艺，如瓦浪斯基等，一派偏重阶级，是《那巴斯图》的人们；Bukharin 们自然也主张支持劳动阶级作家的，但又以为最要紧的是要有创作。发言的人们之中，几个是委员，如 Voronsky，Bukharin，Iakovlev，Trotsky，Lunacharsky 等；也有"锻冶厂"一派，如 Pletnijov；最多的是《那巴斯图》的人们，如 Vardin，Lelevitch，Averbach，Rodov，Besamensky 等，译载在《苏俄的文艺论战》里的一篇《文学与艺术》后面，都有署名在那里。

《那巴斯图》派的攻击，几乎集中于一个 Voronsky，《赤色新地》的编辑者；对于他的《作为生活认识的艺术》，Lelevitch 曾有一篇《作为生活组织的艺术》，引用布哈林的定义，以艺术为"感情的普遍化"的方法，并且指摘 Voronsky 的艺术论，乃是超阶级底的。这意思在评议会的论争上也可见。但到后来，藏原惟人在《现代俄国的批评文学》中说，他们两人之间的立场似乎有些接近了，Voronsky 承认了艺术的阶级性之重要，Lelevitch 的攻击也较先前稍为和缓了。现在是Trotsky，Radek 都已放逐，Voronsky 大约也退职，状况也许又很不同了罢。

从这记录中，可以看见在劳动阶级文学大本营的俄国的文学的理论和实际，于现在的中国，恐怕是不为无益的。其中有几个空字，是原译本如此，因无别国译本，不敢妄补，倘有备着原书，通函见教，或指正其错误的，必当随时补正。

一九二八年六月五日，鲁迅。

二

Rudolf Lindau 的《幸福的摆》，全篇不过两章，因为纸数的关系，只能分登两期了。篇末有译者附记，以为"小说里有一种 Kosmopolitisch 的倾向，同时还有一种厌世的东洋色彩"，这是极确凿的。但作者究竟是德国人，所以也终于不脱日耳曼气，要绘图立说，来发明"幸福的摆"，自视为生路，而其实又是死因。我想，东洋思想的极致，是在不来发明这样的"摆"，不但不来，并且不想；不但不想到"幸福的摆"，并且连世间有所谓"摆"这一种劳什子也不想到。这是令人长寿平安，使国古老拖延的秘法。老聃作五千言，释迦有恒河沙数说，也还是东洋人中的"好事之徒"也。

奥国人 René Fueloep-Miller 的叙述苏俄状况的书，原名不知道是什么，英译本曰《The Mind and Face of Bolshevism》，今年上海似乎到得很不少。那叙述，虽说是客观的，然而倒是指摘缺点的地方多，惟有插画二百余，则很可以供我们的参考，因为图画是人类共通的语言，很难由第三者从中作梗的。可惜有些"艺术家"，先前生吞"琶亚词侣"，活剥蕗谷虹儿，今年突变为"革命艺术家"，早又顺手将其中的几个作家撕碎了。这里翻印了两张，都是 I.Annenkov 所作的画像；关于这画像，著者这样说——

"……其中主要的是画家 Iuanii Annenkov。他依照未来派艺术家的原则工作，且爱在一幅画上将各刹那并合于一件事物之中，但他设法寻出一个为这些原质的综合。他的画像即意在'由一个人的传记里，抄出脸相的各种表现来'。俄国的批评家特别称许他的才能在于将细小微末的详细和画中的实物发生关连，而且将这些制成更加恳切地显露出来的性质。他并不区别有生和无生，对于他的题目的周围的各种琐事，他都看作全体生活的一部分。他爱一个人的所有物，这生命的一切细小的碎片；一个脸上的各个抓痕，各条皱纹，或一个赘疣，都自有它的意义的。"

那 Maxim Gorky 的画像，便是上文所讲的那些的好例证。他背向西欧的机械文明，面对东方，佛像表印度，磁器表中国，赤色的地方，旗上明写着"R.S.F.S.R."，当然是"俄罗斯苏维埃联邦社会主义共和国"了，但那颜色只有一点连到 Gorky 的脑上，也许是含有不满之意的罢——我想。这像是一九二〇年作，后三年，Gorky 便往意大利去了，今年才大家嚷着他要回去。

N.Evreinov 的画像又是一体，立方派的手法非常浓重的。Evreinov 是俄国改革戏剧的三大人物之一，我记得画室先生译的《新俄的演剧和跳舞》里，曾略述他的主张。这几页"演剧杂感"，论人生应该以意志修改自然，虽然很豪迈，但也仍当看如何的改法，例如中国女性的修改其足，便不能和胡蝶结相提并论了。

这回登载了 Gorky 的一篇小说，一篇关于他的文章，一半还是由那一张画像所引起的，一半是因为他今年六十岁。听说在他的本国，为他所开的庆祝会，是热闹极了；我原已译成了一篇昇曙梦的《最近的 Gorky》说得颇详细，但也还因为纸面关系，不能登载，且待下几期的余白罢。

一切事物，虽说以独创为贵，但中国既然是世界上的一国，则受点别国的影响，即自然难免，似乎倒也无须如此娇嫩，因而脸红。单就文艺而言，我们实在还知道得太少，吸收得太少。然而一向迁延，现在单是介绍也来不及了。于是我们只好这样：旧的呢，等他五十岁，六十岁……大寿，生后百年阴寿，死后 N 年忌辰时候来讲；新的呢，待他得到诺贝尔奖金。但是还是来不及，倘是月刊，专做庆吊的机关也不够。那就只好挑几个于中国较熟悉，或者较有意义的来说说了。

生后一百年的大人物，在中国又较耳熟的，今年就有两个：Leov Tolstoy 和 Henrik Ibsen。Ibsen 的著作，因潘家洵先生的努力，中国知道的较多。本刊下期就想由语堂，达夫，梅川，我，译上几篇关于他的文章，如 H.Ellis，G.Brandes，E.Roberts，L.Aas，有岛武郎之作；并且加几幅图像，自年青的 Ibsen 起，直到他的死尸，算作一个纪念。

一九二八年七月四日，鲁迅。

三

前些时，偶然翻阅日本青木正儿的《支那文艺论丛》，看见在一篇《将胡适漩在中心的文学革命》里，有云——

"民国七年（1918）六月，《新青年》突然出了《易卜生号》。这是文学底革命军进攻旧剧的城的鸣镝。那阵势，是以胡将军的《易卜生主义》为先锋，胡适罗家伦共译的《娜拉》（至第三幕），陶履恭的《国民之敌》和吴弱男的《小爱友夫》（各第一幕）为中军，袁振英的《易卜生传》为殿军，勇壮地出阵。他们的进攻这城的行动，原是战斗的次序，非向这里不可的，但使他们至于如此迅速地成为奇兵底的原因，却似乎是这样——因为其时恰恰昆曲在北京突然盛行，所以就有对此叫出反抗之声的必要了。那真相，征之同志的翌月号上钱玄同君之所说（随感录十八），漏着反抗底口吻，是明明白白的。……"

但何以大家偏要选出 Ibsen 来呢？如青木教授在后文所说，因为要建设西洋式的新剧，要高扬戏剧到真的文学底地位，要以白话来兴散文剧，还有，因为事已亟矣，便只好先以实例来刺戟天下读书人的直感：这自然都确当的。但我想，也还因为 Ibsen 敢于攻击社会，敢于独战多数，那时的绍介者，恐怕是颇有以孤军而被包围于旧垒中之感的罢，现在细看墓碣，还可以觉到悲凉，然而意气是壮盛的。

那时的此后虽然颇有些纸面上的纷争，但不久也就沉寂，戏剧还是那样旧，旧垒还是那样坚；当时的《时事新报》所斥为"新偶像"者，终于也并没有打动一点中国的旧家子的心。后三年，林纾将"Gengangere"译成小说模样，名曰《梅孽》——但书尾校者的按语，却偏说"此书曾由潘家洵先生编为戏剧，名曰《群鬼》"——从译者看来，Ibsen 的作意还不过是这样的——

"此书用意甚微：盖劝告少年，勿作浪游，身被隐疾，肾宫一败，生子必不永年。……余恐读者不解，故弁以数言。"

然而这还不算不幸。再后几年，则恰如 Ibsen 名成身退，向大众伸出和睦的手来一样，先前欣赏那汲 Ibsen 之流的剧本《终身大事》的英年，也多拜倒于《天女散花》，《黛玉葬花》的台下了。

不知是有意呢还是偶然，潘家洵先生的《Hedda Gabler》的译本，今年突然在《小说月报》上发表了，计算起来，距作者的诞生是一百年，距《易卜生号》的出版已经满十年。我们自然并不是要继《新青年》的遗踪，不过为追怀这曾经震动一时的巨人起见，也翻了几篇短文，聊算一个记念。因为是短文的杂集，系统是没有的。但也略有线索可言：第一篇可略知 Ibsen 的生平和著作；第二篇叙述得更详明；第三篇将他的后期重要著作，当作一大篇剧曲看，而作者自己是主人。第四篇是通叙他的性格，著作的琐屑的来由和在世界上的影响的，是只有他的老友 G.Brandes 才能写作的文字。第五篇则说他的剧本所以为英国所不解的缘故，其中有许多话，也可移赠中国的。可惜他的后期著作，惟 Brandes 略及数言，没有另外的详论，或者有岛武郎的一篇《卢勃克和伊里纳的后来》，可以稍弥缺憾的罢。这曾译载在本年一月的《小说月报》上，那意见，和 Brandes 的相同。

"人"第一，"艺术底工作"第一呢？这问题，是在力作一生之后，才会发生，也才能解答。独战到底，还是终于向大家伸出和睦之手来呢？这问题，是在战斗一生之后，才能发生，也才能解答。不幸 Ibsen 将后一问解答了，他于是尝到"胜者的悲哀"。

世间大约该还有从集团主义的观点，来批评 Ibsen 的论文罢，无奈我们现在手头没有这些，所以无从绍介。这种工作，以待"革命的智识阶级"及其"指导者"罢。

此外，还想将校正《文艺政策》时所想到的说几句：

托罗兹基是博学的，又以雄辩著名，所以他的演说，恰如狂涛，声势浩大，喷沫四飞。但那结末的豫想，其实是太过于理想底的——据我个人的意见。因为那问题的成立，几乎是并非提出而是袭来，不在将来而在当面。文艺应否受党的严紧的指导的问题，我们且不问；我觉得耐人寻味的，是在"那巴斯图"派因怕主义变质而主严，托罗兹基因文艺不能孤生而主宽的问题。许多言辞，其实不过是装饰的枝叶。这问题看去虽然简单，但倘以文艺为政治斗争的一翼的时候，是很不容易解决的。

一九二八年八月十一日，鲁迅。

四

有岛武郎是学农学的，但一面研究文艺，后来就专心从事文艺了。他的《著作集》，在生前便陆续辑印，《叛逆者》是第四辑，内收关于三个文艺家的研究；译印在这里的是第一篇。

以为中世纪在文化上，不能算黑暗和停滞，以为罗丹的出现，是再兴戈谛克的精神：都可以见作者的史识。当这第四辑初出时候，自己也曾翻译过，后来渐觉得作者的文体，移译颇难，又念中国留心艺术史的人还很少，印出来也无用，于是没有完工，放下了。这回金君却勇决地完成了这工作，是很不易得的事，就决计先在《奔流》上发表，顺次完成一本书。但因为对于许多难译的文句，先前也曾用过心，所以遇有自觉较妥的，便参酌了几处，出版期迫，不及商量，这是希望译者加以原宥的。

要讲罗丹的艺术，必须看罗丹的作品，——至少，是作品的影片。然而中国并没有这一种书。所知道的外国文书，图画尚多，定价较廉，在中国又容易入手的，有下列的二种——

《The Art of Rodin.》64 Reproductions.Introduction by Louis Weinberg.《Modern Library》第 41 本。95 cents net. 美国纽约 Boni and Liveright, Inc. 出版。

《Rodin.》高村光太郎著。《Ars 美术丛书》第二十五编。特制本一圆八十钱，普及版一圆。日本东京 Ars 社出版。

罗丹的雕刻，虽曾震动了一时，但和中国却并不发生什么关系地过去了。后起的有 Ivan Mestrovic（1883 年生），称为塞尔维亚的罗丹，则更进，而以太古底情热和酷烈的人间苦为特色的，曾见英国和日本，都有了影印的他的雕刻集。最近，更有 Konenkov，称为俄罗斯的罗丹，但与罗丹所代表是西欧的有产者不同，而是东欧的劳动者。可惜在中国也不易得到资料，我只在昇曙梦编辑的《新露西亚美术大观》里见过一种木刻，是装饰全俄农工博览会内染织馆的《女工》。

一九二八年九月十五夜，鲁迅。

五

本月中因为有印刷局的罢工，这一本的印成，大约至少要比前四本迟十天了。

《她的故乡》是从北京寄来的，并一封信，其中有云：

"这篇小文是我在二年前，从《World's Classics》之 'Selected Modern English Essays' 里无意中译出的，译后即搁在书堆下；前日在北海图书馆看到 W.H.Hudson 的集子十多大本，觉得很惊异。然而他的大著我仍然没有细读过，虽然知道他的著作有四种很著名。……

"作者的事情，想必已知？我是不知道，只能从那选本的名下，知他生于一八四一，死于一九二二而已。

"末了，还有一极其微小的事要问：《大旱之消失》的作者，《编校后记》上说是一九○二年死的，然而我看《World's Classics》关于他的生死之注，是：1831—1913，这不知究竟怎样？"

　　W.H.Hudson 的事情，我也不知道。新近得到一本 G.Sampson 增补的 S.A.Brooke 所编《Primer of English Literature》，查起来，在第九章里，有下文那样的几句——

　　"Hudson 在《Far Away and Long Ago》中，讲了在南美洲的他的青年时代事，但于描写英国的鸟兽研究，以及和自然界最为亲近的农夫等，他也一样地精工。仿佛从丰饶的心中，直接溢出似的他的美妙而平易的文章，在同类中，最为杰出。《Green Mansions》,《The Naturalist in La Plata》,《The Purple Land》,《A Shepherd's Life》等，是在英文学中，各占其地位的。"

　　再查《蔷薇》的作者 P. Smith，没有见；White 却有的，在同章中的"后期维多利亚朝的小说家"条下，但只有这几句，就是——

　　"'Mark Rutherford'（即 Wm.Hale White）的描写非国教主义者生活的阴郁的小说，是有古典之趣的文章，表露着英国人心的一面的。"

　　至于生卒之年，那是《World's Classics》上的对，我写后记时，所据的原也是这一本书，不知怎地却弄错了。

近来时或收到并不连接的期刊之类，其中往往有关于我个人或和我有关的刊物的文章，但说到《奔流》者很少。只看见两次。一，是说译著以个人的趣味为重，所以不行。这是真的。《奔流》决定底地没有这力量，会每月选定全世界上有世界的意义的文章，汇成一本，或者满印出有世界的意义的作品来。说到"趣味"，那是现在确已算一种罪名了，但无论人类底也罢，阶级底也罢，我还希望总有一日弛禁，讲文艺不必定要"没趣味"。又其一，是说《奔流》的"执事者都是知名的第一流人物"，"选稿也许是极严吧？而于著，译，也分得极为明白，不仅在《奔流》中目录，公布着作译等字样，即是在《北新》,《语丝》……以及一切旁的广告上，也是如此。"但

　　　"汉君作的《一握泥土》，实实在在道道地地的的确确是'道地'地从翻译而来的。……原文不必远求西版书，即在商务出版的《College English Reading》中就有。题目是：

　　《A Handful of Clay》

　　　作者是 Henry Van Dyke。这种小错误，其实不必吹毛求疵般斤斤计较，不过《奔流》既然如此地分得明白，那末译而曰作，似乎颇有掠美之嫌，故敢代为宣布。此或可使主编《奔流》的先生，小心下一回耳。"

　　其实，《奔流》之在目录及一切广告上声明译作，倒是小心之过，因为恐怕爱读创作而买时未暇细看内容的读者，化了冤钱，价又不便宜，便定下这一种办法，竟不料又弄坏了。但这回的译作不分，却因编者的"浅薄"，一向没有读过那一种"Reading"之类，也未见别的译文，投稿上不写原作者名，又不称译，便以为是做的，简直当创作

看了，"掠美"的坏意思，自以为倒并没有的。不过无论如何小心，此后也难保再没有这样的或更大的错误，那只好等读者的指摘，检切要的在次一本中订正了。

顺便还要说几句别的话。诸位投稿者往往因为一时不得回信，给我指示，说编辑者应负怎样的责任。那固然是的。不过所谓奔流社的"执事者"，其实并无和这一种堂皇名号相副的大人物；就只有两三个人，来译，来做，来看，来编，来校，搜材料，寻图画，于是信件收送，便只好托北新书局代办。而那边人手又少，十来天送一次，加上本月中邮局的罢工积压，所以催促和训斥的信，好几封是和稿件同到的。无可补救。各种惠寄的文稿及信件，也因为忙，未能壹壹答复，这并非自恃被封为"知名的第一流人物"之故，乃是时光有限，又须谋生，若要周到，便没有了性命，也编不成《奔流》了。这些事，倘肯见谅，是颇望见谅的。因为也曾想过许多回，终于没有好方法，只能这样的了。

一九二八年十月二十六日，鲁迅。

六

编目的时候，开首的四篇诗就为难，因为三作而一译，真不知用怎样一个动词好。幸而看见桌上的墨，边上印着"曹素功监制"字样，便用了这"制"字，算是将"创作"和"翻译"都包括在内，含混过去了。此外，能分清的，还是分清。

这一本几乎是三篇译作的天下，中间夹着三首译诗，不过是充充配角的。而所以翻译的原因，又全是因为插画，那么，诗之不关重要，也就可想而知了。第一幅的作者 Arthur Rackham 是英国作插画颇颇有名的人，所作的有《Æsop's Fables》的图画等多种，这幅从《The Springtide of Life》里选出，原有彩色，我们的可惜没有了。诗的作者 Algernon Charles Swinburne（1837—1909）是维多利亚朝末期的诗人，世称他最受欧洲大陆的影响，但从我们亚洲人的眼睛看来，就是这一篇，也还是英国气满满的。

《跳蚤》的木刻者 R.Dufy 有时写作 Dufuy，是法国有名的画家，也擅长装饰；而这《禽虫吟》的一套木刻尤有名。集的开首就有一篇诗赞美他的木刻的线的崇高和强有力；L.Pichon 在《法国新的书籍图饰》中也说——

"……G.Apollinaire 所 著《Le Bestiaire au Cortége d'Orphée》的大的木刻，是令人极意称赞的。是美好的画因的丛画，作成各种殊别动物的相沿的表象。由它的体的分布和线的玄妙，以成最佳的装饰的全形。"

这书是千九百十一年，法国 Deplanch 出版；日本有堀口大学译本，名《动物诗集》，第一书房（东京）出版的，封余的译文，即从这本转译。

蕗谷虹儿的画，近一两年曾在中国突然造成好几个时行的书籍装饰画家；这一幅专用白描，而又简单，难以含胡，所以也不被模仿，看起来较为新鲜一些。

一九二八年十一月十八日，鲁迅。

七

生存八十二年，作文五十八年，今年将出全集九十三卷的托尔斯泰，即使将一本《奔流》都印了关于他的文献的目录，恐怕尚且印不下，更何况登载记念的文章。但只有这样的材力便只能做这样的事，所以虽然不过一本小小的期刊，也还是趁一九二八年还没有全完的时候，来作一回托尔斯泰诞生后百年的记念。

关于这十九世纪的俄国的巨人，中国前几年虽然也曾经有人介绍，今年又有人叱骂，然而他于中国的影响，其实也还是等于零。他的三部大著作中，《战争与和平》至今无人翻译；传记是只有Ch.Sarolea 的书的文言译本和一小本很不完全的《托尔斯泰研究》。前几天因为要查几个字，自己和几个朋友走了许多外国书的书店，终竟寻不到一部横文的他的传记。关于他的著作，在中国是如此的。说到行为，那是更不相干了。我们有开书店造洋房的革命文豪，没有分田给农夫的地主——因为这也是"浅薄的人道主义"；有软求"出版自由"的"著作家"兼店主，没有写信直斥皇帝的胡涂虫——因为这是没有用的，倒也并非怕危险。至于"无抵抗"呢，事实是有的，但并非由于主义，因事不同，因人不同，或打人的嘴巴，或将嘴巴给人打，倘以为会有俄国的许多"灵魂的战士"（Doukhobor）似的，宁死不当兵卒，那实在是一种"杞忧"。

所以这回是意在介绍几篇外国人——真看过托尔斯泰的作品，明白那历史底背景的外国人——的文字，可以看看先前和现在，中国和外国，对于托尔斯泰的评价是怎样的不同。但自然只能从几个译者所见到的书报中取材，并非说惟这几篇是现在世间的定论。

首先当然要推 Gorky 的《回忆杂记》，用极简洁的叙述，将托尔斯泰的真诚底和粉饰的两面，都活画出来，仿佛在我们面前站着。而作者 Gorky 的面目，亦复跃如。一面可以见文人之观察文人，一面可以见劳动出身者和农民思想者的隔膜之处。达夫先生曾经提出一个小疑问，是第十一节里有 Nekassov 这字，也许是错的，美国版的英书，往往有错误。我因为常见俄国文学史上有 Nekrassov，便于付印时候改了，一面则寻访这书的英国印本，来资印证，但待到三校已完，而英国本终于得不到，所以只得暂时存疑，如果所添的"r"是不对的，那完全是编者的责任。

第一篇通论托尔斯泰的一生和著作的，是我所见的一切中最简洁明了的文章，从日本井田孝平的译本《最新露西亚文学研究》重译；书名的英译是《Sketches for the History of Recent Russian Literature》，但不知全书可有译本。原本在一九二三年出版；著者先前是一个社会民主党员，屡被拘囚，终遭放逐，研究文学便是在狱中时的工作。一九〇九年回国，渐和政治离开，专做文笔劳动和文学讲义的事了。这书以 Marxism 为依据，但侧重文艺方面，所以对于托尔斯泰的思想，只说了"反对这极端底无抵抗主义而起的，是 Korolienko 和 Gorki，以及革命底俄国"这几句话。

从思想方面批评托尔斯泰，可以补前篇之不足的，是 A.Lunacharski 的讲演。作者在现代批评界地位之重要，已可以无须多说了。这一篇虽讲在五年之前，其目的多在和政敌"少数党"战斗，但在那里面，于非有产阶级底唯物主义（Marxism）和非有产阶级底精神主义（Tolstoism）的不同和相碍，以及 Tolstoism 的缺陷及何以有害于革命之点，说得非常分明，这才可以照见托尔斯泰，而且也照见那以托尔斯泰为"卑污的说教者"的中国创造社旧旗下的"文化批判"者。

Lvov-Rogachevski 以托尔斯泰比卢梭，Lunacharski 的演说里也这

样。近来看见 Plekhanov 的一篇论文《Karl Marx 和 Leo Tolstoi》的附记里，却有云，"现今开始以托尔斯泰来比卢梭了，然而这样的比较，不过得到否定底的结论。卢梭是辩证论者（十八世纪少数的辩证论者之一人），而托尔斯泰则到死为止，是道地的形而上学者（十九世纪的典型底形而上学者的一人）。敢于将托尔斯泰和卢梭并列者，是没有读过那有名的《人类不平等起原论》或读而不懂的人所做的事。在俄国文献里，卢梭的辩证法底特质，在十二年前，已由札思律支弄明白了。"三位都是马克斯学者的批评家，我则不但"根本不懂唯物史观"，且未曾研究过卢梭和托尔斯泰的书，所以无从知道那一说对，但能附载于此，以供读者的参考罢了。

小泉八云在中国已经很有人知道，无须绍介了。他的三篇讲义，为日本学生而讲，所以在我们看去，也觉得很了然。其中含有一个很够研究的问题，是句子为一般人所不懂，是否可以算作好文学。倘使为大众所不懂而仍然算好，那么这文学也就决不是大众的东西了。托尔斯泰所论及的这一层，确是一种卓识。但是住在都市里的小资产阶级，实行是极难的，先要"到民间去"，用过一番苦功。否则便会像创造社的革命文学家一样，成仿吾刚大叫到劳动大众间去安慰指导他们（见本年《创造月刊》），而"诗人王独清教授"又来减价，只向"革命的印贴利更追亚"说话（见《我们》一号）。但过了半年，居然已经悟出，修善寺温泉浴场和半租界洋房中并无"劳动大众"，这是万分可"喜"的。

Maiski 的讲演也是说给外国人听的，所以从历史说起，直到托尔斯泰作品的特征，非常明了。日本人的办事真敏捷，前月底已有一本《马克斯主义者之所见的托尔斯泰》出版，计言论九篇，但大抵是说他的哲学有妨革命，而技术却可推崇。这一篇的主意也一样，我想，自然也是依照"苏维埃艺术局"的纲领书的，所以做法纵使万殊，归趣却是一致。奖其技术，贬其思想，是一种从新估价运动，也是廓清运动。虽然似乎因此可以引出一个问题，是照此推论起来，技术的生命，长于内容，"为艺术的艺术"，于此得到苏甦的消息。然而这还不过是托尔斯泰诞生一百年后的托尔斯泰论。在这样的世界上，他本国竟以记念观念相反的托尔斯泰的盛典普示世界，以他的优良之点讲给外人，其实是十分寂寞的事。到了将来，自然还会有不同的言论的。

托尔斯泰晚年的出奔，原因很复杂，其中的一部，是家庭的纠纷。我们不必看别的记录，只要看《托尔斯泰自己的事情》一篇，便知道他的长子 L.L.Tolstoi 便是一个不满于父亲的亲母派。《回忆杂记》第二十七节说托尔斯泰喜欢盘问人家，如"你想我的儿子莱阿，是有才能的么？"的莱阿，便是他。末尾所记的 To the doctor he would say: "All my arrangements must be destroyed." 尤为奇特，且不易解。托尔斯泰死掉之前，他的夫人没有进屋里去，作者又没有说这是医生所传述，所以令人觉得很可疑怪的。

末一篇是没有什么大关系的，不过可以知道一点前年的 Iasnaia Poliana 的情形。

这回的插图，除卷面的一幅是他本国的印本，卷头的一幅从 J.Drinkwater 编的《The Outline of Literature》，他和夫人的一幅从《Sphere》取来的之外，其余七幅，都是出于德人 Julius Hart 的《托尔斯泰论》和日本译的《托尔斯泰全集》里的。这全集共六十本，每本一图，倘使挑选起来，该可以得到很适宜的插画，可惜我只有六本，因此其中便不免有所迁就了。卷面的像上可以看见 Gorky 看得很以为奇的手；耕作的图是 Riepin 于一八九二年所作，颇为有名，本期的 Lvov-Rogachevski 和藏原惟人的文章里，就都提起它，还有一幅坐像，也是 Riepin 之作，也许将来可以补印。那一张谑画（Caricature），不知作者，我也看不大懂，大约是以为俄国的和平，维持只靠兵警，而托尔斯泰却在拆掉这局面罢。一张原稿，是可以印证他怎样有闲，怎样细致，和 Dostoievski 的请女速记者做小说怎样两路的：一张稿子上，改了一回，删了两回，临末只剩了八行半了。

至于记念日的情形，在他本国的，中国已有记事登在《无轨列车》上。日本是由日露艺术协会电贺全苏维埃对外文化联络协会；一面在东京读卖新闻社讲堂上开托尔斯泰记念讲演会，有 Maiski 的演说，有 Napron 女士的 Esenin 诗的朗吟。同时又有一个记念会，大约是意见和前者相反的人们所办的，仅看见《日露艺术》上有对于这会的攻击，不知其详。

欧洲的事情，仅有赵景深先生写给我一点消息——

"顷阅《伦敦麦考莱》十一月号，有这样几句话：'托尔斯泰研究会安排了各种百年纪念的庆祝。十月末《黑暗的势力》和《教育之果》在艺术剧院上演。Anna Stannard 将《Anna Karenina》改编剧本，亦将于十一月六日下午三时在皇家剧院上演。同日下午八时 P.E.N. 会将为庆祝托尔斯泰聚餐，Galsworthy 亦在席云。'

"又阅《纽约时报》十月七号的《书报评论》，有法国纪念托尔斯泰的消息。大意说，托尔斯泰游历欧洲时，不大到法国去，因为他是主张为人生的艺术的，所以不大欢喜法国的文学。他在法国文学中最佩服三个人，就是 Stendhal, Balzac 和 Flaubert。对于他们的后辈 Maupassant, Mirbeau 等，也还称赞。法国认识托尔斯泰是很早的，一八八四年即有《战争与和平》的法译本，一八八五年又有《Anna Karenina》和《忏悔》的法译本。M.Bienstock 曾译过他的全集，可惜没有完。自从 Eugène Melchior de Vogüe 在一八八六年作了一部有名的《俄国小说论》，法国便普遍的知道托尔斯泰了。今年各杂志上更大大的著论介绍，其中有 M.Rappoport 很反对托尔斯泰的无抵抗主义，说他是个梦想的社会主义者。但大致说来，对于他还都是很崇敬的，罗曼罗兰对他依旧很是忠心，与以前做《托尔斯泰传》时一样。"

在中国，有《文学周报》和《文化战线》，都曾为托尔斯泰出了记念号；十二月的《小说月报》上，有关于他的图画八幅和译著三篇。

一九二八年十二月二十三日，鲁迅记。

八

这一本校完之后，自己觉得并没有什么话非说不可。

单是，忽然想起，在中国的外人，译经书，子书的是有的，但很少有认真地将现在的文化生活——无论高低，总还是文化生活——绍介给世界。有些学者，还要在载籍里竭力寻出食人风俗的证据来。这一层，日本比中国幸福得多了，他们常有外客将日本的好的东西宣扬出去，一面又将外国的好的东西，循循善诱地输运进来。在英文学方面，小泉八云便是其一，他的讲义，是多么简要清楚，为学生们设想。中国的研究英文，并不比日本迟，所接触的，是英文书籍多，学校里的外国语，又十之八九是英语，然而关于英文学的这样讲义，却至今没有出现。现在登载它几篇，对于看看英文，而未曾留心到史底关系的青年，大约是很有意义的。

先前的北京大学里，教授俄，法文学的伊发尔（Ivanov）和铁捷克（Tretiakov）两位先生，我觉得却是善于诱掖的人，我们之有《苏俄的文艺论战》和《十二个》的直接译本而且是译得可靠的，就出于他们的指点之赐。现在是，不但俄文学系早被"正人君子"们所击散，连译书的青年也不知所往了。

大约是四五年前罢，伊发尔先生向我说过，"你们还在谈 Sologub之类，以为新鲜，可是这些名字，从我们的耳朵听起来，好像已经是一百来年以前的名字了。"我深信这是真的，在变动，进展的地方，十年的确可以抵得我们的一世纪或者还要多。然而虽然对于这些旧作家，我们也还是不过"谈谈"，他的作品的译本，终于只有几篇短篇，那比较长些的有名的《小鬼》，至今并没有出版。

这有名的《小鬼》的作者梭罗古勃，就于去年在列宁格勒去世了，活了六十五岁。十月革命时，许多文人都往外国跑，他却并不走，但也没有著作，那自然，他是出名的"死的赞美者"，在那样的时代和环境里，当然做不出东西来的，做了也无从发表。这回译载了他的一篇短篇——也许先前有人译过的——并非说这是他的代表作，不过借此作一点记念。那所描写，我想，凡是不知道集团主义的饥饿者，恐怕多数是这样的心情。

一九二九年一月十八日，鲁迅。

九

这算是第一卷的末一本了，此后便是第二卷的开头。别的期刊不敢妄揣，但在《奔流》，却不过是印了十本，并无社会上所珍重的"夏历"过年一样，有必须大放爆竹的神秘的玄机。惟使内容有一点小小的结束，以便读者购阅的或停或续的意思，却是有的。然而现在还有《炸弹和征鸟》未曾完结，不过这是在重要的时代，涉及广大的地域，描写多种状况的长篇，登在期刊上需要一年半载，也正是必然之势，况且每期所登也必有两三章，大概在大度的读者是一定很能够谅解的罢。

其次，最初的计画，是想，倘若登载将来要印成单行本的译作，便须全部在这里发表，免得读者再去买一本一部份曾经看过的书籍。但因为译作者的生活关系，这计画恐怕办不到了，纵有匿名的"批评家"以先在期刊上横横直直发表而后来集印成书为罪状，也没有法子。确是全部登完了的只有两种：一是《叛逆者》，一是《文艺政策》。

《叛逆者》本文三篇，是有岛武郎最精心结撰的短论文，一对于雕刻，二对于诗，三对于画；附录一篇，是译者所作；插画二十种，则是编者加上去的，原本中并没有。《文艺政策》原译本是这样完结了，但又见过另外几篇关于文艺政策的文章，倘再译了出来，一切大约就可以知道得更清楚。此刻正在想：再来添一个附录，如何呢？但一时还没有怎样的决定。

《文艺政策》另有画室先生的译本，去年就出版了。听说照例的创造社革命文学诸公又在"批判"，有的说鲁迅译这书是不甘"落伍"，有的说画室居然捷足先登。其实我译这书，倒并非救"落"，也不在争先，倘若译一部书便免于"落伍"，那么，先驱倒也是轻松的玩意。我的翻译这书不过是使大家看看各种议论，可以和中国的新的批评家的批评和主张相比较。与翻刻王羲之真迹，给人们可以和自称王派的草书来比一比，免得胡里胡涂的意思，是相仿佛的，借此也到"修善寺"温泉去洗澡，实非所望也。

又其次，是原想每期按二十日出版，没有迟误的，但竟延误了一个月。近时得到几位爱读者的来信，责以迟延，勉以努力。我们也何尝不想这样办；不过一者其中有三回增刊，共加添二百页，即等于十个月内，出了十一本的平常刊；二者这十个月中，是印刷局的两次停工和举国同珍的一回"夏历"岁首，对于这些大事，几个《奔流》同人除跳黄浦江之外，是什么办法也没有的。譬如要办上海居民所最爱看的"大出丧"，本来算不得乌托邦的空想，但若脚色都回家拜岁去了，就必然底地出不出来。所以，据去年一年所积的经验，是觉得"凡例"上所说的"倘无意外障碍，定于每月中旬出版"的上一句的分量，实在着重起来了。

孙用先生寄来译诗之后，又寄一篇作者《Lermontov 小记》来。可惜那时第九本已经印好，不及添上了，现在补录在这里——

"密哈尔·古列维支·莱芒托夫（Mikhail Gurievitch Lermontov）在一八一四年十月十五日生于莫斯科，死于一八四一年七月廿七日。是一个俄国的诗人及小说家，被称为'高加索的诗人'的，他曾有两次被流放于高加索（1837，1840），也在那儿因决斗而死。他的最有名的著作是小说《我们的时代的英雄》和诗歌《俄皇伊凡·华西里维支之歌》，《Ismail-Bey》及《魔鬼》等。"

韦素园先生有一封信，有几处是关于 Gorky 的《托尔斯泰回忆杂记》的，也摘录于下——

"读《奔流》七号上达夫先生译文，所记有两个疑点，现从城里要来一本原文的 Gorky 回忆托尔斯泰，解答如下：

1.《托尔斯泰回忆记》第十一节 Nekassov 确为 Nekrassov 之误。涅克拉梭夫是俄国十九世纪有名的国民诗人。

2.'Volga 宣教者'的 Volga 是河名，中国地理书上通译为涡瓦河，在俄国农民多呼之为'亲爱的母亲'，有人译为'卑汙的说教者'，当系错误。不过此处，据 Gorky《回忆杂记》第三十二节原文似应译为'涡瓦河流域'方合，因为这里并不只 Volga 一个字，却在前面有一前置词（za）故也。

以上系根据彼得堡一九一九年格尔热宾出版部所印行的本子作答的，当不致有大误。不过我看信比杂记写得还要好。"

说到那一封信，我的运动达夫先生一并译出，实在也不只一次了。有几回，是诱以甘言，说快点译出来，可以好好的合印一本书，上加好看的图像；有一回，是特地将读者称赞译文的来信寄去，给看看读书界的期望是怎样地热心。见面时候谈起来，倒也并不如那跋文所说，暂且不译了，但至今似乎也终于没有动手，这真是无可如何。现在索性将这情形公表出来，算是又一回猛烈的"恶毒"的催逼。

一九二九年三月二十五日，鲁迅记。

十

E.Dowden 的关于法国的文学批评的简明扼要的论文，在这一本里已经终结了，我相信于读者会有许多用处，并且连类来看英国的批评家对于批评的批评。

这回译了一篇野口米次郎的《爱尔兰文学之回顾》，以译文而论，自然简直是续貂。但也很简明扼要，于爱尔兰文学运动的来因去果，是说得了了分明的；中国前几年，于 Yeats, Synge 等人的事情和作品，曾经屡有绍介了，现在有这一篇，也许更可以帮助一点理解罢。

但作者是诗人，所以那文中有许多诗底的辞句，是无须赘说的。只有一端，当翻译完毕时，还想添几句话。那就是作者的"无论那一国的文学，都必须知道古代的文化和天才，和近代的时代精神有怎样的关系，而从这处所，来培养真生命的"的主张。这自然也并非作者一人的话，在最近，虽是最革命底国度里，也有搬出古典文章来之势，编印托尔斯泰全集还是小事，如 Trotsky，且明说可以读 Dante 和 Pushkin, Lunacharski 则以为古代一民族兴起时代的文艺，胜于近来十九世纪末的文艺。但我想，这是并非中国复古的两派——遗老的神往唐虞，遗少的归心元代——所能引为口实的——那两派的思想，虽然和 Trotsky 等截然不同，但觉得于自己有利时，我可以保证他们也要引为口实。现在的幻想中的唐虞，那无为而治之世，不能回去的乌托邦，那确实性，比到"阴间"去还稀少；至于元，那时东取中国，西侵欧洲，武力自然是雄大的，但他是蒙古人，倘以这为中国的光荣，则现在也可以归降英国，而自以为本国的国旗——但不是五色的——"遍于日所出入处"了。

要之，倘若先前并无可以师法的东西，就只好自己来开创。拉旧来帮新，结果往往只差一个名目，拖《红楼梦》来附会十九世纪式的恋爱，所造成的还是宝玉，不过他的姓名是"少年威德"，说《水浒传》里有革命精神，因风而起者便不免是涂面剪径的假李逵——但他的雅号也许却叫作"突变"。

卷末的一篇虽然不过是对于 Douglas Percy Bliss 的《A History of Wood-Engraving》的批评，但因为可以知道那一本书——欧洲木刻经过的大略，所以特地登载了。本卷第一，二两册上，还附有木刻的插图，作为参考；以后也许还要附载，以见各派的作风。我的私见，以为在印刷术未曾发达的中国，美术家倘能兼作木刻，是颇为切要的，因为容易印刷而不至于很失真，因此流布也能较广远，可以不再如巨幅或长卷，固定一处，仅供几个人的鉴赏了。又，如果刻印章的人，以铁笔兼刻绘画，大概总也能够开一新生面的。

但虽是翻印木刻，中国现在的制版术和印刷术，也还是不行，偶而看看，倒也罢了，如要认真研究起来，则几张翻印的插图，真是贫窭到不足靠，归根结蒂，又只好说到去看别国的书了。Bliss 的书，探究历史是好的，倘看作品，却不合宜，因为其中较少近代的作品。为有志于木刻的人们起见，另举两种较为相宜的书在下面——

《The Modern Woodcut》by Herbert Furst, published by John Lane, London.42s.1924.

《The Woodcut of To-day at Home and Abroad》, commentary by M.C.Talaman, published by The Studio Ltd., London.7s.6d.1927.

上一种太贵；下一种原是较为便宜，可惜今年已经卖完，旧本增价到21s. 了。但倘若随时留心着欧美书籍广告，大概总有时可以遇见新出的相宜的本子。

一九二九年五月十日，鲁迅记。

十一

A Mickiewicz（1798—1855）是波兰在异族压迫之下的时代的诗人，所鼓吹的是复仇，所希求的是解放，在二三十年前，是很足以招致中国青年的共鸣的。我曾在《摩罗诗力说》里，讲过他的生涯和著作，后来收在论文集《坟》中；记得《小说月报》很注意于被压迫民族的文学的时候，也曾有所论述，但我手头没有旧报，说不出在那一卷那一期了。最近，则在《奔流》本卷第一本上，登过他的两篇诗。但这回绍介的主意，倒在巴黎新成的雕像；《青春的赞颂》一篇，也是从法文重译的。

I.Matsa 是匈牙利的出亡在外的革命者，现在以科学底社会主义的手法，来解剖西欧现代的艺术，著成一部有名的书，曰《现代欧洲的艺术》。这《艺术及文学的诸流派》便是其中的一篇，将各国的文艺，在综合底把握之内，加以检查。篇页也并不多，本应该一期登毕，但因为后半篇有一幅图表，一时来不及制版，所以只好分为两期了。

这篇里所举的新流派，在欧洲虽然多已成为陈迹，但在中国，有的却不过徒闻其名，有的则连名目也未经介绍。在这里登载这一篇评论，似乎颇有太早，或过时之嫌。但我以为是极有意义的。这是一种豫先的消毒，可以"打发"掉只偷一些新名目，以自夸耀，而其实毫无实际的"文豪"。因为其中所举的各主义，倘不用科学之光照破，则可借以藏拙者还是不少的。

Lunacharski 说过，文艺上的各种古怪主义，是发生于楼顶房上的文艺家，而旺盛于贩卖商人和好奇的富翁的。那些创作者，说得好，是自信很强的不遇的才人，说得坏，是骗子。但此说嵌在中国，却只能合得一半，因为我们能听到某人在提倡某主义——如成仿吾之大谈表现主义，高长虹之以未来派自居之类——而从未见某主义的一篇作品，大吹大擂地挂起招牌来，孪生了开张和倒闭，所以欧洲的文艺史潮，在中国毫未开演，而又像已经一一演过了。

得到汉口来的一封信，是这样写着的：

"昨天接到北新寄来的《奔流》二卷二期，我于匆匆流览了三幅插画之后，便去读《编辑后记》——这是我的老脾气。在这里面有一句话使我很为奋兴，那便是：'……又，如果刻印章的人，以铁笔兼刻绘画，大概总也能够开一新生面的。'我在学校的最后一年和离校后的失业时期颇曾学学过刻印，虽然现在已有大半年不亲此道了。其间因偶然尝试，曾刻过几颗绘画的印子，但是后来觉得于绘画没有修养，很少成功之望，便不曾继续努力。不过所刻的这几颗印子，却很想找机会在什么地方发表一下。因此曾寄去给编《美育》的李金发先生，然而没有回音。第二期《美育》又增了价，要二元一本，不知里面有否刊登。此外亦曾寄到要出画报的汉口某日报去，但是画报没有出，自然更是石沉大海了。倒是有一家小报很承他们赞赏，然而据说所刻的人物大半是'俄国人'，不妥，劝我刻几个党国要人的面像；可恨我根本就不曾想要刻要人们的尊容。碰了三次壁，我只好把这几枚印子塞到箱子底里去了。现在见到了你这句话，怎不令我奋兴呢？兹特冒盛暑在蒸笼般的卧室中找出这颗印子钤奉一阅。如不笑其拙劣，能在《奔流》刊登，则不胜大欢喜也。

　　　　　　　　　　　　　　　　🔒谨上　七月十八日。"

　　从远远的汉口来了这样的一个响应，对于寂寞的我们，自然也给以很可感谢的兴奋的。《美育》第二期我只在日报上见过目录，不记得有这一项。至于憾不刻要人的小报，则大约误以版画家为照相店了，只有照相店是专挂要人的放大像片的，现在隐然有取以相比之意，所以也恐怕并非真赏。不过这次可还要碰第四次的壁的罢。《奔流》版心太大而图版小，所以还是不相宜，或者就寄到《朝花旬刊》去。但希望刻者告诉我一个易于认识的名字。

　　还有，《子见南子》在山东曲阜第二师范学校排演，引起了一场"圣裔"控告，名人震怒的风潮。曾经搜集了一些公文之类，想作一个附录来发表，但这回为了页数的限制，已经不能排入，只好等别的机会或别的处所了。这或者就寄到《语丝》去。

　　读者诸君，再见罢。

　　　　　　　　　　　　　　　　　　　鲁迅。八月十一日。

十二

　　豫计这一本的出版，和第四本当有整三个月的距离，读者也许要觉得生疏了。这迟延的原因，其一，据出版所之说，是收不回成本来，那么，这责任只好归给各地贩卖店的乾没……。但现在总算得了一笔款，所以就尽其所有，来出一本译文的增刊。

增刊偏都是译文，也并无什么深意，不过因为所有的稿件，偏是译文多，整理起来，容易成一个样子。去年挂着革命文学大旗的"青年"名人，今年已很有些化为"小记者"，有一个在小报上鸣不平道："据书业中人说，今年创作的书不行了，翻译的而且是社会科学的那才好销。上海一般专靠卖小说吃饭的大小文学家那才倒霉呢！如果这样下去，文学家便非另改行业不可了。小记者的推测，将来上海的文学家怕只留着一班翻译家了。"这其实只在说明"革命文学家"之所以化为"小记者"的原因。倘若只留着一班翻译家，——认真的翻译家，中国的文坛还不算堕落。但《奔流》如果能出下去，还是要登创作的，别一小报说："白薇女士近作之《炸弹与征鸟》，连刊《奔流》二卷各期中，近闻北新书局即拟排印单行本发卖，自二卷五期起，停止续刊。"编者却其实还没有听见这样的新闻，也并未奉到北新书局饬即"停止续刊"的命令。

对于这一本的内容，编者也没有什么话可说，因为世界上一切文学的好坏，即使是"鸟瞰"，恐怕现在只有"赵景深氏"知道。况且译者在篇末大抵附有按语，便无须编者来多谈。但就大体而言，全本是并无一致的线索的，首先是五个作家的像，评传，和作品，或先有作品而添译一篇传，或有了评传而搜求一篇文或诗。这些登载以后，便将陆续积存，以为可以绍介的译文，选登几篇在下面，到本子颇有些厚了才罢。

收到第一篇《彼得斐行状》时，很引起我青年时的回忆，因为他是我那时所敬仰的诗人。在满洲政府之下的人，共鸣于反抗俄皇的英雄，也是自然的事。但他其实是一个爱国诗人，译者大约因为爱他，便不免有些掩护，将"nation"译作"民众"，我以为那是不必的。他生于那时，当然没有现代的见解，取长弃短，只要那"斗志"能鼓动青年战士的心，就尽够了。

绍介彼得斐最早的，有半篇译文叫《裴彖飞诗论》，登在二十多年前在日本东京出版的杂志《河南》上，现在大概是消失了。其次，是我的《摩罗诗力说》里也曾说及，后来收在《坟》里面。一直后来，则《沉钟》月刊上有冯至先生的论文；《语丝》上有L.S.的译诗，和这里的诗有两篇相重复。近来孙用先生译了一篇叙事诗《勇敢的约翰》，是十分用力的工作，可惜有一百页之多，《奔流》为篇幅所限，竟容不下，只好另出单行本子了。

契诃夫要算在中国最为大家所熟识的文人之一，他开手创作，距今已五十年，死了也满二十五年了。日本曾为他开过创作五十年纪念会，俄国也出了一本小册子，为他死后二十五年纪念，这里的插画，便是其中的一张。我就译了一篇觉得很平允的论文，接着是他的两篇创作。《爱》是评论中所提及的，可作参考，倘再有《草原》和《谷间》，就更好了，然而都太长，只得作罢。《熊》这剧本，是从日本米川正夫译的《契诃夫戏曲全集》里译出的，也有曹靖华先生的译本，名《蠢货》，在《未名丛刊》中。俄国称蠢人为"熊"，盖和中国之称"笨牛"相类。曹译语气简捷，这译本却较曲折，互相对照，各取所长，恐怕于扮演时是很有用处的。米川的译本有关于这一篇的解题，译载于下——

"一八八八年冬，契诃夫在墨斯科的珂尔修剧场，看法国喜剧的翻案《对胜利者无裁判》的时候，心折于扮演粗暴的女性征服者这脚色的演员梭罗孚卓夫的本领，便觉到一种诱惑，要给他写出相像的脚色来。于是一任如流的创作力的动弹，乘兴而真是在一夜中写成的，便是这轻妙无比的《熊》一篇。不久，这喜剧便在珂尔修剧场的舞台上，由梭罗孚卓夫之手开演了，果然得到非常的成功。为了作这成功的记念，契诃夫便将这作品（的印本上，题了）献给梭罗孚卓夫。"

J.Aho 是芬兰的一个幽婉凄艳的作家，生长于严酷的天然物的环境中，后来是受了些法国文学的影响。《域外小说集》中曾介绍过一篇他的小说《先驱者》，写一对小夫妇，怀着希望去开辟荒林，而不能战胜天然之力，终于灭亡。如这一篇中的艺术家，感得天然之美而无力表现，正是同一意思。Aho 之前的作家 Päivärinta 的《人生图录》（有德译本在《Reclam's Universal Bibliothek》中），也有一篇写一个人因为失恋而默默地颓唐到老，至于作一种特别的跳舞供人玩笑，来换取一杯酒，待到他和旅客（作者）说明原因之后，就死掉了。这一种 Type，大约芬兰是常有的。那和天然的环境的相关，看 F.Poppenberg 的一篇《阿河的艺术》就明白。这是很好的论文，虽然所讲的偏重在一个人的一部书，然而芬兰自然的全景和文艺思潮的一角，都描写出来了。达夫先生译这篇时，当面和通信里，都有些不平，连在本文的附记上，也还留着"怨声载道"的痕迹，这苦楚我很明白，也很抱歉的，因为当初原想自己来译，后来觉得麻烦，便推给他了，一面也豫料他会"好，好，可以，可以"的担当去。虽然这种方法，很像"革命文学家"的自己浸在温泉里，却叫别人去革命一样，然而……倘若还要做几天编辑，这些"政策"，且留着不说破它罢。

Kogan 教授的关于 Gorky 的短文，也是很简要的；所说的他的作品内容的出发点和变迁，大约十分中肯。早年所作的《鹰之歌》有韦素园先生的翻译，收在《未名丛刊》之一的《黄花集》中。这里的信却是近作，可以看见他的坦白和天真，也还很盛气。"机械的市民"其实也是坦白的人们，会照他心里所想的说出，并不涂改招牌，来做"狮子身中虫"。若在中国，则一派握定政权以后，谁还来明白地唠叨自己的不满。眼前的例，就如张勋在时，盛极一时的"遗老""遗少"气味，现在表面上已经销声匿迹；《醒狮》之流，也只要打倒"共产党"和"共产党的走狗"，而遥向首都虔诚地进"忠告"了。至于革命文学指导者成仿吾先生之逍遥于巴黎，"左翼文艺家"蒋光Y先生之养疴于日本（or青岛？），盖犹其小焉者耳。

V.Lidin 只是一位"同路人"，经历是平常的，如他的自传。别的作品，我曾译过一篇《竖琴》，载在去年一月的《小说月报》上。

东欧的文艺经七手八脚弄得糊七八遭了之际，北欧的文艺恐怕先要使读书界觉得新鲜，在事实上，也渐渐看见了作品的绍介和翻译，虽然因为近年诺贝尔奖金屡为北欧作者所得，于是不胜佩服之至，也是一种原因。这里绍介丹麦思潮的是极简要的一篇，并译了两个作家的作品，以供参考，别的作者，我们现在还寻不到可作标本的文章。但因为篇中所讲的是限于最近的作家，所以出现较早的如 Jacobsen，Bang 等，都没有提及。他们变迁得太快，我们知道得太迟，因此世界上许多文艺家，在我们这里还没有提起他的姓名的时候，他们却早已在他们那里死掉了。

跋佐夫在《小说月报》上，还是由今年不准提起姓名的茅盾先生所编辑的时候，已经绍介过；巴尔干诸国作家之中，恐怕要算中国最为熟识的人了，这里便不多赘。确木努易的小品，是从《新兴文学全集》第二十五本中横泽芳人的译本重译的，作者的生平不知道，查去年出版的 V.Lidin 所编的《文学的俄国》，也不见他的姓名，这篇上注着"遗稿"，也许是一个新作家，而不幸又早死的罢。

末两篇不过是本卷前几本中未完译文的续稿。最后一篇的下半，已在《文艺与批评》中印出，本来可以不必再印，但对于读者，这里也得有一个结束，所以仍然附上了。《文艺政策》的附录，原定四篇，中二篇是同作者的《苏维埃国家与艺术》和《关于科学底文艺批评之任务的提要》，也已译载《文艺与批评》中；末一篇是 Maisky 的《文化，文学和党》，现在关于这类理论的文籍，译本已有五六种，推演起来，大略已不难揣知，所以拟不再译，即使再译，也将作为独立的一篇，这《文艺政策》的附录，就算即此完结了。

一九二九年十一月二十日，鲁迅。

题注：

本篇十二则最初分别发表于上海《奔流》月刊第一卷第一期（1928 年 6 月 20 日）、第二期（7 月 20 日）、第三期（8 月 20 日）、第四期（9 月 20 日）、第五期（10 月 30 日）、第六期（11 月 30 日）、第七期（12 月 30 日）、第八期（1929 年 1 月 30 日）、第十期（4 月 20 日），第二卷第二期（6 月 20 日）、第四期（8 月 20 日）、第五期（12 月 20 日）。从第二卷第二期始改称《编辑后记》。后收入《集外集》的附录。

《奔流》是鲁迅、郁达夫编辑的文艺月刊，1928 年 6 月 20 日在上海创刊，1929 年 12 月 20 日出至第二卷第五期停刊。每期都有鲁迅写的编校后记，大多是对该期重点内容的评介，间有集中答复读者来信。

《而已集》题辞

这半年我又看见了许多血和许多泪，

然而我只有杂感而已。

泪揩了，血消了；

屠伯们逍遥复逍遥，

用钢刀的，用软刀的。

然而我只有"杂感"而已。

连"杂感"也被"放进了应该去的地方"时，

我于是只有"而已"而已！

以上的八句话，是在一九二六年十月十四夜里，编完那年那时为止的杂感集后，写在末尾的，现在便取来作为一九二七年的杂感集的题辞。

一九二八年十月三十日，鲁迅校讫记。

题注：

　　本篇原为《华盖集续编》校讫记，附于该书之末。1928 年 10 月 30 日鲁迅校完《而已集》时，将此篇移作《而已集》的题辞。

　　《而已集》是鲁迅于 1927 年在广州和上海所作的杂文集，除《题辞》外，收 29 篇，另附 1926 年的一篇，1928 年 10 月上海北新书局出版。作于 1927 年的杂文，除收入本书外，还有 8 篇后来收入《三闲集》。

　　1927 年国民党发动"清党"，在上海、武汉等地血腥屠杀革命者和进步群众，历史以惊人的相似重演。有鉴于此，1928 年 10 月鲁迅整理校对书稿后，将这首作于 1926 年 10 月揭露北洋军阀及其御用文人的诗，作为本书的"题辞"，以表达自己的悲愤之情，并用诗末"而已"两字作为本集的书名。在《三闲集》的序言中他说："我是在二七年被血吓得目瞪口呆，离开广东的，那些吞吞吐吐，没有胆子直说的话，都载在《而已集》里。"

叶永蓁作《小小十年》小引

　　这是一个青年的作者，以一个现代的活的青年为主角，描写他十年中的行动和思想的书。

　　旧的传统和新的思潮，纷纭于他的一身，爱和憎的纠缠，感情和理智的冲突，缠绵和决撒的迭代，欢欣和绝望的起伏，都逐着这"小小十年"而开展，以形成一部感伤的书，个人的书。但时代是现代，所以从旧家庭所希望的"上进"而渡到革命，从交通不大方便的小县而渡到"革命策源地"的广州，从本身的婚姻不自由而渡到伟大的社会改革——但我没有发见其间的桥梁。

　　一个革命者，将——而且实在也已经（！）——为大众的幸福斗争，然而独独宽恕首先压迫自己的亲人，将枪口移向四面是敌，但又四不见敌的旧社会；一个革命者，将为人我争解放，然而当失去爱人的时候，却希望她自己负责，并且为了革命之故，不愿自己有一个情敌，——志愿愈大，希望愈高，可以致力之处就愈少，可以自解之处也愈多。——终于，则甚至闪出了惟本身目前的刹那间为惟一的现实一流的阴影。在这里，是屹然站着一个个人主义者，遥望着集团主义的大纛，但在"重上征途"之前，我没有发见其间的桥梁。

释迦牟尼出世以后，割肉喂鹰，投身饲虎的是小乘，渺渺茫茫地说教的倒算是大乘，总是发达起来，我想，那机微就在此。

然而这书的生命，却正在这里。他描出了背着传统，又为世界思潮所激荡的一部分的青年的心，逐渐写来，并无遮瞒，也不装点，虽然间或有若干辩解，而这些辩解，却又正是脱去了自己的衣裳。至少，将为现在作一面明镜，为将来留一种记录，是无疑的罢。多少伟大的招牌，去年以来，在文摊上都挂过了，但不到一年，便以变相和无物，自己告发了全盘的欺骗，中国如果还会有文艺，当然先要以这样直说自己所本有的内容的著作，来打退骗局以后的空虚。因为文艺家至少是须有直抒己见的诚心和勇气的，倘不肯吐露本心，就更谈不到什么意识。

我觉得最有意义的是渐向战场的一段，无论意识如何，总之，许多青年，从东江起，而上海，而武汉，而江西，为革命战斗了，其中的一部分，是抱着种种的希望，死在战场上，再看不见上面摆起来的是金交椅呢还是虎皮交椅。种种革命，便都是这样地进行，所以掉弄笔墨的，从实行者看来，究竟还是闲人之业。

这部书的成就，是由于曾经革命而没有死的青年。我想，活着，而又在看小说的人们，当有许多人发生同感。

技术，是未曾矫揉造作的。因为事情是按年叙述的，所以文章也倾泻而下，至使作者在《后记》里，不愿称之为小说，但也自然是小说。我所感到累赘的只是说理之处过于多，校读时删节了一点，倘使反而损伤原作了，那便成了校者的责任。还有好像缺点而其实是优长之处，是语汇的不丰，新文学兴起以来，未忘积习而常用成语如我的和故意作怪而乱用谁也不懂的生语如创造社一流的文字，都使文艺和大众隔离，这部书却加以扫荡了，使读者可以更易于了解，然而从中作梗的还有许多新名词。

通读了这部书，已经在一月之前了，因为不得不写几句，便凭着现在所记得的写了这些字。我不是什么社的内定的"斗争"的"批评家"之一员，只能直说自己所愿意说的话。我极欣幸能绍介这真实的作品于中国，还渴望看见"重上征途"以后之作的新吐的光芒。

一九二九年七月二十八日，于上海，鲁迅记。

题注：

本篇最初发表于上海《春潮月刊》第一卷第八期（1929 年 8 月 15 日），题为《〈小小十年〉小引》，收入《三闲集》时改为现题。

叶永蓁（1908—1976），黄埔军校第五期学生，毕业后随军北伐，大革命失败后，1928 年退居上海，从事文学创作。叶永蓁把他十年来的恋爱和征途生活经历写成自传小说《茵茵》，后改名《小小十年》，1929 年 9 月上海春潮书局出版。鲁迅应作者之请，从 1929 年 5 月 3 日起"寄还陈瑛及叶永蓁稿并复信"到 7 月 7 日"下午改《小小十年》讫"，几个月校读修改了这部作品，并且尽力介绍出版，又亲自给小说设计封面，代为选定插图。在 7 月底书稿付印前，鲁迅于 7 月 28 日为书稿写了《小引》。

柔石作《二月》小引

　　冲锋的战士，天真的孤儿，年青的寡妇，热情的女人，各有主义的新式公子们，死气沉沉而交头接耳的旧社会，倒也并非如蜘蛛张网，专一在待飞翔的游人，但在寻求安静的青年的眼中，却化为不安的大苦痛。这大苦痛，便是社会的可怜的椒盐，和战士孤儿等辈一同，给无聊的社会一些味道，使他们无聊地持续下去。

　　浊浪在拍岸，站在山冈上者和飞沫不相干，弄潮儿则于涛头且不在意，惟有衣履尚整，徘徊海滨的人，一溅水花，便觉得有所沾湿，狼狈起来。这从上述的两类人们看来，是都觉得诧异的。但我们书中的青年萧君，便正落在这境遇里。他极想有为，怀着热爱，而有所顾惜，过于矜持，终于连安住几年之处，也不可得。他其实并不能成为一小齿轮，跟着大齿轮转动，他仅是外来的一粒石子，所以轧了几下，发几声响，便被挤到女佛山——上海去了。

　　他幸而还坚硬，没有变成润泽齿轮的油。

　　但是，夒昙（释迦牟尼）从夜半醒来，目睹宫女们睡态之丑，于是慨然出家，而霍善斯坦因以为是醉饱后的呕吐。那么，萧君的决心遁走，恐怕是胃弱而禁食的了，虽然我还无从明白其前因，是由于气质的本然，还是战后的暂时的劳顿。

我从作者用了工妙的技术所写成的草稿上，看见了近代青年中这样的一种典型，周遭的人物，也都生动，便写下一些印象，算是序文。大概明敏的读者，所得必当更多于我，而且由读时所生的诧异或同感，照见自己的姿态的罢？那实在是很有意义的。

一九二九年八月二十日，鲁迅记于上海。

题注：

本篇最初发表于上海《朝花旬刊》第一卷第十期（1929 年 9 月 1日），题为《〈二月〉小引》，收入《三闲集》时改为现题。

柔石（1902—1931），原名赵平复，"左联五烈士"之一。曾任《语丝》编辑，并与鲁迅等创办朝花社。著有短篇小说《为奴隶的母亲》等，并致力于翻译介绍外国文艺。1931 年 2 月 7 日被国民党当局秘密枪杀于上海。他的中篇小说《二月》于 1929 年 11 月由上海春潮书局出版。柔石是受鲁迅积极扶持的青年作家之一，鲁迅日记于 1929 年 8月 20 日和 10 月 5 日分别有"为柔石作《二月》小序一篇"和"夜为柔石校《二月》讫"的记载，鲁迅除了作本文为之宣传，还帮助校阅、垫付印刷用纸费。

一八艺社习作展览会小引

现在有自以为大有见识的人，在说"为人类的艺术"。然而这样的艺术，在现在的社会里，是断断没有的。看罢，便是这在说"为人类的艺术"的人，也已将人类分为对的和错的，或好的和坏的，而将所谓错的或坏的加以叫咬了。

所以，现在的艺术，总要一面得到蔑视，冷遇，迫害，而一面得到同情，拥护，支持。

一八艺社也将逃不出这例子。因为它在这旧社会里，是新的，年青的，前进的。

中国近来其实也没有什么艺术家。号称"艺术家"者，他们的得名，与其说在艺术，倒是在他们的履历和作品的题目——故意题得香艳，漂渺，古怪，雄深。连骗带吓，令人觉得似乎了不得。然而时代是在不息地进行，现在新的，年青的，没有名的作家的作品站在这里了，以清醒的意识和坚强的努力，在榛莽中露出了日见生长的健壮的新芽。

自然，这，是很幼小的。但是，惟其幼小，所以希望就正在这一面。

我的话，也就是只对这一面说的，如上。

一九三一年五月二十二日。

题注：

本篇首次发表于《文艺新闻》第十四期（1931 年 6 月 15 日）。收入《二心集》。

1929 年杭州西湖艺术专科学校的学生成立了木刻艺术团体，因为 1929 年即民国十八年，故取名"一八艺社"。鲁迅倡导现代中国的新兴木刻运动，他认为"木刻为近来新兴之艺术，比之油画，更易着手而便于流传"，"当革命时，版画之用最广，虽极匆忙，顷刻能办。"为培养木刻青年，鲁迅翻译外国美术理论著作，编印画册，介绍国内外优秀木刻作品，举办木刻展览会，开办木刻讲习班，传授木刻技法。"一八艺社"在上海设立分社后，在鲁迅的指导和影响下，摆脱了"艺术至上"理论的束缚，结合现实生活，把木刻当作争取民族解放斗争的武器。1931 年 6 月，"一八艺社"通过鲁迅，免费借到上海虹口每日新闻社会场举办习作展览。展览期间鲁迅亲往参观，并为展览会特刊作本文。

《三闲集》序言

　　我的第四本杂感《而已集》的出版，算起来已在四年之前了。去年春天，就有朋友催促我编集此后的杂感。看看近几年的出版界，创作和翻译，或大题目的长论文，是还不能说它寥落的，但短短的批评，纵意而谈，就是所谓"杂感"者，却确乎很少见。我一时也说不出这所以然的原因。

　　但粗粗一想，恐怕这"杂感"两个字，就使志趣高超的作者厌恶，避之惟恐不远了。有些人们，每当意在奚落我的时候，就往往称我为"杂感家"，以显出在高等文人的眼中的鄙视，便是一个证据。还有，我想，有名的作家虽然未必不改换姓名，写过这一类文字，但或者不过图报私怨，再提恐或玷其令名，或者别有深心，揭穿反有妨于战斗，因此就大抵任其消灭了。

　　"杂感"之于我，有些人固然看作"死症"，我自己确也因此很吃过一点苦，但编集是还想编集的。只因为翻阅刊物，剪帖成书，也是一件颇觉麻烦的事，因此拖延了大半年，终于没有动过手。一月二十八日之夜，上海打起仗来了，越打越凶，终于使我们只好单身出走，书报留在火线下，一任它烧得精光，我也可以靠这"火的洗礼"

之灵，洗掉了"不满于现状"的"杂感家"这一个恶谥。殊不料三月底重回旧寓，书报却丝毫也没有损，于是就东翻西觅，开手编辑起来了，好像大病新愈的人，偏比平时更要照照自己的瘦削的脸，摩摩枯皱的皮肤似的。

我先编集一九二八至二九年的文字，篇数少得很，但除了五六回在北平上海的讲演，原就没有记录外，别的也仿佛并无散失。我记得起来了，这两年正是我极少写稿，没处投稿的时期。我是在二七年被血吓得目瞪口呆，离开广东的，那些吞吞吐吐，没有胆子直说的话，都载在《而已集》里。但我到了上海，却遇见文豪们的笔尖的围剿了，创造社，太阳社，"正人君子"们的新月社中人，都说我不好，连并不标榜文派的现在多升为作家或教授的先生们，那时的文字里，也得时常暗暗地奚落我几句，以表示他们的高明。我当初还不过是"有闲即是有钱"，"封建余孽"或"没落者"，后来竟被判为主张杀青年的棒喝主义者了。这时候，有一个从广东自云避祸逃来，而寄住在我的寓里的廖君，也终于忿忿的对我说道："我的朋友都看不起我，不和我来往了，说我和这样的人住在一处。"

那时候，我是成了"这样的人"的。自己编着的《语丝》，实乃无权，不单是有所顾忌（详见卷末《我和〈语丝〉的始终》），至于别处，则我的文章一向是被"挤"才有的，而目下正在"剿"，我投进去干什么呢。所以只写了很少的一点东西。

现在我将那时所做的文字的错的和至今还有可取之处的，都收纳在这一本里。至于对手的文字呢，《鲁迅论》和《中国文艺论战》中虽然也有一些，但那都是峨冠博带的礼堂上的阳面的大文，并不足以窥见全体，我想另外搜集也是"杂感"一流的作品，编成一本，谓之《围剿集》。如果和我的这一本对比起来，不但可以增加读者的趣味，也更能明白别一面的，即阴面的战法的五花八门。这些方法一时恐怕不会失传，去年的"左翼作家都为了卢布"说，就是老谱里面的一着。自问和文艺有些关系的青年，仿照固然可以不必，但也不妨知道知道的。

其实呢，我自己省察，无论在小说中，在短评中，并无主张将青年来"杀，杀，杀"的痕迹，也没有怀着这样的心思。我一向是相信进化论的，总以为将来必胜于过去，青年必胜于老人，对于青年，我敬重之不暇，往往给我十刀，我只还他一箭。然而后来我明白我倒是错了。这并非唯物史观的理论或革命文艺的作品蛊惑我的，我在广东，就目睹了同是青年，而分成两大阵营，或则投书告密，或则助官捕人的事实！我的思路因此轰毁，后来便时常用了怀疑的眼光去看青年，不再无条件的敬畏了。然而此后也还为初初上阵的青年们呐喊几声，不过也没有什么大帮助。

这集子里所有的，大概是两年中所作的全部，只有书籍的序引，却只将觉得还有几句话可供参考之作，选录了几篇。当翻检书报时，一九二七年所写而没有编在《而已集》里的东西，也忽然发见了一点，我想，大约《夜记》是因为原想另成一书，讲演和通信是因为浅薄或不关紧要，所以那时不收在内的。

但现在又将这编在前面，作为《而已集》的补遗了。我另有了一样想头，以为只要看一篇讲演和通信中所引的文章，便足可明白那时香港的面目。我去讲演，一共两回，第一天是《老调子已经唱完》，现在寻不到底稿了，第二天便是这《无声的中国》，粗浅平庸到这地步，而竟至于惊为"邪说"，禁止在报上登载的。是这样的香港。但现在是这样的香港几乎要遍中国了。

我有一件事要感谢创造社的，是他们"挤"我看了几种科学底文艺论，明白了先前的文学史家们说了一大堆，还是纠缠不清的疑问。并且因此译了一本蒲力汗诺夫的《艺术论》，以救正我——还因我而及于别人——的只信进化论的偏颇。但是，我将编《中国小说史略》时所集的材料，印为《小说旧闻钞》，以省青年的检查之力，而成仿吾以无产阶级之名，指为"有闲"，而且"有闲"还至于有三个，却是至今还不能完全忘却的。我以为无产阶级是不会有这样锻炼周纳法的，他们没有学过"刀笔"。编成而名之曰《三闲集》，尚以射仿吾也。

一九三二年四月二十四日之夜，编讫并记。

题注：

本篇收入 1932 年 9 月上海北新书局出版的《三闲集》，未另发表。

《三闲集》是鲁迅到上海后的第一本杂文集，除本文外，收入 1927 年至 1929 年所作杂文 34 篇，附录一篇。鲁迅在本集《头》《革命咖啡店》《鲁迅著译书目》，1928 年的《〈奔流〉编校后记（七）》《通信（复章达生）》，1931 年的《三闲书屋校印书籍》和《三闲书屋印行文艺书籍》广告，1933 年的《〈总退却〉序》《夜颂》，1935 年的《〈小说旧闻钞〉再版序言》等，都以讽刺的语气提及"三个有闲"或"有闲"。

《二心集》序言

　　这里是一九三○年与三一年两年间的杂文的结集。

　　当三○年的时候，期刊已渐渐的少见，有些是不能按期出版了，大约是受了逐日加紧的压迫。《语丝》和《奔流》，则常遭邮局的扣留，地方的禁止，到底也还是敷延不下去。那时我能投稿的，就只剩了一个《萌芽》，而出到五期，也被禁止了，接着是出了一本《新地》。所以在这一年内，我只做了收在集内的不到十篇的短评。

　　此外还曾经在学校里演讲过两三回，那时无人记录，讲了些什么，此刻连自己也记不清楚了。只记得在有一个大学里演讲的题目，是《象牙塔和蜗牛庐》。大意是说，象牙塔里的文艺，将来决不会出现于中国，因为环境并不相同，这里是连摆这“象牙之塔”的处所也已经没有了；不久可以出现的，恐怕至多只有几个“蜗牛庐”。蜗牛庐者，是三国时所谓“隐逸”的焦先曾经居住的那样的草窠，大约和现在江北穷人手搭的草棚相仿，不过还要小，光光的伏在那里面，少出，少动，无衣，无食，无言。因为那时是军阀混战，任意杀掠的时候，心里不以为然的人，只有这样才可以苟延他的残喘。但蜗牛界里那里会有文艺呢，所以这样下去，中国的没有文艺，是一定的。这样的话，真可谓已经大有蜗牛气味的了，不料不久就有一位勇敢的青年在政府机关的上海《民国日报》上给我批评，说我的那些话使他非常看不起，因为我没有敢讲共产党的话的勇气。谨案在"清党"以后的党国里，讲共产主义是算犯大罪的，捕杀的网罗，张遍了全中国，而不讲，却又为党国的忠勇青年所鄙视。这实在只好变了真的蜗牛，才有"庶几得免于罪戾"的幸福了。

而这时左翼作家拿着苏联的卢布之说，在所谓"大报"和小报上，一面又纷纷的宣传起来，新月社的批评家也从旁很卖了些力气。有些报纸，还拾了先前的创造社派的几个人的投稿于小报上的话，讥笑我为"投降"，有一种报则载起《文坛贰臣传》来，第一个就是我，——但后来好像并不再做下去了。

卢布之谣，我是听惯了的。大约六七年前，《语丝》在北京说了几句涉及陈源教授和别的"正人君子"们的话的时候，上海的《晶报》上就发表过"现代评论社主角"唐有壬先生的信札，说是我们的言动，都由于墨斯科的命令。这又正是祖传的老谱，宋末有所谓"通房"，清初又有所谓"通海"，向来就用了这类的口实，害过许多人们的。所以含血喷人，已成了中国士君子的常经，实在不单是他们的识见，只能够见到世上一切都靠金钱的势力。至于"贰臣"之说，却是很有些意思的，我试一反省，觉得对于时事，即使未尝动笔，有时也不免于腹诽，"臣罪当诛兮天皇圣明"，腹诽就决不是忠臣的行径。但御用文学家的给了我这个徽号，也可见他们的"文坛"上是有皇帝的了。

去年偶然看见了几篇梅林格（Franz Mehring）的论文，大意说，在坏了下去的旧社会里，倘有人怀一点不同的意见，有一点携贰的心思，是一定要大吃其苦的。而攻击陷害得最凶的，则是这人的同阶级的人物。他们以为这是最可恶的叛逆，比异阶级的奴隶造反还可恶，所以一定要除掉他。我才知道中外古今，无不如此，真是读书可以养气，竟没有先前那样"不满于现状"了，并且仿《三闲集》之例而变其意，拾来做了这一本书的名目。然而这并非在证明我是无产者。一阶级里，临末也常常会自己互相闹起来的，就是《诗经》里说过的那"兄弟阋于墙"，——但后来却未必"外御其侮"。例如同是军阀，就总在整年的大家相打，难道有一面是无产阶级么？而且我时时说些自己的事情，怎样地在"碰壁"，怎样地在做蜗牛，好像全世界的苦恼，萃于一身，在替大众受罪似的：也正是中产的智识阶级分子的坏脾气。只是原先是憎恶这熟识的本阶级，毫不可惜它的溃灭，后来又由于事实的教训，以为惟新兴的无产者才有将来，却是的确的。

自从一九三一年二月起，我写了较上年更多的文章，但因为揭载的刊物有些不同，文字必得和它们相称，就很少做《热风》那样简短的东西了；而且看看对于我的批评文字，得了一种经验，好像评论做得太简括，是极容易招得无意的误解，或有意的曲解似的。又，此后也不想再编《坟》那样的论文集，和《壁下译丛》那样的译文集，这回就连较长的东西也收在这里面，译文则选了一篇《现代电影与有产阶级》附在末尾，因为电影之在中国，虽然早已风行，但这样扼要的论文却还少见，留心世事的人们，实在很有一读的必要的。还有通信，如果只有一面，读者也往往很不容易了然，所以将紧要一点的几封来信，也擅自一并编进去了。

一九三二年四月三十日之夜，编讫并记。

题注：

本篇收入《二心集》前未另发表。文末自注作于 1932 年 4 月 30 日，但 1932 年 4 月 26 日鲁迅日记载："夜编一九三十至卅一年杂文讫，名之曰《二心集》，并作序。"编讫《二心集》，鲁迅记起了《民国日报》上署名"男儿"的文章《文坛上的贰臣传——一、鲁迅》，该文说鲁迅被共产党的"二九小子玩弄于掌上，作无条件之屈服"，因而鲁迅取"贰臣"之名号而变其意，"拾来做了这一本书的名目"。且有感于国民党当局对进步刊物"逐日加紧的压迫"，以及趋附于他们的文人学士的种种造谣诬蔑，鲁迅在本文中均予以揭露。

《淑姿的信》序

夫嘉葩失荫，薄寒夺其芳菲，思士陵天，骄阳毁其羽翮。盖幽居一出，每仓皇于太空，坐驰无穷，终陨颠于实有也。爰有静女，长自山家，林泉陶其慧心，峰嶂隔兹尘俗，夜看朗月，觉天人之必圆，春撷繁花，谓芳馨之永住。虽生旧第，亦溅新流，既茁爰萌，遂通佳讯，排微波而径逝，矢坚石以偕行，向曼远之将来，构辉煌之好梦。然而年华春短，人海澜翻。远瞩所至，始见来日之大难，修眉渐颦，终敛当年之巧笑，衔深哀于不答，铸孤愤以成辞，远人焉居，长涂难即。何期忽逢二竖，遽释诸纷，闳绮颜于一棺，腐芳心于抔土。从此西楼良夜，凭槛无人，而中国韶年，乐生依旧。呜呼，亦可悲矣，不能久也。逝者如是，遗简廑存，则有生人，付之活字。文无雕饰，呈天真之纷纶，事具悲欢，露人生之鳞爪，既骓娱以善始，遂凄恻而令终。诚足以分追悼于有情，散馀悲于无著者也。属为小引，愧乏长才，率缀芜词，聊陈涯略云尔。

一九三二年七月二十日，鲁迅撰。

题注：

本篇最初以手迹制版收入 1932 年以新造社名义出版、断虹书室辑的《信》（金淑姿著）一书中。收入《集外集》。

淑姿姓金，是程鼎兴的妻子。程请托北新书局职员费慎祥送来其亡妻的信，请求鲁迅作序出版。鲁迅在 1934 年 12 月 9 日致杨霁云信中谈起本文时曾说："报章虽云淑姿是我的小姨，实则和他们夫妇皆素昧平生，无话可说，故以骈文含糊之。"许广平曾说，鲁迅写完本文后，曾和许广平一起朗读，"鲁迅自己亦十分欣赏，说可以交卷了"（《鲁迅回忆录·同情妇女》）。

《自选集》自序

　　我做小说，是开手于一九一八年，《新青年》上提倡"文学革命"的时候的。这一种运动，现在固然已经成为文学史上的陈迹了，但在那时，却无疑地是一个革命的运动。

　　我的作品在《新青年》上，步调是和大家大概一致的，所以我想，这些确可以算作那时的"革命文学"。

　　然而我那时对于"文学革命"，其实并没有怎样的热情。见过辛亥革命，见过二次革命，见过袁世凯称帝，张勋复辟，看来看去，就看得怀疑起来，于是失望，颓唐得很了。民族主义的文学家在今年的一种小报上说，"鲁迅多疑"，是不错的，我也正在疑心这批人们也并非真的民族主义文学者，变化正未可限量呢。不过我却又怀疑于自己的失望，因为我所见过的人们，事件，是有限得很的，这想头，就给了我提笔的力量。

　　"绝望之为虚妄，正与希望相同。"

　　既不是直接对于"文学革命"的热情，又为什么提笔的呢？想起来，大半倒是为了对于热情者们的同感。这些战士，我想，虽在寂寞和艰难中，想头是不错的，也来喊几声助助威罢。首先，就是为此。自然，在这中间，也不免夹杂些将旧社会的病根暴露出来，催人留心，设法加以疗治的希望。但为达到这希望计，是必须与前驱者取同一的步调的，我于是遵着将令，删削些黑暗，装点些欢容，使作品比较的显出若干亮色，那就是后来结集起来的《呐喊》，一共有十四篇。

这些也可以说，是"遵命文学"。不过我所遵奉的，是那时革命在压迫之下的前驱者的命令，也是我自己所愿意遵奉的命令，决不是皇上的圣旨，也不是金元和真的指挥刀。

后来《新青年》的团体散掉了，有的高升，有的退隐，有的前进，我又经历了一回同一战阵中的伙伴还是会这么变化，并且落得一个"作家"的头衔，依然在沙漠中走来走去，不过已经逃不脱在散漫的刊物上做文字，叫作随便谈谈。有了小感触，就写些短文，夸大点说，就是散文诗，以后印成一本，谓之《野草》。得到较整齐的材料，则还是做短篇小说，只因为成了游勇，布不成阵了，所以技术虽然比先前好一些，思路也似乎较无拘束，而战斗的意气却冷得不少。新的战友在那里呢？我想，这是很不好的。于是集印了这时期的十一篇作品，谓之《彷徨》，愿以后不再这模样。

"路漫漫其修远兮，吾将上下而求索。"

不料这大口竟夸得无影无踪。逃出北京，躲进厦门，只在荒凉的大楼上写了几则《故事新编》和十篇《朝花夕拾》。前者是神话，传说及史实的演义，后者则只是回忆的记事罢了。

此后就一无所作，"空空如也"。

可以勉强称为创作的，在我至今只有这五种，本可以顷刻读了的，但出版者要我自选一本集。推测起来，恐怕因为这么一办，一者能够节省读者的费用，二则，以为由作者自选，该能比别人格外明白罢。对于第一层，我没有异议；至第二层，我却觉得也很难。因为我向来就没有格外用力或格外偷懒的作品，所以也没有自以为特别高妙，配得上提拔出来的作品。没有法，就将材料，写法，略有些不同，可供读者参考的东西，取出二十二篇来，凑成了一本，但将给读者一种"重压之感"的作品，却特地竭力抽掉了。这是我现在自有我的想头的：

"并不愿将自以为苦的寂寞，再来传染给也如我那年青时候似的正做着好梦的青年。"

然而这又不似做那《呐喊》时候的故意的隐瞒，因为现在我相信，现在和将来的青年是不会有这样的心境的了。

一九三二年十二月十四日，鲁迅于上海寓居记。

题注：

本文是应上海天马书店编辑之请而作。当时天马书店正在编辑一套作家自选丛书。《鲁迅自选集》于 1933 年 3 月由该书店出版。本文即收入该书，后收入《南腔北调集》。该书共收小说、散文 22 篇。其中选自《呐喊》的五篇：《孔乙己》《一件小事》《故乡》《阿 Q 正传》《鸭的喜剧》；选自《彷徨》的五篇：《在酒楼上》《肥皂》《示众》《伤逝》《离婚》；选自《野草》的七篇：《影的告别》《好的故事》《过客》《失掉的好地狱》《这样的战士》《聪明人和傻子和奴才》《淡淡的血痕中》；选自《朝花夕拾》的三篇：《狗·猫·鼠》《无常》《范爱农》；选自《故事新编》的两篇：《奔月》《铸剑》。

《守常全集》题记

我最初看见守常先生的时候，是在独秀先生邀去商量怎样进行《新青年》的集会上，这样就算认识了。不知道他其时是否已是共产主义者。总之，给我的印象是很好的：诚实，谦和，不多说话。《新青年》的同人中，虽然也很有喜欢明争暗斗，扶植自己势力的人，但他一直到后来，绝对的不是。

他的模样是颇难形容的，有些儒雅，有些朴质，也有些凡俗。所以既像文士，也像官吏，又有些像商人。这样的商人，我在南边没有看见过，北京却有的，是旧书店或笺纸店的掌柜。一九二六年三月十八日，段祺瑞们枪击徒手请愿的学生的那一次，他也在群众中，给一个兵抓住了，问他是何等样人。答说是"做买卖的"。兵道："那么，到这里来干什么？滚你的罢！"一推，他总算逃得了性命。

倘说教员，那时是可以死掉的。

然而到第二年，他终于被张作霖们害死了。

段将军的屠戮，死了四十二人，其中有几个是我的学生，我实在很觉得一点痛楚；张将军的屠戮，死的好像是十多人，手头没有记录，说不清楚了，但我所认识的只有一个守常先生。在厦门知道了这消息之后，椭圆的脸，细细的眼睛和胡子，蓝布袍，黑马褂，就时时出现在我的眼前，其间还隐约看见绞首台。痛楚是也有些的，但比先前淡漠了。这是我历来的偏见：见同辈之死，总没有像见青年之死的悲伤。

这回听说在北平公然举行了葬式，计算起来，去被害的时候已经七年了。这是极应该的。我不知道他那时被将军们所编排的罪状，——大概总不外乎"危害民国"罢。然而仅在这短短的七年中，事实就铁铸一般的证明了断送民国的四省的并非李大钊，却是杀戮了他的将军！

那么，公然下葬的宽典，该是可以取得的了。然而我在报章上，又看见北平当局的禁止路祭和捕拿送葬者的新闻。我也不知道为什么，但这回恐怕是"妨害治安"了罢。倘其果然，则铁铸一般的反证，实在来得更加神速：看罢，妨害了北平的治安的是日军呢还是人民！

但革命的先驱者的血，现在已经并不希奇了。单就我自己说罢，七年前为了几个人，就发过不少激昂的空论，后来听惯了电刑，枪毙，斩决，暗杀的故事，神经渐渐麻木，毫不吃惊，也无言说了。我想，就是报上所记的"人山人海"去看枭首示众的头颅的人们，恐怕也未必觉得更兴奋于看赛花灯的罢。血是流得太多了。

不过热血之外，守常先生还有遗文在。不幸对于遗文，我却很难讲什么话。因为所执的业，彼此不同，在《新青年》时代，我虽以他为站在同一战线上的伙伴，却并未留心他的文章，譬如骑兵不必注意于造桥，炮兵无须分神于驭马，那时自以为尚非错误。所以现在所能说的，也不过：一，是他的理论，在现在看起来，当然未必精当的；

二，是虽然如此，他的遗文却将永住，因为这是先驱者的遗产，革命史上的丰碑。一切死的和活的骗子的一迭迭的集子，不是已在倒塌下来，连商人也"不顾血本"的只收二三折了么？

以过去和现在的铁铸一般的事实来测将来，洞若观火！

一九三三年五月二十九夜，鲁迅谨记。

这一篇，是T先生要我做的，因为那集子要在和他有关系的G书局出版。我谊不容辞，只得写了这一点，不久，便在《涛声》上登出来。但后来，听说那遗集稿子的有权者另托C书局去印了，至今没有出版，也许是暂时不会出版的罢，我虽然很后悔乱作题记的孟浪，但我仍然要在自己的集子里存留，记此一件公案。十二月三十一夜，附识。

题注：

本文最初发表于上海《涛声》周刊第二卷第三十一期（1933年8月19日）。收入《南腔北调集》。守常即李大钊，1927年4月28日被奉系军阀张作霖杀害。1933年4月23日，北平群众为李大钊举行公葬。公葬队伍从宣武门外下斜街出发前往香山万安公墓，途经西四排楼时，遭到军警阻截并枪击，多人受伤，40余人被捕。同时，李大钊的遗著经李乐光收集整理，将其中23篇编成《守常全集》，辗转交由上海群众图书公司出版，并由曹聚仁约请鲁迅作序。但后来李又转托上海商务印书馆出版，而又中辍，直到1939年4月由北新书局以"社会科学研究社"名义出版，旋即被禁。李大钊被害时，鲁迅在广州，此处说在厦门，实误。

《伪自由书》前记

　　这一本小书里的，是从本年一月底起至五月中旬为止的寄给《申报》上的《自由谈》的杂感。

　　我到上海以后，日报是看的，却从来没有投过稿，也没有想到过，并且也没有注意过日报的文艺栏，所以也不知道《申报》在什么时候开始有了《自由谈》，《自由谈》里是怎样的文字。大约是去年的年底罢，偶然遇见郁达夫先生，他告诉我说，《自由谈》的编辑新换了黎烈文先生了，但他才从法国回来，人地生疏，怕一时集不起稿子，要我去投几回稿。我就漫应之曰：那是可以的。

　　对于达夫先生的嘱咐，我是常常"漫应之曰：那是可以的"的。直白的说罢，我一向很回避创造社里的人物。这也不只因为历来特别的攻击我，甚而至于施行人身攻击的缘故，大半倒在他们的一副"创造"脸。虽然他们之中，后来有的化为隐士，有的化为富翁，有的化为实践的革命者，有的也化为奸细，而在"创造"这一面大纛之下的时候，却总是神气十足，好像连出汗打嚏，也全是"创造"似的。我和达夫先生见面得最早，脸上也看不出那么一种创造气，所以相遇之际，就随便谈谈；对于文学的意见，我们恐怕是不能一致的罢，然而所谈的大抵是空话。但这样的就熟识了，我有时要求他写一篇文章，他一定如约寄来，则他希望我做一点东西，我当然应该漫应曰可以。但应而至于"漫"，我已经懒散得多了。

但从此我就看看《自由谈》，不过仍然没有投稿。不久，听到了一个传闻，说《自由谈》的编辑者为了忙于事务，连他夫人的临蓐也不暇照管，送在医院里，她独自死掉了。几天之后，我偶然在《自由谈》里看见一篇文章，其中说的是每日使婴儿看看遗照，给他知道曾有这样一个孕育了他的母亲。我立刻省悟了这就是黎烈文先生的作品，拿起笔，想做一篇反对的文章，因为我向来的意见，是以为倘有慈母，或是幸福，然若生而失母，却也并非完全的不幸，他也许倒成为更加勇猛，更无挂碍的男儿的。但是也没有竟做，改为给《自由谈》的投稿了，这就是这本书里的第一篇《崇实》；又因为我旧日的笔名有时不能通用，便改题了"何家干"，有时也用"干"或"丁萌"。

这些短评，有的由于个人的感触，有的则出于时事的刺戟，但意思都极平常，说话也往往很晦涩，我知道《自由谈》并非同人杂志，"自由"更当然不过是一句反话，我决不想在这上面去驰骋的。我之所以投稿，一是为了朋友的交情，一则在给寂寞者以呐喊，也还是由于自己的老脾气。然而我的坏处，是在论时事不留面子，砭锢弊常取类型，而后者尤与时宜不合。盖写类型者，于坏处，恰如病理学上的图，假如是疮疽，则这图便是一切某疮某疽的标本，或和某甲的疮有些相像，或和某乙的疽有点相同。而见者不察，以为所画的只是他某甲的疮，无端侮辱，于是就必欲制你画者的死命了。例如我先前的论叭儿狗，原也泛无实指，都是自觉其有叭儿性的人们自来承认的。这要制死命的方法，是不论文章的是非，而先问作者是那一个；也就是别的不管，只要向作者施行人身攻击了。自然，其中也并不全是含愤的病人，有的倒是代打不平的侠客。总之，这种战术，是陈源教授的"鲁迅即教育部佥事周树人"开其端，事隔十年，大家早经忘却了，这回是王平陵先生告发于前，周木斋先生揭露于后，都是做着关于作者本身的文章，或则牵连而至于左翼文学者。此外为我所看见的还有好几篇，也都附在我的本文之后，以见上海有些所谓文学家的笔战，是怎样的东西，和我的短评本身，有什么关系。但另有几篇，是因为我的感想由此而起，特地并存以便读者的参考的。

我的投稿，平均每月八九篇，但到五月初，竟接连的不能发表了，我想，这是因为其时讳言时事而我的文字却常不免涉及时事的缘故。这禁止的是官方检查员，还是报馆总编辑呢，我不知道，也无须知道。现在便将那些都归在这一本里，其实是我所指摘，现在都已由事实来证明的了，我那时不过说得略早几天而已。是为序。

一九三三年七月十九夜，于上海寓庐，鲁迅记。

题注：

《申报》1872年4月30日由英商在上海创刊。1949年5月26日上海解放时停刊。《自由谈》是《申报》副刊之一，1911年8月24日开办，以刊载鸳鸯蝴蝶派作品为主。1932年12月，黎烈文取代周瘦鹃任编辑，进行改革。鲁迅应郁达夫之邀，并看到黎烈文《写给一个在另一世界的人》的文章后，开始向《自由谈》投稿。1933年1月到1934年8月，每月投稿三至十几篇不等。《伪自由书》收集了鲁迅1933年1月至5月写给《自由谈》的43篇杂文（其中7篇被查禁，未能发表）。1933年10月由上海北新书局以"青光书局"名义出版。

该书出版不久，即遭国民党中央宣传委员会查禁，罪名是"多讥评时事、攻讦政府当局之处，以《伪自由书》为名，其意亦在诋毁当局"。关于署名"何家干"，许广平在《欣慰的纪念》一文中回忆说："取这名时，无非因为姓何的最普通，家字排也甚多见，如家栋、家驹。若何字作谁字解，就是'谁家做'的，更有意思了。又略变为家干、干、干、何干等。"

《伪自由书》后记

　　我向《自由谈》投稿的由来，《前记》里已经说过了。到这里，本文已完，而电灯尚明，蚊子暂静，便用剪刀和笔，再来保存些因为《自由谈》和我而起的琐闻，算是一点余兴。

　　只要一看就知道，在我的发表短评时中，攻击得最烈的是《大晚报》。这也并非和我前生有仇，是因为我引用了它的文字。但我也并非和它前生有仇，是因为我所看的只有《申报》和《大晚报》两种，而后者的文字往往颇觉新奇，值得引用，以消愁释闷。即如我的眼前，现在就有一张包了香烟来的三月三十日的旧《大晚报》在，其中有着这样的一段——

　　　"浦东人杨江生，年已四十有一，貌既丑陋，人复贫穷，向为泥水匠，曾佣于苏州人盛宝山之泥水作场。盛有女名金弟，今方十五龄，而矮小异常，人亦猥琐。昨晚八时，杨在虹口天潼路与盛相遇，杨奸其女。经捕头向杨询问，杨毫不抵赖，承认自去年一二八以后，连续行奸十余次，当派探员将盛金弟送往医院，由医生验明确非处女，今晨解送第一特区地方法院，经刘毓桂推事提审，捕房律师王耀堂以被告诱未满十六岁之女子，虽其后数次皆系该女自往被告家相就，但按法亦应强奸罪论，应请讯究。旋传女父盛宝山讯问，据称初不知有此事，前晚因事责女后，女忽失踪，直至昨晨才归，严诘之下，女始谓留住被告家，并将被告诱奸经过说明，我方得悉，故将被告扭入捕房云。继由盛金弟陈述，与被告行奸，自去年二月至今，已有十余次，每次均系被告将我唤去，并着我不可对父母说知云。质之杨江生供，盛女向呼我为叔，纵欲奸犹不忍下手，故绝对无此事，所谓十余次者，系将盛女带出游玩之次数等语。刘推事以本案尚须调查，谕被告收押，改期再讯。"

在记事里分明可见，盛对于杨，并未说有"伦常"关系，杨供女称之为"叔"，是中国的习惯，年长十年左右，往往称为叔伯的。然而《大晚报》用了怎样的题目呢？是四号和头号字的——

　　拦途扭往捕房控诉
　　　干叔奸侄女
　　　　女自称被奸过十余次
　　　　　男指系游玩并非风流

它在"叔"上添一"干"字，于是"女"就化为"侄女"，杨江生也因此成了"逆伦"或准"逆伦"的重犯了。中国之君子，叹人心之不古，憎匪人之逆伦，而惟恐人间没有逆伦的故事，偏要用笔铺张扬厉起来，以耸动低级趣味读者的眼目。杨江生是泥水匠，无从看见，见了也无从抗辩，只得一任他们的编排，然而社会批评者是有指斥的任务的。但还不到指斥，单单引用了几句奇文，他们便什么"员外"什么"警犬"的狂嗥起来，好像他们的一群倒是吸风饮露，带了自己的家私来给社会服务的志士。是的，社长我们是知道的，然而终于不知道谁是东家，就是究竟谁是"员外"，倘说既非商办，又非官办，则在报界里是很难得的。但这秘密，在这里不再研究它也好。

和《大晚报》不相上下，注意于《自由谈》的还有《社会新闻》。但手段巧妙得远了，它不用不能通或不愿通的文章，而只驱使着真伪杂糅的记事。即如《自由谈》的改革的原因，虽然断不定所说是真是假，我倒还是从它那第二卷第十三期（二月七日出版）上看来的——

从《春秋》与《自由谈》说起

中国文坛，本无新旧之分，但到了五四运动那年，陈独秀在《新青年》上一声号炮，别树一帜，提倡文学革命，胡适之钱玄同刘半农等，在后摇旗呐喊。这时中国青年外感外侮的压迫，内受政治的刺激，失望与烦闷，为了要求光明的出路，各种新思潮，遂受青年热烈的拥护，使文学革命建了伟大的成功。从此之后，中国文坛新旧的界限，判若鸿沟；但旧文坛势力在社会上有悠久的历史，根深蒂固，一时不易动摇。那时旧文坛的机关杂志，是著名的《礼拜六》，几乎集了天下摇头摆尾的文人，于《礼拜六》一炉！至《礼拜六》所刊的文字，十九是卿卿我我，哀哀唧唧的小说，把民族性陶醉萎靡到极点了！此即所谓鸳鸯蝴蝶派的文字。其中如徐枕亚吴双热周瘦鹃等，尤以善谈鸳鸯蝴蝶著名，周瘦鹃且为礼拜六派之健将。这时新文坛对于旧势力的大本营《礼拜六》，攻击颇力，卒以新兴势力，实力单薄，旧派有封建社会为背景，有恃无恐，两不相让，各行其是。此后新派如文学研究会，创造社等，陆续成立，人材渐众，势力渐厚，《礼拜六》应时势之推移，终至"寿终正寝"！惟礼拜六派之残余分子，迄今犹四出活动，无肃清之望，上海各大报中之文艺编辑，至今大都仍是所谓鸳鸯蝴蝶派所把持。可是只要放眼在最近的出版界中，新兴文艺出版数量的可惊，已有使旧势力不能抬头之势！礼拜六派文人之在今日，已不敢复以《礼拜六》的头衔以相召号，盖已至强弩之末的时期了！最近守旧的《申报》，忽将《自由谈》编辑礼拜六派的巨子周瘦鹃撤职，换了一个新派作家黎烈文，这对于旧势力当然是件非常的变动，遂形成了今日新旧文坛剧烈的冲突。周瘦鹃一方面策动各小报，对黎烈文作总攻击，我们只要看郑逸梅主编的《金刚钻》，主张周瘦鹃仍返《自由谈》原位，让黎烈文主编《春秋》，也足见旧派文人终不能忘情于已失的地盘。而另一方面周瘦鹃在自己编的《春秋》内说：各种副刊有各种副刊的特性，作河水不犯井水之论，也足见周瘦鹃犹惴惴于他现有地位的危殆。周同时还硬拉非苏州人的严独鹤加入周所主持的纯苏州人的文艺团体"星社"，以为拉拢而固地位之计。不图旧派势力的失败，竟以周启其端。据我所闻：周的不能安于其位，也有原因：他平日对于选稿方面，太刻薄而私心，只要是认识的人投去的稿，不看内容，见篇即登；同时无名小卒或为周所陌生的投稿者，则也不看内容，整堆的作为字纸篓的虏俘。因周所编的刊物，总是几个夹袋里的人物，私心自用，以致内容糟不可言！外界对他的攻击日甚，如许啸天主编之《红叶》，也对周有数次剧烈的抨击，史量才为了外界对他的不满，所以才把他撤去。那知这次史量才的一动，周竟作了导火线，造成了今日新旧两派短兵相接战斗愈烈的境界！以后想好戏还多，读者请拭目俟之。〔微　知〕

但到二卷廿一期（三月三日）上，就已大惊小怪起来，为"守旧文化的堡垒"的动摇惋惜——

左翼文化运动的抬头

水手

关于左翼文化运动，虽然受过各方面严厉的压迫，及其内部的分裂，但近来又似乎渐渐抬起头了。在上海，左翼文化在共产党"联络同路人"的路线之下，的确是较前稍有起色。在杂志方面，甚至连那些第一块老牌杂志，也左倾起来。胡愈之主编的《东方杂志》，原是中国历史最久的杂志，也是最稳健不过的杂志，可是据王云五老板的意见，胡愈之近来太左倾了，所以在愈之看过的样子，他必须再重看一遍。但虽然是经过王老板大刀阔斧的删段以后，《东方杂志》依然还嫌太左倾，于是胡愈之的饭碗不能不打破，而由李某来接他的手了。又如《申报》的《自由谈》在礼拜六派的周某主编之时，陈腐到太不像样，但现在也在"左联"手中了。鲁迅与沈雁冰，现在已成了《自由谈》的两大台柱了。《东方杂志》是属于商务印书馆的，《自由谈》是属于《申报》的，商务印书馆与申报馆，是两个守旧文化的堡垒，可是这两个堡垒，现在似乎是开始动摇了，其余自然是可想而知。此外，还有几个中级的新的书局，也完全在左翼作家手中，如郭沫若高语罕丁晓先与沈雁冰等，都各自抓着了一个书局，而做其台柱，这些都是著名的红色人物，而书局老板现在竟靠他们吃饭了。

…………

过了三星期，便确指鲁迅与沈雁冰为《自由谈》的"台柱"（三月廿四日第二卷第廿八期）——

黎烈文未入文总

《申报·自由谈》编辑黎烈文，系留法学生，为一名不见于经传之新进作家。自彼接办《自由谈》后，《自由谈》之论调，为之一变，而执笔为文者，亦由星社《礼拜六》之旧式文人，易为左翼普罗作家。现《自由谈》资为台柱者，为鲁迅与沈雁冰两氏，鲁迅在《自由谈》上发表文稿尤多，署名为"何家干"。除鲁迅与沈雁冰外，其他作品，亦什九系左翼作家之作，如施蛰存曹聚仁李辉英辈是。一般人以《自由谈》作文者均系中国左翼文化总同盟（简称文总），故疑黎氏本人，亦系文总中人，但黎氏对此，加以否认，谓彼并未加入文总，与以上诸人仅友谊关系云。〔逸〕

又过了一个多月，则发见这两人的"雄图"（五月六日第三卷第十二期）了——

鲁迅沈雁冰的雄图

自从鲁迅沈雁冰等以《申报·自由谈》为地盘，发抒阴阳怪气的论调后，居然又能吸引群众，取得满意的收获了。在鲁（？）沈的初衷，当然这是一种有作用的尝试，想复兴他们的文化运动。现在，听说已到组织团体的火候了。

参加这个运动的台柱，除他们二人外有郁达夫，郑振铎等，交换意见的结果，认为中国最早的文化运动，是以语丝社创造社及文学研究会为中心，而消散之后，语丝创造的人分化太大了，惟有文学研究会的人大部分都还一致，——如王统照叶绍钧徐雉之类。而沈雁冰及郑振铎，一向是文学研究派的主角，于是决定循此路线进行。最近，连田汉都愿意率众归附，大概组会一事，已在必成，而且可以在这红五月中实现了。〔农〕

这些记载，于编辑者黎烈文是并无损害的，但另有一种小报式的期刊所谓《微言》，却在《文坛进行曲》里刊了这样的记事——

"曹聚仁经黎烈文等绍介，已加入左联。"（七月十五日，九期。）

这两种刊物立说的差异，由于私怨之有无，是可不言而喻的。但《微言》却更为巧妙：只要用寥寥十五字，便并陷两者，使都成为必被压迫或受难的人们。

到五月初，对于《自由谈》的压迫，逐日严紧起来了，我的投稿，后来就接连的不能发表。但我以为这并非因了《社会新闻》之类的告状，倒是因为这时正值禁谈时事，而我的短评却时有对于时局的愤言；也并非仅在压迫《自由谈》，这时的压迫，凡非官办的刊物，所受之度大概是一样的。但这时候，最适宜的文章是鸳鸯蝴蝶的游泳和飞舞，而《自由谈》可就难了，到五月廿五日，终于刊出了这样的启事——

编辑室

这年头，说话难，摇笔杆尤难。这并不是说："祸福无门，惟人自召"，实在是"天下有道"，"庶人"相应"不议"。编者谨掬一瓣心香，吁请海内文豪，从兹多谈风月，少发牢骚，庶作者编者，两蒙其休。若必论长议短，妄谈大事，则塞之字篓既有所不忍，布之报端又有所不能，陷编者于两难之境，未免有失恕道。语云：识时务者为俊杰，编者敢以此为海内文豪告。区区苦衷，伏乞矜鉴！

编者

这现象，好像很得了《社会新闻》群的满足了，在第三卷廿一期（六月三日）里的"文化秘闻"栏内，就有了如下的记载——

《自由谈》态度转变

《申报·自由谈》自黎烈文主编后，即吸收左翼作家鲁迅沈雁冰及乌鸦主义者曹聚仁等为基本人员，一时论调不三不四，大为读者所不满。且因嘲骂"礼拜五派"，而得罪张若谷等；抨击

"取消式"之社会主义理论，而与严灵峰等结怨；腰斩《时代与爱的歧途》，又招张资平派之反感，计黎主编《自由谈》数月之结果，已形成一种壁垒，而此种壁垒，乃营业主义之《申报》所最忌者。又史老板在外间亦耳闻有种种不满之论调，乃特下警告，否则为此则惟有解约。最后结果伙计当然屈伏于老板，于是"老话"，"小旦收场"之类之文字，已不复见于近日矣。〔闻〕

而以前的五月十四日午后一时，还有了丁玲和潘梓年的失踪的事，大家多猜测为遭了暗算，而这猜测也日益证实了。谣言也因此非常多，传说某某也将同遭暗算的也有，接到警告或恐吓信的也有。我没有接到什么信，只有一连五六日，有人打电话到内山书店的支店去询问我的住址。我以为这些信件和电话，都不是实行暗算者们所做的，只不过几个所谓文人的鬼把戏，就是"文坛"上，自然也会有这样的人的。但倘有人怕麻烦，这小玩意是也能发生些效力，六月九日《自由谈》上《蓬庐絮语》之后有一条下列的文章，我看便是那些鬼把戏的见效的证据了——

编者附告：昨得子展先生来信，现以全力从事某项著作，无暇旁骛，《蓬庐絮语》，就此完结。

终于，《大晚报》静观了月余，在六月十一的傍晚，从它那文艺附刊的《火炬》上发出毫光来了，它愤慨得很——

到底要不要自由

法鲁

久不曾提起的"自由"这问题，近来又有人在那里大论特谈，因为国事总是热辣辣的不好惹，索性莫谈，死心再来谈"风月"，可是"风月"又谈得不称心，不免喉底里喃喃地漏出几声要"自由"，又觉得问题严重，喃喃几句倒是可以，明言直语似有不便，于是正面问题不敢直接提起来论，大刀阔斧不好当面幌起来，却弯弯曲曲，兜着圈子，叫人摸不着棱角，摸着正面，却要把它当做反面看，这原是看"幽默"文字的方法也。

心要自由，口又不明言，口不能代表心，可见这只口本身已经是不自由的了。因为不自由，所以才讽讽刺刺，一回儿"要自由"，一回儿又"不要自由"，过一回儿再"要不自由的自由"和"自由的不自由"，翻来复去，总叫头脑简单的人弄得"神经衰弱"，把捉不住中心。到底要不要自由呢？说清了，大家也好顺风转舵，免得闷在葫芦里，失掉听懂的自由。照我这个不是"雅人"的意思，还是粗粗直直地说："咱们要自由，不自由就来拼个你死我活！"

本来"自由"并不是个非常问题，给大家一谈，倒严重起来了。——问题到底是自己弄严重的，如再不使用大刀阔斧，将何以冲破这黑漆一团？细针短刺毕竟是雕虫小技，无助于大题，讥刺嘲讽更已属另一年代的老人所发的呓语。我们聪明的智识份子又何尝不知道讽刺在这时代已失去效力，但是要想弄起刀斧，却又觉左右掣肘，在这一年代，科学发明，刀斧自然不及枪炮；生贱于蚁，本不足惜，无奈我们无能的智识份子偏吝惜他的生命何！

这就是说，自由原不是什么稀罕的东西，给你一谈，倒谈得难能可贵起来了。你对于时局，本不该弯弯曲曲的讽刺。现在他对于讽刺者，是"粗粗直直地"要求你去死亡。作者是一位心直口快的人，现在被别人累得"要不要自由"也摸不着头脑了。

然而六月十八日晨八时十五分，是中国民权保障同盟的副会长杨杏佛（铨）遭了暗杀。

这总算拚了个"你死我活"，法鲁先生不再在《火炬》上说亮话了。只有《社会新闻》，却在第四卷第一期（七月三日出）里，还描出左翼作家的懦怯来——

左翼作家纷纷离沪

在五月，上海的左翼作家曾喧闹一时，好像什么都要染上红色，文艺界全归左翼。但在六月下旬，情势显然不同了，非左翼作家的反攻阵线布置完成，左翼的内部也起了分化，最近上海暗杀之风甚盛，文人的脑筋最敏锐，胆子最小而脚步最快，他们都以避暑为名离开了上海。据确讯，鲁迅赴青岛，沈雁冰在浦东乡间，郁达夫杭州，陈望道回家乡，连蓬子，白薇之类的踪迹都看不见了。〔道〕

西湖是诗人避暑之地，牯岭乃阔老消夏之区，神往尚且不敢，而况身游。杨杏佛一死，别人也不会突然怕热起来的。听说青岛也是好地方，但这是梁实秋教授传道的圣境，我连遥望一下的眼福也没有过。"道"先生有道，代我设想的恐怖，其实是不确的。否则，一群流氓，几枝手枪，真可以治国平天下了。

但是，嗅觉好像特别灵敏的《微言》，却在第九期（七月十五日出）上载着另一种消息——

自由的风月

顽石

黎烈文主编之《自由谈》，自宣布"只谈风月，少发牢骚"以后，而新进作家所投真正谈风月之稿，仍拒登载，最近所载者非老作家化名之讽刺文章，即其刺探们无聊之考古。闻此次辩论旧剧中的锣鼓问题，署名"罗复"者，即陈子展，"何如"者，即曾经被捕之黄素。此一笔糊涂官司，颇骗得稿费不少。

这虽然也是一种"牢骚"，但"真正谈风月"和"曾经被捕"等字样，我觉得是用得很有趣的。惜"化名"为"顽石"，灵气之不钟于鼻子若我辈者，竟莫辨其为"新进作家"抑"老作家"也。

《后记》本来也可以完结了，但还有应该提一下的，是所谓"腰斩张资平"案。

《自由谈》上原登着这位作者的小说，没有做完，就被停止了，有些小报上，便轰传为"腰斩张资平"。当时也许有和编辑者往复驳难的文章的，但我没有留心，因此就没有收集。现在手头的只有《社会新闻》，第三卷十三期（五月九日出）里有一篇文章，据说是罪魁祸首又是我，如下——

张资平挤出《自由谈》

粹公

今日的《自由谈》，是一块有为而为的地盘，是"乌鸦""阿

Q"的播音台，当然用不着"三角四角恋爱"的张资平混迹其间，以至不得清一。

然而有人要问：为什么那个色欲狂的"迷羊"——郁达夫却能例外？他不是同张资平一样发源于创造吗？一样唱着"妹妹我爱你"吗？我可以告诉你，这的确是例外。因为郁达夫虽则是个色欲狂，但他能流入"左联"，认识"民权保障"的大人物，与今日《自由谈》的后台老板鲁（？）老夫子是同志，成为"乌鸦""阿Q"的伙伴了。

据《自由谈》主编人黎烈文开革张资平的理由，是读者对于《时代与爱的歧路》一文，发生了不满之感，因此中途腰斩，这当然是一种遁词。在肥胖得走油的申报馆老板，固然可以不惜几千块钱，买了十洋一千字的稿子去塞纸篓，但在靠卖文为活的张资平，却比宣布了死刑都可惨，他还得见见人呢！

而且《自由谈》的写稿，是在去年十一月，黎烈文请客席上，请他担任的，即使鲁（？）先生要扫清地盘，似乎也应当客气一些，而不能用此辣手。问题是这样的，鲁先生为了要复兴文艺（？）运动，当然第一步先须将一切的不同道者打倒，于是乃有批评曾今可张若谷章衣萍等为"礼拜五派"之举；张资平如若识相，自不难感觉到自己正酣卧在他们榻旁，而立刻滚蛋！无如十洋一千使他眷恋着，致触了这个大霉头。当然，打倒人是愈毒愈好，管他是死刑还是徒刑呢！

在张资平被挤出《自由谈》之后，以常情论，谁都咽不下这口冷水，不过张资平的阉懦是著名的，他为了老婆小孩子之故，是不能同他们斗争，而且也不敢同他们摆好了阵营的集团去斗争，于是，仅仅在《中华日报》的《小贡献》上，发了一条软弱无力的冷箭，以作遮羞。

现在什么事都没有了，《红萝卜须》已代了他的位置，而沈雁冰新组成的文艺观摹团，将大批的移殖到《自由谈》来。

还有，是《自由谈》上曾经攻击过曾今可的"解放词"，据《社会新闻》第三卷廿二期（六月六日出）说，原来却又是我在闹的了，如下——

曾今可准备反攻

曾今可之为鲁迅等攻击也，实至体无完肤，固无时不想反攻，特以力薄能鲜，难于如愿耳！且知鲁迅等有"左联"作背景，人多手众，此呼彼应，非孤军抗战所能抵御，因亦着手拉拢，凡曾受鲁等侮辱者更所欢迎。近已拉得张资平，胡怀琛，张凤，龙榆生等十余人，组织一文艺漫谈会，假新时代书店为地盘，计划一专门对付左翼作家之半月刊，本月中旬即能出版。
〔如〕

那时我想，关于曾今可，我虽然没有写过专文，但在《曲的解放》（本书第十五篇）里确曾涉及，也许可以称为"侮辱"罢；胡怀琛虽然和我不相干，《自由谈》上是嘲笑过他的"墨翟为印度人说"的。但张，龙两位是怎么的呢？彼此的关涉，在我的记忆上竟一点也没有。这事直到我看见二卷二十六期的《涛声》（七月八日出），疑团这才冰释了——

“文艺座谈”遥领记

《文艺座谈》者，曾词人之反攻机关报也，遥者远也，领者领情也，记者记不曾与座谈而遥领盛情之经过也。

解题既毕，乃述本事。

有一天，我到暨南去上课，休息室的台子上赫然一个请帖；展而恭读之，则《新时代月刊》之请帖也，小子何幸，乃得此请帖！折而藏之，以为传家之宝。

《新时代》请客而《文艺座谈》生焉，而反攻之阵线成焉。报章煌煌记载，有名将在焉。我前天碰到张凤老师，带便问一个口讯；他说：“谁知道什么座谈不座谈呢？他早又没说，签了名，第二天，报上都说是发起人啦。”昨天遇到龙榆生先生，龙先生说：“上海地方真不容易做人，他们再三叫我去谈谈，只吃了一些茶点，就算数了；我又出不起广告费。”我说：“吃了他家的茶，自然是他家人啦！”

我幸而没有去吃茶，免于被强奸，遥领盛情，志此谢谢！

但这“文艺漫谈会”的机关杂志《文艺座谈》第一期，却已经罗列了十多位作家的名字，于七月一日出版了。其中的一篇是专为我而作的——

内山书店小坐记

某天的下午，我同一个朋友在上海北四川路散步。走着走着，就走到北四川路底了。我提议到虹口公园去看看，我的朋友却说先到内山书店去看看有没有什么新书。我们就进了内山书店。

内山书店是日本浪人内山完造开的，他表面是开书店，实在差不多是替日本政府做侦探。他每次和中国人谈了点什么话，马上就报告日本领事馆。这也已经成了"公开的秘密"了，只要是略微和内山书店接近的人都知道。

我和我的朋友随便翻看着书报。内山看见我们就连忙跑过来和我们招呼，请我们坐下来，照例地闲谈。因为到内山书店来的中国人大多数是文人，内山也就知道点中国的文化。他常和中国人谈中国文化及中国社会的情形，却不大谈到中国的政治，自然是怕中国人对他怀疑。

"中国的事都要打折扣，文字也是一样。'白发三千丈'这就是一个天大的谎！这就得大打其折扣。中国的别的问题，也可以以此类推……哈哈！哈！"

内山的话我们听了并不觉得一点难为情，诗是不能用科学方法去批评的。内山不过是一个九州角落里的小商人，一个暗探，我们除了用微笑去回答之外，自然不会拿什么话语去向他声辩了。不久以前，在《自由谈》上看到何家干先生的一篇文字，就是内山所说的那些话。原来所谓"思想界的权威"，所谓"文坛老将"，连一点这样的文章都非"出自心裁"！

内山还和我们谈了好些，"航空救国"等问题都谈到，也有些是已由何家干先生抄去在《自由谈》发表过的。我们除了勉强敷衍他之外，不大讲什么话，不想理他。因为我们知道内山是个什么东西，而我们又没有请他救过命，保过险，以后也决不预备请他救命或保险。

我同我的朋友出了内山书店，又散步散到虹口公园去了。

不到一礼拜（七月六日），《社会新闻》（第四卷二期）就加以应援，并且廓大到"左联"去了。其中的"茅盾"，是本该写作"鲁迅"的故意的错误，为的是令人不疑为出于同一人的手笔——

内山书店与"左联"

《文艺座谈》第一期上说，日本浪人内山完造在上海开书店，是侦探作用，这是确属的，而尤其与"左联"有缘。记得郭沫若由汉逃沪，即匿内山书店楼上，后又代为买船票渡日。茅盾在风声紧急时，亦以内山书店为惟一避难所。然则该书店之作用究何在者？盖中国之有共匪，日本之利也，所以日本杂志所载调查中国匪情文字，比中国自身所知者为多，而此类材料之获得，半由受过救命之恩之共党文艺份子所供给；半由共党自行送去，为张扬势力之用，而无聊文人为其收买甘愿为其刺探者亦大有人在。闻此种侦探机关，除内山以外，尚有日日新闻社，满铁调查所等，而著名侦探除内山完造外，亦有田中，小岛，中村等。〔新　皖〕

这两篇文章中，有两种新花样：一，先前的诬蔑者，都说左翼作家是受苏联的卢布的，现在则变了日本的间接侦探；二，先前的揭发者，说人抄袭是一定根据书本的，现在却可以从别人的嘴里听来，专凭他的耳朵了。至于内山书店，三年以来，我确是常去坐，检书谈话，比和上海的有些所谓文人相对还安心，因为我确信他做生意，是要赚钱的，却不做侦探；他卖书，是要赚钱的，却不卖人血：这一点，倒是凡有自以为人，而其实是狗也不如的文人们应该竭力学学的！

但也有人来抱不平了，七月五日的《自由谈》上，竟揭载了这样的一篇文字——

谈"文人无行"

谷春帆

虽说自己也忝列于所谓"文人"之"林"，但近来对于"文人无行"这句话，却颇表示几分同意，而对于"人心不古"，"世风日下"的感喟，也不完全视为"道学先生"的偏激之言。实在，今日"人心"险毒得太令人可怕了，尤其是所谓"文人"，想得出，做得到，种种卑劣行为如阴谋中伤，造谣诬蔑，公开告密，卖友求荣，卖身投靠的勾当，举不胜举。而在另一方面自吹自擂，觍然以"天才"与"作家"自命，偷窃他人唾余，还沾沾自喜的种种怪象，也是"无丑不备有恶皆臻"，对着这些痛心的事实，我们还能够否认"文人无行"这句话的相当真实吗？（自然，我也并不是说凡文人皆无行。）我们能不兴起"世道人心"的感喟吗？

自然，我这样的感触并不是毫没来由的。举实事来说，过去有曾某其人者，硬以"管他娘"与"打打麻将"等屁话来实行其所谓"词的解放"，被人斥为"轻薄少年"与"色情狂的急色儿"，曾某却唠唠叨叨辩个不休，现在呢，新的事实又证明了曾某不仅是一个轻薄少年，而且是阴毒可憎的蛇蝎，他可以借崔万秋的名字为自己吹牛（见二月崔在本报所登广告），甚至硬把日

153

本一个打字女和一个中学教员派做"女诗人"和"大学教授"，把自己吹捧得无微不至；他可以用最卑劣的手段投稿于小报，指他的朋友为×××，并公布其住址，把朋友公开出卖（见第五号《中外书报新闻》）。这样的大胆，这样的阴毒，这样的无聊，实在使我不能相信这是一个有廉耻有人格的"人"——尤其是"文人"，所能做出。然而曾某却真想得到，真做得出，我想任何人当不能不佩服曾某的大无畏的精神。

听说曾某年纪还不大，也并不是没有读书的机会，我想假如曾某能把那种吹牛拍马的精力和那种阴毒机巧的心思用到求实学一点上，所得不是要更多些吗？然而曾某却偏要日以吹拍为事，日以造谣中伤为事，这，一方面固愈足以显曾某之可怕，另一方面亦正见青年自误之可惜。

不过，话说回头，就是受过高等教育的也未必一定能束身自好，比如以专写三角恋爱小说出名，并发了财的张××，彼固动辄以日本某校出身自炫者，然而他最近也会在一些小报上泼辣叫嚣，完全一副满怀毒恨的"弃妇"的脸孔，他会阴谋中伤，造谣挑拨，他会硬派人像布哈林或列宁，简直想要置你于死地，其人格之卑污，手段之恶辣，可说空前绝后，这样看来，高等教育又有何用？还有新出版之某无聊刊物上有署名"白羽遐"者作《内山书店小坐记》一文，公然说某人常到内山书店，曾请内山书店救过命保过险。我想，这种公开告密的勾当，大概也就是一流人化名玩出的花样。

然而无论他们怎样造谣中伤，怎样阴谋陷害，明眼人一见便知，害人不着，不过徒然暴露他们自己的卑污与无人格而已。

但，我想，"有行"的"文人"，对于这班丑类，实在不应当像现在一样，始终置之不理，而应当振臂奋起，把它们驱逐于文坛以外，应当在污秽不堪的中国文坛，做一番扫除的工作！

于是祸水就又引到《自由谈》上去，在次日的《时事新报》上，便看见一则启事，是方寸大字的标名——

张资平启事

五日《申报·自由谈》之《谈"文人无行"》，后段大概是指我而说的。我是坐不改名，行不改姓的人，纵令有时用其他笔名，但所发表文字，均自负责，此须申明者一；白羽遐另有其人，至《内山小坐记》亦不见是怎样坏的作品，但非出我笔，我未便承认，此须申明者二；我所写文章均出自信，而发见关于政治上主张及国际情势之研究有错觉及乱视者，均不惜加以纠正。至于"造谣伪造信件及对于意见不同之人，任意加以诬毁"皆为我生平所反对，此须申明者三；我不单无资本家的出版者为我后援，又无姊妹嫁作大商人为妾，以谋得一编辑以自豪，更进而行其"诬毁造谣假造信件"等卑劣的行动。我连想发表些关于对政治对国际情势之见解，都无从发表，故凡容纳我的这类文章之刊物，我均愿意投稿。但对于该刊物之其他文字则不能负责，此须申明者四。今后凡有利用以资本家为背景之刊物对我诬毁者，我只视作狗吠，不再答复，特此申明。

这很明白，除我而外，大部分是对于《自由谈》编辑者黎烈文的。所以又次日的《时事新报》上，也登出相对的启事来——

黎烈文启事

烈文去岁游欧归来，客居沪上，因《申报》总理史量才先生系世交长辈，故常往访候，史先生以烈文未曾入过任何党派，且留欧时专治文学，故令加入申报馆编辑《自由谈》。不料近两月来，有三角恋爱小说商张资平，因烈文停登其长篇小说，怀恨入骨，常在各大小刊物，造谣诬蔑，挑拨陷害，无所不至，烈文因其手段与目的过于卑劣，明眼人一见自知，不值一辩，故至今绝未置答，但张氏昨日又在《青光》栏上登一启事，含沙射影，肆意诬毁，其中有"又无姊妹嫁作大商人为妾"一语，不知何指。张氏启事既系对《自由谈》而发，而烈文现为《自由谈》编辑人，自不得不有所表白，以释群疑。烈文只胞妹两人，长应元未嫁早死，次友元现在长沙某校读书，亦未嫁人，均未出过湖南一步。且据烈文所知，湘潭黎氏同族姊妹中不论亲疏远近，既无一人嫁人为妾，亦无一人得与"大商人"结婚，张某之言，或系一种由衷的遗憾（没有姊妹嫁作大商人为妾的遗憾），或另有所指，或系一种病的发作，有如疯犬之狂吠，则非烈文所知耳。

此后还有几个启事，避烦不再剪贴了。总之：较关紧要的问题，是"姊妹嫁作大商人为妾"者是谁？但这事须问"行不改名，坐不改姓"的好汉张资平本人才知道。

可是中国真也还有好事之徒，竟有人不怕中暑的跑到真茹的"望岁小农居"这洋楼底下去请教他了。《访问记》登在《中外书报新闻》的第七号（七月十五日出）上，下面是关于"为妾"问题等的一段——

（四）启事中的疑问

以上这些话还只是讲刊登及停载的经过，接着，我便请他解答启事中的几个疑问。

"对于你的启事中，有许多话，外人看了不明白，能不能让我问一问？"

"是那几句？"

"'姊妹嫁作商人妾'，这不知道有没有什么影射？"

"这是黎烈文他自己多心，我不过顺便在启事中，另外指一个人。"

"那个人是谁呢？"

"那不能公开。"自然他既然说了不能公开的话，也就不便追问了。

"还有一点，你所谓'想发表些关于对政治对国际情势之见解都无从发表'，这又何所指？"

"那是讲我在文艺以外的政治见解的东西，随笔一类的东西。"

"是不是像《新时代》上的《望岁小农居日记》一样的东西呢？"（参看《新时代》七月号）我插问。

"那是对于鲁迅的批评，我所说的是对政治的见解，《文艺座谈》上面有。"（参看《文艺座谈》一卷一期《从早上到下午》。）

"对于鲁迅的什么批评？"

"这是题外的事情了，我看关于这个，请你还是不发表好了。"

这真是"胸中不正，则眸子眊焉"，寥寥几笔，就画出了这位文学家的嘴脸。《社会新闻》说他"阘懦"，固然意在博得社会上"济弱扶倾"的同情，不足置信，但启事上的自白，却也须照中国文学上的例子，大打折扣的（倘白羽遐先生在"某天"又到"内山书店小坐"，一定又会从老板口头听到），因为他自己在"行不改姓"之后，也就说"纵令有时用其他笔名"，虽然"但所发表文字，均自负责"，而无奈"还是不发表好了"何？但既然"还是不发表好了"，则关于我的一笔，我也就不再深论了。

一枝笔不能兼写两件事，以前我实在闲却了《文艺座谈》的座主，"解放词人"曾今可先生了。但写起来却又很简单，他除了"准备反攻"之外，只在玩"告密"的玩艺。

崔万秋先生和这位词人，原先是相识的，只为了一点小纠葛，他便匿名向小报投稿，诬陷老朋友去了。不幸原稿偏落在崔万秋先生的手里，制成铜版，在《中外书报新闻》（五号）上精印了出来——

崔万秋加入国家主义派

《大晚报》屁股编辑崔万秋自日回国，即住在愚园坊六十八号左舜生家，旋即由左与王造时介绍于《大晚报》工作。近为国家主义及广东方面宣传极力，夜则留连于舞场或八仙桥庄上云。

有罪案，有住址，逮捕起来是很容易的。而同时又诊出了一点小毛病，是这位词人曾经用了崔万秋的名字，自己大做了一通自己的诗的序，而在自己所做的序里又大称赞了一通自己的诗。轻恙重症，同时夹攻，渐使这柔嫩的诗人兼词人站不住，他要下野了，而在《时事新报》（七月九日）上却又是一个启事，好像这时的文坛是入了"启事时代"似的——

曾今可启事

鄙人不日离沪旅行，且将脱离文字生活。以后对于别人对我造谣诬蔑，一概置之不理。这年头，只许强者打，不许弱者叫，我自然没有什么话可说。我承认我是一个弱者，我无力反抗，我将在英雄们胜利的笑声中悄悄地离开这文坛。如果有人笑我是"懦夫"，我只当他是尊我为"英雄"。此启。

这就完了。但我以为文字是有趣的，结末两句，尤为出色。

我剪贴在上面的《谈"文人无行"》，其实就是这曾张两案的合论。但由我看来，这事件却还要坏一点，便也做了一点短评，投给《自由谈》。久而久之，不见登出，索回原稿，油墨手印满纸，这便是曾经排过，又被谁抽掉了的证据，可见纵"无姊妹嫁作大商人为妾"，"资本家的出版者"也还是为这一类名公"后援"的。但也许因为恐怕得罪名公，就会立刻给你戴上一顶红帽子，为性命计，不如不登的也难说。现在就抄在这里罢——

驳"文人无行"

"文人"这一块大招牌，是极容易骗人的。虽在现在，社会上的轻贱文人，实在还不如所谓"文人"的自轻自贱之甚。看见只要是"人"，就决不肯做的事情，论者还不过说他"无行"，解为"疯人"，恕其"可怜"。其实他们却原是贩子，也一向聪明绝顶，以前的种种，无非"生意经"，现在的种种，也并不是"无行"，倒是他要"改行"了。

生意的衰微使他要"改行"。虽是极低劣的三角恋爱小说，也可以卖掉一批的。我们在夜里走过马路边，常常会遇见小瘪三从暗中来，鬼鬼祟祟的问道："阿要春宫？阿要春宫？中国的，东洋的，西洋的，都有。阿要勿？"生意也并不清淡。上当的是初到上海的青年和乡下人。然而这至多也不过四五回，他们看过几套，就觉得讨厌，甚且要作呕了，无论你"中国的，东洋的，西洋的，都有"也无效。而且因时势的迁移，读书界也起了变化，一部份是不再要看这样的东西了；一部份是简直去跳舞，去嫖妓，因为所化的钱，比买手淫小说全集还便宜。这就使三角家之类觉得没落。我们不要以为造成了洋房，人就会满足的，每一个儿子，至少还得给他赚下十万块钱呢。

于是乎暴躁起来。然而三角上面，是没有出路了的。于是勾结一批同类，开茶会，办小报，造谣言，其甚者还竟至于卖朋友，好像他们的鸿篇巨制的不再有人赏识，只是因为有几个人用一手掩尽了天下人的眼目似的。但不要误解，以为他真在这样想。他是聪明绝顶，其实并不在这样想的，现在这副嘴脸，也还是一种"生意经"，用三角钻出来的活路。总而言之，就是现在只好经营这一种卖买，才又可以赚些钱。

譬如说罢，有些"第三种人"也曾做过"革命文学家"，借此开张书店，吞过郭沫若的许多版税，现在所住的洋房，有一部份怕还是郭沫若的血汗所装饰的。此刻那里还能做这样的生意呢？此刻要合伙攻击左翼，并且造谣陷害了知道他们的行为的人，自己才是一个干净刚直的作者，而况告密式的投稿，还可以大赚一注钱呢。

先前的手淫小说，还是下部的勾当，但此路已经不通，必须上进才是，而人们——尤其是他的旧相识——的头颅就危险了。这那里是单单的"无行"文人所能做得出来的？

上文所说，有几处自然好像带着了曾今可张资平这一流，但以前的"腰斩张资平"，却的确不是我的意见。这位作家的大作，我自己是不要看的，理由很简单：我脑子里不要三角四角的这许多角。倘有青年来问我可看与否，我是劝他不必看的，理由也很简单：他脑子里也不必有三角四角的那许多角。若夫他自在投稿取费，出版卖钱，即使他无须养活老婆儿子，我也满不管，理由也很简单：我是从不想到他那些三角四角的角不完的许多角的。

然而多角之辈，竟谓我策动"腰斩张资平"。既谓矣，我乃简直以 X 光照其五脏六腑了。

《后记》这回本来也真可以完结了，但且住，还有一点余兴的余兴。因为剪下的材料中，还留着一篇妙文，倘使任其散失，是极为可惜的，所以特地将它保存在这里。

这篇文章载在六月十七日《大晚报》的《火炬》里——

新儒林外史

柳丝

第一回　揭旗扎空营　兴师布迷阵

却说卡尔和伊理基两人这日正在天堂以上讨论中国革命问

题，忽见下界中国文坛的大戈壁上面，杀气腾腾，尘沙弥漫，左翼防区里面，一位老将紧追一位小将，战鼓震天，喊声四起，忽然那位老将牙缝开处，吐出一道白雾，卡尔闻到气味立刻晕倒，伊理基拍案大怒道，"毒瓦斯，毒瓦斯！"扶着卡尔赶快走开去了。原来下界中国文坛的大戈壁上面，左翼防区里头，近来新扎一座空营，揭起小资产阶级革命文学之旗，无产阶级文艺营垒受了奸人挑拨，大兴问罪之师。这日大军压境，新扎空营的主将兼官佐又兼士兵杨邨人提起笔枪，跃马相迎，只见得战鼓震天，喊声四起，为首先锋扬刀跃马而来，乃老将鲁迅是也。那杨邨人打拱，叫声"老将军别来无恙？"老将鲁迅并不答话，跃马直冲扬刀便刺，那杨邨人笔枪挡住又道："老将有话好讲，何必动起干戈？小将别树一帜，自扎空营，只因事起仓卒，未及呈请指挥，并非倒戈相向，实则独当一面，此心此志，天人共鉴。老将军试思左翼诸将，空言克服，骄盈自满，战术既不研究，武器又不制造。临阵则军容不整，出马则拖枪而逃，如果长此以往，何以维持威信？老将军整顿纪纲之不暇，劳师远征，窃以为大大对不起革命群众的呵！"老将鲁迅又不答话，圆睁环眼，倒竖虎须，只见得从他的牙缝里头嘘出一道白雾，那小将杨邨人知道老将放出毒瓦斯，说的迟那时快，已经将防毒面具戴好了，正是：情感作用无理讲，是非不明只天知！欲知老将究竟能不能将毒瓦斯闷死那小将，且待下回分解。

第二天就收到一封编辑者的信，大意说：兹署名有柳丝者（"先生读其文之内容或不难想像其为何人"），投一滑稽文稿，题为《新儒林外史》，但并无伤及个人名誉之事，业已决定为之发表，倘有反驳文章，亦可登载云云。使刊物暂时化为战场，热闹一通，是办报人的一种极普通办法，近来我更加"世故"，天气又这么热，当然不会去流汗同翻筋斗的。况且"反驳"滑稽文章，也是一种少有的奇事，即使"伤及个人名誉事"，我也没有办法，除非我也作一部《旧儒林外史》，来辩明"卡尔和伊理基"的话的真假。但我并不是巫师，又怎么看得见"天堂"？"柳丝"是杨邨人先生还在做"无产阶级革命文学者"时候已经用起的笔名，这无须看内容就知道，而曾几何时，就在"小资产阶级革命文学"的旗子下做着这样的幻梦，将自己写成了这么一副形容了。时代的巨轮，真是能够这么冷酷地将人们辗碎的。但也幸而有这一辗，因为韩侍桁先生倒因此从这位"小将"的腔子里看见了"良心"了。

这作品只是第一回，当然没有完，我虽然毫不想"反驳"，却也愿意看看这有"良心"的文学，不料从此就不见了，迄今已有月余，听不到"卡尔和伊理基"在"天堂"上和"老将""小将"在地狱里的消息。但据《社会新闻》（七月九日，四卷三期）说，则又是"左联"阻止的——

杨邨人转入 AB 团

叛"左联"而写揭小资产战斗之旗的杨邨人，近已由汉来沪，闻寄居于 AB 团小卒徐翔之家，并已加入该团活动矣。前在《大晚报》署名柳丝所发表的《新封神榜》一文，即杨手笔，内对鲁迅大加讽刺，但未完即止，闻因受"左联"警告云。〔预〕

"左联"会这么看重一篇"讽刺"的东西，而且仍会给"叛'左联'而写揭小资产战斗之旗的杨邨人"以"警告"，这才真是一件奇事。据有些人说，"第三种人"的"忠实于自己的艺术"，是已经因了左翼理论家的凶恶的批评而写不出来了，现在这"小资产战斗"的英雄，又因了"左联"的警告而不再"战斗"，我想，再过几时，则一切割地吞款，兵祸水灾，古物失踪，阔人生病，也要都成为"左联"之罪，尤其是鲁迅之罪了。

现在使我记起了蒋光慈先生。

事情是早已过去，恐怕有四五年了，当蒋光慈先生组织太阳社，和创造社联盟，率领"小将"来围剿我的时候，他曾经做过一篇文章，其中有几句，大意是说，鲁迅向来未曾受人攻击，自以为不可一世，现在要给他知道知道了。其实这是错误的，我自作评论以来，即无时不受攻击，即如这三四月中，仅仅关于《自由谈》的，就已有这许多篇，而且我所收录的，还不过一部份。先前何尝不如此呢，但它们都与如驶的流光一同消逝，无踪无影，不再为别人所觉察罢了。这回趁几种刊物还在手头，便转载一部份到《后记》里，这其实也并非专为我自己，战斗正未有穷期，老谱将不断的袭用，对于别人的攻击，想来也还要用这一类的方法，但自然要改变了所攻击的人名。将来的战斗的青年，倘在类似的境遇中，能偶然看见这记录，我想是必能开颜一笑，更明白所谓敌人者是怎样的东西的。

所引的文字中，我以为很有些篇，倒是出于先前的"革命文学者"。但他们现在是另一个笔名，另一副嘴脸了。这也是必然的。革命文学者若不想以他的文学，助革命更加深化，展开，却借革命来推销他自己的"文学"，则革命高扬的时候，他正是狮子身中的害虫，而革命一受难，就一定要发现以前的"良心"，或以"孝子"之名，或以"人道"之名，或以"比正在受难的革命更加革命"之名，走出阵线之外，好则沉默，坏就成为叭儿的。这不是我的"毒瓦斯"，这是彼此看见的事实！

一九三三年七月二十日午，记。

题注：

本篇是鲁迅 1933 年 7 月 28 日编完《伪自由书》时写的，未另发表。本文主要针对 1933 年上海文坛与自己的杂文有关涉的各派人物、报刊和事件，逐一梳理，予以总结，且附录其言谈，并一一揭露其嘴脸，实际上也描绘了上海文坛的面貌。

《北平笺谱》序

　　镂象于木，印之素纸，以行远而及众，盖实始于中国。法人伯希和氏从敦煌千佛洞所得佛象印本，论者谓当刊于五代之末，而宋初施以采色，其先于日耳曼最初木刻者，尚几四百年。宋人刻本，则由今所见医书佛典，时有图形；或以辨物，或以起信，图史之体具矣。降至明代，为用愈宏，小说传奇，每作出相，或拙如画沙，或细于擘发，亦有画谱，累次套印，文彩绚烂，夺人目睛，是为木刻之盛世。清尚朴学，兼斥纷华，而此道于是凌替。光绪初，吴友如据点石斋，为小说作绣像，以西法印行，全像之书，颇复腾踊，然绣梓遂愈少，仅在新年花纸与日用信笺中，保其残喘而已。及近年，则印绘花纸，且并为西法与俗工所夺，老鼠嫁女与静女拈花之图，皆渺不复见；信笺亦渐失旧型，复无新意，惟日趋于鄙倍。北京夙为文人所聚，颇珍楮墨，遗范未堕，尚存名笺。顾迫于时会，苓落将始，吾侪好事，亦多杞忧。于是搜索市廛，拔其尤异，各就原版，印造成书，名之曰《北平笺谱》。于中可见清光绪时纸铺，尚止取明季画谱，或前人小品之相宜者，镂以制笺，聊图悦目；间亦有画工所作，而乏韵致，固无足观。宣统末，林琴南先生山水笺出，似为当代文人特作画笺之始，然未详。及中华民国立，义宁陈君师曾入北京，初为镂铜者作墨合，镇纸画稿，俾其雕镂；既成拓墨，雅趣盎然。不久复廓其技于笺纸，才华蓬勃，笔简意饶，且又顾及刻工，省其奏刀之困，而诗笺乃开一新境。盖至是而画师梓人，神志暗会，同力合作，遂越前修矣。稍后有齐白石，吴待秋，陈半丁，王梦白诸君，皆画笺高手，而刻工亦足以副之。辛未以后，始见数人分画一题，聚以成帙，格新神焕，异乎嘉祥。意者文翰之术将更，则笺素之道随尽；后有作者，必将别辟涂径，力求新生；其临睨夫旧乡，当远俟于暇日也。则此虽短书，所识者小，而一时一地，绘画刻镂盛衰之事，颇寓于中；纵非中国木刻史之丰碑，庶几小品艺术之旧苑，亦将为后之览古者所偶涉欤。

千九百三十三年十月三十日鲁迅记

题注：

  本篇最初收入 1933 年 12 月出版的《北平笺谱》。初未收集。

  《北平笺谱》是鲁迅与郑振铎合编的诗笺图谱选集，内收人物、山水、花鸟笺 332 幅，木板彩色水印，共六册，自费印行。鲁迅为编印本书，与郑振铎多次通信。1933 年 2 月 5 日致郑振铎信中说："因思倘有人自备佳纸，向各纸铺择尤（对于各派）各印数十至一百幅，纸为书叶形，采色亦须更加浓厚，上加书目，订成一书……实不独文房清玩，亦中国木刻史上一大纪念耳。不知先生有意于此否？"1933年 10 月 11 日致郑振铎信："名目就是《北平笺谱》罢，因为'北平'两字，可以限定了时代和地方。"本文为编定后所写序言。

《南腔北调集》题记

　　一两年前，上海有一位文学家，现在是好像不在这里了，那时候，却常常拉别人为材料，来写她的所谓"素描"。我也没有被赦免。据说，我极喜欢演说，但讲话的时候是口吃的，至于用语，则是南腔北调。前两点我很惊奇，后一点可是十分佩服了。真的，我不会说绵软的苏白，不会打响亮的京腔，不入调，不入流，实在是南腔北调。而且近几年来，这缺点还有开拓到文字上去的趋势；《语丝》早经停刊，没有了任意说话的地方，打杂的笔墨，是也得给各个编辑者设身处地地想一想的，于是文章也就不能划一不二，可说之处说一点，不能说之处便罢休。即使在电影上，不也有时看得见黑奴怒形于色的时候，一有同是黑奴而手里拿着皮鞭的走过来，便赶紧低下头去么？我也毫不强横。

　　一俯一仰，居然又到年底，邻近有几家放鞭爆，原来一过夜，就要"天增岁月人增寿"了。静着没事，有意无意的翻出这两年所作的杂文稿子来，排了一下，看看已经足够印成一本，同时记得了那上面所说的"素描"里的话，便名之曰《南腔北调集》，准备和还未成书的将来的《五讲三嘘集》配对。我在私塾里读书时，对过对，这积习至今没有洗干净，题目上有时就玩些什么《偶成》，《漫与》，《作文秘诀》，《捣鬼心传》，这回却闹到书名上来了。这是不足为训的。

其次，就自己想：今年印过一本《伪自由书》，如果这也付印，那明年就又有一本了。于是自己觉得笑了一笑。这笑，是有些恶意的，因为我这时想到了梁实秋先生，他在北方一面做教授，一面编副刊，一位喽罗儿就在那副刊上说我和美国的门肯（H.L.Mencken）相像，因为每年都要出一本书。每年出一本书就会像每年也出一本书的门肯，那么，吃大菜而做教授，真可以等于美国的白璧德了。低能好像是也可以传授似的。但梁教授极不愿意因他而牵连白璧德，是据说小人的造谣；不过门肯却正是和白璧德相反的人，以我比彼，虽出自徒孙之口，骨子里却还是白老夫子的鬼魂在作怪。指头一拨，君子就翻一个筋斗，我觉得我到底也还有手腕和眼睛。

不过这是小事情。举其大者，则一看去年一月八日所写的《"非所计也"》，就好像着了鬼迷，做了恶梦，胡里胡涂，不久就整两年。怪事随时袭来，我们也随时忘却，倘不重温这些杂感，连我自己做过短评的人，也毫不记得了。一年要出一本书，确也可以使学者们摇头的，然而只有这一本，虽然浅薄，却还借此存留一点遗闻逸事，以中国之大，世变之亟，恐怕也未必就算太多了罢。

两年来所作的杂文，除登在《自由谈》上者外，几乎都在这里面；书的序跋，却只选了自以为还有几句可取的几篇。曾经登载这些的刊物，是《十字街头》，《文学月报》，《北斗》，《现代》，《涛声》，《论语》，《申报月刊》，《文学》等，当时是大抵用了别的笔名投稿的；但有一篇没有发表过。

一九三三年十二月三十一日之夜，于上海寓斋记。

题注：

本文直接收入本集，未另发表。本集收作者 1932、1933 两年所作，发表在除《申报·自由谈》以外的报刊、书籍中的杂文 51 篇，1934 年 3 月由上海同文书店出版。本文于编定本书时撰写。本书的书名来源于 1933 年 1 月上海《出版消息》第四期美子的《作家素描（八）鲁迅》，其中说："鲁迅很喜欢演说，只是有些口吃，并且是'南腔北调'，然而这是促成他深刻而又滑稽的条件之一。"1932 年 11 月鲁迅在北平作"北平五讲"后，曾拟将"北平五讲"再加上"上海三嘘"合成《五讲三嘘集》，"上海三嘘"指对梁实秋、张若谷和杨邨人三人的指斥。作者自谓："那是在一个饭店里，大家闲谈，谈到有几个人的文章，我确曾说：这些都只要以一嘘了之，不值得反驳。"又说："所谓《北平五讲与上海三嘘》，其实是至今没有写，听说北平有一本《五讲》出版，那可并不是我做的。我也没有见过那一本书。不过既然闹了风潮，将来索性写一点也难说，如果写起来，我想名为《五讲三嘘集》，但后一半也未必正是报上所说的三位。"（见《答杨邨人先生公开信的公开信》）除杨邨人外，鲁迅认为张若谷连"嘘"的价值也没有。对梁实秋则多有辩驳。当时梁实秋任青岛大学教授，并主编天津《益世报》副刊《文学周刊》。1933 年 7 月，该刊第三十一期发表梅僧的《鲁迅与 H. L. Mencken》一文说："曼肯（门肯）平时在报章杂志揭载之文，自己甚为珍视，发表之后，再辑成册，印单行本。取名曰《偏见集》，厥后陆续汇集刊印，为第二集第三集以至于无穷。犹鲁迅先生之杂感，每隔一二年必有一两册问世。"鲁迅 1933 年 1 月至 5 月在《自由谈》上发表的杂文辑集为《伪自由书》，6 月至 11 月发表的辑集为《准风月谈》。

《总退却》序

　　中国久已称小说之类为"闲书"，这在五十年前为止，是大概真实的，整日价辛苦做活的人，就没有工夫看小说。所以凡看小说的，他就得有余暇，既有余暇，可见是不必怎样辛苦做活的了，成仿吾先生曾经断之曰："有闲，即是有钱！"者以此。诚然，用经济学的眼光看起来，在现制度之下，"闲暇"恐怕也确是一种"富"。但是，穷人们也爱小说，他们不识字，就到茶馆里去听"说书"，百来回的大部书，也要每天一点一点的听下去。不过比起整天做活的人们来，他们也还是较有闲暇的。要不然，又那有工夫上茶馆，那有闲钱做茶钱呢？

　　小说之在欧美，先前又何尝不这样。后来生活艰难起来了，为了维持，就缺少余暇，不再能那么悠悠忽忽。只是偶然也还想借书来休息一下精神，而又耐不住唠叨不已，破费工夫，于是就使短篇小说交了桃花运。这一种洋文坛上的趋势，也跟着古人之所谓"欧风美雨"，冲进中国来，所以"文学革命"以后，所产生的小说，几乎以短篇为限。但作者的才力不能构成巨制，自然也是一个很大的原因。

　　而且书中的主角也变换了。古之小说，主角是勇将策士，侠盗赃官，妖怪神仙，佳人才子，后来则有妓女嫖客，无赖奴才之流。"五四"以后的短篇里却大抵是新的智识者登了场，因为他们是首先觉到了在"欧风美雨"中的飘摇的，然而总还不脱古之英雄和才子气。现在可又不同了，大家都已感到飘摇，不再要听一个特别的人的运命。某英雄在柏林扪髀看天，某天才在泰山捶胸泣血，还有谁会转过脸去呢？他们要知道，感觉得更广大，更深邃了。

这一本集子就是这一时代的出产品，显示着分明的蜕变，人物并非英雄，风光也不旖旎，然而将中国的眼睛点出来了。我以为作者的写工厂，不及她的写农村，但也许因为我先前较熟于农村，否则，是作者较熟于农村的缘故罢。

一九三三年十二月二十五夜，鲁迅记。

题注：

本文收入《南腔北调集》，未另发表。《总退却》，葛琴（1908—1995）所著短篇小说集。1932年，葛琴在"左联"开始学习写作，《总退却》是她的第一篇小说，揭露国民党残杀抗日的十九路军士兵的行径。小说在《北斗》上发表后得到较高评价，1933年12月作者请鲁迅为之作序。在为小说作序后，鲁迅还为之介绍到良友图书印刷公司设法出版，后因故延至1937年3月出版。内收短篇小说7篇，与鲁迅作序时的篇目已有很大调整：加进了1936年在《文季月刊》《作家》和《夜莺》发表的几篇，抽去了两三篇旧稿。除《罗警长》一篇外，基本上都以农村为背景。

《准风月谈》前记

　　自从中华民国建国二十有二年五月二十五日《自由谈》的编者刊出了"吁请海内文豪，从兹多谈风月"的启事以来，很使老牌风月文豪摇头晃脑的高兴了一大阵，讲冷话的也有，说俏皮话的也有，连只会做"文探"的叭儿们也翘起了它尊贵的尾巴。但有趣的是谈风云的人，风月也谈得，谈风月就谈风月罢，虽然仍旧不能正如尊意。

　　想从一个题目限制了作家，其实是不能够的。假如出一个"学而时习之"的试题，叫遗少和车夫来做八股，那做法就决定不一样。自然，车夫做的文章可以说是不通，是胡说，但这不通或胡说，就打破了遗少们的一统天下。古话里也有过：柳下惠看见糖水，说"可以养老"，盗跖见了，却道可以粘门闩。他们是弟兄，所见的又是同一的东西，想到的用法却有这么天差地远。"月白风清，如此良夜何？"好的，风雅之至，举手赞成。但同是涉及风月的"月黑杀人夜，风高放火天"呢，这不明明是一联古诗么？

　　我的谈风月也终于谈出了乱子来，不过也并非为了主张"杀人放火"。其实，以为"多谈风月"，就是"莫谈国事"的意思，是误解的。"漫谈国事"倒并不要紧，只是要"漫"，发出去的箭石，不要正中了有些人物的鼻梁，因为这是他的武器，也是他的幌子。

从六月起的投稿，我就用种种的笔名了，一面固然为了省事，一面也省得有人骂读者们不管文字，只看作者的署名。然而这么一来，却又使一些看文字不用视觉，专靠嗅觉的"文学家"疑神疑鬼，而他们的嗅觉又没有和全体一同进化，至于看见一个新的作家的名字，就疑心是我的化名，对我呜呜不已，有时简直连读者都被他们闹得莫名其妙了。现在就将当时所用的笔名，仍旧留在每篇之下，算是负着应负的责任。

还有一点和先前的编法不同的，是将刊登时被删改的文字大概补上去了，而且旁加黑点，以清眉目。这删改，是出于编辑或总编辑，还是出于官派的检查员的呢，现在已经无从辨别，但推想起来，改点句子，去些讳忌，文章却还能连接的处所，大约是出于编辑的，而胡乱删削，不管文气的接不接，语意的完不完的，便是钦定的文章。

日本的刊物，也有禁忌，但被删之处，是留着空白，或加虚线，使读者能够知道的。中国的检查官却不许留空白，必须接起来，于是读者就看不见检查删削的痕迹，一切含胡和恍忽之点，都归在作者身上了。这一种办法，是比日本大有进步的，我现在提出来，以存中国文网史上极有价值的故实。

去年的整半年中，随时写一点，居然在不知不觉中又成一本了。当然，这不过是一些拉杂的文章，为"文学家"所不屑道。然而这样的文字，现在却也并不多，而且"拾荒"的人们，也还能从中检出东西来，我因此相信这书的暂时的生存，并且作为集印的缘故。

一九三四年三月十日，于上海记。

题注：

本篇收入《南腔北调集》，未另发表。1933 年 5 月，国民党当局对外与日本侵略者签订了丧权辱国的《塘沽协定》，对内则在军事上对共产党革命根据地进行大规模的军事围剿，在文化上设置新闻书刊检查机构，对左翼书刊进行查禁。5 月 25 日《申报·自由谈》副刊迫于当局的压力，刊登了启事，要求作者"从兹多谈风月"。鲁迅自 1933 年 1 月起成为该刊的主要撰稿人。《自由谈》的启事刊出后，鲁迅不断更换笔名继续在该刊上发表文章。从这年的 6 月 10 日到 11 月 7 日，鲁迅在《自由谈》上共发表文章 64 篇。1934 年，鲁迅将这些文章结集出版，名之为《准风月谈》，"准"为抵充之意，"风月"亦暗指当时的国内外政治形势。本集于 1934 年 12 月由上海联华书局以"兴中书局"的名义出版。

《无名木刻集》序

用几柄雕刀，一块木版，制成许多艺术品，传布于大众中者，是现代的木刻。

木刻是中国所固有的，而久被埋没在地下了。现在要复兴，但是充满着新的生命。

新的木刻是刚健，分明，是新的青年的艺术，是好的大众的艺术。

这些作品，当然只不过一点萌芽，然而要有茂林嘉卉，却非先有这萌芽不可。

这是极值得记念的。

一九三四年三月十四日，鲁迅。

题注：

本篇最初收入 1934 年 4 月上海出版的《无名木刻集》，未另发表。初未收集。

《无名木刻集》是无名木刻社社员的作品选集，内收木刻 7 幅，由刘岘据手迹雕版拓印。无名木刻社是由上海美术专门学校学生刘岘、黄新波、姚兆等于1933年发起成立的木刻团体，后改名未名木刻社。据刘岘回忆，"1934年春，我们几个学习木刻的青年，打算印一本木刻画册……商定之后，随即选用了十几块木板，每块由刻者自己手印一百张……同时，要我请鲁迅先生撰写了一篇序言。"本文即是应刘岘的约请而写。

《木刻纪程》小引

中国木刻图画，从唐到明，曾经有过很体面的历史。但现在的新的木刻，却和这历史不相干。新的木刻，是受了欧洲的创作木刻的影响的。创作木刻的绍介，始于朝花社，那出版的《艺苑朝华》四本，虽然选择印造，并不精工，且为艺术名家所不齿，却颇引起了青年学徒的注意。到一九三一年夏，在上海遂有了中国最初的木刻讲习会。又由是蔓衍而有木铃社，曾印《木铃木刻集》两本。又有野穗社，曾印《木刻画》一辑。有无名木刻社，曾印《木刻集》。但木铃社早被毁灭，后两社也未有继续或发展的消息。前些时在上海还剩有 M.K. 木刻研究社，是一个历史较长的小团体，曾经屡次展览作品，并且将出《木刻画选集》的，可惜今夏又被私怨者告密。社员多遭捕逐，木版也为工部局所没收了。

据我们所知道，现在似乎已经没有一个研究木刻的团体了。但尚有研究木刻的个人。如罗清桢，已出《清桢木刻集》二辑；如又村，最近已印有《廖坤玉故事》的连环图。这是都值得特记的。

而且仗着作者历来的努力和作品的日见其优良，现在不但已得中国读者的同情，并且也渐渐的到了跨出世界上去的第一步。虽然还未坚实，但总之，是要跨出去了。不过，同时也到了停顿的危机。因为倘没有鼓励和切磋，恐怕也很容易陷于自足。本集即愿做一个木刻的路程碑，将自去年以来，认为应该流布的作品，陆续辑印，以为读者的综观，作者的借镜之助。但自然，只以收集所及者为限，中国的优秀之作，是决非尽在于此的。

别的出版者，一方面还正在绍介欧美的新作，一方面则在复印中国的古刻，这也都是中国的新木刻的羽翼。采用外国的良规，加以发挥，使我们的作品更加丰满是一条路；择取中国的遗产，融合新机，使将来的作品别开生面也是一条路。如果作者都不断的奋发，使本集能一程一程的向前走，那就会知道上文所说，实在不仅是一种奢望的了。

一九三四年六月中，铁木艺术社记。

题注：

本篇最初收入《木刻纪程》一书。收入《且介亭杂文》。

《木刻纪程》是鲁迅编辑的新兴版画作品集，收入何白涛、陈烟桥、张望、刘岘等人木刻作品24幅，1934年8月14日编讫付印，以铁木艺术社名义刊行。

鲁迅倡导新兴版画运动，躬亲实践，不遗余力。1928年11月与柔石等组织朝花社，编辑出版《艺苑朝华》。1931年8月间鲁迅在上海举办木刻讲习班，请来日本友人内山嘉吉讲授木刻技法并自任翻译，历时一周。后又为编印《木刻纪程》操劳，如1934年4月5日致陈烟桥信中有："照近几年来的木刻看来，选二十幅是可有的了，这一点印工及纸费，我现在也还能设法，或者来试一试看……"1934年7月

17日致姚克信有："《木刻纪程》的材料，已收集齐全，纸也买好，而近二十天来，每日热至百度左右，不能出去接洽，待稍凉，就要付印的。"本文末署写作日期"一九三四年六月中"，但据鲁迅日记载，实际写作时间当是7月18日，该日记有："阴晴不定而热。……下午编《木刻纪程》并作序目讫。"

《译文》创刊号前记

读者诸君：你们也许想得到，有人偶然得一点空工夫，偶然读点外国作品，偶然翻译了起来，偶然碰在一处，谈得高兴，偶然想在这"杂志年"里来加添一点热闹，终于偶然又偶然的找得了几个同志，找得了承印的书店，于是就产生了这一本小小的《译文》。

原料没有限制：从最古以至最近。门类也没固定：小说，戏剧，诗，论文，随笔，都要来一点。直接从原文译，或者间接重译：本来觉得都行。只有一个条件：全是"译文"。

文字之外，多加图画。也有和文字有关系的，意在助趣；也有和文字没有关系的，那就算是我们贡献给读者的一点小意思，复制的图画总比复制的文字多保留得一点原味。

并不敢自夸译得精，只能自信尚不至于存心潦草；也不是想竖起"重振译事"的大旗来，——这种登高一呼的野心是没有的，不过得这么几个同好互相研究，印了出来给喜欢看译品的人们作为参考而已。倘使有些深文周纳的惯家以为这又是什么人想法挽救"没落"的法门，那我们只好一笑道："领教！领教！诸公的心事，我们倒是雪亮的！"

题注：

本篇最初发表于上海《译文》月刊创刊号（1934年9月16日），未署名。初未收集。

《译文》是由鲁迅、黄源等人发起创办的翻译介绍外国文学的月刊，1934年9月在上海创刊，前三期由鲁迅编辑，第四期开始由黄源接手，上海生活书店出版。1935年9月停刊，后于1936年3月复刊，改由上海杂志公司出版。1937年6月出至新三卷第四期停刊。本文是鲁迅为介绍《译文》的创立缘起、宗旨及内容、特点而写的。

《准风月谈》后记

这六十多篇杂文,是受了压迫之后,从去年六月起,另用各种的笔名,障住了编辑先生和检查老爷的眼睛,陆续在《自由谈》上发表的。不久就又蒙一些很有"灵感"的"文学家"吹嘘,有无法隐瞒之势,虽然他们的根据嗅觉的判断,有时也并不和事实相符。但不善于改悔的人,究竟也躲闪不到那里去,于是不及半年,就得着更厉害的压迫了,敷衍到十一月初,只好停笔,证明了我的笔墨,实在敌不过那些带着假面,从指挥刀下挺身而出的英雄。

不做文章,就整理旧稿,在年底里,粘成了一本书,将那时被人删削或不能发表的,也都添进去了,看起分量来,倒比这以前的《伪自由书》要多一点。今年三月间,才想付印,做了一篇序,慢慢的排,校,不觉又过了半年,回想离停笔的时候,已是一年有余了,时光真是飞快,但我所怕的,倒是我的杂文还好像说着现在或甚而至于明年。

记得《伪自由书》出版的时候,《社会新闻》曾经有过一篇批评,说我的所以印行那一本书的本意,完全是为了一条尾巴——《后记》。

这其实是误解的。我的杂文，所写的常是一鼻，一嘴，一毛，但合起来，已几乎是或一形象的全体，不加什么原也过得去的了。但画上一条尾巴，却见得更加完全。所以我的要写后记，除了我是弄笔的人，总要动笔之外，只在要这一本书里所画的形象，更成为完全的一个具象，却不是"完全为了一条尾巴"。

内容也还和先前一样，批评些社会的现象，尤其是文坛的情形。因为笔名改得勤，开初倒还平安无事。然而"江山好改，秉性难移"，我知道自己终于不能安分守己。《序的解放》碰着了曾今可，《豪语的折扣》又触犯了张资平，此外在不知不觉之中得罪了一些别的什么伟人，我还自己不知道。但是，待到做了《各种捐班》和《登龙术拾遗》以后，这案件可就闹大了。

去年八月间，诗人邵洵美先生所经营的书店里，出了一种《十日谈》，这位诗人在第二期（二十日出）上，飘飘然的论起"文人无行"来了，先分文人为五类，然后作结道——

　　除了上述五类外，当然还有许多其他的典型；但其所以为文人之故，总是因为没有饭吃，或是有了饭吃不饱。因为做文人不比做官或是做生意，究竟用不到多少本钱。一枝笔，一些墨，几张稿纸，便是你所要预备的一切。呒本钱生意，人人想做，所以文人便多了。此乃是没有职业才做文人的事实。

　　我们的文坛便是由这种文人组织成的。

　　因为他们是没有职业才做文人，因此他们的目的仍在职业而不在文人。他们借着文艺宴会的名义极力地拉拢大人物；借文艺杂志或是副刊的地盘，极力地为自己做广告：但求闻达，不顾羞耻。

谁知既为文人矣，便将被目为文人；既被目为文人矣，便再没有职业可得，这般东西便永远在文坛里胡闹。

文人的确穷的多，自从迫压言论和创作以来，有些作者也的确更没有饭吃了。而邵洵美先生是所谓"诗人"，又是有名的巨富"盛宫保"的孙婿，将污秽泼在"这般东西"的头上，原也十分平常的。但我以为作文人究竟和"大出丧"有些不同，即使雇得一大群帮闲，开锣喝道，过后仍是一条空街，还不及"大出丧"的虽在数十年后，有时还有几个市侩传颂。穷极，文是不能工的，可是金银又并非文章的根苗，它最好还是买长江沿岸的田地。然而富家儿总不免常常误解，以为钱可使鬼，就也可以通文。使鬼，大概是确的，也许还可以通神，但通文却不成，诗人邵洵美先生本身的诗便是证据。我那两篇中的有一段，便是说明官可捐，文人不可捐，有裙带官儿，却没有裙带文人的。

然而，帮手立刻出现了，还出在堂堂的《中央日报》（九月四日及六日）上——

女婿问题

如是

最近的《自由谈》上，有两篇文章都是谈到女婿的，一篇是孙用的《满意和写不出》，一篇是苇索的《登龙术拾遗》。后一篇九月一日刊出，前一篇则不在手头，刊出日期大约在八月下旬。

苇索先生说："文坛虽然不致于要招女婿，但女婿却是会要上文坛的。"后一句"女婿却是会要上文坛的"，立论十分牢靠，无瑕可击。我们的祖父是人家的女婿，我们的父亲也是人家的女婿，我们自己，也仍然不免是人家的女婿。比如今日在文坛上"北面"而坐的鲁迅茅盾之流，都是人家的女婿，所以"女婿会要上文坛的"是不成问题的，至于前一句"文坛虽然不致于要招女婿"，这句话就简直站不住了。我觉得文坛无时无刻不在招女婿，许多中国作家现在都变成了俄国的女婿了。

又说："有富岳家，有阔太太，用赔嫁钱，作文学资本，……"能用妻子的赔嫁钱来作文学资本，我觉得这种人应该佩服，因为用妻子的钱来作文学资本，总比用妻子的钱来作其他一切不正当的事情好一些。况且凡事必须有资本，文学也不能例外，如没有钱，便无从付印刷费，则杂志及集子都出不成，所以要办书店，出杂志，都得是大家拿一些私蓄出来，妻子的钱自然也是私蓄之一。况且做一个富家的女婿并非罪恶，正如做一个报馆老板的亲戚之并非罪恶为一样，如其一个报馆老板的亲戚，回国后游荡无事，可以依靠亲戚的牌头，夺一个副刊来编编，则一个富家的女婿，因为兴趣所近，用些妻子的赔嫁钱来作文学资本，当然也无不可。

"女婿"的蔓延

狐狸吃不到葡萄，说葡萄是酸的，自己娶不到富妻子，于是对于一切有富岳家的人发生了妒忌，妒忌的结果是攻击。

假如做了人家的女婿，是不是还可以做文人的呢？答案自然是属于正面的，正如前天如是先生在本园上他的一篇《女婿问题》里说过，今日在文坛上最有声色的鲁迅茅盾之流，一方面身为文人，一方面仍然不免是人家的女婿，不过既然做文人同时也可以做人家的女婿，则此女婿是应该属于穷岳家的呢，还是属于富岳家的呢？关于此层，似乎那些老牌作家，尚未出而主张，不知究竟应该"富倾"还是"穷倾"才对，可是《自由谈》之流的撰稿人，既经对于富岳家的女婿取攻击态度，则我们感到，好像至少做富岳家的女婿的似乎不该再跨上这个文坛了，"富岳家的女婿"和"文人"仿佛是冲突的，二者只可任择其一。

目下中国文坛似乎有这样一个现象，不必检查一个文人他本身在文坛上的努力的成绩，而唯斤斤于追究那个文人的家庭琐事，如是否有富妻子或穷妻子之类。要是你今天开了一家书店，则这家书店的本钱，是否出乎你妻子的赔嫁钱，也颇劳一些尖眼文人，来调查打听，以此或作攻击讥讽。

我想将来中国的文坛，一定还会进步到有下种情形：穿陈嘉庚橡皮鞋者，方得上文坛，如穿皮鞋，便属贵族阶级，而入于被攻击之列了。

现在外国回来的留学生失业的多得很。回国以后编一个副刊也并非一件羞耻事情，编那个副刊，是否因亲戚关系，更不成问题，亲戚的作用，本来就在这种地方。自命以扫除文坛为己任的人，如其人家偶而提到一两句自己的不愿意听的话，便要成群结队的来反攻，大可不必。如其常常骂人家为狂吠的，则自己切不可也落入于狂吠之列。

这两位作者都是富家女婿崇拜家，但如是先生是凡庸的，背出了他的祖父，父亲，鲁迅，茅盾之后，结果不过说着"鲁迅拿卢布"那样的滥调；打诨的高手要推圣闲先生，他竟拉到我万想不到的诗人太太的味道上去了。戏剧上的二丑帮忙，倒使花花公子格外出丑，用的便是这样的说法，我后来也引在《"滑稽"例解》中。

但邵府上也有恶辣的谋士的。今年二月，我给日本的《改造》杂志做了三篇短论，是讥评中国，日本，满洲的。邵家将却以为"这回是得之矣"了。就在也是这甜葡萄棚里产生出来的《人言》（三月三日出）上，扮出一个译者和编者来，译者算是只译了其中的一篇《谈监狱》，投给了《人言》，并且前有"附白"，后有"识"——

谈监狱

鲁迅

（顷阅日文杂志《改造》三月号，见载有我们文坛老将鲁迅翁之杂文三篇，比较翁以中国文发表之短文，更见精彩，因迻译之，以寄《人言》。惜译者未知迅翁寓所，问内山书店主人丸造氏，亦言未详，不能先将译稿就正于氏为憾。但请仍用翁的署名发表，以示尊重原作之意。——译者井上附白。）

人的确是由事实的启发而获得新的觉醒，并且事情也是因此而变革的。从宋代到清朝末年，很久长的时间中，专以代圣贤立言的"制艺"文章，选拔及登用人才。到同法国打了败仗，才知这方法的错误，于是派遣留学生到西洋，设立武器制造局，作为改正的手段。同日本又打了败仗之后，知道这还不彀，这一回是大大地设立新式的学校。于是学生们每年大闹风潮。清朝覆亡，国民党把握了政权之后，又明白了错误，而作为改正手段，是大造监狱。

国粹式的监狱，我们从古以来，各处早就有的，清朝末年也稍造了些西洋式的，就是所谓文明监狱。那是特地造来给旅行到中国来的外人看的，该与为同外人讲交际而派出去学习文明人的礼节的留学生属于同一种类。囚人却托庇了得着较好的待遇，也得洗澡，有得一定分量的食品吃，所以是很幸福的地方。而且在二三星期之前，政府因为要行仁政，便发布了囚人口粮不得刻扣的命令。此后当是益加幸福了。

至于旧式的监狱，像是取法于佛教的地狱，所以不但禁锢人犯，而且有要给他吃苦的责任。有时还有榨取人犯亲属的金钱使他们成为赤贫的职责。而且谁都以为这是当然的。倘使有不以为然的人，那即是帮助人犯，非受犯罪的嫌疑不可。但是文明程度很进步了，去年有官吏提倡，说人犯每年放归家中一次，给予解决性欲的机会，是很人道主义的说法。老实说：他不是他对于人犯的性欲特别同情，因为决不会实行的望头，所以特别高声说话，以见自己的是官吏。但舆论甚为沸腾起来。某批评家说，这样之后，大家见监狱将无畏惧，乐而赴之，大为为世道人心愤慨。受了圣贤之教，如此悠久，尚不像那个官吏那么狡猾，是很使人心安，但对于人犯不可不虐待的信念，却由此可见。

从另一方面想来，监狱也确有些像以安全第一为标语的人的理想乡。火灾少，盗贼不进来，土匪也决不来掠夺。即使有了战事，也没有以监狱为目标而来爆击的傻瓜，起了革命，只有释放人犯的例，没有屠杀的事。这回福建独立的时候，说释人犯出外之后，那些意见不同的却有了行踪不明的谣传，但这种例子是前所未见的。总之，不像是很坏的地方。只要能容许带家眷，那么即使现在不是水灾，饥荒，战争，恐怖的时代，请求去转居的人，也决不会没有。所以虐待是必要了吧。

牛兰夫妻以宣传赤化之故，收容于南京的监狱，行了三四次的绝食，什么效力也没有。这是因为他不了解中国的监狱精神之故。某官吏说他自己不要吃，同别人有什么关系，很讶奇这事。不但不关系于仁政，且节省伙食，反是监狱方面有利。甘地的把戏，倘使不选择地方，就归于失败。

但是，这样近于完美的监狱，还留着一个缺点，以前对于思想上的事情，太不留意了。为补这个缺点，近来新发明有一种"反省院"的特种监狱，而施行教育。我不曾到其中去反省过，所以不详细其中的事情，总之对于人犯时时讲授三民主义，使反省他们自己的错误。而且还要做出排击共产主义的论文。倘使不愿写或写不出则当然非终生反省下去不行，但做得不好，也得反省到死。在目下，进去的有，出来的也有，反省院还有新造的，总是进去的人多些。试验完毕而出来的良民也偶有会到的，可是大抵总是萎缩枯槁的样子，恐怕是在反省和毕业论文上面把心力用尽了。那是属于前途无望的。

（此外尚有《王道》及《火》二篇，如编者先生认为可用，当再译寄。——译者识。）

姓虽然冒充了日本人，译文却实在不高明，学力不过如邵家帮闲专家章克标先生的程度，但文字也原是无须译得认真的，因为要紧的是后面的算是编者的回答——

编者注：鲁迅先生的文章，最近是在查禁之列。此文译自日文，当可逃避军事裁判。但我们刊登此稿目的，与其说为了文章本身精美或其议论透彻；不如说举一个被本国迫逐而托庇于外人威权之下的论调的例子。鲁迅先生本来文章极好，强辞夺理亦能说得头头是道，但统观此文，则意气多于议论，捏造多于实证，若非译笔错误，则此种态度实为我所不取也。登此一篇，以见文化统制治下之呼声一般。《王道》与《火》两篇，不拟再登，转言译者，可勿寄来。

这编者的"托庇于外人威权之下"的话，是和译者的"问内山书店主人丸造氏"相应的；而且提出"军事裁判"来，也是作者极高的手笔，其中含着甚深的杀机。我见这富家儿的鹰犬，更深知明季的向权门卖身投靠之辈是怎样的阴险了。他们的主公邵诗人，在赞扬美国白诗人的文章中，贬落了黑诗人，"相信这种诗是走不出美国的，至少走不出英国语的圈子。"（《现代》五卷六期）我在中国的富贵人及其鹰犬的眼中，虽然也不下于黑奴，但我的声音却走出去了。这是最可痛恨的。但其实，黑人的诗也走出"英国语的圈子"去了。美国富翁和他的女婿及其鹰犬也是奈何它不得的。

但这种鹰犬的这面目，也不过以向"鲁迅先生的文章，最近是在查禁之列"的我而已，只要立刻能给一个嘴巴，他们就比吧儿狗还驯服。现在就引一个也曾在《"滑稽"例解》中提过，登在去年九月二十一日《申报》上的广告在这里罢——

十日谈向晶报声明误会表示歉意

敬启者十日谈第二期短评有朱霁青亦将公布捐款一文后段提及晶报系属误会本刊措词不善致使晶报对邵洵美君提起刑事自诉按双方均为社会有声誉之刊物自无互相攻讦之理兹经章士钊江容

平衡诸君诠释已得晶报完全谅解除由晶报自行撤回诉讼外特此登报声明表示歉意

"双方均为社会有声誉之刊物，自无互相攻讦之理"，此"理"极奇，大约是应该攻讦"最近是在查禁之列"的刊物的罢。金子做了骨髓，也还是站不直，在这里看见铁证了。

给"女婿问题"纸张费得太多了，跳到别一件，这就是"《庄子》和《文选》"。

这案件的往复的文字，已经收在本文里，不再多谈；别人的议论，也为了节省纸张，都不剪帖了。其时《十日谈》也大显手段，连漫画家都出了马，为了一幅陈静生先生的《鲁迅翁之笛》，还在《涛声》上和曹聚仁先生惹起过一点辩论的小风波。但是辩论还没有完，《涛声》已被禁止了，福人总永远有福星照命……

然而时光是不留情面的，所谓"第三种人"，尤其是施蛰存和杜衡即苏汶，到今年就各自露出他本来的嘴脸来了。

这回要提到末一篇，流弊是出在用新典。

听说，现在是连用古典有时也要被检查官禁止了，例如提起秦始皇，但去年还不妨，不过用新典总要闹些小乱子。我那最末的《青年与老子》，就因为碰着了杨邨人先生（虽然刊出的时候，那名字已给编辑先生删掉了），后来在《申报》本埠增刊的《谈言》（十一月二十四日）上引得一篇妙文的。不过颇难解，好像是在说我以孝子自居，却攻击他做孝子，既"投井"，又"下石"了。因为这是一篇我们的"改悔的革命家"的标本作品，弃之可惜，谨录全文，一面以见杨先生倒是现代"语录体"作家的先驱，也算是我的《后记》里的一点余兴罢——

聪明之道

邨人

畴昔之夜，拜访世故老人于其庐：庐为三层之楼，面街而立，虽电车玲玲轧轧，汽车呜呜哑哑，市嚣扰人而不觉，俨然有如隐士，居处晏如，悟道深也。老人曰，"汝来何事？"对曰，"敢问聪明之道。"谈话有主题，遂成问答。

"难矣哉，聪明之道也！孔门贤人如颜回，举一隅以三隅反，孔子称其聪明过人，于今之世能举一隅以三隅反者尚非聪明之人，汝问聪明之道，其有意难余老瞆者耶？"

"不是不是，你老人家误会了我的问意了！我并非要请教关于思辨之术。我是生性拙直愚笨，处世无方，常常碰壁，敢问关于处世的聪明之道。"

"噫嘻，汝诚拙直愚笨也，又问处世之道！夫今之世，智者见智，仁者见仁，阶级不同，思想各异，父子兄弟夫妇姊妹因思想之各异，一家之内各有主张各有成见，虽属骨肉至亲，乖离冲突，背道而驰；古之所谓英雄豪杰，各事其君而为仇敌，今之所谓志士革命家，各为阶级反目无情，甚至只因立场之不同，骨肉至亲格杀无赦，投机取巧或能胜利于一时，终难立足于世界，聪明之道实则已穷，且唯既愚且鲁之徒方能享福无边也矣。……"

"老先生虽然说的头头是道，理由充足，可是，真的聪明之道就没有了吗？"

"然则仅有投机取巧之道也矣。试为汝言之：夫投机取巧之道要在乎滑头，而滑头已成为专门之学问，西欧学理分门别类有所谓科学哲学者，滑头之学问实可称为滑头学。滑头学如依大学教授之编讲义，大可分成若干章，每章分成若干节，每节分成若干项，引古据今，中西合璧，其理论之深奥有甚于哲学，其引证之广大举凡中外历史，物理化学，艺术文学，经商贸易之直，诱惑欺骗之术，概属必列，包罗万象，自大学预科以至大学四年级此一讲义仅能讲其千分之一，大学毕业各科及格，此滑头学则无论何种聪明绝顶之学生皆不能及格，且大学教授本人恐亦知其然不知其所以然，其难学也可想而知之矣。余处世数十年，头顶已秃，须发已白，阅历不为不广，教训不为不多，然而余着手编辑滑头学讲义，仅能编其第一章之第一节，第一节之第一项也。此第一章之第一节，第一节之第一项其纲目为'顺水行舟'，即人云亦云，亦即人之喜者喜之，人之恶者恶之是也，举一例言之，如人之恶者为孝子，所谓封建宗法社会之礼教遗孽之一，则汝虽曾经为父侍汤服药问医求卜出诸天性以事亲人，然论世之出诸天性以事亲人者则引'孝子'之名以责难之，惟求青年之鼓掌称快，勿管本心见解及自己行动之如何也。被责难者处于时势潮流之下，百辞莫辩，辩则反动更为证实，从此青年鸣鼓而攻，体无完肤，汝之胜利不但已操左券，且为青年奉为至圣大贤，小品之集有此一篇，风行海内洛阳纸贵，于是名利双收，富贵无边矣。其第一章之第一节，第一节之第二项为'投井下石'，余本亦知一二，然偶一忆及投井下石之人，殊觉头痛，实无心编之也。然而滑头学虽属聪明之道，实乃左道旁门，汝实不足学也。"

"老先生所言想亦很有道理，现在社会上将这种学问作敲门砖混饭吃的人实在不少，他们也实在到处逢源，名利双收，可是我是一个拙直愚笨的人，恐怕就要学也学不了吧？"

"呜呼汝求聪明之道，而不学之，虽属可取，然碰壁也宜矣！"

是夕问道于世故老人，归来依然故我，呜呼噫嘻！

但我们也不要一味赏鉴"呜呼噫嘻"，因为这之前，有些地方演了"全武行"。

也还是剪报好，我在这里剪一点记的最为简单的——

艺华影片公司被"影界铲共同志会"捣毁

昨晨九时许，艺华公司在沪西康脑脱路金司徒庙附近新建之摄影场内，忽来行动突兀之青年三人，向该公司门房伪称访客，一人正在持笔签名之际，另一人遂大呼一声，则预伏于外之暴徒七八人，一律身穿蓝布短衫裤，蜂拥夺门冲入，分投各办事室，肆行捣毁写字台玻璃窗以及椅凳各器具，然后又至室外，打毁自备汽车两辆，晒片机一具，摄影机一具，并散发白纸印刷之小传单，上书"民众起来一致剿灭共产党"，"打倒出卖民众的共产党"，"扑灭杀人放火的共产党"等等字样，同时又散发一种油印宣言，最后署名为"中国电影界铲共同志会"。约逾七分钟时，由一人狂吹警笛一声，众暴徒即集合列队而去，迨该管六区闻警派警士侦缉员等赶至，均已远扬无踪。该会且宣称昨晨之行动，目的仅在予该公司一警告，如该公司及其他公司不改变方针，今后当准备更激烈手段应付，联华，明星，天一等公司，本会亦已有严密之调查矣云云。

据各报所载该宣言之内容称，艺华公司系共党宣传机关，普罗文化同盟为造成电影界之赤化，以该公司为大本营，如出品《民族生存》等片，其内容为描写阶级斗争者，但以向南京检委会行贿，故得通过发行。又称该会现向教育部，内政部，中央党部及本市政府发出呈文，要求当局命令该公司，立即销毁业已摄成各片，自行改组公司，清除所有赤色份子，并对受贿之电影检委会之责任人员，予以惩处等语。

事后，公司坚称，实系被劫，并称已向曹家渡六区公安局报告。记者得讯，前往调查时，亦仅见该公司内部布置被毁无余，桌椅东倒西歪，零乱不堪，内幕究竟如何，想不日定能水落石出也。

十一月十三日，《大美晚报》。

影界铲共会

警戒电影院

拒演田汉等之影片

自从艺华公司被击以后，上海电影界突然有了一番新的波动，从制片商已经牵涉到电影院，昨日本埠大小电影院同时接到署名上海影界铲共同志会之警告函件，请各院拒映田汉等编制导演主演之剧本，其原文云：

敝会激于爱护民族国家心切，并不忍电影界为共产党所利用，因有警告赤色电影大本营——艺华影片公司之行动，查贵院平日对于电影业，素所热心，为特严重警告，祈对于田汉（陈瑜），沈端先（即蔡叔声，丁谦之），卜万苍，胡萍，金焰等所导演，所编制，所主演之各项鼓吹阶级斗争贫富对立的反动电影，一律不予放映，否则必以暴力手段对付，如艺华公司一样，决不宽假，此告。上海影界铲共同志会。十一，十三。

十一月十六日，《大美晚报》。

但"铲共"又并不限于"影界"，出版界也同时遭到覆面英雄们的袭击了。又剪报——

　　今晨良友图书公司

　　　　突来一怪客

　　　　　手持铁锤击碎玻璃窗

　　　　　扬长而去捕房侦查中

　　　　　▶……光华书局请求保护

　　沪西康脑脱路艺华影片公司，昨晨九时许，忽被状似工人等数十名，闯入摄影场中，并大发各种传单，署名"中国电影界铲共同志会"等字样，事后扬长而去。不料一波未平，一波又起，今日上午十一时许，北四川路八百五十一号良友图书印刷公司，忽有一男子手持铁锤，至该公司门口，将铁锤击入该店门市大玻璃窗内，击成一洞。该男子见目的已达，立即逃避。该管虹口捕房据报后，立即派员前往调查一过，查得良友公司经售各种思想左倾之书籍，与捣毁艺华公司一案，不无关联。今日上午四马路光华书局据报后，惊骇异常，即自投该管中央捕房，请求设法保护，而免意外，惟至记者截稿时尚未闻发生意外之事云。

十一月十三日，《大晚报》。

　　捣毁中国论坛

　　　印刷所已被捣毁

编辑间未受损失

承印美人伊罗生编辑之《中国论坛报》勒佛尔印刷所，在虹口天潼路，昨晚有暴徒潜入，将印刷间捣毁，其编辑间则未受损失。

十一月十五日，《大美晚报》。

袭击神州国光社

昨夕七时四人冲入总发行所

铁锤挥击打碎橱窗损失不大

河南路五马路口神州国光社总发行所，于昨晚七时，正欲打烊时，突有一身衣长袍之顾客入内，状欲购买书籍。不料在该客甫入门后，背后即有三人尾随而进。该长袍客回头见三人进来，遂即上前将该书局之左面走廊旁墙壁上所挂之电话机摘断。而同时三短衣者即实行捣毁，用铁锤乱挥，而长衣者亦加入动手，致将该店之左橱窗打碎，四人即扬长而逸。而该店时有三四伙友及学徒，亦惊不能作声。然长衣者方出门至相距不数十步之泗泾路口，为站岗巡捕所拘，盖此长衣客因打橱窗时玻璃倒下，伤及自己面部，流血不止，渠因痛而不能快行也。

该长衣者当即被拘入四马路中央巡捕房后，竭力否认参加捣毁，故巡捕已将此人释放矣。

十二月一日，《大美晚报》。

美国人办的报馆捣毁得最客气，武官们开的书店捣毁得最迟。"扬长而逸"，写得最有趣。

捣毁电影公司，是一面撒些宣言的，有几种报上登过全文；对于书店和报馆却好像并无议论，因为不见有什么记载。然而也有，是一种钢笔版蓝色印的警告，店名或馆名空着，各各填以墨笔，笔迹并不像读书人，下面是一长条紫色的木印。我幸而藏着原本，现在订定标点，照样的抄录在这里——

敝会激于爱护民族国家心切，并不忍文化界与思想界为共党所利用，因有警告赤色电影大本营——艺华公司之行动。现为贯彻此项任务计，拟对于文化界来一清算，除对于良友图书公司给予一初步的警告外，于所有各书局各刊物均已有精密之调查。素知

贵……对于文化事业，热心异人，为特严重警告，对于赤色作家所作文字，如鲁迅，茅盾，蓬子，沈端先，钱杏邨及其他赤色作家之作品，反动文字，以及反动剧评，苏联情况之介绍等，一律不得刊行，登载，发行。如有不遵，我们必以较对付艺华及良友公司更激烈更彻底的手段对付你们，决不宽假！此告

…………

上海影界铲共同志会　十一，十三。

一个"志士"，纵使"对于文化事业，热心异人"，但若会在不知何时，飞来一个锤子，打破值银数百两的大玻璃；"如有不遵"，更会在不知何时，飞来一顶红帽子，送掉他比大玻璃更值钱的脑袋，那他当然是也许要灰心的。然则书店和报馆之有些为难，也就可想而知了。我既是被"扬长而去"的英雄们指定为"赤色作家"，还是莫害他人，放下笔，静静的看一会把戏罢，所以这一本里面的杂文，以十一月七日止，因为从七日到恭逢警告的那时候——十一月十三日，

我也并没有写些什么的。

但是，经验使我知道，我在受着武力征伐的时候，是同时一定要得到文力征伐的。文人原多"烟士披离纯"，何况现在嗅觉又特别发达了，他们深知道要怎样"创作"才合式。这就到了我不批评社会，也不论人，而人论我的时期了，而我的工作是收材料。材料尽有，妙的却不多。纸墨更该爱惜，这里仅选了六篇。官办的《中央日报》讨伐得最早，真是得风气之先，不愧为"中央"；《时事新报》正当"全武行"全盛之际，最合时宜，却不免非常昏愦；《大晚报》和《大美晚报》起来得最晚，这是因为"商办"的缘故，聪明，所以小心，小心就不免迟钝，他刚才决计合伙来讨伐，却不料几天之后就要过年，明年是先行检查书报，以惠商民，另结新样的网，又是一个局面了。

现在算是还没有过年，先来《中央日报》的两篇罢——

杂感

洲

近来有许多杂志上都在提倡小文章。《申报月刊》《东方杂志》以及《现代》上，都有杂感随笔这一栏。好像一九三三真要变成一个小文章年头了。目下中国杂感家之多，远胜于昔，大概此亦鲁迅先生一人之功也。中国杂感家老牌，自然要推鲁迅。他的师爷笔法，冷辣辣的，有他人所不及的地方。《热风》，《华盖集》，《华盖续集》，去年则还出了什么三心《二心》之类。照他最近一年来"干"的成绩而言大概五心六心也是不免的。鲁迅先生久无创作出版了，除了译一些俄国黑面包之外，其余便是写杂感文章了。杂感文章，短短千言，自然可以一挥而就。则于抽卷烟之际，略转脑子，结果就是十元千字。大概写杂感文章，有一个不二法门。不是热骂，便是冷嘲。如能热骂后再带一句冷嘲或冷嘲里夹两句热骂，则更佳矣。

不过普通一些杂感，自然是冷嘲的多。如对于某事物有所不满，自然就不满（迅案：此字似有误）有冷嘲的文章出来。鲁迅先生对于这样也看不上眼，对于那样也看不上眼，所以对于这样又有感想，对于那样又有感想了。

我们村上有个老女人，丑而多怪。一天到晚专门爱说人家的短处，到了东村头摇了一下头，跑到了西村头叹了一口气。好像一切总不合她的胃。但是，你真的问她倒底要怎样呢，她又说不出。我觉得她倒有些像鲁迅先生，一天到晚只是讽刺，只是冷嘲，只是不负责任的发一点杂感。当真你要问他究竟的主张，他又从来不给我们一个鲜明的回答。

十月三十一日，《中央日报》的《中央公园》。

文坛与擂台

鸣春

上海的文坛变成了擂台。鲁迅先生是这擂台上的霸王。鲁迅先生好像在自己的房间里带了一付透视一切的望远镜，如果发现文坛上那一个的言论与行为有些瑕疵，他马上横枪跃马，打得人家落花流水。因此，鲁迅先生就不得不花去可贵的时间，而去想如何锋利他的笔端，如何达到挖苦人的顶点，如何要打得人家永不得翻身。

关于这，我替鲁迅先生想想有些不大合算。鲁迅先生你先要认清了自己的地位，就是反对你的人，暗里总不敢否认你是中国顶出色的作家；既然你的言论，可以影响青年，那么你的言论就应该慎重。请你自己想想，在写《阿Q传》之后，有多少时间浪费在笔战上？而这种笔战，对一般青年发生了何种影响？

第一流的作家们既然常时混战，则一般文艺青年少不得在这战术上学许多乖，流弊所及，往往越淮北而变枳，批评人的人常离开被批评者的言论与思想，笔头一转而去骂人家的私事，说人家眼镜带得很难看，甚至说人家皮鞋前面破了个小洞；甚至血偾脉张要辱及人家的父母，甚至要丢下笔杆动拳头。我说，养成现在文坛上这种浮嚣，下流，粗暴等等的坏习气，像鲁迅先生这一般人多少总要负一点儿责任的。

其实，有许多笔战，是不需要的，譬如有人提倡词的解放，你就是不骂，不见得有人去跟他也填一首"管他娘"的词；有人提倡读《庄子》与《文选》，也不见得就是教青年去吃鸦片烟，你又何必咬紧牙根，横瞪两眼，给人以难堪呢？

我记得一个精通中文的俄国文人 B.A.Vassiliev 对鲁迅先生的《阿Q传》曾经下过这样的批评："鲁迅是反映中国大众的灵魂的作家，其幽默的风格，是使人流泪，故鲁迅不独为中国的作家，同时亦为世界的一员。"鲁迅先生，你现在亦垂垂老矣，你念起往日的光荣，当你现在阅历最多，观察最深，生活经验最丰富的时候，更应当如何去发奋多写几部比《阿Q传》更伟大的著作？伟大的著作，虽不能传之千年不朽，但是笔战的文章，一星期后也许人就要遗忘。青年人佩服一个伟大的文学家，实在更胜于佩服一个擂台上的霸主。我们读的是莎士比亚，托尔斯泰，哥德，这般人的文章，而并没有看到他们的"骂人文选"。

十一月十六日，《中央日报》的《中央公园》。

这两位，一位比我为老丑的女人，一位愿我有"伟大的著作"，说法不同，目的却一致的，就是讨厌我"对于这样又有感想，对于那样又有感想"，于是而时时有"杂文"。这的确令人讨厌的，但因此也更见其要紧，因为"中国的大众的灵魂"，现在是反映在我的杂文里了。

洲先生刺我不给他们一个鲜明的主张，这用意，我是懂得的；但颇诧异鸣春先生的引了莎士比亚之流一大串。不知道为什么，近一年来，竟常常有人诱我去学托尔斯泰了，也许就因为"并没有看到他们的'骂人文选'"，给我一个好榜样。可是我看见过欧战时候他骂皇帝的信，在中国，也要得到"养成现在文坛上这种浮嚣，下流，粗暴等等的坏习气"的罪名的。托尔斯泰学不到，学到了也难做人，他生存时，希腊教徒就年年诅咒他落地狱。

中间就夹两篇《时事新报》上的文章——

略论告密

陈代

最怕而且最恨被告密的可说是鲁迅先生，就在《伪自由书》，"一名：《不三不四集》"的《前记》与《后记》里也常可看到他在注意到这一点。可是鲁迅先生所说的告密，并不是有人把他的住处，或者什么时候，他在什么地方，去密告巡捕房（或者什么要他的"密"的别的机关？）以致使他被捕的意思。他的意思，是有人把"因为"他"旧日的笔名有时不能通用，便改题了"的什么宣说出来，而使人知道"什么就是鲁迅"。

"这回，"鲁迅先生说，"是王平陵先生告发于前，周木斋先生揭露于后"；他却忘了说编者暗示于鲁迅先生尚未上场之先。

因为在何家干先生和其他一位先生将上台的时候，编者先介绍说，这将上场的两位是文坛老将。于是人家便提起精神来等那两位文坛老将的上场。要是在异地，或者说换过一个局面，鲁迅先生是也许会说编者是在放冷箭的。

看到一个生疏的名字在什么附刊上出现，就想知道那个名字是真名呢，还是别的熟名字的又一笔名，想也是人情之常。即就鲁迅先生说，他看完了王平陵先生的《"最通的"文艺》，便禁不住问："这位王平陵先生我不知道是真名还是笔名？"要是他知道了那是谁的笔名的话，他也许会说出那就是谁来的。这不会是怎样的诬蔑，我相信，因为于他所知道的他不是在实说"柳丝是杨邨人先生……的笔名"，而表示着欺不了他？

还有，要是要告密，为什么一定要出之"公开的"形式？秘密的不是于告密者更为安全？我有些怀疑告密者的聪敏，要是真有这样的告密者的话。

而在那些用这个那个笔名零星发表的文章，剪贴成集子的时候，作者便把这许多名字紧缩成一个，看来好像作者自己是他的最后的告密者。

　　　　　十一月二十一日，《时事新报》的《青光》。

略论放暗箭

陈代

前日读了鲁迅先生的《伪自由书》的《前记》与《后记》，略论了告密的，现在读了唐弢先生的《新脸谱》，止不住又要来略论放暗箭。

在《新脸谱》中，唐先生攻击的方面是很广的，而其一方是

"放暗箭"。可是唐先生的文章又几乎全为"暗箭"所织成，虽然有许多箭标是看不大清楚的。

"说是受着潮流的影响，文舞台的戏儿一出出换了。脚色虽然依旧，而脸谱却是簇新的。"——是暗箭的第一条。虽说是暗箭，射倒射中了的。因为现在的确有许多文脚色，为要博看客的喝采起见，放着演惯的旧戏不演演新戏，嘴上还"说是受着潮流的影响"，以表示他的不落后。还有些甚至不要说脚色依旧，就是脸谱也并不簇新，只是换了一个新的题目，演的还是那旧的一套：如把《薛平贵西凉招亲》改题着《穆薛姻缘》之类，内容都一切依旧。

第二箭是——不，不能这样写下去，要这样写下去，是要有很广博的识见的，因为那文章一句一箭，或者甚至一句数箭，看得人眼花头眩，竟无从把它把捉住，比读硬性的翻译还难懂得多。

可是唐先生自己似乎又并不满意这样的态度，不然为什么要骂人家"怪声怪气地吆喝，妞妞妮妮的挑战"？然而，在事实上，他是在"怪声怪气地吆喝，妞妞妮妮的挑战"。

或者说，他并不是在挑战，只是放放暗箭，因为"鏖战"，即使是"拉拉扯扯的"，究竟吃力，而且"败了""再来"的时候还得去"重画"脸谱。放暗箭多省事，躲在隐暗处，看到了什么可射的，便轻展弓弦，而箭就向前舒散地直飞。可是他又在骂放暗箭。

要自己先能放暗箭，然后才能骂人放。

十一月二十二日，《时事新报》的《青光》。

这位陈先生是讨伐军中的最低能的一位，他连自己后来的说明和别人豫先的揭发的区别都不知道。倘使我被谋害而终于不死，后来竟得"寿终×寝"，他是会说我自己乃是"最后的凶手"的。

他还问：要是要告密，为什么一定要出之"公开的"形式？答曰：这确是比较的难懂一点，但也就是因为要告得像个"文学家"的缘故呀，要不然，他就得下野，分明的排进探坛里去了。有意的和无意的的区别，我是知道的。我所谓告密，是指着叭儿们，我看这"陈代"先生就正是其中的一匹。你想，消息不灵，不是反而不便当么？

第二篇恐怕只有他自己懂。我只懂得一点：他这回嗅得不对，误以唐弢先生为就是我了。采在这里，只不过充充自以为我的论敌的标本的一种而已。

其次是要剪一篇《大晚报》上的东西——

钱基博之鲁迅论

戚施

近人有裒集关于批评鲁迅之文字而为《鲁迅论》一书者，其中所收，类皆称颂鲁迅之辞，其实论鲁迅之文者，有毁有誉，毁誉互见，乃得其真。顷见钱基博氏所著《现代中国文学史》，长至三十万言，其论白话文学，不过一万余字，仅以胡适入选，而以鲁迅徐志摩附焉。于此诸人，大肆訾謷。迩来旧作文家，品藻文字，裁量人物，未有若钱氏之大胆者，而新人未尝注意及之。兹特介绍其"鲁迅论"于此，是亦文坛上之趣闻也。

钱氏之言曰，有摹仿欧文而谑之曰欧化的国语文学者，始倡于浙江周树人之译西洋小说，以顺文直译之为尚，斥意译之不忠实，而摹欧文以国语，比鹦鹉之学舌，托于象胥，斯为作俑。效鞮者乃至造述抒志，亦竞欧化，《小说月报》，盛扬其焰。然而诘屈聱牙，过于周诰，学士费解，何论民众？上海曹慕管笑之曰，吾侪生愿读欧文，不愿见此妙文也！比于时装妇人着高底西女式鞋，而跬步倾跌，益增丑态矣！崇效古人，斥曰奴性，摹仿外国，独非奴性耶。反唇之讥，或谑近虐！然始之创白话文以期言文一致，家喻户晓者，不以欧化的国语文学之兴而荒其志耶？斯则矛盾之说，无以自圆者矣，此于鲁迅之直译外国文学，及其文坛之影响，而加以訾謷者也。平心论之，鲁迅之译品，诚有难读之处，直译当否是一问题，欧化的国语文学又是一问题，借曰二者胥有未当，谁尸其咎，亦难言之也。钱先生而谓鄙言为不然耶？

钱先生又曰，自胡适之创白话文学也，所持以号于天下者，曰平民文学也！非贵族文学也。一时景附以有大名者，周树人以小说著。树人颓废，不适于奋斗。树人所著，只有过去回忆，而不知建设将来，只见小己愤慨，而不图福利民众，若而人者，彼其心目，何尝有民众耶！钱先生因此而断之曰，周树人徐志摩为新文艺之右倾者。是则于鲁迅之创作亦加以訾謷，兼及其思想矣。至目鲁迅为右倾，亦可谓独具只眼，别有鉴裁者也！既不满意于郭沫若蒋光赤之左倾，又不满意于鲁迅徐志摩之右倾，而惟倾慕于所谓"让清"遗老之流风余韵，低徊感喟而不能自已，钱先生之志，皎然可睹矣。当今之世，左右做人难，是非无定质，亦于钱先生之论鲁迅见之也！

钱氏此书出版于本年九月，尚有上年十二月之跋记云。

十二月二十九日，《大晚报》的《火炬》。

这篇大文，除用戚施先生的话，赞为"独具只眼"之外，是不能有第二句的。真"评"得连我自己也不想再说什么话，"颓废"了。然而我觉得它很有趣，所以特别的保存起来，也是以备"鲁迅论"之一格。

最后是《大美晚报》，出台的又是曾经有过文字上的交涉的王平陵先生——

骂人与自供

王平陵

学问之事，很不容易说，一般通材硕儒每不屑与后生小子道长论短，有所述作，无不讥为"浅薄无聊"；同样，较有修养的年轻人，看着那般通材硕儒们言必称苏俄，文必宗普鲁，亦颇觉得如嚼青梅，齿颊间酸不可耐。

世界上无论什么纷争，都有停止的可能，惟有人类思想的冲突，因为多半是近于意气，断没有终止的时候的。有些人好像把毁谤人家故意找寻人家的错误当作是一种职业；而以直接否认一切就算是间接抬高自己的妙策了。至于自己究竟是什么东西，那只许他们自己知道，别人是不准过问的。其实，有时候这些人意在对人而发的阴险的暗示，倒并不适切；而正是他们自己的一篇不自觉的供状。

圣经里好像有这样一段传说：一群街头人捉着一个偷汉的淫妇，大家要把石块打死她。耶稣说："你们反省着！只有没有犯过罪的人，才配打死这个淫妇。"群众都羞愧地走开了。今之文坛，可不是这样？自己偷了汉，偏要指说人家是淫妇。如同鲁迅先生惯用的一句刻毒的评语，就就骂人是代表官方说话；我不知道他老先生是代表什么"方"说话！

本来，不想说话的人，是无话可说；有话要说；有话要说的人谁也不会想到是代表那一方。鲁迅先生常常"以己之心，度人之心"，未免"躬自薄而厚责于人"了。

像这样的情形，文坛有的是，何止是鲁迅先生。

十二月三十日，《大美晚报》的《火树》。

记得在《伪自由书》里，我曾指王先生的高论为属于"官方"，这回就是对此而发的，但意义却不大明白。由"自己偷了汉，偏要指说人家是淫妇"的话看起来，好像是说我倒是"官方"，而不知"有话要说的人谁也不会想到是代表那一方"的。所以如果想到了，那么，说人反动的，他自己正是反动，说人匪徒的，他自己正是匪徒……且住，又是"刻毒的评语"了，耶稣不说过"你们反省着"吗？——为消灾计，再添一条小尾：这坏习气只以文坛为限，与官方无干。

王平陵先生是电影检查会的委员，我应该谨守小民的规矩。

真的且住。写的和剪贴的，也就是自己的和别人的，化了大半夜工夫，恐怕又有八九千字了。这一条尾巴又并不小。

时光，是一天天的过去了，大大小小的事情，也跟着过去，不久就在我们的记忆上消亡；而且都是分散的，就我自己而论，没有感到和没有知道的事情真不知有多少。但即此写了下来的几十篇，加以排比，又用《后记》来补叙些因此而生的纠纷，同时也照见了时事，格局虽小，不也描出了或一形象了么？——而现在又很少有肯低下他仰视莎士比亚，托尔斯泰的尊脸来，看看暗中，写它几句的作者。因此更使我要保存我的杂感，而且它也因此更能够生存，虽然又因此更招人憎恶，但又在围剿中更加生长起来了。呜呼，"世无英雄，遂使竖子成名"，这是为我自己和中国的文坛，都应该悲愤的。

文坛上的事件还多得很：献检查之秘计，施离析之奇策，起谣诼兮中权，藏真实兮心曲，立降幡于往年，温故交于今日……然而都不是做这《准风月谈》时期以内的事，在这里也且不提及，或永不提及了。还是真的带住罢，写到我的背脊已经觉得有些痛楚的时候了！

一九三四年十月十六夜，鲁迅记于上海。

题注：

本篇收入《准风月谈》，未另发表。鲁迅 1933 年 11 月 5 日、15 日致姚克信中就表示打算编辑本集。1934 年 6 月 2 日致曹聚仁信中说："前回说起的书，是继《伪自由书》之后的《准风月谈》，去年年底，早已被人约去，因恐使黎烈文先生为难，所以不即付印。"几天后，鲁迅得知黎烈文离开《申报》社，即准备出版本集。6 月 9 日鲁迅在信中对曹聚仁说："不敢承印《准风月谈》事，早成过去；后约者乃别一家，现正在时时催稿也。"据鲁迅日记，鲁迅从 1934 年 6 月 21 日开始编辑本集，至 10 月 27 日作本篇毕，用时四月余。12 月 28 日致曹靖华信中谈及《准风月谈》时说："兄只要看我的后记，便知道上海文坛情形，多么讨厌，虽然不过是些蚤虱之流，但给叮了总得搔搔，这就够费工夫了。"

《集外集》序言

　　听说：中国的好作家是大抵"悔其少作"的，他在自定集子的时候，就将少年时代的作品尽力删除，或者简直全部烧掉。我想，这大约和现在的老成的少年，看见他婴儿时代的出屁股，衔手指的照相一样，自愧其幼稚，因而觉得有损于他现在的尊严，——于是以为倘使可以隐蔽，总还是隐蔽的好。但我对于自己的"少作"，愧则有之，悔却从来没有过。出屁股，衔手指的照相，当然是惹人发笑的，但自有婴年的天真，决非少年以至老年所能有。况且如果少时不作，到老恐怕也未必就能作，又怎么知道悔呢？

　　先前自己编了一本《坟》，还留存着许多文言文，就是这意思；这意思和方法，也一直至今没有变。但是，也有漏落的：是因为没有留存着底子，忘记了。也有故意删掉的：是或者看去好像抄译，却又年远失记，连自己也怀疑；或者因为不过对于一人，一时的事，和大局无关，情随事迁，无须再录；或者因为本不过开些玩笑，或是出于暂时的误解，几天之后，便无意义，不必留存了。

　　但使我吃惊的是霁云先生竟抄下了这么一大堆，连三十多年前的时文，十多年前的新诗，也全在那里面。这真好像将我五十多年前的出屁股，衔手指的照相，装潢起来，并且给我自己和别人来赏鉴。连我自己也诧异那时的我的幼稚，而且近乎不识羞。但是，有什么法子呢？这的确是我的影像，——由它去罢。

不过看起来也引起我一点回忆。例如最先的两篇，就是我故意删掉的。一篇为"雷锭"的最初的绍介，一篇是斯巴达的尚武精神的描写，但我记得自己那时的化学和历史的程度并没有这样高，所以大概总是从什么地方偷来的，不过后来无论怎么记，也再也记不起它们的老家；而且我那时初学日文，文法并未了然，就急于看书，看书并不很懂，就急于翻译，所以那内容也就可疑得很。而且文章又多么古怪，尤其是那一篇《斯巴达之魂》，现在看起来，自己也不免耳朵发热。但这是当时的风气，要激昂慷慨，顿挫抑扬，才能被称为好文章，我还记得"被发大叫，抱书独行，无泪可挥，大风灭烛"是大家传诵的警句。但我的文章里，也有受着严又陵的影响的，例如"涅伏"，就是"神经"的腊丁语的音译，这是现在恐怕只有我自己懂得的了。此后又受了章太炎先生的影响，古了起来，但这集子里却一篇也没有。

以后回到中国来，还给日报之类做了些古文，自己不记得究竟是什么了，霁云先生也找不出，我真觉得侥幸得很。

以后是抄古碑。再做就是白话；也做了几首新诗。我其实是不喜欢做新诗的——但也不喜欢做古诗——只因为那时诗坛寂寞，所以打打边鼓，凑些热闹；待到称为诗人的一出现，就洗手不作了。我更不喜欢徐志摩那样的诗，而他偏爱到处投稿，《语丝》一出版，他也就来了，有人赞成他，登了出来，我就做了一篇杂感，和他开一通玩笑，使他不能来，他也果然不来了。这是我和后来的"新月派"积仇的第一步；《语丝》社同人中有几位也因此很不高兴我。不过不知道为什么没有收在《热风》里，漏落，还是故意删掉的呢，已经记不清，幸而这集子里有，那就是了。

只有几篇讲演，是现在故意删去的。我曾经能讲书，却不善于讲演，这已经是大可不必保存的了。而记录的人，或者为了方音的不同，听不很懂，于是漏落，错误；或者为了意见的不同，取舍因而不确，我以为要紧的，他并不记录，遇到空话，却详详细细记了一大通；有些则简直好像是恶意的捏造，意思和我所说的正是相反的。凡这些，我只好当作记录者自己的创作，都将它由我这里删掉。

我惭愧我的少年之作，却并不后悔，甚而至于还有些爱，这真好像是"乳犊不怕虎"，乱攻一通，虽然无谋，但自有天真存在。现在是比较的精细了，然而我又别有其不满于自己之处。我佩服会用拖刀计的老将黄汉升，但我爱莽撞的不顾利害而终于被部下偷了头去的张翼德；我却又憎恶张翼德型的不问青红皂白，抡板斧"排头砍去"的李逵，我因此喜欢张顺的将他诱进水里去，淹得他两眼翻白。

一九三四年十二月二十日夜，鲁迅记于上海之卓面书斋。

题注：

本篇最初发表于上海《芒种》半月刊第一期（1935年3月5日）。

《集外集》由杨霁云编选、鲁迅审定，收鲁迅1933年以前出版的杂文集中未曾编入的诗文，1935年5月由上海群众图书公司出版。编讫后，鲁迅于1934年12月20日夜作本篇。在致杨霁云信（1934年7月17日）中，鲁迅写道："我的零零碎碎的东西，查起来还有这许多，殊出自己的意外，但有些是遗落，有些当是删掉的，因为觉得并无足观。先生要印成一书，只要有人肯印，有人要看，就行了，我自己却并没有什么异议。"此后，就书的选目、编辑、出版、校对及送审遭删等事项，又与杨多次通信。可参看。

叶紫作《丰收》序

　　作者写出创作来，对于其中的事情，虽然不必亲历过，最好是经历过。诘难者问：那么，写杀人最好是自己杀过人，写妓女还得去卖淫么？答曰：不然。我所谓经历，是所遇，所见，所闻，并不一定是所作，但所作自然也可以包含在里面。天才们无论怎样说大话，归根结蒂，还是不能凭空创造。描神画鬼，毫无对证，本可以专靠了神思，所谓"天马行空"似的挥写了，然而他们写出来的，也不过是三只眼，长颈子，就是在常见的人体上，增加了眼睛一只，增长了颈子二三尺而已。这算什么本领，这算什么创造？

　　地球上不只一个世界，实际上的不同，比人们空想中的阴阳两界还利害。这一世界中人，会轻蔑，憎恶，压迫，恐怖，杀戮别一世界中人，然而他不知道，因此他也写不出，于是他自称"第三种人"，他"为艺术而艺术"，他即使写了出来，也不过是三只眼，长颈子而已。"再亮些"？不要骗人罢！你们的眼睛在那里呢？

　　伟大的文学是永久的，许多学者们这么说。对啦，也许是永久的罢。但我自己，却与其看薄凯契阿，雨果的书，宁可看契诃夫，高尔基的书，因为它更新，和我们的世界更接近。中国确也还盛行着《三

214

国志演义》和《水浒传》，但这是为了社会还有三国气和水浒气的缘故。《儒林外史》作者的手段何尝在罗贯中下，然而留学生漫天塞地以来，这部书就好像不永久，也不伟大了。伟大也要有人懂。

这里的六个短篇，都是太平世界的奇闻，而现在却是极平常的事情。因为极平常，所以和我们更密切，更有大关系。作者还是一个青年，但他的经历，却抵得太平天下的顺民的一世纪的经历，在转辗的生活中，要他"为艺术而艺术"，是办不到的。但我们有人懂得这样的艺术，一点用不着谁来发愁。

这就是伟大的文学么？不是的，我们自己并没有这么说。"中国为什么没有伟大文学产生？"我们听过许多指导者的教训了，但可惜他们独独忘却了一方面的对于作者和作品的摧残。"第三种人"教训过我们，希腊神话里说什么恶鬼有一张床，捉了人去，给睡在这床上，短了，就拉长他，太长，便把他截短。左翼批评就是这样的床，弄得他们写不出东西来了。现在这张床真的摆出来了，不料却只有"第三种人"睡得不长不短，刚刚合式。仰面唾天，掉在自己的眼睛里，天下真会有这等事。

但我们却有作家写得出东西来，作品在摧残中也更加坚实。不但为一大群中国青年读者所支持，当《电网外》在《文学新地》上以《王伯伯》的题目发表后，就得到世界的读者了。这就是作者已经尽了当前的任务，也是对于压迫者的答复：文学是战斗的！

我希望将来还有看见作者的更多，更好的作品的时候。

一九三五年一月十六日，鲁迅记于上海。

题注：

本篇最初收入 1935 年 3 月上海容光书局出版的《丰收》一书，是作者为叶紫短篇小说集《丰收》所写的序言。收入《且介亭杂文二集》。

叶紫，1933 年加入中国共产党和中国左翼作家联盟。鲁迅和叶紫交往密切，不仅对他的创作倾注心血，而且对其生活也多方关怀。

《丰收》收短篇小说 6 篇，作为"奴隶丛书"之一。鲁迅 1935 年 1 月 4 日致叶紫信曾谈到《丰收》出版后请内山书店代售的事宜，并说"序当作一篇"，即本文。1935 年 1 月 10 日鲁迅日记记载："下午得阿芷信并小说稿一本。"1 月 17 日日记载："上午寄阿芷信并小说序。"阿芷即叶紫，小说稿即《丰收》手稿。鲁迅在一周内不仅审阅了稿件，而且作了本序。

《小说旧闻钞》再版序言

《小说旧闻钞》者，实十余年前在北京大学讲《中国小说史》时，所集史料之一部。时方困瘁，无力买书，则假之中央图书馆，通俗图书馆，教育部图书室等，废寝辍食，锐意穷搜，时或得之，瞿然则喜，故凡所采掇，虽无异书，然以得之之难也，颇亦珍惜。迨《中国小说史略》印成，复应小友之请，取关于所谓俗文小说之旧闻，为昔之史家所不屑道者，稍加次第，付之排印，特以见闻虽隘，究非转贩，学子得此，或足省其复重寻检之劳焉而已。而海上妄子，遂腾簧舌，以此为有闲之证，亦即为有钱之证也，则蛴腰曼舞，喷沫狂谈者尚已。然书亦不甚行，迄今十年，未闻再版，顾亦偶有寻求而不能得者，因图复印，略酬同流，惟于此道久未关心，得见古书之机会又日匙，故除录《癸辛杂识》，《曲律》，《赌棋山庄集》三书而外，亦不能有所增益矣。此十年中，研究小说者日多，新知灼见，洞烛幽隐，如《三言》之统系，《金瓶梅》之原本，皆使历来凝滞，一旦豁然；自《续录鬼簿》出，则罗贯中之谜，为昔所聚讼者，遂亦冰解，此岂前人凭心逞臆之所能至哉！然此皆不录。所以然者，乃缘或本为专著，载在期刊，或未见原书，惮于转写，其详，则自有马廉郑振铎二君之作在也。

一九三五年一月二十四之夜，鲁迅校讫记。

题注：

本篇最初收入上海联华书局 1935 年 7 月出版的再版本《小说旧闻钞》。初未收集。

《小说旧闻钞》是鲁迅辑录的小说史料集，1926 年 8 月北新书局初版。当初版本出版后，成仿吾在《洪水》第三卷第二十五期（1927年 1 月）发表《完成我们的文学革命》一文说："以趣味为中心的生活基调，它所暗示着的是一种在小天地中自己骗自己的自足，它所矜持着的是闲暇，闲暇，第三个闲暇。"并说："在这时候，我们的鲁迅先生坐在华盖之下正在抄他的'小说旧闻'。"此后李初梨在《文化批判》第二号（1928 年 2 月）发表的《怎样地建设革命文学》中，在引用成仿吾的话后说："在现代的资本主义社会，有闲阶级，就是有钱阶级。"1935 年 7 月，当《小说旧闻钞》经鲁迅增补、行将再版之际，鲁迅写作了本文，回顾成书过程，说明再版的原由，并再次批驳成仿吾等人的嘲讽。

田军作《八月的乡村》序

　　爱伦堡（Ilia Ehrenburg）论法国的上流社会文学家之后，他说，此外也还有一些不同的人们："教授们无声无息地在他们的书房里工作着，实验 X 光线疗法的医生死在他们的职务上，奋身去救自己的伙伴的渔夫悄然沉没在大洋里面。……一方面是庄严的工作，另一方面却是荒淫与无耻。"

　　这末两句，真也好像说着现在的中国。然而中国是还有更其甚的呢。手头没有书，说不清见于那里的了，也许是已经汉译了的日本箭内亘氏的著作罢，他曾经——记述了宋代的人民怎样为蒙古人所淫杀，俘获，践踏和奴使。然而南宋的小朝廷却仍旧向残山剩水间的黎民施威，在残山剩水间行乐；逃到那里，气焰和奢华就跟到那里，颓靡和贪婪也跟到那里。"若要官，杀人放火受招安；若要富，跟着行在卖酒醋。"这是当时的百姓提取了朝政的精华的结语。

　　人民在欺骗和压制之下，失了力量，哑了声音，至多也不过有几句民谣。"天下有道，则庶人不议。"就是秦始皇隋炀帝，他会自承无道么？百姓就只好永远箝口结舌，相率被杀，被奴。这情形一直继续下来，谁也忘记了开口，但也许不能开口。即以前清末年而论，大事件不可谓不多了：鸦片战争，中法战争，中日战争，戊戌政变，义和拳变，八国联军，以至民元革命。然而我们没有一部像样的历史的著作，更不必说文学作品了。"莫谈国事"，是我们做小民的本分。

我们的学者也曾说过：要征服中国，必须征服中国民族的心。其实，中国民族的心，有些是早给我们的圣君贤相武将帮闲之辈征服了的。近如东三省被占之后，听说北平富户，就不愿意关外的难民来租房子，因为怕他们付不出房租。在南方呢，恐怕义军的消息，未必能及鞭毙土匪，蒸骨验尸，阮玲玉自杀，姚锦屏化男的能够耸动大家的耳目罢？"一方面是庄严的工作，另一方面却是荒淫与无耻。"

但是，不知道是人民进步了，还是时代太近，还未湮没的缘故，我却见过几种说述关于东三省被占的事情的小说。这《八月的乡村》，即是很好的一部，虽然有些近乎短篇的连续，结构和描写人物的手段，也不能比法捷耶夫的《毁灭》，然而严肃，紧张，作者的心血和失去的天空，土地，受难的人民，以至失去的茂草，高粱，蝈蝈，蚊子，搅成一团，鲜红的在读者眼前展开，显示着中国的一份和全部，现在和未来，死路与活路。凡有人心的读者，是看得完的，而且有所得的。

"要征服中国民族，必须征服中国民族的心！"但这书却于"心的征服"有碍。心的征服，先要中国人自己代办。宋曾以道学替金元治心，明曾以党狱替满清箝口。这书当然不容于满洲帝国，但我看也因此当然不容于中华民国。这事情很快的就会得到实证。如果事实证明了我的推测并没有错，那也就证明了这是一部很好的书。

好书为什么倒会不容于中华民国呢？那当然，上面已经说过几回了——

"一方面是庄严的工作，另一方面却是荒淫与无耻！"

这不像序。但我知道，作者和读者是决不和我计较这些的。

一九三五年三月二十八日之夜，鲁迅读毕记。

题注：

本文最初收入 1935 年 8 月上海容光书局出版的《八月的乡村》。收入《且介亭杂文二集》。

田军，即萧军，辽宁锦县人，当时旅居上海，从事创作。《八月的乡村》是他的长篇小说，为"奴隶丛书"之一。小说描写了东北人民在自己的土地上英勇抗击日本侵略者，抨击了民国政府的不抵抗政策。

当这部小说脱稿后，田军请鲁迅指导、修改和作序。鲁迅 1935 年 3 月 25 日致萧军信中说："《八月》在下月五日以前，准可看完，只能随手改几个误字，大段的删改，却不能了……序文当于看完后写一点。"4 月 2 日在致萧军信中又说："《八月》已看过，序已作好。"

徐懋庸作《打杂集》序

　　我觉得中国有时是极爱平等的国度。有什么稍稍显得特出，就有人拿了长刀来削平它。以人而论，孙桂云是赛跑的好手，一过上海，不知怎的就萎靡不振，待到到得日本，不能跑了；阮玲玉算是比较的有成绩的明星，但"人言可畏"，到底非一口气吃下三瓶安眠药片不可。自然，也有例外，是捧了起来。但这捧了起来，却不过为了接着摔得粉碎。大约还有人记得"美人鱼"罢，简直捧得令观者发生肉麻之感，连看见姓名也会觉得有些滑稽。契诃夫说过："被昏蛋所称赞，不如战死在他手里。"真是伤心而且悟道之言。但中国又是极爱中庸的国度，所以极端的昏蛋是没有的，他不和你来战，所以决不会爽爽快快的战死，如果受不住，只好自己吃安眠药片。

　　在所谓文坛上当然也不会有什么两样：翻译较多的时候，就有人来削翻译，说它害了创作；近一两年，作短文的较多了，就又有人削"杂文"，说这是作者的堕落的表现，因为既非诗歌小说，又非戏剧，所以不入文艺之林，他还一片婆心，劝人学学托尔斯泰，做《战争与和平》似的伟大的创作去。这一流论客，在礼仪上，别人当然不该说他是"昏蛋"的。批评家吗？他谦虚得很，自己不承认。攻击杂文的文字虽然也只能说是杂文，但他又决不是杂文作家，因为他不相信自己也相率而堕落。如果恭维他为诗歌小说戏剧之类的伟大的创作者，那么，恭维者之为"昏蛋"也无疑了。归根结底，不是东西而已。不是东西之言也要算是"人言"，这就使弱者觉得倒是安眠药片较为可爱的缘故。不过这并非战死。问是有人要问的：给谁害死的呢？种种议论的结果，凶手有三位：曰，万恶的社会；曰，本人自己；曰，安眠药片。完了。

我们试去查一通美国的"文学概论"或中国什么大学的讲义，的确，总不能发见一种叫作 Tsa-wen 的东西。这真要使有志于成为伟大的文学家的青年，见杂文而心灰意懒：原来这并不是爬进高尚的文学楼台去的梯子。托尔斯泰将要动笔时，是否查了美国的"文学概论"或中国什么大学的讲义之后，明白了小说是文学的正宗，这才决心来做《战争与和平》似的伟大的创作的呢？我不知道。但我知道中国这几年的杂文作者，他的作文，却没有一个想到"文学概论"的规定，或者希图文学史上的位置的，他以为非这样写不可，他就这样写，因为他只知道这样的写起来，于大家有益。农夫耕田，泥匠打墙，他只为了米麦可吃，房屋可住，自己也因此有益之事，得一点不亏心的餬口之资，历史上有没有"乡下人列传"或"泥水匠列传"，他向来就并没有想到。如果他只想着成什么所谓气候，他就先进大学，再出外洋，三做教授或大官，四变居士或隐逸去了。历史上很尊隐逸，《居士传》不是还有专书吗，多少上算呀，嗳！

但是，杂文这东西，我却恐怕要侵入高尚的文学楼台去的。小说和戏曲，中国向来是看作邪宗的，但一经西洋的"文学概论"列为正宗，我们也就奉之为宝贝，《红楼梦》《西厢记》之类，在文学史上竟和《诗经》《离骚》并列了。杂文中之一体的随笔，因为有人说它近于英国的 Essay，有些人也就顿首再拜，不敢轻薄。寓言和演说，好像是卑微的东西，但伊索和契开罗，不是坐在希腊罗马文学史上吗？杂文发展起来，倘不赶紧削，大约也未必没有扰乱文苑的危险。以古例今，很可能的，真不是一个好消息。但这一段话，我是和不是东西之流开开玩笑的，要使他爬耳搔腮，热刺刺的觉得他的世界有些灰色。前进的杂文作者，倒决不计算着这些。

其实，近一两年来，杂文集的出版，数量并不及诗歌，更其赶不上小说，慨叹于杂文的泛滥，还是一种胡说八道。只是作杂文的人比先前多几个，却是真的，虽然多几个，在四万万人口里面，算得什么，却就要谁来疾首蹙额？中国也真有一班人在恐怕中国有一点生气；用比喻说：此之谓"虎伥"。

这本集子的作者先前有一本《不惊人集》，我只见过一篇自序；书呢，不知道那里去了。这一回我希望一定能够出版，也给中国的著作界丰富一点。我不管这本书能否入于文艺之林，但我要背出一首诗来比一比："夫子何为者？栖栖一代中。地犹鄹氏邑，宅接鲁王宫。叹凤嗟身否，伤麟怨道穷。今看两楹奠：犹与梦时同。"这是《唐诗三百首》里的一首，是"文学概论"诗歌门里的所谓"诗"。但和我们不相干，那里能够及得这些杂文的和现在切贴，而且生动，泼刺，有益，而且也能移人情。能移人情，对不起得很，就不免要搅乱你们的文苑，至少，是将不是东西之流的唾向杂文的许多唾沫，一脚就踏得无踪无影了，只剩下一张满是油汗兼雪花膏的嘴脸。

这嘴脸当然还可以唠叨，说那一首"夫子何为者"并非好诗，并且时代也过去了。但是，文学正宗的招牌呢？"文艺的永久性"呢？

我是爱读杂文的一个人，而且知道爱读杂文还不只我一个，因为它"言之有物"。我还更乐观于杂文的开展，日见其斑斓。第一是使中国的著作界热闹，活泼；第二是使不是东西之流缩头；第三是使所谓"为艺术而艺术"的作品，在相形之下，立刻显出不死不活相。我所以极高兴为这本集子作序，并且借此发表意见，愿我们的杂文作家，勿为虎伥所迷，以为"人言可畏"，用最末的稿费买安眠药片去。

　　一九三五年三月三十一日，鲁迅记于上海之卓面书斋。

题注:

　　本文最初发表于上海《芒种》半月刊第六期（1935 年 5 月 5 日），后收入徐懋庸《打杂集》。收入《且介亭杂文二集》。

　　徐懋庸，浙江上虞人，"左联"成员，当时与曹聚仁合编《芒种》半月刊。《打杂集》是徐懋庸的一本杂文集，1935 年 6 月生活书店出版。

　　林希隽 1934 年 9 月在《现代》杂志第五卷第五期上发表《杂文与杂文家》一文，说杂文"意义是极端狭窄的。如果碰着文学之社会的效果之全般问题，则决不能与小说戏曲并日而语的"，"无论杂文家之群如何地为杂文辩护，主观地把杂文的价码抬得如何高，可是这堕落的事实是不容掩讳的。"针对这种种论调，鲁迅写作了本文。鲁迅在本年 4 月 1 日致徐懋庸信中说："所谓序文，算是做好了，今寄上，原稿也不及细看，但我是没有关系的，横竖不过借此骂骂林希隽。"

《全国木刻联合展览会专辑》序

木刻的图画，原是中国早先就有的东西。唐末的佛像，纸牌，以至后来的小说绣像，启蒙小图，我们至今还能够看见实物。而且由此明白：它本来就是大众的，也就是"俗"的。明人曾用之于诗笺，近乎雅了，然而归结是有文人学士在它全体上用大笔一挥，证明了这其实不过是践踏。

近五年来骤然兴起的木刻，虽然不能说和古文化无关，但决不是葬中枯骨，换了新装，它乃是作者和社会大众的内心的一致的要求，所以仅有若干青年们的一副铁笔和几块木板，便能发展得如此蓬蓬勃勃。它所表现的是艺术学徒的热诚，因此也常常是现代社会的魂魄。实绩具在，说它"雅"，固然是不可的，但指为"俗"，却又断乎不能。这之前，有木刻了，却未曾有过这境界。

这就是所以为新兴木刻的缘故，也是所以为大众所支持的原因。血脉相通，当然不会被漠视的。所以木刻不但淆乱了雅俗之辨而已，实在还有更光明，更伟大的事业在它的前面。

曾被看作高尚的风景和静物画，在新的木刻上是减少了，然而看起出品来，这二者反显着较优的成绩。因为中国旧画，两者最多，耳濡目染，不觉见其久经摄取的所长了，而现在最需要的，也是作者最着力的人物和故事画，却仍然不免有些逊色，平常的器具和形态，也间有不合实际的。由这事实，一面固足见古文化之裨助着后来，也束缚着后来，但一面也可见入"俗"之不易了。

这选集，是聚全国出品的精粹的第一本。但这是开始，不是成功，是几个前哨的进行，愿此后更有无尽的旌旗蔽空的大队。

一九三五年六月四日记。

题注：

本文最初发表于天津《文地》月刊第一卷第一期（1936 年 11 月 10 日），目录署名鲁迅，文末署名何干。收入《且介亭杂文二集》。

"全国木刻联合展览会"，由青年木刻工作者唐诃等以平津木刻研究会名义主办，1935 年元旦开始在北平、济南、上海等地巡回展出。后主办者选出 40 余幅展品，拟出《全国木刻联合展览会专辑》，并请鲁迅作序。据唐诃回忆，这些作品"在金肇野君寓中存放，不幸去年 12 月运动（指一二·九运动——编者）的时候，他犯爱国罪被捕入狱，这些作品也因之而失散。仅存的，只有鲁迅先生亲笔所写的序文的刻版，算是这一次全国木刻联合展览会遗留下的唯一的纪念品！"

《译文》终刊号前记

　　《译文》出版已满一年了。也还有几个读者。现因突然发生很难继续的原因，只得暂时中止。但已经积集的材料，是费过译者校者排者的一番力气的，而且材料也大都不无意义之作，从此废弃，殊觉可惜：所以仍然集成一册，算作终刊，呈给读者，以尽贡献的微意，也作为告别的纪念罢。

　　　　　　　译文社同人公启。二十四年九月十六日。

题注：

　　本篇由鲁迅和茅盾合撰，最初发表于1935年9月《译文》终刊号。初未收集。

　　《译文》月刊，1934年9月创刊于上海，由鲁迅和茅盾共同发起，内容为翻译和介绍外国文学作品。前三期由鲁迅编辑，后由黄源接手，生活书店发行。1935年9月出至第十三期停刊，1936年3月复刊；1937年6月出至第三卷第四期停刊。共出29期。

萧红作《生死场》序

记得已是四年前的事了，时维二月，我和妇孺正陷在上海闸北的火线中，眼见中国人的因为逃走或死亡而绝迹。后来仗着几个朋友的帮助，这才得进平和的英租界，难民虽然满路，居人却很安闲。和闸北相距不过四五里罢，就是一个这么不同的世界，——我们又怎么会想到哈尔滨。

这本稿子的到了我的桌上，已是今年的春天，我早重回闸北，周围又复熙熙攘攘的时候了。但却看见了五年以前，以及更早的哈尔滨。这自然还不过是略图，叙事和写景，胜于人物的描写，然而北方人民的对于生的坚强，对于死的挣扎，却往往已经力透纸背；女性作者的细致的观察和越轨的笔致，又增加了不少明丽和新鲜。精神是健全的，就是深恶文艺和功利有关的人，如果看起来，他不幸得很，他也难免不能毫无所得。

听说文学社曾经愿意给她付印，稿子呈到中央宣传部书报检查委员会那里去，搁了半年，结果是不许可。人常常会事后才聪明，回想起来，这正是当然的事：对于生的坚强和死的挣扎，恐怕也确是大背"训政"之道的。今年五月，只为了《略谈皇帝》这一篇文章，这一个气焰万丈的委员会就忽然烟消火灭，便是"以身作则"的实地大教训。

奴隶社以汗血换来的几文钱，想为这本书出版，却又在我们的上司"以身作则"的半年之后了，还要我写几句序。然而这几天，却又谣言蜂起，闸北的熙熙攘攘的居民，又在抱头鼠窜了，路上是骆驿不绝的行李车和人，路旁是黄白两色的外人，含笑在赏鉴这礼让之邦的盛况。自以为居于安全地带的报馆的报纸，则称这些逃命者为"庸人"或"愚民"。我却以为他们也许是聪明的，至少，是已经凭着经验，知道了煌煌的官样文章之不可信。他们还有些记性。

现在是一九三五年十一月十四的夜里，我在灯下再看完了《生死场》。周围像死一般寂静，听惯的邻人的谈话声没有了，食物的叫卖声也没有了，不过偶有远远的几声犬吠。想起来，英法租界当不是这情形，哈尔滨也不是这情形；我和那里的居人，彼此都怀着不同的心情，住在不同的世界。然而我的心现在却好像古井中水，不生微波，麻木的写了以上那些字。这正是奴隶的心！——但是，如果还是搅乱了读者的心呢？那么，我们还决不是奴才。

不过与其听我还在安坐中的牢骚话，不如快看下面的《生死场》，她才会给你们以坚强和挣扎的力气。

鲁迅。

题注：

本篇最初收入1935年12月上海容光书局出版的萧红中篇小说《生死场》。收入《且介亭杂文二集》。

萧红，原名张迺莹，黑龙江呼兰县人，九一八事变后与萧军辗转流亡到青岛，开始与鲁迅通信。1934年10月到上海，在鲁迅的关怀下从事文学创作。所著中篇小说《生死场》描写了东北人民在黑暗中的挣扎和抗争，由鲁迅校订，并编入"奴隶丛书"，虚拟了"奴隶社"的名称作为出版者出版。

孔另境编《当代文人尺牍钞》序

　　日记或书信，是向来有些读者的。先前是在看朝章国故，丽句清词，如何抑扬，怎样请托，于是害得名人连写日记和信也不敢随随便便。晋人写信，已经得声明"匆匆不暇草书"，今人作日记，竟日日要防传钞，来不及出版。王尔德的自述，至今还有一部分未曾公开，罗曼罗兰的日记，约在死后十年才可发表，这在我们中国恐怕办不到。

　　不过现在的读文人的非文学作品，大约目的已经有些和古之人不同，是比较的欧化了的：远之，在钩稽文坛的故实，近之，在探索作者的生平。而后者似乎要居多数。因为一个人的言行，总有一部分愿意别人知道，或者不妨给别人知道，但有一部分却不然。然而一个人的脾气，又偏爱知道别人不肯给人知道的一部分，于是尺牍就有了出路。这并非等于窥探门缝，意在发人的阴私，实在是因为要知道这人的全般，就是从不经意处，看出这人——社会的一分子的真实。

　　就是在"文学概论"上有了名目的创作上，作者本来也掩不住自己，无论写的是什么，这个人总还是这个人，不过加了些藻饰，有了些排场，仿佛穿上了制服。写信固然比较的随便，然而做作惯了的，仍不免带些惯性，别人以为他这回是赤条条的上场了罢，他其实还是穿着肉色紧身小衫裤，甚至于用了平常决不应用的奶罩。话虽如此，比起峨冠博带的时候来，这一回可究竟较近于真实。所以从作家的日记或尺牍上，往往能得到比看他的作品更其明晰的意见，也就是他自己的简洁的注释。不过也不能十分当真。有些作者，是连账簿也用心机的，叔本华记账就用梵文，不愿意别人明白。

另境先生的编这部书，我想是为了显示文人的全貌的，好在用心之古奥如叔本华先生者，中国还未必有。只是我的做序，可不比写信，总不免用些做序的拳经：这是要请编者读者，大家心照的。

一九三五年十一月二十五夜，鲁迅记于上海闸北之且介亭。

题注：

本文最初收入 1936 年 5 月上海生活书店出版的《现代作家书简》。收入《且介亭杂文二集》。

孔另境，浙江桐乡人，1935 年他拟编辑一部现代作家书信集《当代文人尺牍钞》，并写信向鲁迅索取一部分别人写给他的信。鲁迅回信说："别人给我的信，我也一封都不存留的……"但过了几天，"先生忽替我写了一篇序文寄来了"（孔另境：《忆鲁迅先生》，1956 年《文艺月报》10 月号），即此文。后此书改名为《现代作家书简》出版，共收现代作家 58 人的书信 219 封。

《花边文学》序言

我的常常写些短评，确是从投稿于《申报》的《自由谈》上开头的；集一九三三年之所作，就有了《伪自由书》和《准风月谈》两本。后来编辑者黎烈文先生真被挤轧得苦，到第二年，终于被挤出了，我本也可以就此搁笔，但为了赌气，却还是改些作法，换些笔名，托人抄写了去投稿，新任者不能细辨，依然常常登了出来。一面又扩大了范围，给《中华日报》的副刊《动向》，小品文半月刊《太白》之类，也间或写几篇同样的文字。聚起一九三四年所写的这些东西来，就是这一本《花边文学》。

这一个名称，是和我在同一营垒里的青年战友，换掉姓名挂在暗箭上射给我的。那立意非常巧妙：一，因为这类短评，在报上登出来的时候往往围绕一圈花边以示重要，使我的战友看得头疼；二，因为"花边"也是银元的别名，以见我的这些文章是为了稿费，其实并无足取。至于我们的意见不同之处，是我以为我们无须希望外国人待我们比鸡鸭优，他却以为应该待我们比鸡鸭优，我在替西洋人辩护，所以是"买办"。那文章就附在《倒提》之下，这里不必多说。此外，倒也并无什么可记之事。只为了一篇《玩笑只当它玩笑》，又曾引出过一封文公直先生的来信，笔伐的更严重了，说我是"汉奸"，现在和我的复信都附在本文的下面。其余的一些鬼鬼祟祟，躲躲闪闪的攻击，离上举的两位还差得很远，这里都不转载了。

"花边文学"可也真不行。一九三四年不同一九三五年，今年是为了《闲话皇帝》事件，官家的书报检查处忽然不知所往，还革掉七位检查官，日报上被删之处，也好像可以留着空白（术语谓之"开天窗"）了。但那时可真厉害，这么说不可以，那么说又不成功，而且删掉的地方，还不许留下空隙，要接起来，使作者自己来负吞吞吐吐，不知所云的责任。在这种明诛暗杀之下，能够苟延残喘，和读者相见的，那么，非奴隶文章是什么呢？

我曾经和几个朋友闲谈。一个朋友说：现在的文章，是不会有骨气的了，譬如向一种日报上的副刊去投稿罢，副刊编辑先抽去几根骨头，总编辑又抽去几根骨头，检查官又抽去几根骨头，剩下来还有什么呢？我说：我是自己先抽去了几根骨头的，否则，连"剩下来"的也不剩。所以，那时发表出来的文字，有被抽四次的可能，——现在有些人不在拚命表彰文天祥方孝孺么，幸而他们是宋明人，如果活在现在，他们的言行是谁也无从知道的。

因此除了官准的有骨气的文章之外，读者也只能看看没有骨气的文章。我生于清朝，原是奴隶出身，不同二十五岁以内的青年，一生下来就是中华民国的主子，然而他们不经世故，偶尔"忘其所以"也就大碰其钉子。我的投稿，目的是在发表的，当然不给它见得有骨气，所以被"花边"所装饰者，大约也确比青年作家的作品多，而且奇怪，被删掉的地方倒很少。一年之中，只有三篇，现在补全，仍用黑点为记。我看《论秦理斋夫人事》的末尾，是申报馆的总编辑删的，别的两篇，却是检查官删的：这里都显着他们不同的心思。

今年一年中，我所投稿的《自由谈》和《动向》，都停刊了；《太白》也不出了。我曾经想过：凡是我寄文稿的，只寄开初的一两期还不妨，假使接连不断，它就总归活不久。于是从今年起，我就不大做这样的短文，因为对于同人，是回避他背后的闷棍，对于自己，是不愿做开路的呆子，对于刊物，是希望它尽可能的长生。所以有人要我投稿，我特别敷延推宕，非"摆架子"也，是带些好意——然而有时也是恶意——的"世故"：这是要请索稿者原谅的。

一直到了今年下半年，这才看见了新闻记者的"保护正当舆论"的请愿和智识阶级的言论自由的要求。要过年了，我不知道结果怎么样。然而，即使从此文章都成了民众的喉舌，那代价也可谓大极了：是北五省的自治。这恰如先前的不敢恳请"保护正当舆论"和要求言论自由的代价之大一样：是东三省的沦亡。不过这一次，换来的东西是光明的。然而，倘使万一不幸，后来又复换回了我做"花边文学"一样的时代，大家试来猜一猜那代价该是什么罢……

一九三五年十二月二十九之夜，鲁迅记。

题注：

本篇最初发表于 1936 年 6 月《花边文学》初版。本集所收为鲁迅 1934 年的杂文。书名缘于当时在"左翼剧作家联盟"工作的廖沫沙（林默）在 1934 年 7 月 3 日的《大晚报·火炬》上发表《论"花边文学"》一文，将报纸副刊上围以花边的杂文称为"花边文学"，认为这类文章"渗有毒汁，散布了妖言"。"花边"又隐喻银圆，因为银圆的边上铸有花纹，暗示"花边文学"的作者为的是钱。鲁迅发表在报纸上的文章也多有"花边"装饰，他将"同一阵营里的青年战友"射来的"暗箭"作为书名，就称为《花边文学》。1934 年，国民政府对左翼文艺运动加紧"文化围剿"，鲁迅在《序言》中给予了抨击。

《且介亭杂文》序言

　　近几年来，所谓"杂文"的产生，比先前多，也比先前更受着攻击。例如自称"诗人"邵洵美，前"第三种人"施蛰存和杜衡即苏汶，还不到一知半解程度的大学生林希隽之流，就都和杂文有切骨之仇，给了种种罪状的。然而没有效，作者多起来，读者也多起来了。

　　其实"杂文"也不是现在的新货色，是"古已有之"的，凡有文章，倘若分类，都有类可归，如果编年，那就只按作成的年月，不管文体，各种都夹在一处，于是成了"杂"。分类有益于揣摩文章，编年有利于明白时势，倘要知人论世，是非看编年的文集不可的，现在新作的古人年谱的流行，即证明着已经有许多人省悟了此中的消息。况且现在是多么切迫的时候，作者的任务，是在对于有害的事物，立刻给以反响或抗争，是感应的神经，是攻守的手足。潜心于他的鸿篇巨制，为未来的文化设想，固然是很好的，但为现在抗争，却也正是为现在和未来的战斗的作者，因为失掉了现在，也就没有了未来。

　　战斗一定有倾向。这就是邵施杜林之流的大敌，其实他们所憎恶的是内容，虽然披了文艺的法衣，里面却包藏着"死之说教者"，和生存不能两立。

　　这一本集子和《花边文学》，是我在去年一年中，在官民的明明

236

暗暗，软软硬硬的围剿"杂文"的笔和刀下的结集，凡是写下来的，全在这里面。当然不敢说是诗史，其中有着时代的眉目，也决不是英雄们的八宝箱，一朝打开，便见光辉灿烂。我只在深夜的街头摆着一个地摊，所有的无非几个小钉，几个瓦碟，但也希望，并且相信有些人会从中寻出合于他的用处的东西。

一九三五年十二月三十日，记于上海之且介亭。

题注：

　　本篇是为作于1934年的部分杂文结集而成的杂文集《且介亭杂文》写的序，未另收集。

　　鲁迅创作本集杂文及《花边文学》等集子中杂文前后的一段时期内，文坛上时有攻击杂文的论调，有的甚至指名批评鲁迅的杂文。如邵洵美、章克标编辑的《人言》周刊，在译载鲁迅用日文写的《关于中国的两三件事》一文中"谈监狱"的一节后所加的"编者注"中，说鲁迅的杂文"强辞夺理""意气多于议论"（见该刊1934年3月第一卷第三期）；施蛰存在他主编的《文饭小品》第三期（1935年4月）发表的《服尔泰》一文中，说鲁迅的杂文"有宣传作用而缺少文艺价值"；杜衡在《星火》第二卷第二期（1935年11月1日）发表的《文坛的骂风》中，将文坛上"一团糟的混战"的"一个重要的原因"归于"杂文的流行"，说短论、杂文"差不多成为骂人文章的'雅称'"；林希隽于1934年9月出版的《现代》第五卷第五期上发表《杂文和杂文家》一文，说杂文的兴盛是"作家毁掉了自己以投机取巧的手腕来代替一个文艺作者的严肃的工作"的结果……针对这种情况，鲁迅于1935年底编定《且介亭杂文》后，写作此序，肯定杂文的抗争与战斗作用，并说明本集和《花边文学》中杂文的创作缘由。

《且介亭杂文》附记

　　第一篇《关于中国的两三件事》，是应日本的改造社之托而写的，原是日文，即于是年三月，登在《改造》上，改题为《火，王道，监狱》。记得中国北方，曾有一种期刊译载过这三篇，但在南方，却只有林语堂，邵洵美，章克标三位所主编的杂志《人言》上，曾用这为攻击作者之具，其详见于《准风月谈》的后记中，兹不赘。

　　《草鞋脚》是现代中国作家的短篇小说集，应伊罗生（H.Isaacs）先生之托，由我和茅盾先生选出，他更加选择，译成英文的。但至今好像还没有出版。

　　《答曹聚仁先生信》原是我们的私人通信，不料竟在《社会月报》上登出来了，这一登可是祸事非小，我就成为"替杨邨人氏打开场锣鼓，谁说鲁迅先生器量窄小呢"了。有八月三十一日《大晚报》副刊《火炬》上的文章为证——

调和

——读《社会月报》八月号

绍伯

"中国人是善于调和的民族"——这话我从前还不大相信，因为那时我年纪还轻，阅历不到，我自己是不大肯调和的，我就以为别人也和我一样的不肯调和。

这观念后来也稍稍改正了。那是我有一个亲戚，在我故乡两个军阀的政权争夺战中做了牺牲，我那时对于某军阀虽无好感，却因亲戚之故也感着一种同仇敌忾，及至后来那两军阀到了上海又很快的调和了，彼此过从颇密，我不觉为之呆然，觉得我们亲戚假使仅仅是为着他的"政友"而死，他真是白死了。

后来又听得广东A君告诉我在两广战争后战士们白骨在野碧血还腥的时候，两军主持的太太在香港寓楼时常一道打牌，亲昵逾常，这更使我大彻大悟。

现在，我们更明白了，这是当然的事，不单是军阀战争如此，帝国主义的分赃战争也作如是观。老百姓整千整万地做了炮灰，各国资本家却可以聚首一堂举着香槟相视而笑。什么"军阀主义""民主主义"都成了骗人的话。

然而这是指那些军阀资本家们"无原则的争斗"，若夫真理追求者的"有原则的争斗"应该不是这样！

最近这几年，青年们追随着思想界的领袖们之后做了许多惨淡的努力，有的为着这还牺牲了宝贵的生命。个人的生命是可宝贵的，但一代的真理更可宝贵，生命牺牲了而真理昭然于天下，这死是值得的，就是不可以太打浑了水，把人家弄得不明不白。

后者的例子可求之于《社会月报》。这月刊真可以说是当今最完备的"杂"志了。而最"杂"得有趣的是题为"大众语特辑"的八月号。读者试念念这一期的目录罢，第一位打开场锣鼓的是鲁迅先生（关于大众语的意见），而"压轴子"的是《赤区归来记》作者杨邨人氏。就是健忘的读者想也记得鲁迅先生和杨邨人氏有过不小的一点"原则上"的争执罢。鲁迅先生似乎还"嘘"过杨邨人氏，然而他却可以替杨邨人氏打开场锣鼓，谁说鲁迅先生器量窄小呢？

苦的只是读者，读了鲁迅先生的信，我们知道"汉字和大众不两立"，我们知道应把"交通繁盛言语混杂的地方"的"'大众语'的雏形，它的字汇和语法输进穷乡僻壤去"。我们知道"先驱者的任务"是在给大众许多话"发表更明确的意思"，同时"明白更精确的意义"；我们知道现在所能实行的是以"进步的"思想写"向大众语去的作品"。但读了最后杨邨人氏的文章，才知道向大众去根本是一条死路，那里在水灾与敌人围攻之下，破产无余，……"维持已经困难，建设更不要空谈。"还是"归"到都会里"来"扬起小资产阶级文学之旗更靠得住。

于是，我们所得的知识前后相销，昏昏沉沉，莫明其妙。

这恐怕也表示中国民族善于调和吧，但是太调和了，使人疑心思想上的争斗也渐渐没有原则了。变成"戟门坝上的儿戏"了。照这样的阵容看，有些人真死的不明不白。

关于开锣以后"压轴"以前的那些"中间作家"的文章特别是大众语问题的一些宏论，本想略抒鄙见，但这只好改日再谈了。

关于这一案，我到十一月《答〈戏〉周刊编者信》里，这才回答了几句。

《门外文谈》是用了"华圉"的笔名，向《自由谈》投稿的，每天登一节。但不知道为什么，第一节被删去了末一行，第十节开头又被删去了二百余字，现仍补足，并用黑点为记。

《不知肉味和不知水味》是写给《太白》的，登出来时，后半篇都不见了，我看这是"中央宣传部书报检查委员会"的政绩。那时有人看了《太白》上的这一篇，当面问我道："你在说什么呀？"现仍补足，并用黑点为记，使读者可以知道我其实是在说什么。

《中国人失掉自信力了吗》也是写给《太白》的。凡是对于求神拜佛，略有不敬之处，都被删除，可见这时我们的"上峰"正在主张求神拜佛。现仍补足，并用黑点为记，聊以存一时之风尚耳。

《脸谱臆测》是写给《生生月刊》的，奉官谕：不准发表。我当初很觉得奇怪，待到领回原稿，看见用红铅笔打着杠子的处所，才明白原来是因为得罪了"第三种人"老爷们了。现仍加上黑杠子，以代红杠子，且以警戒新作家。

《答〈戏〉周刊编者信》的末尾，是对于绍伯先生那篇《调和》的答复。听说当时我们有一位姓沈的"战友"看了就呵呵大笑道："这老头子又发牢骚了！""头子"而"老"，"牢骚"而"又"，恐怕真也滑稽得很。然而我自己，是认真的。

不过向《戏》周刊编者去"发牢骚",别人也许会觉得奇怪。然而并不,因为编者之一是田汉同志,而田汉同志也就是绍伯先生。

《中国文坛上的鬼魅》是写给《现代中国》(China Today)的,不知由何人所译,登在第一卷第五期,后来又由英文转译,载在德文和法文的《国际文学》上。

《病后杂谈》是向《文学》的投稿,共五段;待到四卷二号上登了出来时,只剩下第一段了。后有一位作家,根据了这一段评论我道:鲁迅是赞成生病的。他竟毫不想到检查官的删削。可见文艺上的暗杀政策,有时也还有一些效力的。

《病后杂谈之余》也是向《文学》的投稿,但不知道为什么,检查官这回却古里古怪了,不说不准登,也不说可登,也不动贵手删削,就是一个支支吾吾。发行人没有法,来找我自己删改了一些,然而听说还是不行,终于由发行人执笔,检查官动口,再删一通,这才能在四卷三号上登出。题目必须改为《病后余谈》,小注"关于舒愤懑"这一句也不准有;改动的两处,我都注在本文之下,删掉的五处,则仍以黑点为记,读者试一想这些讳忌,是会觉得很有趣的。只有不准说"言行一致"云云,也许莫明其妙,现在我应该指明,这是因为又触犯了"第三种人"了。

《阿金》是写给《漫画生活》的;然而不但不准登载,听说还送到南京中央宣传会里去了。这真是不过一篇漫谈,毫无深意,怎么会惹出这样大问题来的呢,自己总是参不透。后来索回原稿,先看见第一页上有两颗紫色印，一大一小，文曰"抽去"，大约小的是上海印，大的是首都印，然则必须"抽去"，已无疑义了。再看下去，就又发见了许多红杠子，现在改为黑杠，仍留在本文的旁边。

看了杠子，有几处是可以悟出道理来的。例如"主子是外国人"，"炸弹"，"巷战"之类，自然也以不提为是。但是我总不懂为什么不能说我死了"未必能够弄到开起同乡会"的缘由，莫非官意是以为我死了会开同乡会的么？

我们活在这样的地方，我们活在这样的时代。

一九三五年十二月三十日，编讫记。

题注：

本篇在收入《且介亭杂文》集子前未曾发表。

本文是鲁迅于 1935 年 12 月 30 日编完《且介亭杂文》后所写的补充说明，对收入《且介亭杂文》之中的 12 篇文章的写作缘起与背景，发表经过、遭删改的情况以及发表后的一些反响等作了记录。同日写成的还有《且介亭杂文·序言》，可参看。

鲁迅在 1935 年初就拟编辑 1934 年的杂文，如 1935 年 1 月 29 日致杨霁云信中说："三月以后，拟编去年一年中的杂文，自行付印，而将《集外集》之被删者附之，并作后记，略开玩笑，点缀升平耳。"在 1935 年 4 月 9 日致增田涉信中，又说："但我最近在收集去年所写的杂文，拟将被删削的，被禁止的，全补加进去，另行出版。"

《且介亭杂文二集》序言

　　昨天编完了去年的文字，取发表于日报的短论以外者，谓之《且介亭杂文》；今天再来编今年的，因为除做了几篇《文学论坛》，没有多写短文，便都收录在这里面，算是《二集》。

　　过年本来没有什么深意义，随便那天都好，明年的元旦，决不会和今年的除夕就不同，不过给人事借此时时算有一个段落，结束一点事情，倒也便利的。倘不是想到了已经年终，我的两年以来的杂文，也许还不会集成这一本。

　　编完以后，也没有什么大感想。要感的感过了，要写的也写过了，例如"以华制华"之说罢，我在前年的《自由谈》上发表时，曾大受傅公红蓼之流的攻击，今年才又有人提出来，却是风平浪静。一定要到得"不幸而吾言中"，这才大家默默无言，然而为时已晚，是彼此都大可悲哀的。我宁可如邵洵美辈的《人言》之所说："意气多于议论，捏造多于实证。"

　　我有时决不想在言论界求得胜利，因为我的言论有时是枭鸣，报告着大不吉利事，我的言中，是大家会有不幸的。在今年，为了内心的冷静和外力的迫压，我几乎不谈国事了，偶尔触着的几篇，如《什么是讽刺》，如《从帮忙到扯淡》，也无一不被禁止。别的作者的遭遇，大约也是如此的罢，而天下太平，直到华北自治，才见有新闻记者恳求保护正当的舆论。我的不正当的舆论，却如国土一样，仍在日即于沦亡，但是我不想求保护，因为这代价，实在是太大了。

单将这些文字，过而存之，聊作今年笔墨的记念罢。

一九三五年十二月三十一日，鲁迅记于上海之且介亭。

题注：

本篇直接收入1937年7月上海三闲书屋出版的本集，此前未发表。1935年岁末，鲁迅整理当年所作杂文，汇成《且介亭杂文二集》，并写了这篇序文。

鲁迅在同日写的《且介亭杂文二集·后记》里曾谈到本书的编辑体例，并说："我在这一年中，日报上并没有投稿。凡是发表的，自然是含胡居多。这是带着枷锁的跳舞……"关于"以华制华"，可参看鲁迅在1933年4月21日《申报·自由谈》发表的《"以夷制夷"》一文。该文揭露帝国主义"以华制华"的阴谋，遭到《大晚报·火炬》上傅红蓼等人文章的攻击。

《且介亭杂文二集》后记

这一本的编辑的体例，是和前一本相同的，也是按照着写作的时候。凡在刊物上发表之作，上半年也都经过官厅的检查，大约总不免有些删削，不过我懒于一一校对，加上黑点为记了。只要看过前一本，就可以明白犯官忌的是那些话。

被全篇禁止的有两篇：一篇是《什么是讽刺》，为文学社的《文学百题》而作，印出来时，变了一个"缺"字；一篇是《从帮忙到扯淡》，为《文学论坛》而作，至今无踪无影，连"缺"字也没有了。

为了写作者和检查者的关系，使我间接的知道了检查官，有时颇为佩服。他们的嗅觉是很灵敏的。我那一篇《从帮忙到扯淡》，原在指那些唱导什么儿童年，妇女年，读经救国，敬老正俗，中国本位文化，第三种人文艺等等的一大批政客豪商，文人学士，从已经不会帮忙，只能扯淡这方面看起来，确也应该禁止的，因为实在看得太明，说得太透。别人大约也和我一样的佩服，所以早有文学家做了检查官的风传，致使苏汶先生在一九三四年十二月七日的《大晚报》上发表了这样的公开信：

"《火炬》编辑先生大鉴：

　　顷读本月四日贵刊‘文学评论’专号，载署名闻问君的《文学杂谈》一文，中有——

　　　'据道路传闻苏汶先生有以七十元一月之薪金弹冠入××（照录原文）会消息，可知文艺虽不受时空限制，却颇受"大洋"限制了。'

等语，闻之不胜愤慨。汶于近数年来，绝未加入任何会工作，并除以编辑《现代杂志》及卖稿糊口外，亦未受任何组织之分文薪金。所谓入××会云云，虽经×报谣传，均以一笑置之，不料素以态度公允见称之贵刊，亦复信此谰言，披诸报端，则殊有令人不能已于言者。汶为爱护贵刊起见，用特申函奉达，尚祈将原书赐登最近贵刊，以明真相是幸。专此敬颂

编安。

　　　　　　　　苏汶（杜衡）谨上。十二月五日。"

　　一来就说作者得了不正当的钱是近来文坛上的老例，我被人传说拿着卢布就有四五年之久，直到九一八以后，这才将卢布说取消，换上了"亲日"的更加新鲜的罪状。我是一向不"为爱护贵刊起见"的，所以从不寄一封辨正信。不料越来越滥，竟谣到苏汶先生头上去了，可见谣言多的地方，也是"有一利必有一弊"。但由我的经验说起来，检查官之"爱护""第三种人"，却似乎是真的，我去年所写的文章，有两篇冒犯了他们，一篇被删掉（《病后杂谈之余》），一篇被禁止（《脸谱臆测》）了。也许还有类于这些的事，所以令人猜为"入××（照录原文）会"了罢。这真应该"不胜愤慨"，没有受惯奚落的作家，是无怪其然的。

然而在对于真的造谣，毫不为怪的社会里，对于真的收贿，也就毫不为怪。如果收贿会受制裁的社会，也就要制裁妄造收贿的谣言的人们。所以用造谣来伤害作家的期刊，它只能作报销，在实际上很少功效。

　　其中的四篇，原是用日本文写的，现在自己译出，并且对于中国的读者，还有应该说明的地方——

　　一，《活中国的姿态》的序文里，我在对于"支那通"加以讥刺，且说明日本人的喜欢结论，语意之间好像笑着他们的粗疏。然而这脾气是也有长处的，他们的急于寻求结论，是因为急于实行的缘故，我们不应该笑一笑就完。

　　二，《在现代中国的孔夫子》是在六月号的《改造》杂志上发表的，这时我们的"圣裔"，正在东京拜他们的祖宗，兴高采烈。曾由亦光君译出，载于《杂文》杂志第二号（七月），现在略加改定，转录在这里。

　　三，在《中国小说史略》日译本的序文里，我声明了我的高兴，但还有一种原因却未曾说出，是经十年之久，我竟报复了我个人的私仇。当一九二六年时，陈源即西滢教授，曾在北京公开对于我的人身攻击，说我的这一部著作，是窃取盐谷温教授的《支那文学概论讲话》里面的"小说"一部分的；《闲话》里的所谓"整大本的剽窃"，指的也是我。现在盐谷教授的书早有中译，我的也有了日译，两国的读者，有目共见，有谁指出我的"剽窃"来呢？呜呼，"男盗女娼"，是人间大可耻事，我负了十年"剽窃"的恶名，现在总算可以卸下，并且将"谎狗"的旗子，回敬自称"正人君子"的陈源教授，倘他无法洗刷，就只好插着生活，一直带进坟墓里去了。

四，《关于陀思妥夫斯基的事》是应三笠书房之托而作的，是写给读者看的绍介文，但我在这里，说明着被压迫者对于压迫者，不是奴隶，就是敌人，决不能成为朋友，所以彼此的道德，并不相同。

临末我还要记念镰田诚一君，他是内山书店的店员，很爱绘画，我的三回德俄木刻展览会，都是他独自布置的；一二八的时候，则由他送我和我的家属，以及别的一批妇孺逃入英租界。三三年七月，以病在故乡去世，立在他的墓前的是我手写的碑铭。虽在现在，一想到那时只是当作有趣的记载着我的被打被杀的新闻，以及为了八十块钱，令我往返数次，终于不给的书店，我对于他，还是十分感愧的。

近两年来，又时有前进的青年，好意的可惜我现在不大写文章，并声明他们的失望。我的只能令青年失望，是无可置辩的，但也有一点误解。今天我自己查勘了一下：我从在《新青年》上写《随感录》起，到写这集子里的最末一篇止，共历十八年，单是杂感，约有八十万字。后九年中的所写，比前九年多两倍；而这后九年中，近三年所写的字数，等于前六年，那么，所谓"现在不大写文章"，其实也并非确切的核算。而且这些前进的青年，似乎谁都没有注意到现在的对于言论的迫压，也很是令人觉得诧异的。我以为要论作家的作品，必须兼想到周围的情形。

自然，这情形是极不容易明了的，因为倘一公开，作家要怕受难，书店就要防封门，然而如果自己和出版界有些相关，便可以感觉到这里面的一部份消息。现在我们先来回忆一下已往的公开的事情。也许还有读者记得，中华民国二十三年（一九三四年）三月十四日的《大美晚报》上，曾经登有一则这样的新闻——

中央党部禁止新文艺作品

沪市党部于上月十九日奉中央党部电令、派员挨户至各新书店、查禁书籍至百四十九种之多、牵涉书店二十五家、其中有曾经市党部审查准予发行、或内政部登记取得著作权、且有各作者之前期作品、如丁玲之《在黑暗中》等甚多、致引起上海出版业之恐慌、由新书业组织之中国著作人出版人联合会集议、于二月二十五日推举代表向市党部请愿结果、蒙市党部俯允转呈中央、将各书重行审查、从轻发落、同日接中央复电、允予照准、惟各书店于复审期内、须将被禁各书、一律自动封存、不再发卖、兹将各书店被禁书目、分录如次、

店名	书名	译著者
神州	政治经济学批判	郭沫若
	文艺批评集	钱杏邨
	浮士德与城	柔石
现代	中国古代社会研究	郭沫若
	石炭王	郭沫若
	黑猫	郭沫若
	创造十年	郭沫若
	果树园	鲁迅
	田汉戏曲集（五集）	田汉
	檀泰琪儿之死	田汉
	平林泰子集	沈端先
	残兵	周全平
	没有樱花	蓬子

250

	挣扎	楼建南
	夜会	丁玲
	诗稿	胡也频
	炭矿夫	龚冰庐
	光慈遗集	蒋光慈
	丽莎的哀怨	蒋光慈
	野祭	蒋光慈
	语体文作法	高语罕
	藤森成吉集	森堡
	爱与仇	森堡
	新俄文学中的男女	周起应
	大学生私生活	周起应
	唯物史观研究上下	华汉
	十姑的悲愁	华汉
	归家	洪灵菲
	流亡	洪灵菲
	萌芽	巴金
光华	幼年时代	郭沫若
	文艺论集	郭沫若
	文艺论续集	郭沫若
	煤油	郭沫若
	高尔基文集	鲁迅
	离婚	潘汉年
	小天使	蓬子
	我的童年	蓬子

结婚集	蓬子
妇人之梦	蓬子
病与梦	楼建南
路	茅盾
自杀日记	丁玲
我们的一团与他	冯雪峰
三个不统一的人物	胡也频
现代中国作家选集	蒋光慈
新文艺辞典	顾凤城
郭沫若论	顾凤城
新兴文学概论	顾凤城
没落的灵魂	顾凤城
文艺创作辞典	顾凤城
现代名人书信	高语罕
文章及其作法	高语罕
独清文艺论集	王独清
锻炼	王独清
暗云	王独清
我在欧洲的生活	王独清

湖风	美术考古学发现史	郭沫若
	青年自修文学读本	钱杏邨
	暴风雨中的七个女性	田汉
	饥饿的光芒	蓬子
	恶党	楼建南
	万宝山	李辉英

	隐秘的爱	森堡
	寒梅	华汉
	地泉	华汉
	赌徒	洪灵菲
	地下室手记	洪灵菲
南强	屠场	郭沫若
	新文艺描写辞典（正续编）	钱杏邨
	怎样研究新兴文学	钱杏邨
	新兴文学论	沈端先
	铁流	杨骚
	十月	杨骚
大江	现代新兴文学的诸问题	鲁迅
	毁灭	鲁迅
	艺术论	鲁迅
	文学及艺术之技术的革命	陈望道
	艺术简论	陈望道
	社会意识学大纲	陈望道
	宿莽	茅盾
	野蔷薇	茅盾
	韦护	丁玲
	现代欧洲的艺术	冯雪峰
	艺术社会学底任务及问题	冯雪峰
水沫	文艺与批评	鲁迅
	文艺政策	鲁迅
	银铃	蓬子

	文学评论	冯雪峰
	流冰	冯雪峰
	艺术之社会的基础	冯雪峰
	艺术与社会生活	冯雪峰
	往何处去	胡也频
	伟大的恋爱	周起应
天马	鲁迅自选集	鲁迅
	苏联短篇小说集	楼建南
	茅盾自选集	茅盾
北新	而已集	鲁迅
	三闲集	鲁迅
	伪自由书	鲁迅
	文学概论	潘梓年
	处女的心	蓬子
	旧时代之死	柔石
	新俄的戏剧与跳舞	冯雪峰
	一周间	蒋光慈
	冲出云围的月亮	蒋光慈
合众	二心集	鲁迅
	劳动的音乐	钱杏邨
亚东	义冢	蒋光慈
	少年飘泊者	蒋光慈
	鸭绿江上	蒋光慈
	纪念碑	蒋光慈
	百花亭畔	高语罕

	白话书信	高语罕
	两个女性	华汉
	转变	洪灵菲
文艺	安特列夫评传	钱杏邨
光明	青年创作辞典	钱杏邨
	暗云	王独清
泰东	现代中国文学作家	钱杏邨
	枳花集	冯雪峰
	俄国文学概论	蒋光慈
	前线	洪灵菲
中华	咖啡店之一夜	田汉
	日本现代剧选	田汉
	一个女人	丁玲
	一幕悲剧的写实	胡也频
开明	苏俄文学理论	陈望道
	春蚕	茅盾
	虹	茅盾
	蚀	茅盾
	三人行	茅盾
	子夜	茅盾
	在黑暗中	丁玲
	鬼与人心	胡也频
民智	美术概论	陈望道
乐华	世界文学史	余慕陶
	中外文学家辞典	顾凤城

	独清自选集	王独清
文艺	社会科学问答	顾凤城
儿童	穷儿苦狗记	楼建南
良友	苏联童话集	楼建南
商务	希望	柔石
	一个人的诞生	丁玲
	圣徒	胡也频
新中国	水	丁玲
华通	别人的幸福	胡也频
乐华	黎明之前	龚冰庐
中学生	中学生文艺辞典	顾凤城

出版界不过是借书籍以贸利的人们，只问销路，不管内容，存心"反动"的是很少的，所以这请愿颇有了好结果，为"体恤商艰"起见，竟解禁了三十七种，应加删改，才准发行的是二十二种，其余的还是"禁止"和"暂缓发售"。这中央的批答和改定的书目，见于《出版消息》第三十三期（四月一日出版）——

中国国民党上海特别市执行委员会批答执字第一五九二号

（呈为奉令禁毁大宗刊物附奉说明书恳请转函中宣会重行审核从轻处置以恤商艰由）

呈件均悉查此案业准

中央宣传委员会公函并决定办法五项一、平林泰子集等三十种早经分别查禁有案应切实执行前令严予禁毁以绝流传二、政治经济学批判等三十种内容宣传普罗文艺或挑拨阶级斗争或诋毁党国当局应予禁止发售三、浮士德与城等三十一种或系介绍普罗文学理论或系新俄作品或含有不正确意识者颇有宣传反动嫌疑在剿匪严重时期内应暂禁发售四、创造十年等二十二种内容间有词句不妥或一篇一段不妥应删改或抽去后方准发售五、圣徒等三十七种或系恋爱小说或系革命以前作品内容均尚无碍对于此三十七种书籍之禁令准予暂缓执行用特分别开列各项书名单函达查照转饬遵照等由合仰该书店等遵照中央决定各点并单开各种刊物分别缴毁停售具报毋再延误是为至要件存此批

"附抄发各项书名单一份"

中华民国二十三年三月二十日

常务委员　吴醒亚

潘公展

童行白

先后查禁有案之书目（略）

这样子，大批禁毁书籍的案件总算告一段落，书店也不再开口了。

然而还剩着困难的问题：书店是不能不陆续印行新书和杂志的，所以还是永远有陆续被扣留，查禁，甚而至于封门的危险。这危险，首先于店主有亏，那就当然要有补救的办法。不多久，出版界就有了一种风闻——真只是一种隐约的风闻——

不知道何月何日，党官，店主和他的编辑，开了一个会议，讨论善后的方法。着重的是在新的书籍杂志出版，要怎样才可以免于禁止。听说这时就有一位杂志编辑先生某甲，献议先将原稿送给官厅，待到

经过检查，得了许可，这才付印。文字固然决不会"反动"了，而店主的血本也得保全，真所谓公私兼利。别的编辑们好像也无人反对，这提议完全通过了。散出的时候，某甲之友也是编辑先生的某乙，很感动的向或一书店代表道："他牺牲了个人，总算保全了一种杂志！"

"他"者，某甲先生也；推某乙先生的意思，大约是以为这种献策，颇于名誉有些损害的。其实这不过是神经衰弱的忧虑。即使没有某甲先生的献策，检查书报是总要实行的，不过用了别一种缘由来开始，况且这献策在当时，人们不敢纵谈，报章不敢记载，大家都认某甲先生为功臣，于是也就是虎须，谁也不敢捋。所以至多不过交头接耳，局外人知道的就很少，——于名誉无关。

总而言之，不知何年何月，"中央图书杂志审查委员会"到底在上海出现了，于是每本出版物上，就有了一行"中宣会图书杂志审委会审查证……字第……号"字样，说明着该抽去的已经抽去，该删改的已经删改，并且保证着发卖的安全——不过也并不完全有效，例如我那《二心集》被删剩的东西，书店改名《拾零集》，是经过检查的，但在杭州仍被没收。这种乱七八遭，自然是普通现象，并不足怪，但我想，也许是还带着一点私仇，因为杭州省党部的有力人物，久已是复旦大学毕业生许绍棣老爷之流，而当《语丝》登载攻击复旦大学的来函时，我正是编辑，开罪不少。为了自由大同盟而呈请中央通缉"堕落文人鲁迅"，也是浙江省党部发起的，但至今还没有呈请发掘祖坟，总算党恩高厚。

至于审查员，我疑心很有些"文学家"，倘不，就不能做得这么令人佩服。自然，有时也删禁得令人莫名其妙，我以为这大概是在示威，示威的脾气，是虽是文学家也很难脱体的，而且这也不算是恶德。还有一个原因，则恐怕是在饭碗。要吃饭也决不能算是恶德，但吃饭，审查的文学家和被审查的文学家却一样的艰难，他们也有竞争者，在看漏洞，一不小心便会被抢去了饭碗，所以必须常常有成绩，就是不断的禁，删，禁，删，第三个禁，删。我初到上海的时候，曾经看见一个西洋人从旅馆里出来，几辆洋车便向他飞奔而去，他坐了一辆，走了。这时忽然来了一位巡捕，便向拉不到客的车夫的头上敲了一棒，撕下他车上的照会。我知道这是车夫犯了罪的意思，然而不明白为什么拉不到客就犯了罪，因为西洋人只有一个，当然只能坐一辆，他也并没有争。后来幸蒙一位老上海告诉我，说巡捕是每月总得捉多少犯人的，要不然，就算他懒惰，于饭碗颇有碍。真犯罪的不易得，就只好这么创作了。我以为审查官的有时审得古里古怪，总要在稿子上打几条红杠子，恐怕也是这缘故。倘使真的这样，那么，他们虽然一定要把我的"契诃夫选集"做成"残山剩水"，我也还是谅解的。

这审查办得很起劲，据报上说，官民一致满意了。九月二十五日的《中华日报》云——

中央图书杂志审查委会工作紧张

中央图书杂志审查委员会、自在沪成立以来、迄今四阅月、审查各种杂志书籍、共计有五百余种之多、平均每日每一工作人员审查字、在十万以上、审查手续、异常迅速、虽洋洋巨著、至多不过二天、故出版界咸认为有意想不到之快、予以便利不少、至该会审查标准、如非对党对政府绝对显明不利之文字、请其删改外、余均一秉大公、无私毫偏袒、故数月来相安无事、过去出版界、因无审查机关、往往出书以后、受到扣留或查禁之事、自审查会成立后、此种事件、已不再发生矣、闻中央方面、以该会工作成绩优良、而出版界又甚需要此种组织、有增加内部工作人员计划、以便利审查工作云、

如此善政，行了还不到一年，不料竟出了《新生》的《闲话皇帝》事件。大约是受了日本领事的警告罢，那雷厉风行的办法，比对于"反动文字"还要严：立刻该报禁售，该社封门，编辑者杜重远已经自认该稿未经审查，判处徒刑，不准上诉的了，却又革掉了七位审查官，一面又往书店里大搜涉及日本的旧书，墙壁上贴满了"敦睦邦交"的告示。出版家也显出孤苦零丁模样，据说：这"一秉大公"的"中央宣传部图书杂志审查委员会"不见了，拿了稿子，竟走投无路。

那么，不是还我自由，飘飘然了么？并不是的。未有此会以前，出版家倒还有一点自己的脊梁，但已有此会而不见之后，却真觉得有些摇摇摆摆。大抵的农民，都能够自己过活，然而奥国和俄国解放农奴时，他们中的有些人，却哭起来了，因为失了依靠，不知道自己怎么过活。况且我们的出版家并非单是"失了依靠"，乃是遇到恢复了某甲先生献策以前的状态，又会扣留，查禁，封门，危险得很。而且除怕被指为"反动文字"以外，又得怕违反"敦睦邦交令"了。已被"训"成软骨症的出版界，又加上了一副重担，当局对于内交，又未必肯怎么"敦睦"，而"礼让为国"，也急于"体恤商艰"，所以我想，自有"审查会"而又不见之后，出版界的一大部份，倒真的成了孤哀子了。

所以现在的书报，倘不是先行接洽，特准激昂，就只好一味含胡，但求无过，除此之外，是依然会有先前一样的危险，挨到木棍，撕去照会的。

评论者倘不了解以上的大略，就不能批评近三年来的文坛。即使批评了，也很难中肯。

我在这一年中，日报上并没有投稿。凡是发表的，自然是含胡的居多。这是带着枷锁的跳舞，当然只足发笑的。但在我自己，却是一个纪念，一年完了，过而存之，长长短短，共四十七篇。

一九三五年十二月三十一夜半至一月一日晨，写讫。

题注：

本文最初编入1937年7月上海三闲书屋出版的《且介亭杂文二集》，未另发表。

当时，国民党为强化统治，钳制进步舆论，实施了严厉的新闻出版物检查制度，颁布了许多"法令"，实行书报检查，禁毁大批进步书籍。鲁迅曾说"我的全部作品，不论新旧，全在禁止之列"。1935年岁末鲁迅将本年所作杂文，集为《且介亭杂文二集》。在编辑过程中，鲁迅有感于书中文章被删改查禁的经历，写作了本文。

白莽作《孩儿塔》序

　　春天去了一大半了，还是冷；加上整天的下雨，淅淅沥沥，深夜独坐，听得令人有些凄凉，也因为午后得到一封远道寄来的信，要我给白莽的遗诗写一点序文之类；那信的开首说道："我的亡友白莽，恐怕你是知道的罢。……"——这就使我更加惆怅。

　　说起白莽来，——不错，我知道的。四年之前，我曾经写过一篇《为忘却的记念》，要将他们忘却。他们就义了已经足有五个年头了，我的记忆上，早又蒙上许多新鲜的血迹；这一提，他的年青的相貌就又在我的眼前出现，像活着一样，热天穿着大棉袍，满脸油汗，笑笑的对我说道："这是第三回了。自己出来的。前两回都是哥哥保出，他一保就要干涉我，这回我不去通知他了。……"——我前一回的文章上是猜错的，这哥哥才是徐培根，航空署长，终于和他成了殊途同归的兄弟；他却叫徐白，较普通的笔名是殷夫。

　　一个人如果还有友情，那么，收存亡友的遗文真如捏着一团火，常要觉得寝食不安，给它企图流布的。这心情我很了然，也知道有做序文之类的义务。我所惆怅的是我简直不懂诗，也没有诗人的朋友，偶尔一有，也终至于闹开，不过和白莽没有闹，也许是他死得太快了罢。现在，对于他的诗，我一句也不说——因为我不能。

这《孩儿塔》的出世并非要和现在一般的诗人争一日之长，是有别一种意义在。这是东方的微光，是林中的响箭，是冬末的萌芽，是进军的第一步，是对于前驱者的爱的大纛，也是对于摧残者的憎的丰碑。一切所谓圆熟简练，静穆幽远之作，都无须来作比方，因为这诗属于别一世界。

那一世界里有许多许多人，白莽也是他们的亡友。单是这一点，我想，就足够保证这本集子的存在了，又何需我的序文之类。

一九三六年三月十一夜，鲁迅记于上海之且介亭。

题注：

本篇最初发表于上海《文学丛报》月刊第一期（1936 年 4 月 1 日），发表时题为《白莽遗诗序》。初未收集。

本篇是鲁迅受蒙骗应"齐涵之"（即史济行）之约而写的。齐涵之诡称与白莽是同学，藏有白莽的《孩儿塔》遗稿并拟为之出版，以骗取鲁迅作序。3 月 10 日鲁迅日记载："晴。……得齐涵之信。"3 月 12 日鲁迅日记记有"晴，午后复齐涵之信并寄诗序稿"，即指此稿。

白莽，原名徐祖华，笔名殷夫、白莽，浙江象山人，左翼作家，《孩儿塔》是他的诗集。鲁迅曾在自己主编的《奔流》上发表过殷夫的译诗，和殷夫交往也很密切。殷夫遇难后，1933 年鲁迅在《为了忘却的记念》中，详尽记述了与殷夫的三次见面经过，以寄托自己的哀思。1936 年 3 月，鲁迅大病初愈，立即写了本文，对白莽的诗给予了高度的评价，并在 3 月 11 日这一天的日记上特别注明："为白莽诗集《孩儿塔》作序。"

"中国杰作小说"小引

　　中国的新文学，自始至今，所经历的年月不算长。初时，也像巴尔干各国一样，大抵是由创作者和翻译者来扮演文学革新运动战斗者的角色，直到今天，才稍有区别。但由此而增长了一部分所谓作者的马虎从事。从这点看来，是颇为不幸的。

　　一般说，目前的作者，创作上的不自由且不说，连处境也着实困难。第一，新文学是在外国文学潮流的推动下发生的，从中国古代文学方面，几乎一点遗产也没摄取。第二，外国文学的翻译极其有限，连全集或杰作也没有，所谓可资"他山之石"的东西实在太贫乏。

　　但创作中的短篇小说是较有成绩的，尽管这些作品还称不上什么杰作，要是比起最近流行的外国人写的，以中国事情为题材的东西来，却并不显得更低劣。从真实这点来看，应该说是很优秀的。在外国读者看来，也许会感到似有不真实之处，但实际大抵是真实的。现在我不揣浅陋，选出最近一些作者的短篇小说介绍给日本。——如果不是徒劳无益的话，那真是莫大的幸运了。

鲁迅

一九三六年四月三十日

题注:

　　本篇最初发表于日本《改造》月刊（1936年6月1日），原文以日文写成。初未收集。

　　1936年春，鲁迅应日本改造社社长山本实彦的要求，向日本介绍一些中国现代文学作品。不久鲁迅即选出中国左翼青年作家的短篇小说10篇，从同年6月起，在《改造》月刊"中国杰作小说"总题下陆续发表（只发表了6篇）。本文即是为该作品选所写的序言。

鲁迅 著

陈漱渝　王锡荣　肖振鸣　编

序的解放

译文序跋集

乙编七卷

鲁迅著作分类全编

SPM 南方出版传媒　广东人民出版社

·广州·

目　录

《哀尘》译者附记

译者曰：此嚣俄《随见录》之一，记一贱女子芳梯事者也。氏之《水夫传》叙曰："宗教，社会，天物者，人之三敌也。而三要亦存是：人必求依归，故有寺院；必求存立，故有都邑；必求生活，故耕地，航海。三要如此，而为害尤酷。凡人生之艰苦而难悟其理者，无一非生于斯者也。故人常苦于执迷，常苦于弊习，常苦于风火水土。于是，宗教教义有足以杀人者，社会法律有足以压抑人者，天物有不能以人力奈何者。作者尝于《诺铁耳谭》发其一，于《哀史》表其二，今于此示其三云。"芳梯者，《哀史》中之一人，生而为无心薄命之贱女子，复不幸举一女，阅尽为母之哀，而转辗苦痛于社会之陷穽者其人也。"依定律请若尝试此六阅月间"，噫嘻定律，胡独加此贱女子之身！频那夜迦，衣文明之衣，跳踉大跃于璀璨庄严之世界；而彼贱女子者，乃仅求为一贱女子而不可得，谁实为之，而令若是！老氏有言："圣人不死，大盗不止。"彼非恶圣人也，恶伪圣之足以致盗也。嗟社会之陷穽兮，莽莽尘球，亚欧同慨；滔滔逝水，来日方长！使嚣俄而生斯世也，则剖南山之竹，会有穷时，而《哀史》辍书，其在何日欤，其在何日欤？

题注：

　　本篇与所译《哀尘》最初发表于 1903 年 6 月 15 日《浙江潮》月刊第五期，署名庚辰。初未收集。《哀尘》，法国作家雨果著《随见录》中的一篇。

《月界旅行》辨言

在昔人智未辟，天然擅权，积山长波，皆足为阻。递有刳木剡木之智，乃胎交通，而桨而帆，日益衍进。惟遥望重洋，水天相接，则犹魄悸体慄，谢不敏也。既而驱铁使汽，车舰风驰，人治日张，天行自逊，五州同室，交贻文明，以成今日之世界。然造化不仁，限制是乐，山水之险，虽失其力，复有吸力空气，束缚群生，使难越雷池一步，以与诸星球人类相交际。沉沦黑狱，耳窒目矇，夔以相欺，日颂至德，斯固造物所乐，而人类所羞者矣。然人类者，有希望进步之生物也，故其一部分，略得光明，犹不知餍，发大希望，思斥吸力，胜空气，泠然神行，无有障碍。若培伦氏，实以其尚武之精神，写此希望之进化者也。凡事以理想为因，实行为果，既莳厥种，乃亦有秋。尔后殖民星球，旅行月界，虽贩夫稚子，必将夷然视之，习不为诧。据理以推，有固然也。如是，则虽地球之大同可期，而星球之战祸又起。呜呼！琼孙之福地，弥尔之乐园，遍觅尘球，竟成幻想，冥冥黄族，可以兴矣。

培伦者，名查理士，美国硕儒也。学术既覃，理想复富。默揣世界将来之进步，独抒奇想，托之说部。经以科学，纬以人情。离合悲欢，谈故涉险，均综错其中。间杂讥弹，亦复谭言微中。十九世纪时之说月界者，允以是为巨擘矣。然因比事属词，必洽学理，非徒摭山川动植，侈为诡辩者比。故当觥觥大谈之际，或不免微露遁辞，人智有涯，天则甚奥，无如何也。至小说家积习，多借女性之魔力，以增读者之美感，此书独借三雄，自成组织，绝无一女子厕足其间，而仍光怪陆离，不感寂寞，尤为超俗。

盖胪陈科学，常人厌之，阅不终篇，辄欲睡去，强人所难，势必然矣。惟假小说之能力，被优孟之衣冠，则虽析理谭玄，亦能浸淫脑筋，不生厌倦。彼纤儿俗子，《山海经》，《三国志》诸书，未尝梦见，而亦能津津然识长股奇肱之域，道周郎葛亮之名者，实《镜花缘》及《三国演义》之赐也。故掇取学理，去庄而谐，使读者触目会心，不劳思索，则必能于不知不觉间，获一斑之智识，破遗传之迷信，改良思想，补助文明，势力之伟，有如此者！我国说部，若言情谈故刺时志怪者，架栋汗牛，而独于科学小说，乃如麟角。智识荒隘，此实一端。故苟欲弥今日译界之缺点，导中国人群以进行，必自科学小说始。

《月界旅行》原书，为日本井上勤氏译本，凡二十八章，例若杂记。今截长补短，得十四回。初拟译以俗语，稍逸读者之思索，然纯用俗语，复嫌冗繁，因参用文言，以省篇页。其措辞无味，不适于我国人者，删易少许。体杂言庞之讥，知难幸免。书名原属"自地球至月球在九十七小时二十分间"意，今亦简略之曰《月界旅行》。

癸卯新秋，译者识于日本古江户之旅舍。

题注：

本篇最初收入所译《月界旅行》。《月界旅行》，法国儒勒·凡尔纳所著科幻小说，鲁迅据日本井上勤译本重译，1903年10月由日本东京进化社出版，署"中国教育普及社译印"。

《裴彖飞诗论》译者附记

往作《摩罗诗力说》，曾略及匈加利裴彖飞事。独恨文字差绝，欲迻异国诗曲，翻为夏言，其业滋艰，非今兹能至。顷见其国人籁息 Reich E. 所著《匈加利文章史》，中有《裴彖飞诗论》一章，则译诸此。冀以考见其国之风土景物，诗人情性，与夫著作旨趣之一斑云。

题注：

本篇与所译《裴彖飞诗论》最初发表于 1908 年 8 月《河南》月刊第七期，署名令飞。初未收集。裴彖飞，通译裴多菲，匈牙利诗人，革命家。此稿原由周作人口译、鲁迅笔述，分上下两部分，后《河南》停刊，下半部分不曾登出，原稿也遗失了。

《域外小说集》序言

　　《域外小说集》为书，词致朴讷，不足方近世名人译本。特收录至审慎，迻译亦期弗失文情。异域文术新宗，自此始入华土。使有士卓特，不为常俗所囿，必将犁然有当于心。按邦国时期，籀读其心声，以相度神思之所在，则此虽大涛之微沤与，而性解思惟，实寓于此。中国译界，亦由是无迟莫之感矣。

己酉正月十五日。

题注：

　　本篇最初收入《域外小说集》第一册。《域外小说集》，鲁迅与周作人合译，1909 年 3 月 2 日、7 月 27 日先后由日本东京神田印刷所印制，署"会稽周氏兄弟纂译"。第一册收小说7篇，第二册收小说9篇。1921 年增订改版合为一册，增至 37 篇，由上海群益出版社出版。

《域外小说集》略例

一　集中所录，以近世小品为多，后当渐及十九世纪以前名作。又以近世文潮，北欧最盛，故采译自有偏至。惟累卷既多，则以次及南欧暨泰东诸邦，使符域外一言之实。

一　装钉均从新式，三面任其本然，不施切削；故虽翻阅数次绝无污染。前后篇首尾，各不相衔，他日能视其邦国古今之别，类聚成书。且纸之四周，皆极广博，故订定时亦不病隘陋。

一　人地名悉如原音，不加省节者，缘音译本以代殊域之言，留其同响；任情删易，即为不诚。故宁拂戾时人，逐徙具足耳。地名无他奥谊。人名则德，法，意，英，美诸国，大氐二言，首名次氏。俄三言，首本名，次父名加子谊，次氏。二人相呼，多举上二名，曰某之子某，而不举其氏。匈加利独先氏后名，大同华土；第近时效法他国，间亦逆施。

一　！表大声，？表问难，近已习见，不俟诠释。此他有虚线以表语不尽，或语中辍。有直线以表略停顿，或在句之上下，则为用同于括弧。如"名门之儿僮——年十四五耳——亦至"者，犹云名门之儿僮亦至；而儿僮之年，乃十四五也。

一　文中典故，间以括弧注其下。此他不关鸿旨者，则与著者小传及未译原文等，并录卷末杂识中。读时幸检视之。

题注：

本篇与上篇最初一同收入《域外小说集》第一册。

《域外小说集》杂识（二则）

安特来夫

生于一千八百七十一年。初作《默》一篇，遂有名；为俄国当世文人之著者。其文神秘幽深，自成一家。所作小品甚多，长篇有《赤咲》一卷，记俄日战争事，列国竞传译之。

迦尔洵

生一千八百五十五年，俄土之役，尝投军为兵，负伤而返，作《四日》及《走卒伊凡诺夫日记》。氏悲世至深，遂狂易，久之始愈，有《绛华》一篇，即自记其状。晚岁为文，尤哀而伤。今译其一，文情皆异，迥殊凡作也。八十五年忽自投阁下，遂死，年止三十。

"记诵"下法文：谊曰：阿迭修斯别后，加列普娑无以自遣矣。（事本希腊和美洛斯史诗。）

"腻目视我"下德文：谊曰：今则汝为吾爱矣，吾之挚爱无上者。

那阇：那及什陀之曙称。

《四日》者，俄与突厥之战，迦尔洵在军，负伤而返，此即记当时情状者也。氏深恶战争而不能救，则以身赴之。观所作《屠头》一篇，可见其意。"茀罗"，突厥人称埃及农夫如是，语源出阿剌伯，此云耕田者。"巴侅"，突厥官名，犹此土之总督。尔时英助突厥，故文中云，"虽当英国特制之庇波地或马梯尼铳……"

附：著者事略（二则）

迦尔洵（Vsevolod Garshin 1855—1888）

迦尔洵与託尔斯泰同里，甚被感化。俄土之战，自投军中，冀分受人世痛苦，写此情者，有小说曰《懦夫》。后负伤归，记其阅历，成《四日》等篇，为俄国非战文学中名作。迦尔洵悲世甚深，因成心疾，八十八年忽自投阁，遂死。晚年著作，多记其悲观，尤极哀恻，《邂逅》其一也。所设人物，皆平凡困顿，多过失而不违人情，故愈益可悯。文体以记事与二人自叙相间，尽其委屈，中国小说中所未有也。

安特来夫（Leonide Andrejev 1871—1919）

安特来夫幼苦学，卒业为律师，一八九八年始作《默》，为世所知，遂专心于文章。其著作多属象征，表示人生全体，不限于一隅，《戏剧》《人之一生》可为代表。长篇小说有《赤笑》，记一九〇四年日俄战事，虽未身历战阵，而凭借神思，写战争惨苦，暗示之力，较明言者尤大。又有《七死囚记》，则反对死刑之书，呈託尔斯泰者也。象征神秘之文，意义每不昭明，唯凭读者之主观，引起或一印象，自为解释而已。今以私意推之，《谩》述狂人心情，自疑至杀，殆极微妙，若其谓人生为大谩，则或著者当时之意，未可知也。《默》盖叙幽默之力大于声言，与神秘教派所言略同，若生者之默，则又异于死寂，而可怖亦尤甚也。

题注：

本篇最初收入上海群益出版社《域外小说集》。

《劲草》译本序（残稿）

橐，比附原著，绎辞绅意，与《不测之威》绝异。因念欧人慎重译事，往往一书有重译至数本者，即以我国论，《鲁滨孙漂流记》，《迦因小传》，亦两本并行，不相妨害。爰加厘订，使益近于信达。托氏撰述之真，得以表著；而译者求诚之志，或亦稍遂矣。原书幖名为《公爵琐勒布略尼》，谊曰银氏；其称摩洛淑夫者霜也。坚洁之操，不挠于浊世，故译称《劲草》云。

　　著者托尔斯多，名亚历舍，与勒夫·托尔斯多 Lyof Tolstoi 有别。勒夫为其从弟，著述极富，晚年归依宗教，别立谊谛，称为十九世纪之先知。我国议论，往往并为一人，特附辩于此。已酉三月译者又识。

题注：

　　本篇据手稿编入，约写于1909年5月。初未收集。本篇为鲁迅为周作人译本《劲草》代写的序言，现为残稿。《劲草》，俄国阿·康·托尔斯泰所作历史小说。

《艺术玩赏之教育》译者附记

谨案此篇论者，为日本心理学专家。所见甚挚，论亦绵密。近者国人，方欲有为于美育，则此论极资参考。用亟循字移译，庶不甚损原意。原文结论后半，皆驳斥其国现用"新定画帖"之语。盖此论实由是而发，然兹译用意，在通学说，故从略。

又原注参考书目，兹删其一二，而仍其余：（1）K. Groos: Zum Problem der ästhetischen Erziehung. (Zeitschrift für Aesthetik und Allgemeine Kunstwissenschaft Bd. I. 1906.)（2）H. Münsterberg: Princples of Art Education, A philosofical, Aesthetical and Psychological Discussion of Art Education. 1904. (3) Müller-Freienfels: Affekte und Trieb in Künstlerischen Geniessen. (Archiv für die Gesamte Psy. XⅧ. Bd.1910.)（4）野上．上野：实验心理学讲义.1909. (5) Kunsterziehungstages in Dresden am 28, und 29. Sept. 1901. 1902. (6) E. Meumann: Vorl. zur Einführung in die experimentalle Pädagogik 2te Aufl. 1911.

题注：

　　本篇与所译《艺术玩赏之教育》最初发表于1913年8月《教育部编纂处月刊》第一卷第七期，未署名。初未收集。

《社会教育与趣味》译者附记

按原文本非学说，顾以国中美育之论，方洋洋盈耳，而抑扬皆未得其真，甚且误解美谊，此篇立说浅近，颇与今日吾情近合，爰为迻译，以供参鉴。然格于刊例，无可编类，故附"学说"之后。阅者谅之。

题注：

本篇与所译《社会教育与趣味》最初发表于1913年11月《教育部编纂处月刊》第十期，未署名。初未收集。

《一个青年的梦》译者序

《新青年》四卷五号里面，周起明曾说起《一个青年的梦》。我因此便也搜求了一本，将他看完，很受些感动：觉得思想很透彻，信心很强固，声音也很真。

我对于"人人都是人类的相待，不是国家的相待，才得永久和平，但非从民众觉醒不可"这意思，极以为然，而且也相信将来总要做到。现在国家这个东西，虽然依旧存在；但人的真性，却一天比一天的流露：欧战未完时候，在外国报纸上，时时可以看到两军在停战中往来的美谭，战后相爱的至情。他们虽然还蒙在国的鼓子里，然而已经像竞走一般，走时是竞争者，走了是朋友了。

中国开一个运动会，却每每因为决赛而至于打架；日子早过去了，两面还仇恨着。在社会上，也大抵无端的互相仇视，什么南北，什么省道府县，弄得无可开交，个个满脸苦相。我因此对于中国人爱和平这句话，很有些怀疑，很觉得恐怖。我想如果中国有战前的德意志一半强，不知国民性是怎么一种颜色。现在是世界上出名的弱国，南北却还没有议和，打仗比欧战更长久。

现在还没有多人大叫，半夜里上了高楼撞一通警钟。日本却早有人叫了。他们总之幸福。

但中国也仿佛很有许多人觉悟了。我却依然恐怖，生怕是旧式的觉悟，将来仍然免不了落后。

昨天下午，孙伏园对我说，"可以做点东西。"我说，"文章是做不出了。《一个青年的梦》却很可以翻译。但当这时候，不很相宜，两面正在交恶，怕未必有人高兴看。"晚上点了灯，看见书脊上的金字，想起日间的话，忽然对于自己的根性有点怀疑，觉得恐怖，觉得羞耻。人不该这样做，——我便动手翻译了。

武者小路氏《新村杂感》说，"家里有火的人呵，不要将火在隐僻处搁着，放在我们能见的地方，并且通知说，这里也有你们的兄弟。"他们在大风雨中，擎出了火把，我却想用黑幔去遮盖他，在睡着的人的面前讨好么？

但书里的话，我自然也有意见不同的地方，现在都不细说了，让各人各用自己的意思去想罢。

一九一九年八月二日，鲁迅。

题注：

本篇与下篇《〈一个青年的梦〉译者序二》连同剧本第一幕的译文，一同发表于 1920 年 1 月《新青年》月刊第七卷第二号。初未收集。《一个青年的梦》，日本作家武者小路实笃所作的四幕反战剧本。鲁迅译本最初于 1919 年 8 月起陆续发表于北京《国民公报》副刊，后该报被禁，1920 年 1 月起在《新青年》上发表。1922 年 7 月首次由上海商务印书馆出版，列为"文学研究会丛书"之一。

《一个青年的梦》译者序二

我译这剧本，从八月初开手，逐日的登在《国民公报》上面；到十月念五日，《国民公报》忽然被禁止出版了，这剧本正当第三幕第二场两个军使谈话的中途。现在因为《新青年》记者的希望，再将译本校正一遍，载在这杂志上。

全本共有四幕，第三幕又分三场，全用一个青年作为线索。但四幕之内，无论那一幕那一场又各各自有首尾，能独立了也成一个完全的作品：所以分看合看，都无所不可的。

全剧的宗旨，自序已经表明，是在反对战争，不必译者再说了。但我虑到几位读者，或以为日本是好战的国度，那国民才该熟读这书，中国又何须有此呢？我的私见，却很不然：中国人自己诚然不善于战争，却并没有诅咒战争；自己诚然不愿出战，却并未同情于不愿出战的他人；虽然想到自己，却并没有想到他人的自己。譬如现在论及日本并合朝鲜的事，每每有"朝鲜本我藩属"这一类话，只要听这口气，也足够教人害怕了。

所以我以为这剧本也很可以医许多中国旧思想上的痼疾，因此也很有翻成中文的意义。

十一月二十四日，迅。

题注:

见上篇题注。

《察拉图斯忒拉的序言》译者附记

《察拉图斯忒拉这样说》（Also Sprach Zarathustra）是尼采的重要著作之一，总计四篇，另外《序言》（Zarathustra's Vorrede）一篇，是一八八三至一八八六年作的。因为只做了三年，所以这本书并不能包括尼采思想的全体；因为也经过了三年，所以里面又免不了矛盾和参差。

序言一总十节，现在译在前面；译文不妥当的处所很多，待将来译下去之后，再回上来改定。尼采的文章既太好；本书又用箴言（Sprueche）集成，外观上常见矛盾，所以不容易了解。现在但就含有意思的名词和隐晦的句子略加说明如下：

第一节叙 Zarathustra 入山之后，又大悟下山；而他的下去（Untergang），就是上去。Zarathustra 是波斯拜火教的教主，中国早知道，古来译作苏鲁支的就是；但本书只是用他名字，与教义无关，惟上山下山及鹰蛇，却根据着火教的经典（Avesta）和神话。

第二节叙认识的圣者（Zarathustra）与信仰的圣者在林中会见。

第三节 Zarathustra 说超人（Uebermensch）。走索者指旧来的英雄以冒险为事业的；群众对于他，也会麕集观览，但一旦落下，便都走散。游魂（Gespenst）指一切幻想的观念：如灵魂，神，鬼，永生等。不是你们的罪恶——却是你们的自满向天叫……意即你们之所以万劫不复者，并非因为你们的罪恶，却因为你们的自满，你们的怕敢犯法；何谓犯法，见第九节。

第四节 Zarathustra 说怎样预备超人出现。星的那边谓现世之外。

第五节 Zarathustra 说末人（Der Letzte Mensch）。

第六节 Zarathustra 出山之后，只收获了一个死尸，小丑（Possenreisser）有两样意思：一是乌托邦思想的哲学家，说将来的一切平等自由，使走索者坠下；一是尼采自况，因为他亦是理想家（G.Naumann 说），但或又谓不确（O.Gramzow）。用脚跟搔痒你是跑在你前面的意思。失了他的头是张皇失措的意思。

第七节 Zarathustra 验得自己与群众太辽远。

第八节 Zarathustra 被小丑恐吓，坟匠嘲骂，隐士怨望。坟匠（Totengraeber）是专埋死尸的人，指陋劣的历史家，只知道收拾故物，没有将来的眼光；他不但嫌忌 Zarathustra，并且嫌忌走索者，然而只会诅咒。老人也是一种信仰者，但与林中的圣者截然不同，只知道布施不管死活。

第九节 Zarathustra 得到新真理，要寻求活伙伴，埋去死尸。我（Zarathustra）的幸福谓创造。

第十节鹰和蛇引导 Zarathustra，开始下去。鹰与蛇都是标征：蛇表聪明，表永远轮回（Ewige Wieder kunft）；鹰表高傲，表超人。聪明和高傲是超人；愚昧和高傲便是群众。而这愚昧的高傲是教育（Bildung）的结果。

题注：

  本篇与所译《察拉图斯忒拉的序言》最初发表于 1920 年 9 月《新潮》月刊第二卷第五期，署名唐俟。初未收集。《察拉图斯忒拉》，又名《查拉图斯特拉如是说》，德国哲学家尼采的著作。

《幸福》译者附记

阿尔志跋绥夫（Mikhail Artsybashev）的经历，有一篇自叙传说得很简明：

"一八七八年生。生地不知道。进爱孚托尔斯克中学校，升到五年级，全不知道在那里教些甚么事。决计要做美术家，进哈尔科夫绘画学校去了。在那地方学了一整年缺一礼拜，便到彼得堡，头两年是做地方事务官的书记。动笔是十六岁的时候，登在乡下的日报上。要说出日报的名目来，却有些惭愧。开首的著作是《V Sljozh》，载在《Ruskoje Bagastvo》里。此后做小说直到现在。"

阿尔志跋绥夫虽然没有托尔斯泰（Tolstoi）和戈里奇（Gorkij）这样伟大，然而是俄国新兴文学的典型的代表作家的一人；他的著作，自然不过是写实派，但表现的深刻，到他却算达了极致。使他出名的小说是《阑兑的死》（Smert Lande），使他更出名而得种种攻难的小说是《沙宁》（Sanin）。

阿尔志跋绥夫的著作是厌世的，主我的；而且每每带着肉的气息。但我们要知道，他只是如实描出，虽然不免主观，却并非主张和煽动；他的作风，也并非因为"写实主义大盛之后，进为唯我"，却只是时代的肖像：我们不要忘记他是描写现代生活的作家。对于他的《沙宁》的攻难，他寄给比拉尔特的信里，以比先前都介涅夫（Turgenev）的《父与子》，我以为不错的。攻难者这一流人，满口是玄想和神闷，高雅固然高雅了，但现实尚且茫然，还说什么玄想和神闷呢？

阿尔志跋绥夫的本领尤在小品；这一篇也便是出色的纯艺术品，毫不多费笔墨，而将"爱憎不相离，不但不离而且相争的无意识的本能"，浑然写出，可惜我的译笔不能传达罢了。

这一篇，写雪地上沦落的妓女和色情狂的仆人，几乎美丑泯绝，如看罗丹（Rodin）的雕刻；便以事实而论，也描尽了"不惟所谓幸福者终生胡闹，便是不幸者们，也在别一方面各糟蹋他们自己的生涯"。赛式加标致时候，以肉体供人的娱乐，及至烂了鼻子，只能而且还要以肉体供人残酷的娱乐，而且路人也并非幸福者，别有将他作为娱乐的资料的人。凡有太饱的以及饿过的人们，自己一想，至少在精神上，曾否因为生存而取过这类的娱乐与娱乐过路人，只要脑子清楚的，一定会觉得战栗！

现在有几位批评家很说写实主义可厌了，不厌事实而厌写出，实在是一件万分古怪的事。人们每因为偶然见"夜茶馆的明灯在面前辉煌"便忘却了雪地上的毒打，这也正是使有血的文人趋向厌世的主我的一种原因。

一九二○年十月三十日记。

题注：

本篇与所译《幸福》最初发表于 1920 年 12 月《新青年》月刊第八卷第四号，后收入《现代小说译丛》第一集。《幸福》，俄国阿尔志跋绥夫所作小说。《现代小说译丛》是鲁迅、周作人、周建人三兄弟合译的外国短篇小说集，只出了一集，署周作人译，上海商务印书馆出版，列入"世界丛书"。其中有鲁迅所译小说 9 篇。

译了《工人绥惠略夫》之后

阿尔志跋绥夫（M.Artsybashev）在一八七八年生于南俄的一个小都市；据系统和氏姓是鞑靼人，但在他血管里夹流着俄，法，乔具亚（Georgia），波兰的血液。他的父亲是退职军官；他的母亲是有名的波兰革命者珂修支珂（Kosciusko）的曾孙女，他三岁时便死去了，只将肺结核留给他做遗产。他因此常常生病，一九〇五年这病终于成实，没有全愈的希望了。

阿尔志跋绥夫少年时，进了一个乡下的中学一直到五年级；自己说：全不知道在那里做些甚么事。他从小喜欢绘画，便决计进了哈理珂夫（Kharkov）绘画学校，这时候是十六岁。其时他很穷，住在污秽的屋角里而且挨饿，又缺钱去买最要紧的东西：颜料和麻布。他因为生计，便给小日报画些漫画，做点短论文和滑稽小说，这是他做文章的开头。

在绘画学校一年之后，阿尔志跋绥夫便到彼得堡，最初二年，做一个地方事务官的书记。一九〇一年，做了他第一篇的小说《都玛罗夫》（Pasha Tumarov），是显示俄国中学的黑暗的；此外又做了两篇短篇小说。这时他被密罗留皤夫（Miroljubov）赏识了，请他做他的杂志的副编辑，这事于他的生涯上发生了很大的影响：使他终于成了文人。

一九〇四年阿尔志跋绥夫又发表几篇短篇小说，如《旗手戈罗波夫》，《狂人》，《妻》，《兰兑之死》等，而最末的一篇使他有名。一九〇五年发生革命了，他也许多时候专做他的事：无治的个人主义（Anarchistische Individualismus）的说教。他做成若干小说，都是驱使那革命的心理和典型做材料的；他自己以为最好的是《朝影》和《血迹》。这时候，他便得了文字之祸，受了死刑的判决，但俄国官宪，比欧洲文明国虽然黑暗，比亚洲文明国却文明多了，不久他们知道自己的错误，阿尔志跋绥夫无罪了。

此后，他便将那发生问题的有名的《赛宁》（Sanin）出了版。这小说的成就，还在做《革命的故事》之前，但此时才印成一本书籍。这书的中心思想，自然也是无治的个人主义或可以说个人的无治主义。赛宁的言行全表明人生的目的只在于获得个人的幸福与欢娱，此外生活上的欲求，全是虚伪。他对他的朋友说：

> "你说对于立宪的烦闷，比对于你自己生活的意义和趣味尤其多。我却不信。你的烦闷，并不在立宪问题，只在你自己的生活不能使你有趣罢了。我这样想。倘说不然，便是说诳。又告诉你，你的烦闷也不是因为生活的不满，只因为我的妹子理陀不爱你，这是真的。"

他的烦闷既不在于政治，便怎样呢？赛宁说：

> "我只知道一件事。我不愿生活于我有苦痛。所以应该满足了自然的欲求。"

赛宁这样实做了。

这所谓自然的欲求，是专指肉体的欲，于是阿尔志跋绥夫得了性欲描写的作家这一个称号，许多批评家也同声攻击起来了。

批评家的攻击，是以为他这书诱惑青年。而阿尔志跋绥夫的解辩，则以为"这一种典型，在纯粹的形态上虽然还新鲜而且希有，但这精神却寄宿在新俄国的各个新的，勇的，强的代表者之中。"

批评家以为一本《赛宁》，教俄国青年向堕落里走，其实是武断的。诗人的感觉，本来比寻常更其锐敏，所以阿尔志跋绥夫早在社会里觉到这一种倾向，做出《赛宁》来。人都知道，十九世纪末的俄国，思潮最为勃兴，中心是个人主义；这思潮渐渐酿成社会运动，终于现出一九〇五年的革命。约一年，这运动慢慢平静下去，俄国青年的性欲运动却显著起来了；但性欲本是生物的本能，所以便在社会运动时期，自然也参互在里面，只是失意之后社会运动熄了迹，这便格外显露罢了。阿尔志跋绥夫是诗人，所以在一九〇五年之前，已经写出一个以性欲为第一义的典型人物来。

这一种倾向，虽然可以说是人性的趋势，但总不免便是颓唐。赛宁的议论，也不过一个败绩的颓唐的强者的不圆满的辩解。阿尔志跋绥夫也知道，赛宁只是现代人的一面，于是又写出一个别一面的绥惠略夫来，而更为重要。他写给德国人毕拉特（A.Billard）的信里面说：

"这故事，是显示着我的世界观的要素和我的最重要的观念。"

阿尔志跋绥夫是主观的作家，所以赛宁和绥惠略夫的意见，便是他自己的意见。这些意见，在本书第一，四，五，九，十，十四章里说得很分明。

人是生物，生命便是第一义，改革者为了许多不幸者们，"将一生最宝贵的去做牺牲"，"为了共同事业跑到死里去"，只剩了一个绥惠略夫了。而绥惠略夫也只是偷活在追蹑里，包围过来的便是灭亡；这苦楚，不但与幸福者全不相通，便是与所谓"不幸者们"也全不相通，他们反帮了追蹑者来加迫害，欣幸他的死亡，而"在别一方面，也正如幸福者一般的糟蹋生活"。

绥惠略夫在这无路可走的境遇里，不能不寻出一条可走的道路来；他想了，对人的声明是第一章里和亚拉藉夫的闲谈，自心的交争是第十章里和梦幻的黑铁匠的辩论。他根据着"经验"，不得不对于托尔斯泰的无抵抗主义发生反抗，而且对于不幸者们也和对于幸福者一样的宣战了。

于是便成就了绥惠略夫对于社会的复仇。

阿尔志跋绥夫是俄国新兴文学典型的代表作家的一人，流派是写实主义，表现之深刻，在侪辈中称为达了极致。但我们在本书里，可以看出微微的传奇派色采来。这看他寄给毕拉特的信也明白：

> "真的，我的长发是很强的受了托尔斯泰的影响，我虽然没有赞同他的'勿抗恶'的主意。他只是艺术家这一面使我佩服，而且我也不能从我的作品的外形上，避去他的影响，陀思妥夫斯奇（Dostojevski）和契诃夫（Tshekhov）也差不多是一样的事。零俄（Victor Hugo）和瞿提（Goethe）也常在我眼前。这五个姓氏便是我的先生和我的文学的导师的姓氏。
>
> "我们这里时时有人说，我是受了尼采（Nietzsche）的影响的。这在我很诧异，极简单的理由，便是我并没有读过尼

采。……于我更相近，更了解的是思谛纳尔（Max Stirner）。"

然而绥惠略夫却确乎显出尼采式的强者的色采来。他用了力量和意志的全副，终身战争，就是用了炸弹和手枪，反抗而且沦灭（Untergehen）。

阿尔志跋绥夫是厌世主义的作家，在思想黯淡的时节，做了这一本被绝望所包围的书。亚拉藉夫说是"愤激"，他不承认。但看这书中的人物，伟大如绥惠略夫和亚拉藉夫——他虽然不能坚持无抵抗主义，但终于为爱做了牺牲——不消说了；便是其余的小人物，借此衬出不可救药的社会的，也仍然时时露出人性来，这流露，便是于无意中愈显出俄国人民的伟大。我们试在本国一搜索，恐怕除了帐幔后的老男女和小贩商人以外，很不容易见到别的人物；俄国有了，而阿尔志跋绥夫还感慨，所以这或者仍然是一部"愤激"的书。

这一篇，是从 S.Bugow und A.Billard 同译的《革命的故事》（Revolutions-geschichten）里译出的，除了几处不得已的地方，几乎是逐字译。我本来还没有翻译这书的力量，幸而得了我的朋友齐宗颐君给我许多指点和修正，这才居然脱稿了，我很感谢。

一九二一年四月十五日记。

题注：

本篇最初发表于 1921 年 9 月《小说月报》第十二卷号外，后收入《工人绥惠略夫》卷首。《工人绥惠略夫》，俄国阿尔志跋绥夫的中篇小说，鲁迅自德译本转译，最初于 1921 年 7 月至 12 月《小说月报》连载。1922 年由上海商务印书馆出版，列为"文学研究会丛书"之一。

《父亲在亚美利加》译者附记

　　芬兰和我们向来很疏远；但他自从脱离俄国和瑞典的势力之后，却是一个安静而进步的国家，文学和艺术也很发达。他们的文学家，有用瑞典语著作的，有用芬兰语著作的，近来多属于后者了，这亚勒吉阿（Arkio）便是其一。

　　亚勒吉阿是他的假名，本名菲兰兑尔（Alexander Filander），是一处小地方的商人，没有受过学校教育，但他用了自修工夫，竟达到很高的程度，在本乡很受尊重，而且是极有功于青年教育的。

　　他的小说，于性格及心理描写都很妙。这却只是一篇小品（Skizze），是从勃劳绥惠德尔所编的《在他的诗和他的诗人的影象里的芬兰》中译出的。编者批评说：亚勒吉阿尤有一种优美的讥讽的诙谐，用了深沉的微笑盖在物事上，而在这光中，自然能理会出悲惨来，如小说《父亲在亚美利加》所证明的便是。

题注：

　　《父亲在亚美利加》最初于 1921 年 7 月 17 日、18 日在北京《晨报》连载，本篇附于文末。后收入《现代小说译丛》第一集。《父亲在亚美利加》，芬兰作家亚勒吉阿所作小说。

《医生》译者附记

一九〇五至六年顷，俄国的破裂已经发现了，有权位的人想转移国民的意向，便煽动他们攻击犹太人或别的民族去，世间称为坡格隆。Pogrom 这一个字，是从 Po（渐渐）和 Gromit（摧灭）合成的，也译作犹太人虐杀。这种暴举，那时各地常常实行，非常残酷，全是"非人"的事，直到今年，在库伦还有恩琴对于犹太人的杀戮，专制俄国那时的"庙谟"，真可谓"毒遍四海"的了。

那时的煽动实在非常有力，官僚竭力的唤醒人里面的兽性来，而于其发挥，给他们许多的助力。无教育的俄人，以歼灭犹太人为一生抱负的很多；这原因虽然颇为复杂，而其主因，便只是因为他们是异民族。

阿尔志跋绥夫的这一篇《医生》（Doktor）是一九一〇年印行的《试作》（Etiūdy）中之一，那做成的时候自然还在先，驱使的便是坡格隆的事，虽然算不得杰作，却是对于他同胞的非人类行为的一个极猛烈的抗争。

在这短篇里，不特照例的可以看见作者的细微的性欲描写和心理剖析，且又简单明了的写出了对于无抵抗主义的抵抗和爱憎的纠缠来。无抵抗，是作者所反抗的，因为人在天性上不能没有憎，而这憎，又或根于更广大的爱。因此，阿尔志跋绥夫便仍然不免是托尔斯泰之徒了，而又不免是托尔斯泰主义的反抗者，——圆稳的说，便是托尔斯泰主义的调剂者。

人说，俄国人有异常的残忍性和异常的慈悲性；这很奇异，但让研究国民性的学者来解释罢。我所想的，只在自己这中国，自从杀掉蚩尤以后，兴高采烈的自以为制服异民族的时候也不少了，不知道能否在《平定什么方略》等等之外，寻出一篇这样为弱民族主张正义的文章来。

一九二一年四月二十八日译者附记。

题注：

本篇与所译《医生》最初发表于 1921 年 9 月《小说月报》第十二卷号外《俄国文学研究》，后收入《现代小说译丛》第一集。

《沉默之塔》译者附记

　　森氏号鸥外，是医学家，也是文坛的老辈。但很有几个批评家不以为然，这大约因为他的著作太随便，而且很有"老气横秋"的神情。这一篇是代《察拉图斯忒拉这样说》译本的序言的，讽刺有庄有谐，轻妙深刻，颇可以看见他的特色。文中用拜火教徒者，想因为火和太阳是同类，所以借来影射他的本国。我们现在也正可借来比照中国，发一大笑。只是中国用的是一个过激主义的符牒，而以为危险的意思也没有派希族那样分明罢了。

一九二一，四，一二。

题注：

　　本篇与所译《沉默之塔》最初发表于1921年4月24日《晨报》第七版。初未收集。《沉默之塔》，日本作家森鸥外所作小说。

《鼻子》译者附记

　　芥川氏是日本新兴文坛中一个出名的作家。田中纯评论他说："在芥川氏的作品上，可以看出他用了性格的全体，支配尽所用的材料的模样来。这事实，便使我们起了这感觉，就是感得这作品是完成的。"他的作品所用的主题，最多的是希望已达之后的不安，或者正不安时的心情，这篇便可以算得适当的样本。

　　不满于芥川氏的，大约因为这两点：一是多用旧材料，有时近于故事的翻译；一是老手的气息太浓厚，易使读者不欢欣。这篇也可以算得适当的样本。

　　内道场供奉禅智和尚的长鼻子的事，是日本的旧传说，作者只是给他换上了新装。篇中的谐味，虽不免有才气太露的地方，但和中国的所谓滑稽小说比较起来，也就十分雅淡了。我所以先介绍这一篇。

　　　　　　　　　　　　　　　　　四月三十日译者识。

题注：

本篇译文发表于 1921 年 5 月 11 日至 13 日《晨报》第七版，本篇发表于 5 月 21 日《晨报》第七版。初未收集。《鼻子》，日本作家芥川龙之介所作小说。

《罗生门》译者附记

芥川氏的作品，我先前曾经介绍过了。这一篇历史的小说（并不是历史小说），也算他的佳作，取古代的事实，注进新的生命去，便与现代人生出干系来。这时代是平安朝（就是西历七九四年迁都京都改名平安城以后的四百年间），出典是在《今昔物语》里。

二一年六月八日记。

题注:

本篇译文发表于 1921 年 6 月 14 至 17 日《晨报》第七版，本篇发表于 6 月 14 日《晨报》第七版。初未收集。《罗生门》，日本作家芥川龙之介所作小说。

《三浦右卫门的最后》译者附记

菊池宽氏是《新潮》派的一个作家。他自己说，在高等学校时代，是只想研究文学，不预备做创作家的，但后来又发心做小说，意外的得了朋友和评论界的赞许，便做下去了。然而他的著作却比较的要算少作；我所见的只有《无名作家的日记》,《报恩的故事》和《心之王国》三种，都是短篇小说集。

菊池氏的创作，是竭力的要掘出人间性的真实来。一得真实，他却又怃然的发了感叹，所以他的思想是近于厌世的，但又时时凝视着遥远的黎明，于是又不失为奋斗者。南部修太郎氏说："Here is also a man——这正是说尽了菊池宽氏作品中一切人物的话。……他们都有最像人样的人间相，愿意活在最像人样的人间界。他们有时为冷酷的利己家，有时为惨淡的背德者，有时又为犯了残忍的杀人行为的人，但无论使他们中间的谁站在我眼前，我不能憎恶他们，不能呵骂他们。这就因为他们的恶的性格或丑的感情，愈是深锐的显露出来时，那藏在背后的更深更锐的活动着的他们的质素可爱的人间性，打动了我的缘故，引近了我的缘故。换一句话，便是愈玩菊池宽氏的作品，我便被唤醒了对于人间的爱的感情；而且不能不和他同吐 Here is also a man 这一句话了。"（《新潮》第三十卷第三号《菊池宽论》）

不但如此，武士道之在日本，其力有甚于我国的名教，只因为要争回人间性，在这一篇里便断然的加了斧钺，这又可以看出作者的勇猛来。但他们古代的武士，是先蔑视了自己的生命，于是也蔑视他人的生命的，与自己贪生而杀人的人们，的确有一些区别。而我们的杀人者，如张献忠随便杀人，一遭满人的一箭，却钻进刺柴里去了，这是什么缘故呢？杨太真的遭遇，与这右卫门约略相同，但从当时至今，关于这事的著作虽然多，却并不见和这一篇有相类的命意，这又是什么缘故呢？我也愿意发掘真实，却又望不见黎明，所以不能不爽然，而于此呈作者以真心的赞叹。

但这一篇中也有偶然失于检点的处所。右卫门已经绑上了——古代的绑法，一定是反剪的——但乞命时候，却又有两手抵地的话，这明明是与上文冲突了，必须说是低头之类，才合于先前的事情。然而这是小疵，也无伤于大体的。

一九二一年六月三十日记。

题注：

本篇与所译《三浦右卫门的最后》最初发表于1921年7月《新青年》月刊第九卷第三号。初未收集。《三浦右卫门的最后》，日本作家菊池宽所作小说。

《疯姑娘》译者附记

勃劳绥惠德尔（Ernst Brause Wetter）作《在他的诗和他的诗人的影象里的芬阑》（Finnland im Bilde Seiner Dichtung und Seine Dichter），分芬阑文人为用瑞典语与用芬阑语的两群，而后一类又分为国民的著作者与艺术的著作者。在艺术的著作者之中，他以明那亢德（Minna Canth）为第一人，并且评论说：

"……伊以一八四四年生于单湄福尔（Tammerfors），为一个纺纱厂的工头约翰生（Gust. Wilh. Johnsson）的女儿，他是早就自夸他那才得五岁，便已能读能唱而且能和小风琴的'神童'的。当伊八岁时，伊的父亲在科庇阿（Kuopio）设了一所毛丝厂，并且将女儿送在这地方的三级制瑞典语女子学校里。一八六三年伊往齐佛斯吉洛（Tyväskylä）去，就是在这一年才设起男女师范学校的地方；但次年，这'模范女学生'便和教师而且著作家亢德（Joh. Ferd. Canth）结了婚。这婚姻使伊不幸，因为违反了伊的精力弥满的意志，来求适应，则伊太有自立的天性；但伊却由他导到著作事业里，因为他编辑一种报章，伊也须'帮助'他；但是伊的笔太锋利，致使伊的男人失去了他的主笔的位置了。

"两三年后，寻到第二个主笔的位置，伊又有了再治文事的机缘了。由伊住家地方的芬阑剧场的邀请，伊才起了著作剧本的激刺。当伊作《偷盗》才到中途时，伊的男人死去了，而剩着伊和七个无人过问的小孩。但伊仍然完成了伊的剧本，送到芬阑剧场去。待到伊因为艰难的生活战争，精神的和体质的都将近于败亡的时候，伊却从芬阑文学会得到伊的戏曲的奖赏，又有了开演的通知，这获得大成功，而且列入戏目了。但是伊也不能单恃文章作生活，却如伊的父亲曾经有过的一样，开了一个公司。伊一面又弄文学。于伊文学的发达上有显著的影响的是勃兰兑思（Georg Brandes）的书，这使伊也知道了泰因，斯宾塞，斯台德，弥尔和蒲克勒（Taine, Spencer, Stuart, Mill, Buckle）的理想。伊现在是单以现代的倾向诗人和社会改革家站在芬阑文学上了。伊辩护欧洲文明的理想和状态，输入伊的故乡，且又用了极端急进的见解。伊又加入于为被压制人民的正义，为苦人对于有权者和富人，为妇女和伊的权利对于现今的社会制度，为博爱的真基督教对于以伪善的文句为衣装的官样基督教。在伊创作里，显示着冷静的明白的判断，确实的奋斗精神和对于感情生活的锋利而且细致的观察。伊有强盛的构造力，尤其表见于戏曲的意象中，而在伊的小说里，也时时加入戏曲的气息；但在伊缺少真率的艺术眼，伊对一切事物都用那固执的成见的批评。伊是辩论家，讽刺家，不只是人生观察者。伊的眼光是狭窄的，这也不特因为伊起于狭窄的景况中，又未经超出这外面而然，实也因为伊的理性的冷静，知道那感情便太少了。伊缺少心情的暖和，但出色的是伊的识见，因此伊所描写，是一个小市民范围内的细小的批评。……"

现在译出的这一篇，便是勃劳绥惠德尔所选的一个标本。亢德写这为社会和自己的虚荣所误的一生的径路，颇为细微，但几乎过于深刻了，而又是无可补救的绝望。培因（R.N.Bain）也说，"伊的同性的委曲，真的或想像的，是伊小说的不变的主题；伊不倦于长谈那可怜的柔弱的女人在伊的自然的暴君与压迫者手里所受的苦处。夸张与无希望的悲观，是这些强有力的，但是悲惨而且不欢的小说的特色。"大抵惨痛热烈的心声，若从纯艺术的眼光看来，往往有这缺陷；例如陀思妥夫斯奇（Dostojovski）的著作，也常使高兴的读者不能看完他的全篇。

一九二一年八月十八日记。

题注：

本篇与所译《疯姑娘》最初发表于 1921 年 10 月《小说月报》第十二卷第十号《被损害民族的文学号》，后收入《现代小说译丛》第一集。

《战争中的威尔珂》译者附记

　　勃尔格利亚文艺的曙光，是开始在十九世纪的。但他早负着两大害：一是土耳其政府的凶横，一是希腊旧教的锢蔽。直到俄土战争之后，他才现出极迅速的进步来。唯其文学，因为历史的关系，终究带着专事宣传爱国主义的倾向，诗歌尤甚，所以勃尔格利亚还缺少伟大的诗人。至于散文方面，却已有许多作者，而最显著的是伊凡跋佐夫（Ivan Vazov）。

　　跋佐夫以一八五〇年生于梭波德（Sopot），父亲是一个商人，母亲是在那时很有教育的女子。他十五岁到开罗斐尔（Kälofer，在东罗马尼亚）进学校，二十岁到罗马尼亚学经商去了。但这时候勃尔格利亚的独立运动已经很旺盛，所以他便将全力注到革命事业里去；他又发表了许多爱国的热烈的诗篇。

　　跋佐夫以一八七二年回到故乡；他的职业很奇特，忽而为学校教师，忽而为铁路员，但终于被土耳其政府逼走了。革命时，他为军事执法长；此后他又与诗人威理式珂夫（Velishkov）编辑一种月刊曰《科学》，终于往俄国，在阿兑塞（Odessa）完成一部小说，就是有名的《轭下》，是描写对土耳其战争的，回国后发表在教育部出版的

《文学丛书》中，不久欧洲文明国便几乎都有译本了。

他又做许多短篇小说和戏曲，使巴尔干的美丽，朴野，都涌现于读者的眼前。勃尔格利亚人以他为他们最伟大的文人；一八九五年在苏飞亚举行他文学事业二十五年的祝典；今年又行盛大的祝贺，并且印行纪念邮票七种：因为他正七十周岁了。

跋佐夫不但是革命的文人，也是旧文学的轨道破坏者，也是体裁家（Stilist），勃尔格利亚文书旧用一种希腊教会的人造文，轻视口语，因此口语便很不完全了，而跋佐夫是鼓吹白话，又善于运用白话的人。托尔斯泰和俄国文学是他的模范。他爱他的故乡，终身记念着，尝在意大利，徘徊橙橘树下，听得一个英国人叫道："这是真的乐园！"他答道，"Sire，我知道一个更美的乐园！"——他没有一刻忘却巴尔干的蔷薇园，他爱他的国民，尤痛心于勃尔格利亚和塞尔比亚的兄弟的战争，这一篇《战争中的威尔珂》，也便是这事的悲愤的叫唤。

这一篇，是从札典斯加女士（Marya Tonas Von Szatànskà）的德译本《勃尔格利亚女子与其他小说》（Bolgarin und andere Novelleu）里译出的；所有注解，除了第四第六第九之外，都是德译本的原注。

一九二一年八月二二日记。

题注：

本篇与所译《战争中的威尔珂》最初发表于 1921 年 10 月《小说月报》第十二卷第十号《被损害民族的文学号》，后收入《现代小说译丛》第一集。

《狭的笼》译者附记

一九二一年五月二十八日日本放逐了一个俄国的盲人以后，他们的报章上很有许多议论，我才留心到这漂泊的失明的诗人华希理·埃罗先珂。

然而埃罗先珂并非世界上赫赫有名的诗人；我也不甚知道他的经历。所知道的只是他大约三十余岁，先在印度，以带着无政府主义倾向的理由，被英国的官驱逐了；于是他到日本，进过他们的盲哑学校，现在又被日本的官驱逐了，理由是有宣传危险思想的嫌疑。

日英是同盟国，兄弟似的情分，既然被逐于英，自然也一定被逐于日的；但这一回却添上了辱骂与殴打。也如一切被打的人们，往往遗下物件或鲜血一样，埃罗先珂也遗下东西来，这是他的创作集，一是《天明前之歌》，二是《最后之叹息》。

现在已经出版的是第一种，一共十四篇，是他流寓中做给日本人看的童话体的著作。通观全体，他于政治经济是没有兴趣的，也并不藏着什么危险思想的气味；他只有着一个幼稚的，然而优美的纯洁的心，人间的疆界也不能限制他的梦幻，所以对于日本常常发出身受一般的非常感愤的言辞来。他这俄国式的大旷野的精神，在日本是不合式的，当然要得到打骂的回赠，但他没有料到，这就足见他只有一个幼稚的然而纯洁的心。我掩卷之后，深感谢人类中有这样的不失赤子之心的人与著作。

这《狭的笼》便是《天明前之歌》里的第一篇，大约还是漂流印度时候的感想和愤激。他自己说：这一篇是用了血和泪所写的。单就印度而言，他们并不戚戚于自己不努力于人的生活，却愤愤于被人禁了"撒提"，所以即使并无敌人，也仍然是笼中的"下流的奴隶"。

广大哉诗人的眼泪，我爱这攻击别国的"撒提"之幼稚的俄国盲人埃罗先珂，实在远过于赞美本国的"撒提"受过诺贝尔奖金的印度诗圣泰戈尔；我诅咒美而有毒的曼陀罗华。

一九二一年八月十六日，译者记。

题注：

本篇与所译《狭的笼》最初发表于1921年8月《新青年》月刊第九卷第四号。初未收集。《狭的笼》，俄国盲作家爱罗先珂所作童话故事。

《池边》译者附记

　　芬兰的文人 P.Päivärinta 有这样意思的话，人生是流星一样，霍的一闪，引起人们的注意来，亮过去了，消失了，人们也就忘却了。

　　但这还是就看见的而论，人们没有看见的流星，正多着哩。

　　五月初，日本为治安起见，驱逐一个俄国的盲人出了他们的国界，送向海参卫去了。

　　这就是诗人华希理·淶罗先珂。

　　他被驱逐时，大约还有使人伤心的事，报章上很发表过他的几个朋友的不平的文章。然而奇怪，他却将美的赠物留给日本了：其一是《天明前之歌》，其二是《最后之叹息》。

　　那是诗人的童话集，含有美的感情与纯朴的心。有人说，他的作品给孩子看太认真，给成人看太不认真。这或者也是的。

　　但我于他的童话，不觉得太不认真，也看不出什么危险思想来。他不像宣传家，煽动家；他只是梦幻，纯白，而有大心，也为了非他族类的不幸者而叹息——这大约便是被逐的原因。

　　他闪过了；我本也早已忘却了，而不幸今天又看见他的《天明前之歌》，于是由不得要绍介他的心给中国人看。可惜中国文是急促的文，话也是急促的话，最不宜于译童话；我又没有才力，至少也减了原作的从容与美的一半了。

九月十日译者附记。

题注：

《池边》最初发表于 1921 年 9 月 24 日《晨报》第七版，本篇发表于 9 月 24 日《晨报》第七版。初未收集。《池边》，俄国盲作家爱罗先珂所作童话故事。

《黯澹的烟霭里》译者附记

　　安特来夫（Leonid Andrejev）以一八七一年生于阿莱勒，后来到墨斯科学法律，所过的都是十分困苦的生涯。他也做文章，得了戈理奇（Gorky）的推助，渐渐出了名，终于成为二十世纪初俄国有名的著作者。一九一九年大变动的时候，他想离开祖国到美洲去，没有如意，冻饿而死了。

　　他有许多短篇和几种戏剧，将十九世纪末俄人的心里的烦闷与生活的暗淡，都描写在这里面。尤其有名的是反对战争的《红笑》和反对死刑的《七个绞刑的人们》。欧洲大战时，他又有一种有名的长篇《大时代中一个小人物的自白》。

　　安特来夫的创作里，又都含着严肃的现实性以及深刻和纤细，使象征印象主义与写实主义相调和。俄国作家中，没有一个人能够如他的创作一般，消融了内面世界与外面表现之差，而现出灵肉一致的境地。他的著作是虽然很有象征印象气息，而仍然不失其现实性的。

　　这一篇《黯澹的烟霭里》是一九〇〇年作。克罗绥克说，"这篇的主人公大约是革命党。用了分明的字句来说，在俄国的检查上是不许的。这篇故事的价值，在有许多部分都很高妙的写出一个俄国的革命党来。"但这是俄国的革命党，所以他那坚决猛烈冷静的态度，从我们中国人的眼睛看起来，未免觉得很异样。

一九二一年九月八日译者记。

题注：

  本篇与所译《黯澹的烟霭里》均收入《现代小说译丛》第一集。《黯澹的烟霭里》，俄国作家安特来夫所作小说。

《书籍》译者附记

这一篇是一九〇一年作，意义很明显，是颜色黯澹的铅一般的滑稽，二十年之后，才译成中国语，安特来夫已经死了三年了。

一九二一年九月十一日，译者记。

题注：

本篇与所译《书籍》均收入《现代小说译丛》第一集。《书籍》，俄国作家安特来夫所作小说。

《坏孩子》附记

这一篇所依据的，本来是 S.Koteliansky and I.M.Murray 的英译本，后来由我照 T.Kroczek 的德译本改定了几处，所以和原译又有点不同了。

十,十六。鲁迅附记。

题注：

本篇最初发表于 1921 年 10 月 27 日《晨报副刊》，附于宫心竹所译《坏孩子》之后。初未收集。《坏孩子》，俄国作家契诃夫所作小说。宫竹心，笔名白羽，时任邮局职员。

《春夜的梦》译者附记

爱罗先珂的文章，我在上月的《晨报》上，已经绍介过一篇《池边》。这也收在《天明前之歌》里，和那一篇都是最富于诗趣的作品。他自己说："这是作为我的微笑而作的。虽然是悲哀的微笑，当这时代，在这国里，还不能现出快活的微笑来。"

文中的意思，非常了然，不过是说美的占有的罪过，和春梦（这与中国所谓一场春梦的春梦，截然是两件事，应该注意的）的将醒的情形。而他的将来的理想，便在结末这一节里。

作者曾有危险思想之称，而看完这一篇，却令人觉得他实在只有非常平和而且宽大，近于调和的思想。但人类还很胡涂，他们怕如此。其实倘使如此，却还是人们的幸福，可怕的是在只得到危险思想以外的收场。

我先前将作者的姓译为涘罗先珂，后来《民国日报》的《觉悟》栏上转录了，改第一音为爱，是不错的，现在也照改了。露草在中国叫鸭跖草，因为翻了很损文章的美，所以仍用了原名。

二一，十，一四。译者附记。

题注：

本篇与所译《春夜的梦》最初发表于 1921 年 10 月 22 日《晨报副镌》。初未收集。《春夜的梦》，俄国盲作家爱罗先珂所作童话。

《近代捷克文学概观》译者附记

捷克人在斯拉夫民族中是最古的人民，也有着最富的文学。但在二十年代，几乎很少见一本波希米亚文的书，后来出了 J.Kollár 以及和他相先后的文人，文学才有新生命，到前世纪末，他们已有三千以上的文学家了！

这丰饶的捷克文学界里，最显著的三大明星是：纳卢达（1834—91），捷克（1846—），符尔赫列支奇（1853—1912）。现在译取凯拉绥克（Josef Karásek）《斯拉夫文学史》第二册第十一十二两节与十九节的一部分，便正可见当时的大概；至于最近的文学，却还未详。此外尚有符尔赫列支奇的同人与支派如 Ad.Černy，J.S.Machar，Anton Sova；以及散文家如 K.Rais，K.Klostermann，Mrštik 兄弟，M.šimá Ček，Alois Jirásek 等，也都有名，惜现在也不及详说了。

二一年九月五日，附记。

题注：

本篇与所译《近代捷克文学概观》最初发表于 1921 年 10 月《小

说月报》第十二卷第十号"被损害民族的文学号",署名唐俟。初未收集。《近代捷克文学概观》,选自捷克作家凯拉绥克所著《斯拉夫文学史》第二卷中的一节。

《小俄罗斯文学略说》译者附记

　　右一篇从 G.Karpeles 的《文学通史》中译出，是一个从发生到十九世纪末的小俄罗斯文学的大略。但他们近代实在还有铮铮的作家，我们须得知道那些名姓的是：欧罗巴近世精神潮流的精通者 Michael Dragomarov，进向新轨道的著作者 Ivan Franko（1856——　）与 Vasyli Stefanyk；至于女人，则有女权的战士 Olga Kobylanska（1865——　）以及女子运动的首领 Natalie Kobrynska（1855——　）。

　　　　　　　　　　　　　一九二一年九月九日，译者记。

题注：

　　本篇与所译《小俄罗斯文学略说》最初发表于 1921 年 10 月《小说月报》第十二卷第十号"被损害民族的文学号"，署名唐俟。初未收集。《小俄罗斯文学略说》选自奥地利文学史家凯尔沛来斯的《文学通史》。

《盲诗人最近时的踪迹》译者附记

俄国的盲诗人爱罗先珂出了日本之后，想回到他的本国去，不能入境，再回来住在哈尔滨，现在已经经过天津，到了上海了。这一篇是他在哈尔滨时候的居停主人中根弘的报告，登在十月九日的《读卖新闻》上的，我们可以藉此知道这诗人的踪迹和性行的大概。

> 十月十六日译者识。

题注：

本篇与所译《盲诗人最近时的踪迹》最初发表于 1921 年 10 月 22 日《晨报副镌》，本篇附于译文之前，署名风声。初未收集。《盲诗人最近时的踪迹》，译自日本中根弘登在《读卖新闻》上的文章。

《鱼的悲哀》译者附记

　　爱罗先珂在《天明前之歌》的自序里说，其中的《鱼的悲哀》和《雕的心》是用了艺术家的悲哀写出来的。我曾经想译过前一篇，然而终于搁了笔，只译了《雕的心》。

　　近时，胡愈之先生给我信，说著者自己说是《鱼的悲哀》最惬意，教我尽先译出来，于是也就勉力翻译了。然而这一篇是最须用天真烂熳的口吻的作品，而用中国话又最不易做天真烂熳的口吻的文章，我先前搁笔的原因就在此；现在虽然译完，却损失了原来的好和美已经不少了，这实在很对不起著者和读者。

　　我的私见，以为这一篇对于一切的同情，和荷兰人蔼覃（F.Van Eeden）的《小约翰》（Der Kleine Johannes）颇相类。至于"看见别个捉去被杀的事，在我，是比自己被杀更苦恼"，则便是我们在俄国作家的作品中常能遇到的，那边的伟大的精神。

　　　　　　　　　　　　一九二一年十一月十日，译者附识。

题注：

本篇与所译《鱼的悲哀》最初发表于 1922 年 1 月《妇女杂志》第八卷第一号。初未收集。《鱼的悲哀》，俄国盲作家爱罗先珂所作童话。

《连翘》译者附记

契里珂夫（Evgeni Tshirikov）的名字，在我们心目中还很生疏，但在俄国，却早算一个契诃夫以后的智识阶级的代表著作者，全集十七本，已经重印过几次了。

契里珂夫以一八六四年生于凯山，从小住在村落里，朋友都是农夫和穷人的孩儿；后来离乡入中学，将毕业，便已有了革命思想了。所以他著作里，往往描出乡间的黑暗来，也常用革命的背景。他很贫困，最初寄稿于乡下的新闻，到一八八六年，才得发表于大日报，他自己说：这才是他文事行动的开端。

他最擅长于戏剧，很自然，多变化，而紧凑又不下于契诃夫。做从军记者也有名，集成本子的有《巴尔干战记》和取材于这回欧战的短篇小说《战争的反响》。

他的著作，虽然稍缺深沉的思想，然而率直，生动，清新。他又有善于心理描写之称，纵不及别人的复杂，而大抵取自实生活，颇富于讽刺和诙谐。这篇《连翘》也是一个小标本。

他是艺术家，又是革命家；而他又是民众教导者，这几乎是俄国文人的通有性，可以无须多说了。

一九二一年十一月二日，译者记。

题注：

　　本篇与所译《连翘》，均收入《现代小说译丛》第一集。《连翘》，
俄国作家契里珂夫所作小说。

《一个青年的梦》后记

　　我看这剧本，是由于《新青年》上的介绍，我译这剧本的开手，是在一九一九年八月二日这一天，从此逐日登在北京《国民公报》上。到十月二十五日，《国民公报》忽被禁止出版了，我也便歇手不译，这正在第三幕第二场两个军使谈话的中途。

　　同年十一月间，因为《新青年》记者的希望，我又将旧译校订一过，并译完第四幕，按月登在《新青年》上。从七卷二号起，一共分四期。但那第四号是人口问题号，多被不知谁何没收了，所以大约也有许多人没有见。

　　周作人先生和武者小路先生通信的时候，曾经提到这已经译出的事，并问他对于住在中国的人类有什么意见，可以说说。作者因此写了一篇，寄到北京，而我适值到别处去了，便由周先生译出，就是本书开头的一篇《与支那未知的友人》。原译者的按语中说："《一个青年的梦》的书名，武者小路先生曾说想改作《A 与战争》，他这篇文章里也就用这个新名字，但因为我们译的还是旧称，所以我于译文中也一律仍写作《一个青年的梦》。"

　　现在，是在合成单本，第三次印行的时候之前了。我便又乘这机会，据作者先前寄来的勘误表再加修正，又校改了若干的误字，而且再记出旧事来，给大家知道这本书两年以来在中国怎样枝枝节节的，好容易才成为一册书的小历史。

一九二一年十二月十九日，鲁迅记于北京。

题注：

本篇最初收入所译《一个青年的梦》，未另发表。《一个青年的梦》，日本作家武者小路实笃所作的四幕反战剧本。鲁迅译本最初于1919 年 8 月起陆续发表于北京《国民公报》副刊，后该报被禁，1920 年 1 月起在《新青年》上发表。1922 年 7 月首次由上海商务印书馆出版，列为"文学研究会丛书"之一。

《两个小小的死》译者附记

　　爱罗先珂先生的第二创作集《最后之叹息》，本月十日在日本东京发行，内容是一篇童话剧和两篇童话，这是那书中的末一篇，由作者自己的选定而译出的。

　　　　　　　　　　　一九二一年十二月三十日，译者附记。

题注：

　　本篇与所译《两个小小的死》最初发表于 1922 年 2 月 10 日《东方杂志》第十九卷第二号。初未收集。《两个小小的死》，俄国盲作家爱罗先珂所作童话。

《为人类》译者附记

这一篇原登在本年七月的《现代》上，是据作者自己的指定译出的。

一九二一年十二月二十九日译者记。

题注：

本篇与所译《为人类》最初发表于1922年2月10日《东方杂志》第十九卷第二号。初未收集。《为人类》，俄国盲作家爱罗先珂所作童话。

《爱罗先珂童话集》序

爱罗先珂先生的童话，现在辑成一集，显现于住在中国的读者的眼前了。这原是我的希望，所以很使我感谢而且喜欢。

本集的十二篇文章中，《自叙传》和《为跌下而造的塔》是胡愈之先生译的，《虹之国》是馥泉先生译的，其余是我译的。

就我所选译的而言，我最先得到他的第一本创作集《夜明前之歌》，所译的是前六篇，后来得到第二本创作集《最后之叹息》，所译的是《两个小小的死》，又从《现代》杂志里译了《为人类》，从原稿上译了《世界的火灾》。

依我的主见选译的是《狭的笼》，《池边》，《雕的心》，《春夜的梦》，此外便是照着作者的希望而译的了。因此，我觉得作者所要叫彻人间的是无所不爱，然而不得所爱的悲哀，而我所展开他来的是童心的，美的，然而有真实性的梦。这梦，或者是作者的悲哀的面纱罢？那么，我也过于梦梦了，但是我愿意作者不要出离了这童心的美的梦，而且还要招呼人们进向这梦中，看定了真实的虹，我们不至于是梦游者（Somnambulist）。

一九二二年一月二十八日，鲁迅记。

题注:

本篇最初收入《爱罗先珂童话集》。该集 1922 年 7 月由上海商务印书馆出版,列为"文学研究会丛书"之一。鲁迅翻译了其中 9 篇。

《一篇很短的传奇》译者附记

迦尔洵（Vsevolod Michailovitch Garshin 1855—1888）生于南俄，是一个甲骑兵官的儿子。少时学医，却又因脑病废学了。他本具博爱的性情，也早有文学的趣味；俄土开战，便自愿从军，以受别人所受的痛苦，已而将经验和思想发表在小说里，是有名的《四日》和《孱头》。他后来到彼得堡，在大学听文学的讲义，又发表许多小说，其一便是这《一篇很短的传奇》。于是他又旅行各地，访问许多的文人，而尤受托尔斯泰的影响，其时作品之有名的便是《红花》。然而迦尔洵的脑病终于加重了，入狂人院之后，从高楼自投而下，以三十三岁的盛年去世了。这篇在迦尔洵的著作中是很富于滑稽的之一，但仍然是酸辛的谐笑。他那非战与自己牺牲的思想，也写得非常之分明。但英雄装了木脚，而劝人出战者却一无所损，也还只是人世的常情。至于"与其三人不幸，不如一人——自己——不幸"这精神，却往往只见于斯拉夫文人的著作，则实在令人不能不惊异于这民族的伟大了。

一九二一年十一月十五日附记。

题注：

　　本篇与所译《一篇很短的传奇》最初发表于 1922 年 2 月《妇女杂志》月刊第八卷第二号。初未收集。《一篇很短的传奇》，俄国作家迦尔洵所作小说。

将译《桃色的云》以前的几句话

爱罗先珂先生的创作集第二册是《最后的叹息》，去年十二月初在日本东京由丛文阁出版，内容是一篇童话剧《桃色的云》和两篇童话，一是《海的王女和渔夫》，一是《两个小小的死》。那第三篇已经由我译出，载在本年正月的《东方杂志》上了。

然而著者的意思，却愿意我快译《桃色的云》：因为他自审这一篇最近于完满，而且想从速赠与中国的青年。但这在我是一件烦难事，我以为，由我看来，日本语实在比中国语更优婉。而著者又能捉住他的美点和特长，所以使我很觉得失了传达的能力，于是搁置不动，瞬息间早过了四个月了。

但爽约也有苦痛的，因此，我终于不能不定下翻译的决心了。自己也明知道这一动手，至少当损失原作的好处的一半，断然成为一件失败的工作，所可以自解者，只是"聊胜于无"罢了。惟其内容，总该还在，这或者还能够稍稍慰藉读者的心罢。

一九二二年四月三十日，译者记。

题注：

  本篇最初发表于 1922 年 5 月 13 日《晨报副镌》"剧本"栏。初未收集。《桃色的云》，俄国盲作家爱罗先珂用日文创作的三幕童话剧。

《桃色的云》第二幕第三节中的译者附白

本书开首人物目录中，鹄的群误作鸥的群。第一幕中也还有几个错字，但大抵可以意会，现在不来列举了。

又全本中人物和句子，也间有和印本不同的地方，那是印本的错误，这回都依 SF 君的校改预备再版的底本改正。惟第三幕末节中"白鹄的歌"四句，是著者新近自己加进去的，连将来再版上也没有。

五月三日记。

题注：

本篇最初发表于 1922 年 6 月 7 日《晨报副镌》。初未收集。

《忆爱罗先珂华希理君》译者附记

　　这一篇，最先载在去年六月间的《读卖新闻》上，分作三回。但待到印在《最后的叹息》的卷首的时候，却被抹杀了六处，一共二十六行，语气零落，很不便于观看，所以现在又据《读卖新闻》补进去了。文中的几个空白，是原来如此的，据私意推测起来，空两格的大约是"刺客"两个字，空一格的大约是"杀"字。至于"某国"，则自然是作者自指他的本国了。

五月一日。

题注：

　　本篇与所译《忆爱罗先珂华希理君》最初发表于1922年5月14日《晨报副镌》"剧本"栏。初未收集。《忆爱罗先珂华希理君》，日本小说家江口涣连载于《读卖新闻》上的文章。

《小鸡的悲剧》译者附记

这一篇小品，是作者在六月底写出的，所以可以说是最近的创作。原稿是日本文。

日本话于恋爱和鲤鱼都是Koi，因此第二段中的两句对话便双关，在中国无法可译。作者虽曾说不妨改换，但我以为恋鲤两音也近似，竟不再改换了。

一九二二年七月五日附记。

题注：

本篇与所译《小鸡的悲剧》最初发表于1922年9月《妇女杂志》第八卷第九号。初未收集。《小鸡的悲剧》，俄国盲作家爱罗先珂所作童话。

《桃色的云》序

　　爱罗先珂君的创作集第二册是《最后的叹息》，去年十二月初由丛文阁在日本东京出版，内容是这一篇童话剧《桃色的云》，和两篇短的童话，一曰《海的王女和渔夫》，一曰《两个小小的死》。那第三篇，已经由我译出，于今年正月间绍介到中国了。

　　然而著者的意思却愿意我早译《桃色的云》：因为他自己也觉得这一篇更胜于先前的作品，而且想从速赠与中国的青年。但这在我是一件烦难事。日本语原是很能优婉的，而著者又善于捉住他的美点和特长，这就使我很失了传达的能力。可是延到四月，为要救自己的爽约的苦痛计，也终于定下开译的决心了，而反正如预料一般，至少也毁损了原作的美妙的一半，成为一件失败的工作；所可以自解者，只是"聊胜于无"罢了。惟其内容，总该还在，这或者还能够稍慰读者的心罢。

　　至于意义，大约是可以无须乎详说的。因为无论何人，在风雪的呼号中，花卉的议论中，虫鸟的歌舞中，谅必都能够更洪亮的听得自然母的言辞，更锋利的看见土拨鼠和春子的运命。世间本没有别的言说，能比诗人以语言文字画出自己的心和梦，更为明白晓畅的了。

在翻译之前，承 S.F. 君借给我详细校过豫备再版的底本，使我改正了许多旧印本中错误的地方；翻译的时候，SH 君又时时指点我，使我懂得许多难解的地方；初稿印在《晨报副镌》上的时候，孙伏园君加以细心的校正；译到终结的时候，著者又加上四句白鹄的歌，使这本子最为完全；我都很感谢。

我于动植物的名字译得很杂乱，别有一篇小记附在卷尾，是希望读者去参看的。

一九二二年七月二日重校毕，并记。

题注：

本篇最初收入 1923 年 7 月由北京新潮社出版的《桃色的云》，列为"文艺丛书"之一。《桃色的云》，俄国盲作家爱罗先珂创作的三幕童话剧，鲁迅译。

记剧中人物的译名

我因为十分不得已，对于植物的名字，只好采取了不一律的用法。那大旨是：

一，用见于书上的中国名的。如蒲公英（Taraxacum officinale），紫地丁（Viola patrinü var. chinensis），鬼灯檠（Rodgersia podophylla），胡枝子（Lespedeza sieboldi），燕子花（Iris laevigata），玉蝉花（Iris sibirica var. orientalis）等。此外尚多。

二，用未见于书上的中国名的。如月下香（Oenothera biennis var. Lamarkiana），日本称为月见草，我们的许多译籍都沿用了，但现在却照着北京的名称。

三，中国虽有名称而仍用日本名的。这因为美丑太相悬殊，一翻便损了作品的美。如女郎花（Patrinia scabiosaefolia）就是败酱，铃兰（Convallaria majalis）就是鹿蹄草，都不翻。还有朝颜（Pharbitis hederacea）是早上开花的，昼颜（Calystegia sepium）日里开，夕颜（Lagenaria vulgaris）晚开，若改作牵牛花，旋花，匏，便索然无味了，也不翻。至于福寿草（Adonis opennina var. dahurica）之为侧金盏花或元日草，樱草（Primula cortusoides）之为莲馨花，本来也还可译，但因为太累坠及一样的偏僻，所以竟也不翻了。

四，中国无名而袭用日本名的。如钓钟草（Clematis heracleifolia var. stans），雏菊（Bellis perennis）是。但其一却译了意，即破雪草本来是雪割草（Primula Fauriae）。生造了一个，即白苇就是日本之所谓刈萱（Themeda Forskalli var. japonica）。

五，译西洋名称的意的。如勿忘草（Myosotis palustris）是。

六，译西洋名称的音的。如风信子（Hyacinthus orientalis），珂斯摩（Cosmos bipinnatus）是。达理亚（Dahlia variabilis）在中国南方也称为大理菊，现在因为怕人误认为云南省大理县出产的菊花，所以也译了音。

动物的名称较为没有什么问题，但也用了一个日本名：就是雨蛙（Hyla arborea）。雨蛙者，很小的身子，碧绿色或灰色，也会变成灰褐色，趾尖有黑泡，能用以上树，将雨时必鸣。中国书上称为雨蛤或树蛤，但太不普通了，倒不如雨蛙容易懂。

土拨鼠（Talpa europaea）我不知道是否即中国古书上所谓"饮河不过满腹"的鼹鼠；或谓就是北京尊为"仓神"的田鼠，那可是不对的。总之，这是鼠属，身子扁而且肥，有淡红色的尖嘴和淡红色的脚，脚前小后大，拨着土前进，住在近于田圃的土中，吃蚯蚓，也害草木的根，一遇到太阳光，便看不见东西，不能动弹了。作者在《天明前之歌》的序文上，自说在《桃色的云》的人物中最爱的是土拨鼠，足见这在本书中是一个重要脚色了。

七草在日本有两样，是春天的和秋天的。春的七草为芹，荠，鼠曲草，繁缕，鸡肠草，菘，萝卜，都可食。秋的七草本于《万叶集》的歌辞，是胡枝子，芒茅，葛，瞿麦，女郎花，兰草，朝颜，近来或换以桔梗，则全都是赏玩的植物了。他们旧时用春的七草来煮粥，以为喝了可避病，惟这时有几个用别名：鼠曲草称为御行，鸡肠草称为佛座，萝卜称为清白。但在本书却不过用作春天的植物的一群，和故事没有关系了。秋的七草也一样。

所谓递送夫者，专做分送报章信件电报牛乳之类的人，大抵年青，其中出产不良少年很不少，中国还没有这一类人。

一九二二年五月四日记，七月一日改定。

题注：

本篇最初发表于1922年5月15日《晨报副镌》"剧本"栏，后收入北京新潮社出版的《桃色的云》。

《现代日本小说集》附录　关于作者的说明

夏目漱石

夏目漱石（Natsume Sōseki，1867—1917）名金之助，初为东京大学教授，后辞去入朝日新闻社，专从事于著述。他所主张的是所谓"低徊趣味"，又称"有余裕的文学"。一九○八年高滨虚子的小说集《鸡头》出版，夏目替他做序，说明他们一派的态度：

"有余裕的小说，即如名字所示，不是急迫的小说，是避了非常这字的小说。如借用近来流行的文句，便是或人所谓触著不触著之中，不触著的这一种小说。……或人以为不触著者即非小说，但我主张不触著的小说不特与触著的小说同有存在的权利，而且也能收同等的成功。……世间很是广阔，在这广阔的世间，起居之法也有种种的不同：随缘临机的乐此种种起居即是余裕，观察之亦是余裕，或玩味之亦是余裕。有了这个余裕才得发生的事件以及对于这些事件的情绪，固亦依然是人生，是活泼泼地之人生也。"

夏目的著作以想像丰富，文词精美见称。早年所作，登在俳谐杂志《子规》（Hototogisu）上的《哥儿》（Bocchan），《我是猫》（Wagahaiwa neko de aru）诸篇，轻快洒脱，富于机智，是明治文坛上的新江户艺术的主流，当世无与匹者。

《挂幅》（Kakemono）与《克莱喀先生》（Craig Sensei）并见《漱石近什四篇》（1910）中，系《永日小品》的两篇。

森鸥外

森鸥外（Mori Ogai，1860— ）名林太郎，医学博士又是文学博士，曾任军医总监，现为东京博物馆长。他与坪内逍遥上田敏诸人最初介绍欧洲文艺，很有功绩。后又从事创作，著有小说戏剧甚多。他的作品，批评家都说是透明的智的产物，他的态度里是没有"热"的。他对于这些话的抗辩在《游戏》这篇小说里说得很清楚，他又在《杯》（Sakazuki）里表明他的创作的态度。有七个姑娘各拿了一只雕著"自然"两字的银杯，舀泉水喝。第八个姑娘拿出一个冷的熔岩颜色的小杯，也来舀水。七个人见了很讶怪，由侮蔑而转为怜悯，有一个人说道："将我的借给伊罢？"

"第八个姑娘的闭著的嘴唇，这时候才开口了。

'Mon verre n'est pas grand, mais je bois dans mon verre.'

这是消沉的但是锐利的声音。

这是说，我的杯并不大，但我还是用我的杯去喝。"

《游戏》（Asobi）见小说集《涓滴》（1910）中。

《沈默之塔》（Chinmoku no tō）原系《代〈札拉图斯忒拉〉译本的序》，登在生田长江的译本（1911）的卷首。

有岛武郎

有岛武郎（Arishima Takeo）生于一八七七年，本学农，留学英美，为札幌农学校教授。一九一〇年顷杂志《白桦》发刊，有岛寄稿其中，渐为世间所知，历年编集作品为《有岛武郎著作集》，至今已出到第十四辑了。关于他的创作的要求与态度，他在《著作集》第十一辑里有一篇《四件事》的文章，略有说明。

"第一，我因为寂寞，所以创作。在我的周围，习惯与传说，时间与空间，筑了十重二十重的墙，有时候觉得几乎要气闭了。但是从那威严而且高大的墙的隙间，时时望见惊心动魄般的生活或自然，忽隐忽现。得见这个的时候的惊喜，与看不见这个了的时候的寂寞，与分明的觉到这看不见了的东西决不能再在自己面前出现了的时候的寂寞呵！在这时候，能够将这看不见了的东西确实的还我，确实的纯粹的还我者，除艺术之外再没有别的了。我从幼小的时候，不知不识的住在这境地里，那便取了所谓文学的形式。

"第二，我因为爱着，所以创作。这或者听去似乎是高慢的话。但是生为人间而不爱者，一个都没有。因了爱而无收入的若干的生活的人，也一个都没有。这个生活，常从一个人的胸中，想尽量的扩充到多人的胸中去。我是被这扩充性所克服了。爱者不得不怀孕，怀孕者不得不产生。有时产生的是活的小儿，有时是死的小儿，有时是双生儿，有时是月分不足的儿，而且有时是母体自身的死。

"第三，我因为欲爱，所以创作。我的爱被那想要如实的攫住在墙的那边隐现著的生活或自然的冲动所驱使。因此我尽量的高揭我的旗帜，尽量的力挥我的手巾。这个信号被人家接应的机会，自然是不多，在我这样孤独的性格更自然不多了。但是两回也罢，一回也罢，我如能够发见我的信号被人家的没有错误的信号所接应，我的生活便达于幸福的绝顶了。为想要遇著这喜悦的缘故，所以创作的。

"第四，我又因为欲鞭策自己的生活，所以创作。如何蠢笨而且缺向上性的我的生活呵！我厌了这个了。应该蜕弃的壳，在我已有几个了。我的作品做了鞭策，严重的给我抽打那顽固的壳。我愿我的生活因了作品而得改造！"

《与幼小者》（Chisaki mono e）见《著作集》第七辑，也收入罗马字的日本小说集中。

《阿末之死》（Osue no shi）见《著作集》第一辑。

江口涣

江口涣（Eguchi Kan）生于一八八七年，东京大学英文学科出身，曾加入社会主义者同盟。

《峡谷的夜》（Kyokoku no yoru）见《红的矢帆》（1919）中。

菊池宽

菊池宽（Kikuchi Kan）生于一八八九年，东京大学英文学科出身。他自己说，在高等学校时代，是只想研究文学，不豫备做创作家的，但后来偶做小说，意外的得了朋友和评论界的赞许，便做下去了。他的创作，是竭力的要掘出人间性的真实来。一得真实，他却又怃然的发了感叹，所以他的思想是近于厌世的，但又时时凝视著遥远的黎明，于是又不失为奋斗者。南部修太郎在《菊池宽论》（《新潮》一七四号）上说：

> "Here is also a man——这正是说尽了菊池的作品中一切人物的话。……他们都有最像人样的人间相，愿意活在最像人样的人间界。他们有时为冷酷的利己家，有时为惨淡的背德者，有时又为犯了残忍的杀人行为的人，但无论使他们中间的谁站在我眼前，我不能憎恶他们，不能呵骂他们。这就因为他们的恶的性格或丑的感情，愈是深锐的显露出来时，那藏在背后的更深更锐的活动着的他们的质素，可爱的人间性，打动了我的缘故，引近了我的缘故。换一句话，便是愈玩菊池的作品，我便被唤醒了对于人间的爱的感情，而且不能不和他同吐 Here is also a man 这一句话了。"

《三浦右卫门的最后》（Miura Uemon no Saigo）见《无名作家的日

记》(1918)中。

《报仇的话》(Aru Katakiuchi no hanashi)见《报恩的故事》(1918)中。

芥川龙之介

芥川龙之介（Akutagawa Riunosuke）生于一八九二年，也是东京大学英文学科的出身。田中纯评论他说："在芥川的作品上，可以看出他用了性格的全体，支配尽所用的材料的模样来。这事实便使我们起了这感觉，就是感得这作品是完成的。"他的作品所用的主题，最多的是希望已达之后的不安，或者正不安时的心情。他又多用旧材料，有时近于故事的翻译。但他的复述古事并不专是好奇，还有他的更深的根据：他想从含在这些材料里的古人的生活当中，寻出与自己的心情能够贴切的触着的或物，因此那些古代的故事经他改作之后，都注进新的生命去，便与现代人生出干系来了。他在小说集《烟草与恶魔》(1917)的序文上说明自己创作态度道：

"材料是向来多从旧的东西里取来的。……但是材料即使有了，我如不能进到这材料里去——便是材料与我的心情倘若不能贴切的合而为一，小说便写不成。勉强的写下去，就成功了支离灭裂的东西了。

"说到著作着的时候的心情，与其说是造作着的气分，还不如说养育着的气分（更为适合）。人物也罢，事件也罢，他的本来的动法只是一个。我便这边那边的搜索着这只有一个的东西，一面写着。倘若这个寻不到的时候，那就再也不能前进了。再往前进，必定做出勉强的东西来了。"

《鼻子》（Hana）见小说集《鼻》（1918）中，又登在罗马字小说集内。内道场供奉禅智和尚的长鼻子的事，是日本的旧传说。

《罗生门》（Rashōmon）也见前书，原来的出典是在平安朝的故事集《今昔物语》里。

题注：

本篇最初收入《现代日本小说集》。《现代日本小说集》，由鲁迅与周作人合译，收 15 位作家小说 30 篇，其中鲁迅译 6 位作家 11 篇，1923 年 6 月由上海商务印书馆出版，列为"世界丛书"之一。

译《苦闷的象征》后三日序

这书的著者厨川白村氏,在日本大地震时不幸被难了,这是从他镰仓别邸的废墟中掘出来的一包未定稿。因为是未定稿,所以编者——山本修二氏——也深虑公表出来,或者不是著者的本望。但终于付印了,本来没有书名,由编者定名为《苦闷的象征》。其实是文学论。

这共分四部:第一创作论,第二鉴赏论,第三关于文艺的根本问题的考察,第四文学的起源。其主旨,著者自己在第一部第四章中说得很分明:生命力受压抑而生的苦闷懊恼乃是文艺的根柢,而其表现法乃是广义的象征主义。

因为这于我有翻译的必要,我便于前天开手了,本以为易,译起来却也难。但我仍只得译下去,并且陆续发表;又因为别一必要,此后怕于引例之类要略有省略的地方。

省略了的例,将来倘有再印的机会,立誓一定添进去,使他成一完书。至于译文之坏,则无法可想,拚着挨骂而已。

一九二四年九月二十六日,鲁迅。

题注:

　　本篇与所译《苦闷的象征》最初发表于 1924 年 10 月 1 日《晨报副镌》。初未收集。

《苦闷的象征》引言

去年日本的大地震，损失自然是很大的，而厨川博士的遭难也是其一。

厨川博士名辰夫，号白村。我不大明白他的生平，也没有见过有系统的传记。但就零星的文字里掇拾起来，知道他以大阪府立第一中学出身，毕业于东京帝国大学，得文学士学位；此后分住熊本和东京者三年，终于定居京都，为第三高等学校教授。大约因为重病之故罢，曾经割去一足，然而尚能游历美国，赴朝鲜；平居则专心学问，所著作很不少。据说他的性情是极热烈的，尝以为"若药弗瞑眩厥疾弗瘳"，所以对于本国的缺失，特多痛切的攻难。论文多收在《小泉先生及其他》，《出了象牙之塔》及殁后集印的《走向十字街头》中。此外，就我所知道的而言，又有《北美印象记》，《近代文学十讲》，《文艺思潮论》，《近代恋爱观》，《英诗选释》等。

然而这些不过是他所蕴蓄的一小部分，其余的可是和他的生命一起失掉了。

这《苦闷的象征》也是殁后才印行的遗稿，虽然还非定本，而大体却已完具了。第一分《创作论》是本据，第二分《鉴赏论》其实即是论批评，和后两分都不过从《创作论》引申出来的必然的系论。至于主旨，也极分明，用作者自己的话来说，就是"生命力受了压抑而生的苦闷懊恼乃是文艺的根柢，而其表现法乃是广义的象征主义"。但是"所谓象征主义者，决非单是前世纪末法兰西诗坛的一派所曾经标榜的主义，凡有一切文艺，古往今来，是无不在这样的意义上，用着象征主义的表现法的"。（《创作论》第四章及第六章。）

作者据伯格森一流的哲学，以进行不息的生命力为人类生活的根本，又从弗罗特一流的科学，寻出生命力的根柢来，即用以解释文艺——尤其是文学。然与旧说又小有不同，伯格森以未来为不可测，作者则以诗人为先知，弗罗特归生命力的根柢于性欲，作者则云即其力的突进和跳跃。这在目下同类的群书中，殆可以说，既异于科学家似的专断和哲学家似的玄虚，而且也并无一般文学论者的繁碎。作者自己就很有独创力的，于是此书也就成为一种创作，而对于文艺，即多有独到的见地和深切的会心。

非有天马行空似的大精神即无大艺术的产生。但中国现在的精神又何其萎靡锢蔽呢？这译文虽然拙涩，幸而实质本好，倘读者能够坚忍地反复过两三回，当可以看见许多很有意义的处所罢：这是我所以冒昧开译的原因，——自然也是太过分的奢望。

文句大概是直译的，也极愿意一并保存原文的口吻。但我于国语文法是外行，想必很有不合轨范的句子在里面。其中尤须声明的，是几处不用"的"字，而特用"底"字的缘故。即凡形容词与名词相连成一名词者，其间用"底"字，例如 Social being 为社会底存在物，Psychische Trauma 为精神底伤害等；又，形容词之由别种品词转来，语尾有 –tive，–tic 之类者，于下也用"底"字，例如 Speculative，romantic，就写为思索底，罗曼底。

在这里我还应该声谢朋友们的非常的帮助，尤其是许季黻君之于英文；常维钧君之于法文，他还从原文译出一篇《项链》给我附在卷后，以便读者的参看；陶璇卿君又特地为作一幅图画，使这书被了凄艳的新装。

一九二四年十一月二十二日之夜，鲁迅在北京记。

题注：

本篇最初收入《苦闷的象征》卷首。《苦闷的象征》，日本文艺批评家厨川白村的文艺理论集，1924 年日本东京改造社出版。译文前两篇最初发表于 1924 年 10 月 1 日至 31 日的《晨报副镌》，1925 年 3 月由北京新潮社出版，为"未名丛刊"之一。

《自己发见的欢喜》译者附记

　　波特莱尔的散文诗，在原书上本有日文译；但我用 Max Bruno 的德文译一比较，却颇有几处不同。现在姑且参酌两本，译成中文。倘有那一位据原文给我痛加订正的，是极希望，极感激的事。否则，我将来还想去寻一个懂法文的朋友来修改他；但现在暂且这样的敷衍着。

十月一日，译者附记。

题注：
　　本篇与所译《自己发见的欢喜》最初发表于 1924 年 10 月 26 日《晨报副镌》。初未收集。本篇译文选自《苦闷的象征》第二部分《鉴赏论》之第二章。

《有限中的无限》译者附记

法文我一字不识，所以对于 Van Lerberghe 的歌无可奈何。现承常维钧君给我译出，实在可感，然而改译波特来尔的散文诗的担子我也就想送上去了。想世间肯帮别人的忙的诸公闻之，当亦同声一叹耳。

十月十七日，译者附记。

题注：

本篇与所译《有限中的无限》最初发表于 1924 年 10 月 28 日《晨报副镌》。初未收集。本篇译文选自《苦闷的象征》第二部分《鉴赏论》之第四章。

《文艺鉴赏的四阶段》译者附记

先前我想省略的，是这一节中的几处，现在却仍然完全译出，所以序文上说过的"别一必要"，并未实行，因为译到这里时，那必要已经不成为必要了。

十月四日，译者附记。

题注:

本篇与所译《文艺鉴赏的四阶段》最初发表于 1924 年 10 月 30 日《晨报副镌》。初未收集。本篇译文选自《苦闷的象征》第二部分《鉴赏论》之第五章。

《观照享乐的生活》译者附记

作者对于他的本国的缺点的猛烈的攻击法，真是一个霹雳手。但大约因为同是立国于亚东，情形大抵相像之故罢，他所狙击的要害，我觉得往往也就是中国的病痛的要害；这是我们大可以借此深思，反省的。

十二月五日　译者。

题注：

本篇与所译《观照享乐的生活》最初发表于 1924 年 12 月 13 日《京报副刊》。初未收集。本篇译文选自《出了象牙之塔》第二篇，共 5 节。

《从灵向肉和从肉向灵》译者附记

这也是《出了象牙之塔》里的一篇，主旨是专在指摘他最爱的母国——日本——的缺陷的。但我看除了开首这一节攻击旅馆制度和第三节攻击馈送仪节的和中国不甚相干外，其他却多半切中我们现在大家隐蔽着的痼疾，尤其是很自负的所谓精神文明。现在我就再来输入，作为从外国药房贩来的一帖泻药罢。

一九二四年十二月十四日，译者记。

题注：

本篇与所译《从灵向肉和从肉向灵》最初发表于 1925 年 1 月 9 日《京报副刊》。初未收集。本篇译文选自《出了象牙之塔》第三篇，共 5 节。

《现代文学之主潮》译者附记

这也是《出了象牙之塔》里的一篇，还是一九一九年一月作。由现在看来，世界也没有作者所预测似的可以乐观，但有几部分却是切中的。又对于"精神底冒险"的简明的解释，和结末的对于文学的见解，也很可以供多少人的参考，所以就将他翻出来了。

一月十六日。

题注：

本篇与所译《现代文学之主潮》最初发表于 1925 年 1 月 20 日《民众文艺周刊》第六号。初未收集。本篇译文选自《出了象牙之塔》第八篇，共 3 节。

《苏俄的文艺论战》前记

俄国既经一九一七年十月的革命，遂入战时共产主义时代，其时的急务是铁和血，文艺简直可以说在麻痹状态中。但也有 Imaginist（想像派）和 Futurist（未来派）试行活动，一时执了文坛的牛耳。待到一九二一年，形势就一变了，文艺顿有生气，最兴盛的是左翼未来派，后有机关杂志曰《烈夫》，——即连结 Levy Front Iskustva 的头字的略语，意义是艺术的左翼战线，——就是专一猛烈地宣传 Constructism（构成主义）的艺术和革命底内容的文学的。

但《烈夫》的发生，也很经过许多波澜和变迁。一九〇五年第一次革命的反动，是政府和工商阶级的严酷的迫压，于是特殊的艺术也出现了：象征主义，神秘主义，变态性欲主义。又四五年，为改革这一般的趣味起见，印象派终于出而开火，在战斗状态中者三整年，末后成为未来派，对于旧的生活组织更加以激烈的攻击，第一次的杂志在一九一四年出版，名曰《批社会趣味的嘴巴》！

旧社会对于这一类改革者，自然用尽一切手段，给以骂詈和诬谤；政府也出而干涉，并禁杂志的刊行；但资本家，却其实毫未觉到这批颊的痛苦。然而未来派依然继续奋斗，至二月革命后，始分为左右两派。右翼派与民主主义者共鸣了。左翼派则在十月革命时受了波尔雪维艺术的洗礼，于是编成左翼队，守着新艺术的左翼战线，以十月二十五日开始活动，这就是"烈夫"的起原。

但"烈夫"的正式除幕，——机关杂志的发行，是在一九二三年二月一日；此后即动作日加活泼了。那主张的要旨，在推倒旧来的传统，毁弃那欺骗国民的耽美派和古典派的已死的资产阶级艺术，而建设起现今的新的活艺术来。所以他们自称为艺术即生活的创造者，诞生日就是十月，在这日宣言自由的艺术，名之曰无产阶级的革命艺术。

不独文艺，中国至今于苏俄的新文化都不了然，但间或有人欣幸他资本制度的复活。任国桢君独能就俄国的杂志中选译文论三篇，使我们借此稍稍知道他们文坛上论辩的大概，实在是最为有益的事，——至少是对于留心世界文艺的人们。别有《蒲力汗诺夫与艺术问题》一篇，是用 Marxism 于文艺的研究的，因为可供读者连类的参考，也就一并附上了。

一九二五年四月十二日之夜，鲁迅记。

题注：

本篇最初收入 1925 年 8 月北京北新书局出版的《苏俄的文艺论战》。《苏俄的文艺论战》，任国桢译自俄国杂志，列为"未名丛刊"之一。

俄文译本《阿Q正传》序
及著者自叙传略

《阿Q正传》序

　　这在我是很应该感谢，也是很觉得欣幸的事，就是：我的一篇短小的作品，仗着深通中国文学的王希礼（B.A.Vassiliev）先生的翻译，竟得展开在俄国读者的面前了。

　　我虽然已经试做，但终于自己还不能很有把握，我是否真能够写出一个现代的我们国人的魂灵来。别人我不得而知，在我自己，总仿佛觉得我们人人之间各有一道高墙，将各个分离，使大家的心无从相印。这就是我们古代的聪明人，即所谓圣贤，将人们分为十等，说是高下各不相同。其名目现在虽然不用了，但那鬼魂却依然存在，并且，变本加厉，连一个人的身体也有了等差，使手对于足也不免视为下等的异类。造化生人，已经非常巧妙，使一个人不会感到别人的肉体上的痛苦了，我们的圣人和圣人之徒却又补了造化之缺，并且使人们不再会感到别人的精神上的痛苦。

　　我们的古人又造出了一种难到可怕的一块一块的文字；但我还并不十分怨恨，因为我觉得他们倒并不是故意的。然而，许多人却不能借此说话了，加以古训所筑成的高墙，更使他们连想也不敢想。现在我们所能听到的，不过是几个圣人之徒的意见和道理，为了他们自己；至于百姓，却就默默的生长，萎黄，枯死了，像压在大石底下的草一样，已经有四千年！

要画出这样沉默的国民的魂灵来，在中国实在算一件难事，因为，已经说过，我们究竟还是未经革新的古国的人民，所以也还是各不相通，并且连自己的手也几乎不懂自己的足。我虽然竭力想摸索人们的魂灵，但时时总自憾有些隔膜。在将来，围在高墙里面的一切人众，该会自己觉醒，走出，都来开口的罢，而现在还少见，所以我也只得依了自己的觉察，孤寂地姑且将这些写出，作为在我的眼里所经过的中国的人生。

我的小说出版之后，首先收到的是一个青年批评家的谴责；后来，也有以为是病的，也有以为滑稽的，也有以为讽刺的；或者还以为冷嘲，至于使我自己也要疑心自己的心里真藏着可怕的冰块。然而我又想，看人生是因作者而不同，看作品又因读者而不同，那么，这一篇在毫无"我们的传统思想"的俄国读者的眼中，也许又会照见别样的情景的罢，这实在是使我觉得很有意味的。

一九二五年五月二十六日，于北京。鲁迅。

著者自叙传略

我于一八八一年生在浙江省绍兴府城里的一家姓周的家里。父亲是读书的；母亲姓鲁，乡下人，她以自修得到能够看书的学力。听人说，在我幼小时候，家里还有四五十亩水田，并不很愁生计。但到我十三岁时，我家忽而遭了一场很大的变故，几乎什么也没有了；我寄住在一个亲戚家，有时还被称为乞食者。我于是决心回家，而我底父亲又生了重病，约有三年多，死去了。我渐至于连极少的学费也无法可想；我底母亲便给我筹办了一点旅费，教我去寻无需学费的学校去，因为我总不肯学做幕友或商人，——这是我乡衰落了的读书人家子弟所常走的两条路。

其时我是十八岁，便旅行到南京，考入水师学堂了，分在机关科。大约过了半年，我又走出，改进矿路学堂去学开矿，毕业之后，即被派往日本去留学。但待到在东京的豫备学校毕业，我已经决意要学医了，原因之一是因为我确知道了新的医学对于日本的维新有很大的助力。我于是进了仙台（Sendai）医学专门学校，学了两年。这时正值俄日战争，我偶然在电影上看见一个中国人因做侦探而将被斩，因此又觉得在中国还应该先提倡新文艺。我便弃了学籍，再到东京，和几个朋友立了些小计画，但都陆续失败了。我又想往德国去，也失败了。终于，因为我底母亲和几个别的人很希望我有经济上的帮助，我便回到中国来；这时我是二十九岁。

我一回国，就在浙江杭州的两级师范学堂做化学和生理学教员，第二年就走出，到绍兴中学堂去做教务长，第三年又走出，没有地方可去，想在一个书店去做编译员，到底被拒绝了。但革命也就发生，绍兴光复后，我做了师范学校的校长。革命政府在南京成立，教育部长招我去做部员，移入北京，一直到现在。近几年，我还兼做北京大学，师范大学，女子师范大学的国文系讲师。

我在留学时候，只在杂志上登过几篇不好的文章。初做小说是一九一八年，因了我的朋友钱玄同的劝告，做来登在《新青年》上的。这时才用"鲁迅"的笔名（Penname）；也常用别的名字做一点短论。现在汇印成书的只有一本短篇小说集《呐喊》，其余还散在几种杂志上。别的，除翻译不计外，印成的又有一本《中国小说史略》。

题注：

本篇最初发表于 1925 年 6 月 15 日《语丝》周刊第三十一期。收入《集外集》。本文是应《阿 Q 正传》俄译者王希礼之请而作。《〈阿 Q 正传〉序》收入 1929 年列宁格勒激浪出版社出版的俄文版《阿 Q 正传》。

《西班牙剧坛的将星》译者附记

因为记得《小说月报》第十四卷载有培那文德的《热情之花》，所以从《走向十字街头》译出这一篇，以供读者的参考。

一九二四年十月三十一日，译者识。

题注：

本篇与所译《西班牙剧坛的将星》最初发表于 1925 年 1 月《小说月报》第十六卷第一号。初未收集。《西班牙剧坛的将星》，日本厨川白村所作文艺随笔。

《小说的浏览和选择》译者附记

开培尔博士（Dr.Raphael Koeber）是俄籍的日耳曼人，但他在著作中，却还自承是德国。曾在日本东京帝国大学作讲师多年，退职时，学生们为他集印了一本著作以作纪念，名曰《小品》（Kleine Schriften）。其中有一篇《问和答》，是对自若干人的各种质问，加以答复的。这又是其中的一节，小题目是《论小说的浏览》，《我以为最好的小说》。虽然他那意见的根柢是古典底，避世底，但也极有确切中肯的处所，比中国的自以为新的学者们要新得多。现在从深田，久保二氏的译本译出，以供青年的参考云。

　　　　　　　　　　　　　　一九二五年十月十二日，译者附记。

题注：

本篇与所译《小说的浏览和选择》最初发表于 1925 年 10 月 19 日《语丝》周刊第四十九期，后收入"壁下译丛"。《小说的浏览和选择》，作者是开培尔，俄籍德国人，鲁迅从日译本中转译。

《出了象牙之塔》后记

　　我将厨川白村氏的《苦闷的象征》译成印出，迄今恰已一年；他的略历，已说在那书的《引言》里，现在也别无要说的事。我那时又从《出了象牙之塔》里陆续地选译他的论文，登在几种期刊上，现又集合起来，就是这一本。但其中有几篇是新译的；有几篇不关宏旨，如《游戏论》,《十九世纪文学之主潮》等，因为前者和《苦闷的象征》中的一节相关，后一篇是发表过的，所以就都加入。惟原书在《描写劳动问题的文学》之后还有一篇短文，是回答早稻田文学社的询问的，题曰《文学者和政治家》。大意是说文学和政治都是根据于民众的深邃严肃的内底生活的活动，所以文学者总该踏在实生活的地盘上，为政者总该深解文艺，和文学者接近。我以为这诚然也有理，但和中国现在的政客官僚们讲论此事，却是对牛弹琴；至于两方面的接近，在北京却时常有，几多丑态和恶行，都在这新而黑暗的阴影中开演，不过还想不出作者所说似的好招牌，——我们的文士们的思想也特别俭啬。因为自己的偏颇的憎恶之故，便不再来译添了，所以全书中独缺那一篇。好在这原是给少年少女们看的，每篇又本不一定相钩连，缺一点也无碍。

"象牙之塔"的典故，已见于自序和本文中了，无须再说。但出了以后又将如何呢？在他其次的论文集《走向十字街头》的序文里有说明，幸而并不长，就全译在下面——

　　"东呢西呢，南呢北呢？进而即于新呢？退而安于古呢？往灵之所教的道路么？赴肉之所求的地方么？左顾右盼，彷徨于十字街头者，这正是现代人的心。'To be or not to be, that is the question.'我年逾四十了，还迷于人生的行路。我身也就是立在十字街头的罢。暂时出了象牙之塔，站在骚扰之巷里，来一说意所欲言的事罢。用了这寓意，便题这漫笔以十字街头的字样。

　　"作为人类的生活与艺术，这是迄今的两条路。我站在两路相会而成为一个广场的点上，试来一思索，在我所亲近的英文学中，无论是雪莱，裴伦，是斯温班，或是梅垒迪斯，哈兑，都是带着社会改造的理想的文明批评家；不单是住在象牙之塔里的。这一点，和法国文学之类不相同。如摩理思，则就照字面地走到街头发议论。有人说，现代的思想界是碰壁了。然而，毫没有碰壁，不过立在十字街头罢了，道路是多着。"

　　但这书的出版在著者死于地震之后，内容要比前一本杂乱些，或者是虽然做好序文，却未经亲加去取的罢。

　　造化所赋与于人类的不调和实在还太多。这不独在肉体上而已，人能有高远美妙的理想，而人间世不能有副其万一的现实，和经历相伴，那冲突便日见其了然，所以在勇于思索的人们，五十年的中寿就恨过久，于是有急转，有苦闷，有彷徨；然而也许不过是走向十字街头，以自送他的余年归尽。自然，人们中尽不乏面团团地活到八十九十，而且心地太平，并无苦恼的，但这是专为来受中国内务部的褒扬而生的人物，必须又作别论。

假使著者不为地震所害，则在塔外的几多道路中，总当选定其一，直前勇往的罢，可惜现在是无从揣测了。但从这本书，尤其是最紧要的前三篇看来，却确已现了战士身而出世，于本国的微温，中道，妥协，虚假，小气，自大，保守等世态，一一加以辛辣的攻击和无所假借的批评。就是从我们外国人的眼睛看，也往往觉得有"快刀断乱麻"似的爽利，至于禁不住称快。

但一方面有人称快，一方面即有人汗颜；汗颜并非坏事，因为有许多人是并颜也不汗的。但是，辣手的文明批评家，总要多得怨敌。我曾经遇见过一个著者的学生，据说他生时并不为一般人士所喜，大概是因为他态度颇高傲，也如他的文辞。这我却无从判别是非，但也许著者并不高傲，而一般人士倒过于谦虚，因为比真价装得更低的谦虚和抬得更高的高傲，虽然同是虚假，而现在谦虚却算美德。然而，在著者身后，他的全集六卷已经出版了，可见在日本还有几个结集的同志和许多阅看的人们和容纳这样的批评的雅量；这和敢于这样地自己省察，攻击，鞭策的批评家，在中国是都不大容易存在的。

我译这书，也并非想揭邻人的缺失，来聊博国人的快意。中国现在并无"取乱侮亡"的雄心，我也不觉得负有刺探别国弱点的使命，所以正无须致力于此。但当我旁观他鞭责自己时，仿佛痛楚到了我的身上了，后来却又霍然，宛如服了一帖凉药。生在陈腐的古国的人们，倘不是洪福齐天，将来要得内务部的褒扬的，大抵总觉到一种肿痛，有如生着未破的疮。未尝生过疮的，生而未尝割治的，大概都不会知道；否则，就明白一割的创痛，比未割的肿痛要快活得多。这就是所谓"痛快"罢？我就是想借此先将那肿痛提醒，而后将这"痛快"分给同病的人们。

著者呵责他本国没有独创的文明，没有卓绝的人物，这是的确的。他们的文化先取法于中国，后来便学了欧洲；人物不但没有孔，墨，连做和尚的也谁都比不过玄奘。兰学盛行之后，又不见有齐名林那，奈端，达尔文等辈的学者；但是，在植物学，地震学，医学上，他们是已经著了相当的功绩的，也许是著者因为正在针砭"自大病"之故，都故意抹杀了。但总而言之，毕竟并无固有的文明和伟大的世界的人物；当两国的交情很坏的时候，我们的论者也常常于此加以嗤笑，聊快一时的人心。然而我以为惟其如此，正所以使日本能有今日，因为旧物很少，执著也就不深，时势一移，蜕变极易，在任何时候，都能适合于生存。不像幸存的古国，恃着固有而陈旧的文明，害得一切硬化，终于要走到灭亡的路。中国倘不彻底地改革，运命总还是日本长久，这是我所相信的；并以为为旧家子弟而衰落，灭亡，并不比为新发户而生存，发达者更光彩。

说到中国的改革，第一著自然是埽荡废物，以造成一个使新生命得能诞生的机运。五四运动，本也是这机运的开端罢，可惜来摧折它的很不少。那事后的批评，本国人大抵不冷不热地，或者胡乱地说一通，外国人当初倒颇以为有意义，然而也有攻击的，据云是不顾及国民性和历史，所以无价值。这和中国多数的胡说大致相同，因为他们自身都不是改革者。岂不是改革么？历史是过去的陈迹，国民性可改造于将来，在改革者的眼里，已往和目前的东西是全等于无物的。在本书中，就有这样意思的话。

恰如日本往昔的派出"遣唐使"一样，中国也有了许多分赴欧，美，日本的留学生。现在文章里每看见"莎士比亚"四个字，大约便是远哉遥遥，从异域持来的罢。然而且吃大菜，勿谈政事，好在欧文，迭更司，德富芦花的著作，已有经林纾译出的了。做买卖军火的中人，充游历官的翻译，便自有摩托车垫输入臀下，这文化确乎是逖来新到的。

他们的遣唐使似乎稍不同，别择得颇有些和我们异趣。所以日本虽然采取了许多中国文明，刑法上却不用凌迟，宫庭中仍无太监，妇女们也终于不缠足。

但是，他们究竟也太采取了，著者所指摘的微温，中道，妥协，虚假，小气，自大，保守等世态，简直可以疑心是说着中国。尤其是凡事都做得不上不下，没有底力；一切都要从灵向肉，度着幽魂生活这些话。凡那些，倘不是受了我们中国的传染，那便是游泳在东方文明里的人们都如此，真有如所谓"把好花来比美人，不仅仅中国人有这样观念，西洋人，印度人也有同样的观念"了。但我们也无须讨论这些的渊源，著者既以为这是重病，诊断之后，开出一点药方来了，则在同病的中国，正可借以供少年少女们的参考或服用，也如金鸡纳霜既能医日本人的疟疾，即也能医治中国人的一般。

我记得拳乱时候（庚子）的外人，多说中国坏，现在却常听到他们赞赏中国的古文明。中国成为他们恣意享乐的乐土的时候，似乎快要临头了；我深憎恶那些赞赏。但是，最幸福的事实在是莫过于做旅人，我先前寓居日本时，春天看看上野的樱花，冬天曾往松岛去看过松树和雪，何尝觉得有著者所数说似的那些可厌事。然而，即使觉到，大概也不至于有那么愤懑的。可惜回国以来，将这超然的心境完全失掉了。

本书所举的西洋的人名，书名等，现在都附注原文，以便读者的参考。但这在我是一件困难的事情，因为著者的专门是英文学，所引用的自然以英美的人物和作品为最多，而我于英文是漠不相识。凡这些工作，都是韦素园，韦丛芜，李霁野，许季黻四君帮助我做的；还有全书的校勘，都使我非常感谢他们的厚意。

文句仍然是直译，和我历来所取的方法一样；也竭力想保存原书的口吻，大抵连语句的前后次序也不甚颠倒。至于几处不用"的"字而用"底"字的缘故，则和译《苦闷的象征》相同，现在就将那《引言》里关于这字的说明，照钞在下面——

"……凡形容词与名词相连成一名词者，其间用'底'字，例如 social being 为社会底存在物，Psychische Trauma 为精神底伤害等；又，形容词之由别种品词转来，语尾有 –tive，–tic 之类者，于下也用'底'字，例如 speculative，romantic，就写为思索底，罗曼底。"

一千九百二十五年十二月三日之夜，鲁迅。

题注：

本篇最初发表于 1925 年 12 月 14 日《语丝》周刊五十七期，后收入《出了象牙之塔》单行本。《出了象牙之塔》，日本厨川白村所著文艺评论集，鲁迅于 1924 年至 1925 年间翻译了此书，其中大部分译文陆续发表于《京报副刊》《民众文艺周刊》等。1925 年 12 月由北京未名社出版单行本，列为"未名丛书"之一。

《罗曼罗兰的真勇主义》译者附记

这是《近代思想十六讲》的末一篇，一九一五年出版，所以于欧战以来的作品都不提及。但因为叙述很简明，就将它译出了。

二六年三月十六日，译者记。

题注：

本篇与所译《罗曼罗兰的真勇主义》最初发表于 1926 年 4 月 25 日《莽原》半月刊第七、八期合刊"罗曼罗兰专号"。初未收集。《罗曼罗兰的真勇主义》，译自日本评论家中泽临川、生田长江合著的《近代思想十六讲》。

《穷人》小引

千八百八十年，是陀思妥夫斯基完成了他的巨制之一《卡拉玛卓夫兄弟》这一年；他在手记上说："以完全的写实主义在人中间发见人。这是彻头彻尾俄国底特质。在这意义上，我自然是民族底的。……人称我为心理学家（Psychologist）。这不得当。我但是在高的意义上的写实主义者，即我是将人的灵魂的深，显示于人的。"第二年，他就死了。

显示灵魂的深者，每要被人看作心理学家；尤其是陀思妥夫斯基那样的作者。他写人物，几乎无须描写外貌，只要以语气，声音，就不独将他们的思想和感情，便是面目和身体也表示着。又因为显示着灵魂的深，所以一读那作品，便令人发生精神底变化。灵魂的深处并不平安，敢于正视的本来就不多，更何况写出？因此有些柔软无力的读者，便往往将他只看作"残酷的天才"。

陀思妥夫斯基将自己作品中的人物们，有时也委实太置之万难忍受的，没有活路的，不堪设想的境地，使他们什么事都做不出来。用了精神底苦刑，送他们到那犯罪，痴呆，酗酒，发狂，自杀的路上去。有时候，竟至于似乎并无目的，只为了手造的牺牲者的苦恼，而使他受苦，在骇人的卑污的状态上，表示出人们的心来。这确凿是一个"残酷的天才"，人的灵魂的伟大的审问者。

然而，在这"在高的意义上的写实主义者"的实验室里，所处理的乃是人的全灵魂。他又从精神底苦刑，送他们到那反省，矫正，忏悔，苏生的路上去；甚至于又是自杀的路。到这样，他的"残酷"与否，一时也就难于断定，但对于爱好温暖或微凉的人们，却还是没有什么慈悲的气息的。

相传陀思妥夫斯基不喜欢对人述说自己，尤不喜欢述说自己的困苦；但和他一生相纠结的却正是困难和贫穷。便是作品，也至于只有一回是并没有预支稿费的著作。但他掩藏着这些事。他知道金钱的重要，而他最不善于使用的又正是金钱；直到病得寄养在一个医生的家里了，还想将一切来诊的病人当作佳客。他所爱，所同情的是这些，——贫病的人们，——所记得的是这些，所描写的是这些；而他所毫无顾忌地解剖，详检，甚而至于鉴赏的也是这些。不但这些，其实，他早将自己也加以精神底苦刑了，从年青时候起，一直拷问到死灭。

凡是人的灵魂的伟大的审问者，同时也一定是伟大的犯人。审问者在堂上举劾着他的恶，犯人在阶下陈述他自己的善；审问者在灵魂中揭发污秽，犯人在所揭发的污秽中阐明那埋藏的光耀。这样，就显示出灵魂的深。

在甚深的灵魂中，无所谓"残酷"，更无所谓慈悲；但将这灵魂显示于人的，是"在高的意义上的写实主义者"。

陀思妥夫斯基的著作生涯一共有三十五年，虽那最后的十年很偏重于正教的宣传了，但其为人，却不妨说是始终一律。即作品，也没有大两样。从他最初的《穷人》起，最后的《卡拉玛卓夫兄弟》止，所说的都是同一的事，即所谓"捉住了心中所实验的事实，使读者追求着自己思想的径路，从这心的法则中，自然显示出伦理的观念来。"

这也可以说：穿掘着灵魂的深处，使人受了精神底苦刑而得到创伤，又即从这得伤和养伤和愈合中，得到苦的涤除，而上了苏生的路。

《穷人》是作于千八百四十五年，到第二年发表的；是第一部，也是使他即刻成为大家的作品；格里戈洛维奇和涅克拉梭夫为之狂喜，培林斯基曾给他公正的褒辞。自然，这也可以说，是显示着"谦逊之力"的。然而，世界竟是这么广大，而又这么狭窄；穷人是这么相爱，而又不得相爱；暮年是这么孤寂，而又不安于孤寂。他晚年的手记说："富是使个人加强的，是器械底和精神底满足。因此也将个人从全体分开。"富终于使少女从穷人分离了，可怜的老人便发了不成声的绝叫。爱是何等地纯洁，而又何其有搅扰咒诅之心呵！

而作者其时只有二十四岁，却尤是惊人的事。天才的心诚然是博大的。

中国的知道陀思妥夫斯基将近十年了，他的姓已经听得耳熟，但作品的译本却未见。这也无怪，虽是他的短篇，也没有很简短，便于急就的。这回丛芜才将他的最初的作品，最初绍介到中国来，我觉得似乎很弥补了些缺憾。这是用 Constance Garnett 的英译本为主，参考了 Modern Library 的英译本译出的，歧异之处，便由我比较了原白光的日文译本以定从违，又经素园用原文加以校定。在陀思妥夫斯基全集十二巨册中，这虽然不过是一小分，但在我们这样只有微力的人，却很用去许多工作了。藏稿经年，才得印出，便借了这短引，将我所想到的写出，如上文。陀思妥夫斯基的人和他的作品，本是一时研究不尽的，统论全般，决非我的能力所及，所以这只好算作管窥之说；也仅仅略翻了三本书：Dostoievsky's Literarsche Schriften, Mereschkovsky's Dostoievsky und Tolstoy，昇曙梦的《露西亚文学研究》。

俄国人姓名之长，常使中国的读者觉得烦难，现在就在此略加解释。那姓名全写起来，是总有三个字的：首先是名，其次是父名，第三是姓。例如这书中的解屋斯金，是姓；人却称他马加尔亚列舍维奇，意思就是亚列舍的儿子马加尔，是客气的称呼；亲昵的人就只称名，声音还有变化。倘是女的，便叫她"某之女某"。例如瓦尔瓦拉亚列舍夫那，意思就是亚列舍的女儿瓦尔瓦拉；有时叫她瓦兰加，则是瓦尔瓦拉的音变，也就是亲昵的称呼。

　　　　　　　一九二六年六月二日之夜，鲁迅记于东壁下。

题注：

本篇最初发表于1926年6月14日《语丝》周刊第八十三期，收入《集外集》。

《穷人》是俄国作家陀思妥耶夫斯基的第一部小说，发表于1846年。韦丛芜（即本文中的"丛芜"，1905—1978）将《穷人》译为中文，鲁迅为之校订，1926年6月未名社出版，为"未名丛刊"之一。本文即是校后所作的序。鲁迅后来在1934年12月9日致杨霁云信中也提到本文："我为别人译作所做的序，似尚有数篇，如韦丛芜译的《穷人》之类（集中好象未收），倘亦可用，当于觅《淑姿》时一同留心，搜得录奉也。"

《十二个》后记

俄国在一九一七年三月的革命，算不得一个大风暴；到十月，才是一个大风暴，怒吼着，震荡着，枯朽的都拉杂崩坏，连乐师画家都茫然失措，诗人也沉默了。

就诗人而言，他们因为禁不起这连底的大变动，或者脱出国界，便死亡，如安得列夫；或者在德法做侨民，如梅垒什珂夫斯奇，巴理芒德；或者虽然并未脱走，却比较的失了生动，如阿尔志跋绥夫。但也有还是生动的，如勃留梭夫和戈理奇，勃洛克。

但是，俄国诗坛上先前那样盛大的象征派的衰退，却并不只是革命之赐；从一九一一年以来，外受未来派的袭击，内有实感派，神秘底虚无派，集合底主我派们的分离，就已跨进了崩溃时期了。至于十月的大革命，那自然，也是额外的一个沉重的打击。

梅垒什珂夫斯奇们既然作了侨民，就常以痛骂苏俄为事；别的作家虽然还有创作，然而不过是写些"什么"，颜色很黯淡，衰弱了。象征派诗人中，收获最多的，就只有勃洛克。

勃洛克名亚历山大，早就有一篇很简单的自叙传——

"一八八〇年生在彼得堡。先学于古典中学，毕业后进了彼得堡大学的言语科。一九〇四年才作《美的女人之歌》这抒情诗，一九〇七年又出抒情诗两本，曰《意外的欢喜》，曰《雪的假面》。抒情悲剧《小游览所的主人》，《广场的王》，《未知之女》，不过才脱稿。现在担当着《梭罗忒亚卢拿》的批评栏，也和别的几种新闻杂志关系着。"

此后，他的著作还很多：《报复》，《文集》，《黄金时代》，《从心中涌出》，《夕照是烧尽了》，《水已经睡着》，《运命之歌》。当革命时，将最强烈的刺戟给与俄国诗坛的，是《十二个》。

他死时是四十二岁，在一九二一年。

从一九〇四年发表了最初的象征诗集《美的女人之歌》起，勃洛克便被称为现代都会诗人的第一人了。他之为都会诗人的特色，是在用空想，即诗底幻想的眼，照见都会中的日常生活，将那朦胧的印象，加以象征化。将精气吹入所描写的事象里，使它苏生；也就是在庸俗的生活，尘嚣的市街中，发见诗歌底要素。所以勃洛克所擅长者，是在取卑俗，热闹，杂沓的材料，造成一篇神秘底写实的诗歌。

中国没有这样的都会诗人。我们有馆阁诗人，山林诗人，花月诗人……；没有都会诗人。

能在杂沓的都会里看见诗者，也将在动摇的革命中看见诗。所以勃洛克做出《十二个》，而且因此"在十月革命的舞台上登场了"。但他的能上革命的舞台，也不只因为他是都会诗人；乃是，如托罗兹基言，因为他"向着我们这边突进了。突进而受伤了"。

《十二个》于是便成了十月革命的重要作品，还要永久地流传。

旧的诗人沉默，失措，逃走了，新的诗人还未弹他的奇颖的琴。勃洛克独在革命的俄国中，倾听"咆哮狞猛，吐着长太息的破坏的音乐"。他听到黑夜白雪间的风，老女人的哀怨，教士和富翁和太太的彷徨，会议中的讲嫖钱，复仇的歌和枪声，卡基卡的血。然而他又听到癫皮狗似的旧世界：他向着革命这边突进了。

然而他究竟不是新兴的革命诗人，于是虽然突进，却终于受伤，他在十二个之前，看见了戴着白玫瑰花圈的耶稣基督。

但这正是俄国十月革命"时代的最重要的作品"。

呼唤血和火的，咏叹酒和女人的，赏味幽林和秋月的，都要真的神往的心，否则一样是空洞。人多是"生命之川"之中的一滴，承着过去，向着未来，倘不是真的特出到异乎寻常的，便都不免并含着向前和反顾。诗《十二个》里就可以看见这样的心：他向前，所以向革命突进了，然而反顾，于是受伤。

篇末出现的耶稣基督，仿佛可有两种的解释：一是他也赞同，一是还须靠他得救。但无论如何，总还以后解为近是。故十月革命中的这大作品《十二个》，也还不是革命的诗。

然而也不是空洞的。

这诗的体式在中国很异样；但我以为很能表现着俄国那时（！）

的神情；细看起来，也许会感到那大震撼，大咆哮的气息。可惜翻译最不易。我们曾经有过一篇从英文的重译本；因为还不妨有一种别译，胡成才君便又从原文译出了。不过诗是只能有一篇的，即使以俄文改写俄文，尚且决不可能，更何况用了别一国的文字。然而我们也只能如此。至于意义，却是先由伊发尔先生校勘过的；后来，我和韦素园君又酌改了几个字。

前面的《勃洛克论》是我译添的，是《文学与革命》（Literatura i Revolutzia）的第三章，从茂森唯士氏的日本文译本重译；韦素园君又给对校原文，增改了许多。

在中国人的心目中，大概还以为托罗兹基是一个暗呜叱咤的革命家和武人，但看他这篇，便知道他也是一个深解文艺的批评者。他在俄国，所得的俸钱，还是稿费多。但倘若不深知他们文坛的情形，似乎不易懂；我的翻译的拙涩，自然也是一个重大的原因。

书面和卷中的四张画，是玛修丁（V.Masiutin）所作的。他是版画的名家。这几幅画，即曾被称为艺术底版画的典型；原本是木刻。卷头的勃洛克的画像，也不凡，但是从《新俄罗斯文学的曙光期》转载的，不知道是谁作。

俄国版画的兴盛，先前是因为照相版的衰颓和革命中没有细致的纸张，倘要插图，自然只得应用笔路分明的线画。然而只要人民有活气，这也就发达起来，在一九二二年弗罗连斯的万国书籍展览会中，就得了非常的赞美了。

一九二六年七月二十一日，鲁迅记于北京。

题注:

　　本篇最初收入北新书局 1926 年 8 月出版的中译本《十二个》。收入《集外集拾遗》。

　　《十二个》是苏联诗人勃洛克于 1918 年所作的长诗，胡斅译，"未名丛刊"之一。勃洛克是俄国早期象征派诗人，后受 1905 年革命影响，开始接触现实。十月革命时，倾向革命。《十二个》即以在风雪中前进的十二个赤卫军战士为主体，描写十月革命这场风暴的磅薄气势，表现了在风暴中旧世界的崩溃。但诗中也反映了诗人思想的矛盾，如诗中的无政府主义思想因素和以耶稣基督出现作结的宗教色彩等。本文是鲁迅为中译本写的后记。

《巴什庚之死》译者附记

感想文十篇，收在《阿尔志跋绥夫著作集》的第三卷中；这是第二篇，从日本马场哲哉的《作者的感想》中重译的。

一九二六年八月，附记。

题注：

本篇与所译《巴什庚之死》最初发表于 1926 年 9 月 10 日《莽原》半月刊第十七期。《巴什庚之死》，俄国阿尔志跋绥夫所作，内容是回忆俄国作家巴什庚的文章。

《争自由的波浪》小引

　　俄国大改革之后，我就看见些游览者的各种评论。或者说贵人怎样惨苦，简直不像人间；或者说平民究竟抬了头，后来一定有希望。或褒或贬，结论往往正相反。我想，这大概都是对的。贵人自然总要较为苦恼，平民也自然比先前抬了头。游览的人各照自己的倾向，说了一面的话。近来虽听说俄国怎样善于宣传，但在北京的报纸上，所见的却相反，大抵是要竭力写出内部的黑暗和残酷来。这一定是很足使礼教之邦的人民惊心动魄的罢。但倘若读过专制时代的俄国所产生的文章，就会明白即使那些话全是真的，也毫不足怪。俄皇的皮鞭和绞架，拷问和西伯利亚，是不能造出对于怨敌也极仁爱的人民的。

　　以前的俄国的英雄们，实在以种种方式用了他们的血，使同志感奋，使好心肠人堕泪，使刽子手有功，使闲汉得消遣。总是有益于人们，尤其是有益于暴君，酷吏，闲人们的时候多；餍足他们的凶心，供给他们的谈助。将这些写在纸上，血色早已轻淡得远了；如但兼珂的慷慨，托尔斯多的慈悲，是多么柔和的心。但当时还是不准印行。这做文章，这不准印，也还是使凶心得餍足，谈助得加添。英雄的血，始终是无味的国土里的人生的盐，而且大抵是给闲人们作生活的盐，这倒实在是很可诧异的。

这书里面的梭斐亚的人格还要使人感动，戈理基笔下的人生也还活跃着，但大半也都要成为流水帐簿罢。然而翻翻过去的血的流水帐簿，原也未始不能够推见将来，只要不将那帐目来作消遣。

有些人到现在还在为俄国的上等人鸣不平，以为革命的光明的标语，实际倒成了黑暗。这恐怕也是真的。改革的标语一定是较光明的；做这书中所收的几篇文章的时代，改革者大概就很想普给一切人们以一律的光明。但他们被拷问，被幽禁，被流放，被杀戮了。要给，也不能。这已经都写在帐上，一翻就明白。假使遏绝革新，屠戮改革者的人物，改革后也就同浴改革的光明，那所处的倒是最稳妥的地位。然而已经都写在帐上了，因此用血的方式，到后来便不同，先前似的时代在他们已经过去。

中国是否会有平民的时代，自然无从断定。然而，总之，平民总未必会舍命改革以后，倒给上等人安排鱼翅席，是显而易见的，因为上等人从来就没有给他们安排过杂合面。只要翻翻这一本书，大略便明白别人的自由是怎样挣来的前因，并且看看后果，即使将来地位失坠，也就不至于妄鸣不平，较之失意而学佛，切实得多多了。所以，我想，这几篇文章在中国还是很有好处的。

一九二六年十一月十四日风雨之夜，鲁迅记于厦门。

题注：

本篇最初发表于北京《语丝》周刊第一一二期（1927 年 1 月 1 日）。同时收入北京北新书局 1927 年 1 月出版的《争自由的波浪》一书。初未收集。

《争自由的波浪》是俄国短篇小说、散文集，内收高尔基的《争自由的波浪》《人的生命》，但兼珂的《大心》，列夫·托尔斯泰的《尼古拉之棍》4篇小说，以及列夫·托尔斯泰的《在教堂里》等3篇散文。原名《专制国家之自由语》，英译本改名《大心》。董秋芳从英译本转译，为"未名丛刊"之一。鲁迅为之校订，并写了本文作为序言。

《说幽默》译者附记

将 humour 这字，音译为"幽默"，是语堂开首的。因为那两字似乎含有意义，容易被误解为"静默"，"幽静"等，所以我不大赞成，一向没有沿用。但想了几回，终于也想不出别的什么适当的字来，便还是用现成的完事。

一九二六，一二，七。译者识于厦门。

题注：

本篇与所译《说幽默》最初发表于 1927 年 1 月 10 日《莽原》半月刊第二卷第一期，后收入日本作家鹤见祐辅《思想·山水·人物》单行本。

写在《劳动问题》之前

　　还记得去年夏天住在北京的时候，遇见张我权君，听到他说过这样意思的话："中国人似乎都忘记了台湾了，谁也不大提起。"他是一个台湾的青年。

　　我当时就像受了创痛似的，有点苦楚；但口上却道："不。那倒不至于的。只因为本国太破烂，内忧外患，非常之多，自顾不暇了，所以只能将台湾这些事情暂且放下。……"

　　但正在困苦中的台湾的青年，却并不将中国的事情暂且放下。他们常希望中国革命的成功，赞助中国的改革，总想尽些力，于中国的现在和将来有所裨益，即使是自己还在做学生。

　　张秀哲君是我在广州才遇见的。我们谈了几回，知道他已经译成一部《劳动问题》给中国，还希望我做一点简短的序文。我是不善于作序，也不赞成作序的；况且对于劳动问题，一无所知，尤其没有开口的资格。我所能负责说出来的，不过是张君于中日两国的文字，俱极精通，译文定必十分可靠这一点罢了。

　　但我这回却很愿意写几句话在这一部译本之前，只要我能够。我虽然不知道劳动问题，但译者在游学中尚且为民众尽力的努力与诚意，我是觉得的。

我只能以这几句话表出我个人的感激。但我相信，这努力与诚意，读者也一定都会觉得的。这实在比无论什么序文都有力。

一九二七年四月十一日，鲁迅识于广州中山大学。

题注：

本篇最初收入 1927 年 6 月 24 日广州国际社会问题研究社出版的《国际劳动问题》一书，原题为《〈国际劳动问题〉小引》。收入《而已集》时，作了修改。

《国际劳动问题》，日本浅利顺次郎（曾任国际劳动局日本支局局长）著，张月澄的译本于 1927 年由广州国际社会问题研究社出版。此书共三章，前两章为劳动运动的国际关系、劳动立法的国际关系，自序与第三章《附言》，由译者自撰。《附言》洋溢着爱国主义和国际主义的精神，充满着民族自豪感。此书封里印有列宁画像，出版目的"是要介绍给中国的民众知道现国际劳动运动的趋势"。

张月澄，别名张秀哲，台湾省人，早年居住日本，1926 年初考入广州岭南大学文科。鲁迅在中山大学任教时，张曾数度拜访鲁迅，鲁迅应邀为这本译作写序。

《小约翰》引言

在我那《马上支日记》里，有这样的一段——

"到中央公园，径向约定的一个僻静处所，寿山已先到，略
一休息，便开手对译《小约翰》。这是一本好书，然而得来却是
偶然的事。大约二十年前罢，我在日本东京的旧书店头买到几十
本旧的德文文学杂志，内中有着这书的绍介和作者的评传，因为
那时刚译成德文。觉得有趣，便托丸善书店去买来了；想译，没
有这力。后来也常常想到，但是总被别的事情岔开。直到去年，
才决计在暑假中将它译好，并且登出广告去，而不料那一暑假过
得比别的时候还艰难。今年又记得起来，翻检一过，疑难之处很
不少，还是没有这力。问寿山可肯同译，他答应了，于是就开
手，并且约定，必须在这暑假期中译完。"

这是去年，即一九二六年七月六日的事。那么，二十年前自然
是一九○六年。所谓文学杂志，绍介着《小约翰》的，是一八九九年
八月一日出版的《文学的反响》（Das litterarische Echo），现在是大概

早成了旧派文学的机关了，但那一本却还是第一卷的第二十一期。原作的发表在一八八七年，作者只二十八岁；后十三年，德文译本才印出，译成还在其前，而翻作中文是在发表的四十整年之后，他已经六十八岁了。

日记上的话写得很简单，但包含的琐事却多。留学时候，除了听讲教科书，及抄写和教科书同种的讲义之外，也自有些乐趣，在我，其一是看看神田区一带的旧书坊。日本大地震后，想必很是两样了罢，那时是这一带书店颇不少，每当夏晚，常常猬集着一群破衣旧帽的学生。店的左右两壁和中央的大床上都是书，里面深处大抵跪坐着一个精明的掌柜，双目炯炯，从我看去很像一个静踞网上的大蜘蛛，在等候自投罗网者的有限的学费。但我总不免也别人一样，不觉逡巡而入，去看一通，到底是买几本，弄得很觉怀里有些空虚。但那破旧的半月刊《文学的反响》，却也从这样的处所得到的。

我还记得那时买它的目标是很可笑的，不过想看看他们每半月所出版的书名和各国文坛的消息，总算过屠门而大嚼，比不过屠门而空咽者好一些，至于进而购读群书的野心，却连梦中也未尝有。但偶然看见其中所载《小约翰》译本的标本，即本书的第五章，却使我非常神往了。几天以后，便跑到南江堂去买，没有这书，又跑到丸善书店，也没有，只好就托他向德国去定购。大约三个月之后，这书居然在我手里了，是萧垒斯（Anna Fles）女士的译笔，卷头有赉赫博士（Dr. Paul Rache）的序文，《内外国文学丛书》（Bibliothek die Gesamt-Litteratur des In-und-Auslandes, verlag von Otto Hendel, Halle a.d.S.）之一，价只七十五芬涅，即我们的四角，而且还是布面的！

这诚如序文所说，是一篇"象征写实底童话诗"。无韵的诗，成人的童话。因为作者的博识和敏感，或者竟已超过了一般成人的童话了。其中如金虫的生平，菌类的言行，火萤的理想，蚂蚁的平和论，都是实际和幻想的混合。我有些怕，倘不甚留心于生物界现象的，会因此减少若干兴趣。但我预觉也有人爱，只要不失赤子之心，而感到什么地方有着"人性和他们的悲痛之所在的大都市"的人们。

这也诚然是人性的矛盾，而祸福纠缠的悲欢。人在稚齿，追随"旋儿"，与造化为友。福乎祸乎，稍长而竟求知：怎么样，是什么，为什么？于是招来了智识欲之具象化：小鬼头"将知"；逐渐还遇到科学研究的冷酷的精灵："穿凿"。童年的梦幻撕成粉碎了；科学的研究呢，"所学的一切的开端，是很好的，——只是他钻研得越深，那一切也就越凄凉，越黯淡。"——惟有"号码博士"是幸福者，只要一切的结果，在纸张上变成数目字，他便满足，算是见了光明了。谁想更进，便得苦痛。为什么呢？原因就在他知道若干，却未曾知道一切，遂终于是"人类"之一，不能和自然合体，以天地之心为心。约翰正是寻求着这样一本一看便知一切的书，然而因此反得"将知"，反遇"穿凿"，终不过以"号码博士"为师，增加更多的苦痛。直到他在自身中看见神，将径向"人性和他们的悲痛之所在的大都市"时，才明白这书不在人间，惟从两处可以觅得：一是"旋儿"，已失的原与自然合体的混沌；一是"永终"——死，未到的复与自然合体的混沌。而且分明看见，他们俩本是同舟……。

假如我们在异乡讲演，因为言语不同，有人口译，那是没有法子的，至多，不过怕他遗漏，错误，失了精神。但若译者另外加些解释，申明，摘要，甚而至于阐发，我想，大概是讲者和听者都要讨厌的罢。因此，我也不想再说关于内容的话。

我也不愿意别人劝我去吃他所爱吃的东西，然而我所爱吃的，却往往不自觉地劝人吃。看的东西也一样，《小约翰》即是其一，是自已爱看，又愿意别人也看的书，于是不知不觉，遂有了翻成中文的意思。这意思的发生，大约是很早的，因为我久已觉得仿佛对于作者和读者，负着一宗很大的债了。

然而为什么早不开手的呢？"忙"者，饰辞；大原因仍在很有不懂的处所。看去似乎已经懂，一到拔出笔来要译的时候，却又疑惑起来了，总而言之，就是外国语的实力不充足。前年我确曾决心，要利用暑假中的光阴，仗着一本辞典来走通这条路，而不料并无光阴，我的至少两三个月的生命，都死在"正人君子"和"学者"们的围攻里了。到去年夏，将离北京，先又记得了这书，便和我多年共事的朋友，曾经帮我译过《工人绥惠略夫》的齐宗颐君，躲在中央公园的一间红墙的小屋里，先译成一部草稿。

我们的翻译是每日下午，一定不缺的是身边一壶好茶叶的茶和身上一大片汗。有时进行得很快，有时争执得很凶，有时商量，有时谁也想不出适当的译法。译得头昏眼花时，便看看小窗外的日光和绿荫，心绪渐静，慢慢地听到高树上的蝉鸣，这样地约有一个月。不久我便带着草稿到厦门大学，想在那里抽空整理，然而没有工夫；也就住不下去了，那里也有"学者"。于是又带到广州的中山大学，想在那里抽空整理，然而又没有工夫；而且也就住不下去了，那里又来了"学者"。结果是带着逃进自己的寓所——刚刚租定不到一月的，很阔，然而很热的房子——白云楼。

荷兰海边的沙冈风景，单就本书所描写，已足令人神往了。我这楼外却不同：满天炎热的阳光，时而如绳的暴雨；前面的小港中是十几只蜑户的船，一船一家，一家一世界，谈笑哭骂，具有大都市中的悲欢。也仿佛觉得不知那里有青春的生命沦亡，或者正被杀戮，或者正在呻吟，或者正在"经营腐烂事业"和作这事业的材料。然而我却渐渐知道这虽然沈默的都市中，还有我的生命存在，纵已节节败退，我实未尝沦亡。只是不见"火云"，时窘阴雨，若明若昧，又像整理这译稿的时候了。于是以五月二日开手，稍加修正，并且誊清，月底才完，费时又一个月。

可惜我的老同事齐君现不知漫游何方，自去年分别以来，迄今未通消息，虽有疑难，也无从商酌或争论了。倘有误译，负责自然由我。加以虽然沈默的都市，而时有侦察的眼光，或扮演的函件，或京式的流言，来扰耳目，因此执笔又时时流于草率。务欲直译，文句也反成蹇涩；欧文清晰，我的力量实不足以达之。《小约翰》虽如波勒兑蒙德说，所用的是"近于儿童的简单的语言"，但翻译起来，却已够感困难，而仍得不如意的结果。例如末尾的紧要而有力的一句："Und mit seinem Begleiter ging er den frostigen Nachtwinde entgegen, den schweren Weg nach der grossen, finstern Stadt, wo die Menschheit war und ihr Weh."那下半，被我译成这样拙劣的"上了走向那大而黑暗的都市即人性和他们的悲痛之所在的艰难的路"了，冗长而且费解，但我别无更好的译法，因为倘一解散，精神和力量就很不同。然而原译是极清楚的：上了艰难的路，这路是走向大而黑暗的都市去的，而这都市是人性和他们的悲痛之所在。

动植物的名字也使我感到不少的困难。我的身边只有一本《新独和辞书》，从中查出日本名，再从一本《辞林》里去查中国字。然而查不出的还有二十余，这些的译成，我要感谢周建人君在上海给我查考较详的辞典。但是，我们和自然一向太疏远了，即使查出了见于书上的名，也不知道实物是怎样。菊呀松呀，我们是明白的，紫花地丁便有些模胡，莲馨花（primel）则连译者也不知道究竟是怎样的形色，虽然已经依着字典写下来。有许多是生息在荷兰沙地上的东西，难怪我们不熟悉，但是，例如虫类中的鼠妇（Kellerassel）和马陆（Lauferkäfer），我记得在我的故乡是只要翻开一块湿地上的断砖或碎石来就会遇见的。我们称后一种为"臭婆娘"，因为它浑身发着恶臭；前一种我未曾听到有人叫过它，似乎在我乡的民间还没有给它定出名字；广州却有："地猪"。

和文字的务欲近于直译相反，人物名却意译，因为它是象征。小鬼头 Wistik 去年商定的是"盖然"，现因"盖"者疑词，稍有不妥，索性擅改作"将知"了。科学研究的冷酷的精灵 Pleuzer 即德译的 Klauber，本来最好是译作"挑剔者"，挑谓挑选，剔谓吹求。但自从陈源教授造出"挑剔风潮"这一句妙语以来，我即敬避不用，因为恐怕《闲话》的教导力十分伟大，这译名也将蓦地被解为"挑拨"。以此为学者的别名，则行同刀笔，于是又有重罪了，不如简直译作"穿凿"。况且中国之所谓"日凿一窍而'混沌'死"，也很像他的将约翰从自然中拉开。小姑娘 Robinetta 我久久不解其义，想译音；本月中旬托江绍原先生设法作最末的查考，几天后就有回信——

> ROBINETTA 一名，韦氏大字典人名录未收入。我因为疑心她
> 与 ROBIN 是一阴一阳，所以又查 ROBIN，看见下面的解释：
> ROBIN：是 ROBERT 的亲热的称呼，
> 而 ROBERT 的本训是"令名赫赫"（！）

那么，好了，就译作"荣儿"。

英国的民间传说里，有叫作 Robin good fellow 的，是一种喜欢恶作剧的妖怪。如果荷兰也有此说，则小姑娘之所以称为 Robinetta 者，大概就和这相关。因为她实在和小约翰开了一个可怕的大玩笑。

《约翰跋妥尔》一名《爱之书》，是《小约翰》的续编，也是结束。我不知道别国可有译本；但据他同国的波勒兑蒙德说，则"这是一篇象征底散文诗，其中并非叙述或描写，而是号哭和欢呼"；而且便是他，也"不大懂得"。

原译本上赉赫博士的序文，虽然所说的关于本书并不多，但可以略见十九世纪八十年代的荷兰文学的大概，所以就译出了。此外我还将两篇文字作为附录。一即本书作者拂来特力克望蔼覃的评传，载在《文学的反响》一卷二十一期上的。评传的作者波勒兑蒙德，是那时荷兰著名的诗人，赉赫的序文上就说及他，但于他的诗颇致不满。他的文字也奇特，使我译得很有些害怕，想中止了，但因为究竟可以知道一点望蔼覃的那时为止的经历和作品，便索性将它译完，算是一种徒劳的工作。末一篇是我的关于翻译动植物名的小记，没有多大关系的。

评传所讲以外及以后的作者的事情，我一点不知道。仅隐约还记得欧洲大战的时候，精神底劳动者们有一篇反对战争的宣言，中国也曾译载在《新青年》上，其中确有一个他的署名。

一九二七年五月三十日，鲁迅于广州东堤寓楼之西窗下记。

题注：

本篇最初发表于 1927 年 6 月 26 日《语丝》周刊第一三七期，后收入《小约翰》单行本。《小约翰》，荷兰作家望·蔼覃所作长篇童话诗。1926 年 7 月起，鲁迅在齐寿山的协助下共同翻译，至 8 月中旬译毕，1928 年 1 月由北京未名社出版，列为"未名丛刊"之一。

《小约翰》动植物译名小记

关于动植物的译名，我已经随文解释过几个了，意有未尽，再写一点。

我现在颇记得我那剩在北京的几本陈旧的关于动植物的书籍。当此"讨赤"之秋，不知道它们无恙否？该还不至于犯禁罢？然而虽在"革命策源地"的广州，我也还不敢妄想从容；为从速完结一件心愿起见，就取些巧，写信去问在上海的周建人君去。我们的函件往返是七回，还好，信封上背着各种什么什么检查讫的印记，平安地递到了，不过慢一点。但这函商的结果也并不好。因为他可查的德文书也只有 Hertwig 的动物学和 Strassburger 的植物学，自此查得学名，然后再查中国名。他又引用了几回中国唯一的《植物学大辞典》。

但那大辞典上的名目，虽然都是中国字，有许多其实乃是日本名。日本的书上确也常用中国的旧名，而大多数还是他们的话，无非写成了汉字。倘若照样搬来，结果即等于没有。我以为是不大妥当的。

只是中国的旧名也太难。有许多字我就不认识，连字音也读不清；要知道它的形状，去查书，又往往不得要领。经学家对于《毛诗》上的鸟兽草木虫鱼，小学家对于《尔雅》上的释草释木之类，医学家对于《本草》上的许多动植，一向就终于注释不明白，虽然大家也七手八脚写下了许多书。我想，将来如果有专心的生物学家，单是对于名目，除采取可用的旧名之外，还须博访各处的俗名，择其较通行而合用者，定为正名，不足，又益以新制，则别的且不说，单是译书就便当得远了。

以下，我将要说的照着本书的章次，来零碎说几样。

第一章开头不久的一种植物 Kerbel 就无法可想。这是属于伞形科的，学名 Anthriscus。但查不出中国的译名，我又不解其义，只好译音：凯白勒。幸而它只出来了一回，就不见了。日本叫它ジヤク。

第二章也有几种——

Buche 是欧洲极普通的树木，叶卵圆形而薄，下面有毛，树皮褐色，木材可作种种之用，果实可食。日本叫作橅（Buna），他们又考定中国称为山毛榉。《本草别录》云："榉树，山中处处有之，皮似檀槐，叶如栎槲。"很近似。而《植物学大辞典》又称椈。椈者，柏也，今不据用。

约翰看见一个蓝色的水蜻蜓（Libelle）时，想道："这是一个蛾儿罢。"蛾儿原文是 Feuerschmetterling，意云火胡蝶。中国名无可查考，但恐非胡蝶；我初疑是红蜻蜓，而上文明明云蓝色，则又不然。现在姑且译作蛾儿，以待识者指教。

旋花（Winde）一名鼓子花，中国也到处都有的。自生原野上，叶作戟形或箭镞形，花如牵牛花，色淡红或白，午前开，午后萎，所以日本谓之昼颜。

旋儿手里总爱拿一朵花。他先前拿过燕子花（Iris）；在第三章上，却换了 Maiglöckchen（五月钟儿）了，也就是 Maiblume（五月花）。中国近来有两个译名：君影草，铃兰。都是日本名。现用后一名，因为比较地可解。

第四章里有三种禽鸟，都是属于燕雀类的——

一，Pirol。日本人说中国叫"剖苇"，他们叫"苇切"。形似莺，腹白，尾长，夏天居苇丛中，善鸣噪。我现在译作鹨鹟，不知对否。

二，Meise。身子很小，嘴小而尖，善鸣。头和翅子是黑的，两颊却白，所以中国称为白颊鸟。我幼小居故乡时，听得农人叫它"张飞鸟"。

三，Amsel。背苍灰色，胸腹灰青，有黑斑；性机敏，善于飞翔。日本的《辞林》以为即中国的白头鸟。

第五章上还有两个燕雀类的鸟名：Rohrdrossel und Drossel。无从考查，只得姑且直译为苇雀和嗌雀。但小说用字，没有科学上那么缜密，也许两者还是同一的东西。

热心于交谈的两种毒菌，黑而胖的鬼菌（Teufelsschwamm）和细长而红，且有斑点的捕蝇菌（Fliegenschwamm），都是直译，只是"捕"字是添上去的。捕蝇菌引以自比的鸟莓（Vogelbeere），也是直译，但我们因为莓字，还可以推见这果实是红质白点，好像桑葚一般的东西。《植物学大辞典》称为七度灶，是日本名 Nanakamado 的直译，而添了一个"度"字。

将种子从孔中喷出，自以为大幸福的小菌，我记得中国叫作酸浆菌，因为它的形状，颇像酸浆草的果实。但忘了来源，不敢用了；

索性直译德语的 Erdstern，谓之地星。《植物学大辞典》称为土星菌，我想，大约是译英语的 Earthstar 的，但这 Earth 我以为也不如译作"地"，免得和天空中的土星相混。

第六章的霍布草（Hopfen）是译音的，根据了《化学卫生论》。

红腠鸟（Rotkehlchen）是译意的。这鸟也属于燕雀类，嘴阔而尖，腹白，头和背赤褐色，鸣声可爱。中国叫作知更雀。

第七章的翠菊是 Aster；莘尼亚是 Zinnia 的音译，日本称为百日草。

第八章开首的春天的先驱是松雪草（Schneeglöckchen），德国叫它雪钟儿。接着开花的是紫花地丁（Veilchen），其实并不一定是紫色的，也有人译作堇草。最后才开莲馨花（Primel od. Schlüsselblume），日本叫樱草，《辞林》云："属樱草科，自生山野间。叶作卵状心形。花茎长，顶生伞状的花序。花红紫色，或白色；状似樱花，故有此名。"

这回在窗外常春藤上吵闹的白头翁鸟，是 Star 的翻译，不是第四章所说的白头鸟了。但也属于燕雀类，形似鸠而小，全体灰黑色，顶白；栖息野外，造巢树上，成群飞鸣。一名白头发。

约翰讲的池中的动物，也是我们所要详细知道的。但水甲虫是 Wasserkäfer 的直译，不知其详。水蜘蛛（Wasserläufer）其实也并非蜘蛛，不过形状相像，长只五六分，全身淡黑色而有光泽，往往群集水面。《辞林》云：中国名水黾。因为过于古雅，所以不用。鲵鱼（Salamander）是两栖类的动物，状似蜥蜴，灰黑色，居池水或溪水中，中国有些地方简直以供食用。刺鱼原译作 Stichling，我想这是不对的，因为它是生在深海的底里的鱼。Stachelfisch 才是淡水中的小鱼，背部及腹部有硬刺，长约一尺，在水底的水草的茎叶或须根间作窠，产卵于内。日本称前一种为硬鳍鱼，俗名丝鱼；后一种为棘鳍鱼。

Massliebchen 不知中国何名，姑且用日本名，曰雏菊。

小约翰自从失掉了旋儿，其次荣儿之后，和花卉虫鸟们也疏远了。但在第九章上还记着他遇见两种高傲的黄色的夏花：Nachtkerze und Königskerze，直译起来，是夜烛和王烛，学名 Oenother biennis et Verbascum thapsus. 两种都是欧洲的植物，中国没有名目的。前一种近来输入得颇多；许多译籍上都沿用日本名：月见草，月见者，玩月也，因为它是傍晚开的。但北京的花儿匠却曾另立了一个名字，就是月下香；我曾经采用在《桃色的云》里，现在还仍旧。后一种不知道底细，只得直译德国名。

第十一章是凄惨的游览坟墓的场面，当然不会再看见有趣的生物了。穿凿念动黑暗的咒文，招来的虫们，约翰所认识的有五种。蚯蚓和蜈蚣，我想，我们也谁都认识它，和约翰有同等程度的。鼠妇和马陆较为生疏，但我已在引言里说过了。独有给他们打灯笼的 Ohrwurm，我的《新独和辞书》上注道：蠼螋。虽然明明译成了方块字，而且确是中国名，其实还是和 Ohrwurm 一样地不能懂，因为我终于不知道这究竟是怎样的东西。放出"学者"的本领来查古书，有的，《玉篇》云："蚑螋，虫名；亦名蠼螋。"还有《博雅》云："蚑螋，蛷蛷也。"也不得要领。我也只好私淑号码博士，看见中国式的号码便算满足了。还有一个最末的手段，是译一段日本的《辞林》来说明它的形状："属于直翅类中蠼螋科的昆虫。体长一寸许；全身黑褐色而有黄色的脚。无翅；有触角二十节。尾端有歧，以挟小虫之类。"

第十四章以 Sandäuglein 为沙眸子，是直译的，本文就说明着是一种小胡蝶。

还有一个 münze，我的《新独和辞书》上除了货币之外，没有别的解释。乔峰来信云："查德文分类学上均无此名。后在一种德文字典上查得 münze 可作 minze 解一语，而 minze 则薄荷也。我想，大概不错的。"这样，就译为薄荷。

一九二七年六月十四日写讫。鲁迅。

题注：

本篇最初收入 1928 年 1 月北京未名社出版的《小约翰》单行本。

《书斋生活与其危险》译者附记

这是《思想·山水·人物》中的一篇，不写何时所作，大约是有所为而发的。作者是法学家，又喜欢谈政治，所以意见如此。

数年以前，中国的学者们曾有一种运动，是教青年们躲进书斋去。我当时略有一点异议，意思也不过怕青年进了书斋之后，和实社会实生活离开，变成一个呆子，——胡涂的呆子，不是勇敢的呆子。不料至今还负着一个"思想过激"的罪名，而对于实社会实生活略有言动的青年，则竟至多遭意外的灾祸。译此篇讫，遥想日本言论之自由，真"不禁感慨系之矣"！

作者要书斋生活者和社会接近，意在使知道"世评"，改正自己一意孤行的偏宕的思想。但我以为这意思是不完全的。第一，要先看怎样的"世评"。假如是一个腐败的社会，则从他所发生的当然只有腐败的舆论，如果引以为鉴，来改正自己，则其结果，即非同流合汙，也必变成圆滑。据我的意见，公正的世评使人谦逊，而不公正或流言式的世评，则使人傲慢或冷嘲，否则，他一定要愤死或被逼死的。

一九二七年六月一日，译者附记。

题注:

  本篇与所译《书斋生活与其危险》最初发表于 1927 年 6 月 25 日《莽原》半月刊第二卷第十二期。初未收集。《书斋生活与其危险》译自日本作家鹤见祐辅《思想·山水·人物》中的一篇。

《在沙漠上》译者附识

这一篇是从日本米川正夫辑译的《劳农露西亚小说集》里重译出来的；原本的卷末附有解说，现在也摘译在下面——

在青年的"绥拉比翁的弟兄们"之中，最年少的可爱的作家莱阿夫·伦支，为病魔所苦者将近一年，但至一九二四年五月，终于在汉堡的病院里长逝了。享年仅二十二；当刚才跨出人生的第一步，创作方面也将自此从事于真切的工作之际，虽有丰饶的天禀，竟不遑很得秋实而去世，在俄国文学，是可以说，殊非微细的损失的。伦支是充满着光明和欢喜和活泼的力的少年，常常驱除朋友的沈滞和忧郁和疲劳，当绝望的瞬息中，灌进力量和希望去，而振起新的勇气来的"杠杆"。别的"绥拉比翁弟兄们"一接他的讣报，便悲泣如失同胞，是不为无故的。

性情如此的他，在文学上，也力斥那旧时代俄国文学特色的沈重的忧郁的静底的倾向，而于适合现代生活基调的动底的突进底态度，加以张扬。因此他埋头于研究仲马和司谛芬生，竭力要领悟那传奇底冒险底的作风的真髓，而发见和新的时代精神的合致点。此外，则西班牙的骑士故事，法兰西的乐剧（Mélodrama），也是他的热心研究的对象。"动"的主张者伦支，较之小说，倒在戏剧方面觉得更所加意。因为小说的本来的性质就属于"静"，而戏剧是和这相反的。……

《在沙漠上》是伦支的十九岁时之作，是从《旧约》的《出埃及记》中，提出和初革命后的俄国相共通的意义来，将圣书中的话和现代的话，巧施调和，用了有弹力的暗示底的文体，加以表现的，凡这些处所，我相信，都足以窥见他的不平常的才气。

我再赘几句话。这篇的取材，上半虽在《出埃及记》，但后来所用的是《民数记》，见第二十五章，杀掉的女人就是米甸族首领苏甸的女儿哥斯比。至于将《圣经》中语和现代语调和之处，则因几经移译，当然是看不出来的了。篇末所写的神，大概便是作者所看见的俄国初革命后的精神，但我们也不要忘却这观察者是"绥拉比翁的弟兄们"——一个于十月革命并不密切的文学者团体——中的少年，时候是革命后不多久。现今的无产阶级作家的作品，只一意赞美工作，属望将来，和那色黑而多须的真的神不相类的也已不少了。

译者附识

一九二七年十一月八日

题注：

本篇与所译《在沙漠上》最初发表于 1929 年 1 月 1 日《北新》半月刊第三卷第一期，后经改动，插入《竖琴》单行本后记中。

《信州杂记》译者附记

我们都知道，俄国从十月革命之后，文艺家大略可分为两大批。一批避往别国，去做寓公；一批还在本国，虽然有的死掉，有的中途又走了，但这一批大概可以算是新的。

毕勒涅克（Boris Pilniak）是属于后者的文人。我们又都知道：他去年曾到中国，又到日本。此后的事，我不知道了。今天看见井田孝平和小岛修一同译的《日本印象记》，才知道他在日本住了两个月，于去年十月底，在墨斯科写成这样的一本书。

当时我想，咱们骂日本，骂俄国，骂英国，骂……，然而讲这些国度的情形的书籍却很少。讲政治，经济，军备，外交等类的，大家此时自然恐怕未必会觉得有趣，但文艺家游历别国的印象记之类却不妨有一点的。于是我就想先来介绍这一本毕勒涅克的书，当夜翻了一篇序词——《信州杂记》。

这不过全书的九分之一，此下还有《本论》，《本论之外》，《结论》三大篇。然而我麻烦起来了。一者"象"是日本的象，而"印"是俄国人的印，翻到中国来，隔膜还太多，注不胜注。二者译文还太轻妙，我不敌他；且手头又没有一部好好的字典，一有生字便费很大的周折。三者，原译本中时有缺字和缺句，是日本检查官所抹杀的罢，看起来也心里不快活。而对面阔人家的无线电话机里又在唱什么国粹戏，"唉唉唉"和琵琶的"丁丁丁"，闹得我头里只有发昏章第十一了。还是投笔从玩罢，我想，好在这《信州杂记》原也可以独立的，现在就将这作为开场，也同时作为结束。

我看完这书，觉得凡有叙述和讽刺，大抵是很为轻妙的，然而也感到一种不足。就是：欠深刻。我所见到的几位新俄作家的书，常常使我发生这一类觖望。但我又想，所谓"深刻"者，莫非真是"世纪末"的一种时症么？倘使社会淳朴笃厚，当然不会有隐情，便也不至于有深刻。如果我的所想并不错，则这些"幼稚"的作品，或者倒是走向"新生"的正路的开步罢。

我们为传统思想所束缚，听到被评为"幼稚"便不高兴。但"幼稚"的反面是什么呢？好一点是"老成"，坏一点就是"老狯"。革命前辈自言"老则有之，朽则未也，庸则有之，昏则未也"。然而"老庸"不已经尽够了么？

我不知道毕勒涅克对于中国可有什么著作，在《日本印象记》里却不大提及。但也有一点，现在就顺便介绍在这里罢——

"在中国的国境上，张作霖的狗将我的书籍全都没收了。连一千八百九十七年出版的 Flaubert 的《Salammbo》，也说是共产主义的传染品，抢走了。在哈尔宾，则我在讲演会上一开口，中国警署人员便走过来，下面似的说。照那言语一样地写，是这样的……

——话，不行。一点儿，一点儿唱罢。一点儿，一点儿跳罢。读不行！

我是什么也不懂。据译给我的意思，则是巡警禁止我演讲和朗读，而跳舞或唱歌是可以的。——人们打电话到衙门去，显着不安的相貌，疑惑着——有人对我说，何妨就用唱歌的调子来演讲呢。然而唱歌，我却敬谢不敏。这样恳切的中国，是挺直地站着，莞尔而笑，谦恭到讨厌，什么也不懂，却唠叨地说是'话，不行，一点儿，一点儿唱'的。于是中国和我，是干干净净地分了手了。"（《本论之外》第二节）

一九二七，一一，二六。记于上海。

题注：

本篇与所译《信州杂记》最初发表于 1927 年 12 月 24 日《语丝》周刊第四卷第二期。初未收集。《信州杂记》，俄国作家毕勒涅克所作《日本印象记》中的一篇。

《卢勃克和伊里纳的后来》译者附记

一九二〇年一月《文章世界》所载，后来收入《小小的灯》中。一九二七年即伊孛生生后一百年，死后二十二年，译于上海。

题注：

本篇与所译《卢勃克和伊里纳的后来》最初发表于 1928 年 1 月《小说月报》第十九卷第一号。初未收集。《卢勃克和伊里纳的后来》，译自挪威剧作家伊孛生（通译为易卜生）剧本《当我们死人再生时》。

《思想·山水·人物》题记

　　两三年前，我从这杂文集中翻译《北京的魅力》的时候，并没有想到要续译下去，积成一本书册。每当不想作文，或不能作文，而非作文不可之际，我一向就用一点译文来塞责，并且喜欢选取译者读者，两不费力的文章。这一篇是适合的。爽爽快快地写下去，毫不艰深，但也分明可见中国的影子。我所有的书籍非常少，后来便也还从这里选译了好几篇，那大概是关于思想和文艺的。

　　作者的专门是法学，这书的归趣是政治，所提倡的是自由主义。我对于这些都不了然。只以为其中关于英美现势和国民性的观察，关于几个人物，如亚诺德，威尔逊，穆来的评论，都很有明快切中的地方，滔滔然如瓶泻水，使人不觉终卷。听说青年中也颇有要看此等文字的人。自检旧译，长长短短的已有十二篇，便索性在上海的"革命文学"潮声中，在玻璃窗下，再译添八篇，凑成一本付印了。

　　原书共有三十一篇。如作者自序所说，"从第二篇起，到第二十二篇止，是感想；第二十三篇以下，是旅行记和关于旅行的感想。"我于第一部分中，选译了十五篇；从第二部分中，只选译了四篇，因为从我看来，作者的旅行记是轻妙的，但往往过于轻妙，令人如读日报上的杂俎，因此倒减却移译的兴趣了。那一篇《说自由主义》，也并非我所注意的文字。我自己，倒以为瞿提所说，自由和平等不能并求，也不能并得的话，更有见地，所以人们只得先取其一的。然而那却正是作者所研究和神往的东西，为不失这书的本色起见，便特地译上那一篇去。

这里要添几句声明。我的译述和绍介，原不过想一部分读者知道或古或今有这样的事或这样的人，思想，言论；并非要大家拿来作言动的南针。世上还没有尽如人意的文章，所以我只要自己觉得其中有些有用，或有些有益，于不得已如前文所说时，便会开手来移译，但一经移译，则全篇中虽间有大背我意之处，也不加删节了。因为我的意思，是以为改变本相，不但对不起作者，也对不起读者的。

我先前译印厨川白村的《出了象牙之塔》时，办法也如此。且在后记里，曾悼惜作者的早死，因为我深信作者的意见，在日本那时是还要算急进的。后来看见上海的《革命的妇女》上，元法先生的论文，才知道他因为见了作者的另一本《北米印象记》里有赞成贤母良妻主义的话，便颇责我的失言，且惜作者之不早死。这实在使我很惶恐。我太落拓，因此选择也一向没有如此之严，以为倘要完全的书，天下可读的书怕要绝无，倘要完全的人，天下配活的人也就有限。每一本书，从每一个人看来，有是处，也有错处，在现今的时候是一定难免的。我希望这一本书的读者，肯体察我以上的声明。

例如本书中的《论办事法》是极平常的一篇短文，但却很给了我许多益处。我素来的做事，一件未毕，是总是时时刻刻放在心中的，因此也易于困惫。那一篇里面就指示着这样脾气的不行，人必须不凝滞于物。我以为这是无论做什么事，都可以效法的，但万不可和中国祖传的"将事情不当事"即"不认真"相牵混。

原书有插画三幅，因为我觉得和本文不大切合，便都改换了，并且比原数添上几张，以见文中所讲的人物和地方，希望可以增加读者的兴味。帮我搜集图画的几个朋友，我便顺手在此表明我的谢意，还有教给我所不解的原文的诸君。

一九二八年三月三十一日，鲁迅于上海寓楼译毕记。

题注：

本篇最初发表于北京《语丝》周刊第四卷第二十二期（1928 年 5 月 28 日）。发表时题为《关于思想山川人物》，后收入《思想·山水·人物》。

《思想·山水·人物》是日本鹤见祐辅所著的随笔集，1928 年 4 月鲁迅译出，5 月由上海北新书局出版。为简要评介作者及作品，同时也说明自己选译的目的，鲁迅写作了本文。

《贵家妇女》译者附记

《贵家妇女》是从日本尾濑敬止编译的《艺术战线》译出的；他的底本，是俄国 V. 理丁编的《文学的俄罗斯》，内载现代小说家自传，著作目录，代表的短篇小说等。这篇的作者，并不算著名的大家，经历也很简单。现在就将他的自传，译载于后——

"我于一八九五年生在波尔泰瓦。我的父亲——是美术家，出身贵族。一九一三年毕业古典中学，入彼得堡大学的法科，并未毕业。一九一五年，作为义勇兵向战线去了，受了伤，还被毒瓦斯所害。心有点异样。做了参谋大尉。一九一八年，作为义勇兵，加入赤军。一九一九年，以第一席成绩回籍。一九二一年，从事文学了。我的处女作，于一九二一年登在《彼得堡年报》上。"

《波兰姑娘》是从日本米川正夫编译的《劳农露西亚小说集》译出的。

题注：

  本篇与所译《贵家妇女》最初发表于 1928 年 9 月《大众文艺》月刊第一卷第一期。后又收入《近代世界短篇小说集》之一《奇剑及其他》。《贵家妇女》，译自俄国作家 V. 理丁编的《文学的俄罗斯》中的小说。

《食人人种的话》译者附记

查理路易·腓立普（Charles–Louis Philippe 1874—1909）是一个木鞋匠的儿子，好容易受了一点教育，做到巴黎市政厅的一个小官，一直到死。他的文学生活，不过十三四年。

他爱读尼采，托尔斯泰，陀思妥夫斯基的著作；自己的住房的墙上，写着一句陀思妥夫斯基的句子道：

"得到许多苦恼者，是因为有能堪许多苦恼的力量。"

但又自己加以说明云：

"这话其实是不确的，虽然知道不确，却是大可作为安慰的话。"

即此一端，说明他的性行和思想就很分明。

这一篇是从日本堀口大学的《腓立普短篇集》里译出的，是他的后期圆熟之作。但我所取的是篇中的深刻的讽喻，至于首尾的教训，大约出于作者的加特力教思想，在我是也并不以为的确的。

一九二八年九月二十日。

题注：

本篇与所译《食人人种的话》最初发表于 1928 年 10 月《大众文艺》月刊第一卷第二期。后又收入《近代世界短篇小说集》之一《奇剑及其他》。《食人人种的话》作者为法国作家查理·腓立普。

《关于绥蒙诺夫及其代表作〈饥饿〉》译者附记

　　《饥饿》这一部书，中国已有两种译本，一由北新书局印行，一载《东方杂志》。并且《小说月报》上又还有很长的批评了。这一篇是见于日本《新兴文学全集》附录第五号里的，虽然字数不多，却简洁明白，这才可以知道一点要领，恰有余暇，便译以饷曾见《饥饿》的读者们。

十月二日，译者识。

题注：

　　本篇与所译《关于绥蒙诺夫及其代表作〈饥饿〉》最初发表于1928年10月16日《北新》半月刊第二卷第二十三期。《关于绥蒙诺夫及其代表作〈饥饿〉》译自日本《新兴文学全集》。

《农夫》译者附记

　　这一篇，是从日文的《新兴文学全集》第二十四卷里冈泽秀虎的译本重译的，并非全卷之中，这算最好，不过因为一是篇幅较短，译起来不费许多时光，二是大家可以看看在俄国所谓"同路人"者，做的是怎样的作品。

　　这所叙的是欧洲大战时事，但发表大约是俄国十月革命以后了。原译者另外写有一段简明的解释，现在也都译在这下面——

　　"雅各武莱夫（Alexandr Iakovlev）是在苏维埃文坛上，被称为'同路人'的群中的一人。他之所以是'同路人'，则译在这里的《农夫》，说得比什么都明白。

　　"从毕业于彼得堡大学这一端说，他是智识分子，但他的本质，却纯是农民底，宗教底。他是禀有天分的诚实的作家。他的艺术的基调，是博爱和良心。他的作品中的农民，和毕力涅克作品中的农民的区别之处，是在那宗教底精神，直到了教会崇拜。他认农民为人类正义和良心的保持者，而且以为惟有农民，是真将全世界联结于友爱的精神的。将这见解，加以具体化者，是《农夫》。这里叙述着'人类的良心'的胜利。但要附加一句，就是他还有中篇《十月》，是显示着较前进的观念形态的。"

日本的《世界社会主义文学丛书》第四篇，便是这《十月》，曾经翻了一观，所写的游移和后悔，没有一个彻底的革命者在内，用中国现在时行的批评式眼睛来看，还是不对的。至于这一篇《农夫》，那自然更甚，不但没有革命气，而且还带着十足的宗教气，托尔斯泰气，连用我那种落伍眼看去也很以苏维埃政权之下，竟还会容留这样的作者为奇。但我们由这短短的一篇，也可以领悟苏联所以要排斥人道主义之故，因为如此厚道，是无论在革命，在反革命，总要失败无疑，别人并不如此厚道，肯当你熟睡时，就不奉赠一枪刺。所以"非人道主义"的高唱起来，正是必然之势。但这"非人道主义"，是也如大炮一样，大家都会用的，今年上半年"革命文学"的创造社和"遵命文学"的新月社，都向"浅薄的人道主义"进攻，即明明白白证明着这事的真实。再想一想，是颇有趣味的。

A.Lunacharsky 说过大略如此的话：你们要做革命文学，须先在革命的血管里流两年；但也有例外，如"绥拉比翁的兄弟们"，就虽然流过了，却仍然显着白痴的微笑。这"绥拉比翁的兄弟们"，是十月革命后墨斯科的文学者团体的名目，作者正是其中的主要的一人。试看他所写的毕理契珂夫，善良，简单，坚执，厚重，蠢笨，然而诚实，像一匹象，或一个熊，令人生气，而无可奈何。确也无怪Lunacharsky 要看得顶上冒火。但我想，要"克服"这一类，也只要克服者一样诚实，也如象，也如熊，这就够了。倘只满口"战略""战略"，弄些狐狸似的小狡狯，那却不行，因为文艺究竟不同政治，小政客手腕是无用的。

曾经有旁观者，说郁达夫喜欢在译文尾巴上骂人，我这回似乎也犯了这病，又开罪于"革命文学"家了。但不要误解，中国并无要什么"锐利化"的什么家，报章上有种种启事为证，还有律师保镖，大家都是"忠实同志"，研究"新文艺"的。乖哉乖哉，下半年一律"遵命文学"了，而中国之所以不行，乃只因鲁迅之"老而不死"云。

十月二十七日写讫。

题注：

本篇与所译《农夫》最初发表于 1928 年 11 月《大众文艺》月刊第一卷第三期。后收入《近代世界短篇小说集》之二《在沙漠上及其他》。《农夫》作者为苏联作家雅各武莱夫，鲁迅译自日文的《新兴文学全集》。

《北欧文学的原理》译者附记

这是六年以前，片上先生赴俄国游学，路过北京，在北京大学所讲的一场演讲；当时译者也曾往听，但后来可有笔记在刊物上揭载，却记不清楚了。今年三月，作者逝世，有论文一本，作为遗著刊印出来，此篇即在内，也许还是作者自记的罢，便译存于《壁下译丛》中以留一种纪念。

演讲中有时说得颇曲折晦涩，几处是不相连贯的，这是因为那时不得不如此的缘故，仔细一看，意义自明。其中所举的几种作品，除《我们》一篇外，现在中国也都有译本，很容易拿来参考了。今写出如下——

《傀儡家庭》，潘家洵译。在《易卜生集》卷一内。《世界丛书》之一。上海商务印书馆发行。

《海上夫人》（文中改称《海的女人》），杨熙初译。《共学社丛书》之一。发行所同上。

《呆伊凡故事》，耿济之等译。在《托尔斯泰短篇集》内。发行所同上。

《十二个》，胡斅译。《未名丛刊》之一。北京北新书局发行。

一九二八年十月九日，译者附记。

题注：

　　本篇与所译《北欧文学的原理》最初收入"壁下译丛"。《北欧文学的原理》译自日本作家片上伸的遗著《露西亚文学研究》。

《北欧文学的原理》译者附记二

片上教授路过北京，在北京大学公开讲演时，我也在旁听，但那讲演的译文，那时曾否登载报章，却已经记不清楚了。今年他去世之后，有一本《露西亚文学研究》出版，内有这一篇，便于三闲时译出，编入《壁下译丛》里。现在《译丛》一时未能印成，而《大江月刊》第一期，陈望道先生恰恰提起这回的讲演，便抽了下来，先行发表，既似应时，又可偷懒，岂非一举而两得也乎哉！

这讲演，虽不怎样精深难解，而在当时，却仿佛也没有什么大效果。因为那时是那样的时候，连"革命文学"的司令官成仿吾还在把守"艺术之宫"，郭沫若也未曾翻"一个跟斗"，更不必说那些"有闲阶级"了。

其中提起的几种书，除《我们》外，中国现在已经都有译本了——

《傀儡家庭》 潘家洵译，在《易卜生集》卷一内。上海商务印书馆发行。

《海上夫人》（文中改称《海的女人》）杨熙初译。发行所同上。

《呆伊凡故事》 耿济之等译，在《托尔斯泰短篇集》内。发行所

165

同上。

《十二个》 胡斅译。《未名丛刊》之一。北新书局发行。

要知道得仔细的人是很容易得到的。不过今年是似乎大忌"矛盾"，不骂几句托尔斯泰"矛盾"就不时髦，要一面几里古鲁的讲"普罗列塔里亚特意德沃罗基"，一面源源的卖《少年维特的烦恼》和《鲁拜集》，将"反映支配阶级底意识为支配阶级作他底统治的工作"的东西，灌进那些吓得忙来革命的"革命底印贴利更追亚"里面去，弄得他们"落伍"，于是"打发他们去"，这才算是不矛盾，在革命了。"鲁迅不懂唯物史观"，但"旁观"起来，好像将毒药给"同志"吃，也是一种"新文艺"家的"战略"似的。

上月刚说过不在《大江月刊》上发牢骚，不料写一点尾巴，旧病便复发了，"来者犹可追"，这样就算完结。

一九二八年十一月一夜，译者识于上海离租界一百多步之处。

题注：

本篇与所译《北欧文学的原理》最初发表于 1928 年 11 月号《大江月刊》。初未收集。《北欧文学的原理》译自日本作家片上伸的遗著《露西亚文学研究》。

《竖琴》译者附记

作者符拉迪弥尔·理定（Vladimir Lidin）是一八九四年二月三日，生于墨斯科的，今年才三十五岁。七岁，入拉赛列夫斯基东方语学院；十四岁丧父，就营独立生活，到一九一一年毕业，夏秋两季，在森林中过活了几年。欧洲大战时，由墨斯科大学毕业，赴西部战线；十月革命时是在赤军中及西伯利亚和墨斯科；后来常常旅行外国，不久也许会像 B.Pilyniak 一样，到东方来。

他的作品正式的出版，在一九一五年，到去年止，约共有十二种。因为是大学毕业的，所以是智识阶级作家，也是"同路人"，但读者颇多，算是一个较为出色的作者。这篇是短篇小说集《往日的故事》中的一篇，从日本村田春海的译本重译的。时候是十月革命后到次年三月，约半年；事情是一个犹太人因为不堪在故乡的迫害和虐杀，到墨斯科去寻正义，然而止有饥饿，待回来时，故家已经充公，自己也下了狱了。就以这人为中心，用简洁的蕴藉的文章，画出着革命俄国的周围的生活。

原译本印在《新兴文学全集》第二十四卷里，有几个脱印的字，现在看上下文义补上了，自己不知道有无错误。另有两个×，却原来如此，大约是"示威"，"杀戮"这些字样罢，没有补。又因为希图易懂，另外加添了几个字，为原译本所无，则并重译者的注解都用方括弧作记。至于黑鸡来啄等等，乃是生了伤寒，发热时所见的幻象，不是"智识阶级"作家，作品里大概不至于有这样的玩意儿的——理定在自传中说，他年青时，曾很受契诃夫的影响。

还要说几句不大中听的话——这篇里的描写混乱，黑暗，可谓颇透了，虽然粉饰了许多诙谐，但刻划分明，恐怕虽从我们中国的"普罗塔列亚特苦理替开尔"看来，也要斥为"反革命"，——自然，也许因为是俄国作家，总还是值得"纪念"，和阿尔志跋绥夫一例待遇的。然而在他本国，为什么并不"没落"呢？我想，这是因为虽然有血，有污秽，而也有革命；因为有革命，所以对于描出血和污秽——无论已经过去或未经过去——的作品，也就没有畏惮了。这便是所谓"新的产生"。

一九二八年十一月十五日，鲁迅附记。

题注:

本篇与所译《竖琴》最初发表于 1929 年 1 月 10 日《小说月报》第二十卷第一号。后收入《竖琴》单行本后记。《竖琴》，苏联作家符拉迪弥尔·理定所作小说。

《跳蚤》译者附记

Guillaume Apollinaire 是一八八〇年十月生于罗马的一个私生儿，不久，他母亲便带他住在法国。少时学于摩那柯学校，是幻想家；在圣查理中学时，已有创作，年二十，就编新闻。从此放浪酒家，鼓吹文艺，结交许多诗人，对于立体派大画家 Pablo Picasso 则发表了世界中最初的研究。

一九一一年十一月，卢佛尔博物馆失窃了名画，以嫌疑被捕入狱的就是他，但终于释放了。欧洲大战起，他去从军，在壕堑中，炮弹的破片来钉在他头颅上，于是入病院。愈后结婚，家庭是欢乐的。但一九一八年十一月，因肺炎死在巴黎了，是休战条约成立的前三日。

他善画，能诗。译在这里的是 "Le Bestiaire"（《禽虫吟》）一名 "Cortége d'Orphee"（《阿尔斐的护从》）中的一篇；并载 Raoul Dufy 的木刻。

题注：

　　本篇与所译《跳蚤》最初发表于 1928 年 11 月《奔流》月刊第一卷第六期，署名封余。初未收集。《跳蚤》，法国诗人纪尧姆·亚波里耐尔所作诗歌。

《坦波林之歌》译者附记

作者原是一个少年少女杂志的插画的画家，但只是少年少女的读者，却又非他所满足，曾说："我是爱画美的事物的画家，描写成人的男女，到现在为止，并不很喜欢。因此我在少女杂志上，画了许多画。那是因为心里想，读者的纯真，以及对于画，对于美的理解力，都较别种杂志的读者锐敏的缘故。"但到一九二五年，他为想脱离那时为止的境界，往欧洲游学去了。印行的作品有《虹儿画谱》五辑，《我的画集》二本，《我的诗画集》一本，《梦迹》一本，这一篇，即出画谱第二辑《悲凉的微笑》中。

坦波林（Tambourine）是轮上蒙革，周围加上铃铛似的东西，可打可摇的乐器，在西班牙和南法，用于跳舞的伴奏的。

题注：

本篇与所译《坦波林之歌》最初发表于 1928 年 11 月《奔流》月刊第一卷第六期。初未收集。《坦波林之歌》，日本画家蕗谷虹儿所作诗歌。

《〈雄鸡和杂馔〉抄》译者附记

久闻外国书有一种限定本子，印得少，卖得贵，我至今一本也没有。今年春天看见 Jean Cocteau 的 Le Coq et L'arlequin 的日译本，是三百五十部中之一，倒也想要，但还是因为价贵，放下了。只记得其中的一句，是："青年莫买稳当的股票"，所以疑心它一定还有不稳的话，再三盘算，终于化了五碗"无产"咖啡的代价，买了回来了。

买回来细心一看，就有些想叫冤，因为里面大抵是讲音乐，在我都很生疏的。不过既经买来，放下也不大甘心，就随便译几句我所能懂的，贩入中国，——总算也没有买全不"稳当的股票"，而也聊以自别于"青年"。

至于作者的事情，我不想在此介绍，总之是一个现代的法国人，也能作画，也能作文，自然又是很懂音乐的罢了。

题注：

本篇与所译《〈雄鸡和杂馔〉抄》最初发表于 1928 年 12 月 27 日《朝花》周刊第四期。初未收集。《〈雄鸡和杂馔〉抄》，法国作家科克多所作杂文。

《十月》首二节译者附记

同是这一位作者的"非革命"的短篇《农夫》，听说就因为题目违碍，连广告都被大报馆拒绝了。这回再来译他一种中篇，观念比那《农夫》是前进一点，但还是"非革命"的，我想，它的生命，是在照着所能写的写：真实。

我译这篇的本意，既非恐怕自己没落，也非鼓吹别人革命，不过给读者看看那时那地的情形，算是一种一时的稗史，这是可以请有产无产文学家们大家放心的。

我所用的底本，是日本井田孝平的译本。

一九二九年一月二日，译者识。

题注：

本篇与所译《十月》首二节最初发表于 1929 年 1 月 20 日《大众文艺》月刊第一卷第五期。初未收集。《十月》，苏联"同路人"作家雅各武莱夫著。鲁迅于 1929 年初开始翻译，1930 年夏译毕，1933 年 2 月由上海神州国光社出版，列为"现代文艺丛书"之一。

《托尔斯泰之死与少年欧罗巴》译后记

　　第一篇论文，是托尔斯泰死去的翌年——一九一一年——二月，在《Novaia Zhizni》所载，后来收在《文学底影象》里的；现在从《马克斯主义者之所见的托尔斯泰》中杉本良吉的译文重译。重译这篇文章的意思，是极简单的——

　　一、托尔斯泰去世时，中国人似乎并不怎样觉得，现在倒回上去，从这篇里，可以看见那时欧洲文学界有名的人们——法国的 Anatole France，德国的 Gerhart Hauptmann，意大利的 Giovanni Papini，还有青年作者 D.Ancelis——的意见，以及一个科学底社会主义者——本论文的作者——对于这些意见的批评，较之由自己一一搜集来看更清楚，更省力。

　　二、借此可以知道时局不同，立论便往往不免于转变，预见的事，是非常之难的。这一篇上，作者还只将托尔斯泰判作非友非敌，不过一个并不相干的人；但到一九二四年的讲演（译载《奔流》七及八本上），却已认为虽非敌人的第一阵营，而是"很麻烦的对手"了，这大约是多数派已经握了政权，于托尔斯泰派之多，渐渐感到统治上的不便的缘故。到去年，托尔斯泰诞生百年纪念时，同作者又有一篇文章叫作《托尔斯泰记念会的意义》，措辞又没有演讲那么峻烈了，倘使这并非因为要向世界表示苏联未尝独异，而不过内部日见巩固，立论便也平静起来：那自然是很好的。

从译本看来，卢那卡尔斯基的论说就已经很够明白，痛快了。但因为译者的能力不够和中国文本来的缺点，译完一看，晦涩，甚而至于难解之处也真多；倘将仂句拆下来呢，又失了原来的精悍的语气。在我，是除了还是这样的硬译之外，只有"束手"这一条路——就是所谓"没有出路"——了，所余的惟一的希望，只在读者还肯硬着头皮看下去而已。

一九二九年一月二十日，鲁迅译讫附记。

题注：

　　本篇与所译《托尔斯泰之死与少年欧罗巴》最初发表于 1929 年 2 月 15 日《春潮》月刊第一卷第三期。初未收集。《托尔斯泰之死与少年欧罗巴》，译自卢那卡尔斯基的文艺评论。

《现代新兴文学的诸问题》小引

　　作者在日本，是以研究北欧文学，负有盛名的人，而在这一类学者群中，主张也最为热烈。这一篇是一九二六年一月所作，后来收在《文学评论》中，那主旨，如结末所说，不过愿于读者解释现今新兴文学"诸问题的性质和方向，以及和时代的交涉等，有一点裨助。"

　　但作者的文体，是很繁复曲折的，译时也偶有减省，如三曲省为二曲，二曲改为一曲之类，不过仍因译者文拙，又不愿太改原来语气，所以还是沈闷累坠之处居多。只希望读者于这一端能加鉴原，倘有些讨厌了，即每日只看一节也好，因为本文的内容，我相信大概不至于使读者看完之后，会觉得毫无所得的。

　　此外，则本文中并无改动；有几个空字，是原本如此的，也不补满，以留彼国官厅的神经衰弱症的痕迹。但题目上却改了几个字，那是，以留此国的我或别人的神经衰弱症的痕迹的了。

　　至于翻译这篇的意思，是极简单的。新潮之进中国，往往只有几个名词，主张者以为可以咒死敌人，敌对者也以为将被咒死，喧嚷一年半载，终于火灭烟消。如什么罗曼主义，自然主义，表现主义，未来主义……仿佛都已过去了，其实又何尝出现。现在借这一篇，看看理论和事实，知道势所必至，平平常常，空嚷力禁，两皆无用，必先使外国的新兴文学在中国脱离"符咒"气味，而跟着的中国文学才有新兴的希望——如此而已。

一九二九年二月十四日，译者识。

题注：

　　本篇最初收入《现代新兴文学的诸问题》卷首，未另发表。《现代新兴文学的诸问题》，日本文艺批评家片上伸著，鲁迅译本于 1929 年 4 月由上海大江书铺出版，列为"文艺理论小丛书"之一。

《壁下译丛》小引

这是一本杂集三四年来所译关于文艺论说的书，有为熟人催促，译以塞责的，有闲坐无事，自己译来消遣的。这回汇印成书，于内容也未加挑选，倘有曾在报章上登载而这里却没有的，那是因为自己失掉了稿子或印本。

书中的各论文，也并非各时代的各名作。想翻译一点外国作品，被限制之处非常多。首先是书，住在虽然大都市，而新书却极难得的地方，见闻决不能广。其次是时间，总因许多杂务，每天只能分割仅少的时光来阅读；加以自己常有避难就易之心，一遇工作繁重，译时费力，或预料读者也大约要觉得艰深讨厌的，便放下了。

这回编完一看，只有二十五篇，曾在各种期刊上发表过的是三分之二。作者十人，除俄国的开培尔外，都是日本人。这里也不及历举他们的事迹，只想声明一句：其中惟岛崎藤村，有岛武郎，武者小路实笃三位，是兼从事于创作的。

就排列而言，上面的三分之二——绍介西洋文艺思潮的文字不在内——凡主张的文章都依照着较旧的论据，连《新时代与文艺》这一个新题目，也还是属于这一流。近一年来中国应着"革命文学"的呼声而起的许多论文，就还未能啄破这一层老壳，甚至于踏了"文学是宣传"的梯子而爬进唯心的城堡里去了。看这些篇，是很可以借镜的。

后面的三分之一总算和新兴文艺有关。片上伸教授虽然死后又很有了非难的人，但我总爱他的主张坚实而热烈。在这里还编进一点和有岛武郎的论争，可以看看固守本阶级和相反的两派的主意之所在。末一篇不过是绍介，那时有三四种译本先后发表，所以这就搁下了，现在仍附之卷末。

因为并不是一时翻译的，到现在，原书大半已经都不在手头了，当编印时，就无从一一复勘；但倘有错误，自然还是译者的责任，甘受弹纠，决无异言。又，去年"革命文学家"群起而努力于"宣传"我的个人琐事的时候，曾说我要译一部论文。那倒是真的，就是这一本，不过并非全部新译，仍旧是曾经"横横直直，发表过的"居大多数，连自己看来，也说不出是怎样精采的书。但我是向来不想译世界上已有定评的杰作，附以不朽的，倘读者从这一本杂书中，于绍介文字得一点参考，于主张文字得一点领会，心愿就十分满足了。

书面的图画，也如书中的文章一样，是从日本书《先驱艺术丛书》上贩来的，原也是书面，没有署名，不知谁作，但记以志谢。

一千九百二十九年四月二十日，鲁迅于上海校毕记。

题注：

本篇最初收入《壁下译丛》单行本。《壁下译丛》，收入鲁迅 1924 年至 1928 年间翻译的文艺论文和随笔共 25 篇，1929 年 4 月由上海北新书局出版。

《艺术论》（卢氏）小序

这一本小小的书，是从日本昇曙梦的译本重译出来的。书的特色和作者现今所负的任务，原序的第四段中已经很简明地说尽，在我，是不能多赘什么了。

作者幼时的身世，大家似乎不大明白。有的说，父是俄国人，母是波兰人；有的说，是一八七八年生于基雅夫地方的穷人家里的；有的却道一八七六年生在波尔泰跋，父祖是大地主。要之，是在基雅夫中学卒业，而不能升学，因为思想新。后来就游学德法，中经回国，遭过一回流刑，再到海外。至三月革命，才得自由，复归母国，现在是人民教育委员长。

他是革命者，也是艺术家，批评家。著作之中，有《文学的影像》，《生活的反响》，《艺术与革命》等，最为世间所知，也有不少的戏曲。又有《实证美学的基础》一卷，共五篇，虽早在一九〇三年出版，但是一部紧要的书。因为如作者自序所说，乃是"以最压缩了的形式，来传那有一切结论的美学的大体"，并且还成着他迄今的思想和行动的根柢的。

这《艺术论》，出版算是新的，然而也不过是新编。一三两篇我

180

不知道，第二篇原在《艺术与革命》中；末两篇则包括《实证美学的基础》的几乎全部，现在比较如下方——

《实证美学的基础》	《艺术论》
一 生活与理想	五 艺术与生活（一）
二 美学是什么？	
三 美是什么？	四 美及其种类（一）
四 最重要的美的种类	四 同 （二）
五 艺术	五 艺术与生活（二）

就是，彼有此无者，只有一篇，我现在译附在后面，即成为《艺术论》中，并包《实证美学的基础》的全部，倘照上列的次序看去，便等于看了那一部了。各篇的结末，虽然间或有些不同，但无关大体。又，原序上说起《生活与理想》这辉煌的文章，而书中并无这题目，比较之后，才知道便是《艺术与生活》的第一章。

由我所见，觉得这回的排列和篇目，固然更为整齐冠冕了，但在读者，恐怕倒是依着"实证美学的基础"的排列，顺次看去，较为易于理解；开首三篇，是先看后看，都可以的。

原本既是压缩为精粹的书，所依据的又是生物学底社会学，其中涉及生物，生理，心理，物理，化学，哲学等，学问的范围殊为广大，至于美学和科学底社会主义，则更不俟言。凡这些，译者都并无素养，因此每多窒滞，遇不解处，则参考茂森唯士的《新艺术论》（内有《艺术与产业》一篇）及《实证美学的基础》外村史郎译本，又马场哲哉译本，然而难解之处，往往各本文字并同，仍苦不能通贯，费时颇久，而仍只成一本诘屈枯涩的书，至于错误，尤必不免。

倘有潜心研究者，解散原来句法，并将术语改浅，意译为近于解释，才好；或从原文翻译，那就更好了。

其实，是要知道作者的主张，只要看《实证美学的基础》就很够的。但这个书名，恐怕就可以使现在的读者望而却步，所以我取了这一部。而终于力不从心，译不成较好的文字，只希望读者肯耐心一观，大概总可以知道大意，有所领会的罢。如所论艺术与产业之合一，理性与感情之合一，真善美之合一，战斗之必要，现实底的理想之必要，执着现实之必要，甚至于以君主为贤于高蹈者，都是极为警辟的。全书在后，这里不列举了。

一九二九年四月二十二日，于上海译迄，记。鲁迅。

题注：

本篇最初收入《艺术论》单行本卷首，未另发表。《艺术论》，苏联文艺批评家卢那卡尔斯基著，鲁迅据日译本转译，1929 年 4 月译成，6 月由上海大江书铺出版，为"艺术理论丛书"第一种，内收论文 5 篇，附录 1 篇。

《新时代的预感》译者附记

这一篇，还是一九二四年一月里做的，后来收在《文学评论》中。原不过很简单浅近的文章，我译了出来的意思，是只在文中所举的三个作家——巴理蒙德，梭罗古勃，戈理基——中国都比较地知道，现在就借此来看看他们的时代的背景，和他们各个的差异的——据作者说，则也是共通的——精神。又可以借此知道超现实底的唯美主义，在俄国的文坛上根柢原是如此之深，所以革命底的批评家如卢那卡尔斯基等，委实也不得不竭力加以排击。又可以借此知道中国的创造社之流先前鼓吹"为艺术的艺术"而现在大谈革命文学，是怎样的永是看不见现实而本身又并无理想的空嚷嚷。

其实，超现实底的文艺家，虽然回避现实，或也憎恶现实，甚至于反抗现实，但和革命底的文学者，我以为是大不相同的。作者当然也知道，而偏说有共通的精神者，恐怕别有用意，也许以为其时的他们的国度里，在不满于现实这一点，是还可以同路的罢。

一九二九年，四月二十五日，译讫并记。

题注：

　　本篇与所译《新时代的预感》最初发表于 1929 年 5 月《春潮》月刊第一卷第六期。初未收集。《新时代的预感》，日本作家片上伸所作论文，鲁迅译自片上伸论文集《文学评论》。

《一篇很短的传奇》译者附记（二）

迦尔洵（Vsevolod Michailovitch Garshin）生于一八五五年，是在俄皇亚历山大三世政府的压迫之下，首先绝叫，以一身来担人间苦的小说家。他的引人注目的短篇，以从军俄土战争时的印象为基础的《四日》，后来连接发表了《孱头》，《邂逅》，《艺术家》，《兵士伊凡诺夫回忆录》等作品，皆有名。

然而他艺术底天禀愈发达，也愈入于病态了，悯人厌世，终于发狂，遂入癫狂院；但心理底发作尚不止，竟由四重楼上跃下，遂其自杀，时为一八八八年，年三十三。他的杰作《红花》，叙一半狂人物，以红花为世界上一切恶的象征，在医院中拚命撷取而死，论者或以为便在描写陷于发狂状态中的他自己。

《四日》，《邂逅》，《红花》，中国都有译本了。《一篇很短的传奇》虽然并无显名，但颇可见作者的博爱和人道底彩色，和南欧的但农契阿（D'Annunzio）所作《死之胜利》，以杀死可疑的爱人为永久的占有，思想是截然两路的。

题注:

　　本篇与所译《一篇很短的传奇》最初收入 1929 年 4 月上海朝花社出版的《近代世界短篇小说集》之一《奇剑及其他》。《一篇很短的传奇》，俄国作家迦尔洵所作小说。

《面包店时代》译者附记

巴罗哈同伊本涅支一样，也是西班牙现代的伟大的作家，但他的不为中国人所知，我相信，大半是由于他的著作没有被美国商人"化美金一百万元"，制成影片到上海开演。自然，我们不知道他是并无坏处的，但知道一点也好，就如听到过宇宙间有一种哈黎慧星一般，总算一种知识。倘以为于饥饱寒温大有关系，那是求之太深了。

译整篇的论文，介绍他到中国的，始于《朝花》。其中有这样的几句话："……他和他的兄弟联络在马德里，很奇怪，他们开了一爿面包店，这个他们很成功地做了六年。"他的开面包店，似乎很有些人诧异，他在《一个革命者的人生及社会观》里，至于特设了一章来说明。现在就据冈田忠一的日译本，译在这里，以资谈助；也可以作小说看，因为他有许多短篇小说，写法也是这样的。

题注：

本篇与所译《面包店时代》最初发表于1929年4月25日《朝花》周刊第十七期。初未收集。《面包店时代》，西班牙作家巴罗哈所作杂文，鲁迅译自日译本《一个革命者的人生及社会观》中的一个片段。

《论文集〈二十年间〉第三版序》译者附记

Georg Valentinovitch Plekhanov（1857—1918）是俄国社会主义的先进，社会主义劳动党的同人，日俄战事起，党遂分裂为多数少数两派，他即成了少数派的指导者，对抗列宁，终于死在失意和嘲笑里了。但他的著作，则至于称为科学底社会主义的宝库，无论为仇为友，读者很多。在治文艺的人尤当注意的，是他又是用马克斯主义的锄锹，掘通了文艺领域的第一个。

这一篇是从日本藏原惟人所译的《阶级社会的艺术》里重译出来的，虽然长不到一万字，内容却充实而明白。如开首述对于唯物论底文艺批评的见解及其任务；次述这方法虽然或被恶用，但不能作为反对的理由；中间据西欧文艺历史，说明憎恶小资产阶级的人们，最大多数仍是彻骨的小资产阶级，决不能僭用"无产阶级的观念者"这名称；临末说要宣传主义，必须豫先懂得这主义，而文艺家，适合于宣传家的职务之处却很少：都是简明切要，尤合于绍介给现在的中国的。

评论蒲力汗诺夫的书，日本新近译有一本雅各武莱夫的著作；中国则先有一篇很好的瓦勒夫松的短论，译附在《苏俄的文艺论战》中。

一九二九年六月十九夜，译者附记。

题注：

　　本篇与所译《论文集〈二十年间〉第三版序》最初发表于1929年7月15日《春潮》月刊第一卷第七期。初未收集。《论文集〈二十年间〉第三版序》，出自俄国文艺理论家普列汉诺夫的《艺术论》。鲁迅据日译本译出，1930年7月由上海光华书局出版，列为"科学的艺术论丛书"之一。

《人性的天才——迦尔洵》译者附记

  Lvov—Rogachevski 的《俄国文学史梗概》的写法，每篇常有些不同，如这一篇，真不过是一幅 Sketch，然而非常简明扼要。

  这回先译这一篇，也并无深意。无非因为其中所提起的迦尔洵的作品，有些是廿余年前已经绍介（《四日》，《邂逅》），有的是五六年前已经绍介（《红花》），读者可以更易了然，不至于但有评论而无译出的作品以资参观，只在暗中摸索。

  然而不消说，迦尔洵也只是文学史上一个环，不观全局，还是不能十分明白的，——这缺憾，且待将来再弥补罢。

         一九二九年八月三十日，译者附记。

题注：

  本篇与所译《人性的天才——迦尔洵》最初发表于 1929 年 9 月《春潮》月刊第一卷第九期。《人性的天才——迦尔洵》，苏联文学批评家罗迦契夫斯基所作论文，译自《俄国文学史梗概》，鲁迅据日译本译出。

《文艺与批评》译者附记

　　在一本书之前，有一篇序文，略述作者的生涯，思想，主张，或本书中所含的要义，一定于读者便益得多。但这种工作，在我是力所不及的，因为只读过这位作者所著述的极小部分。现在从尾濑敬止的《革命露西亚的艺术》中，译一篇短文放在前面，其实也并非精良坚实之作——我恐怕他只依据了一本《研求》——不过可以略知大概，聊胜于无罢了。

　　第一篇是从金田常三郎所译《托尔斯泰与马克斯》的附录里重译的，他原从世界语的本子译出，所以这译本是重而又重。艺术何以发生之故，本是重大的问题，可惜这篇文字并不多，所以读到终篇，令人仿佛有不足之感。然而他的艺术观的根本概念，例如在《实证美学的基础》中所发挥的，却几乎无不具体而微地说在里面，领会之后，虽然只是一个大概，但也就明白一个大概了。看语气，好像是讲演，惟不知讲于那一年。

　　第二篇是托尔斯泰死去的翌年—— 一九一一年——二月，在《新时代》揭载，后来收在《文学底影像》里的。今年一月，我从日本辑印的《马克斯主义者之所见的托尔斯泰》中杉本良吉的译文重

191

译，登在《春潮》月刊一卷三期上。末尾有一点短跋，略述重译这篇文章的意思，现在再录在下面——

"一，托尔斯泰去世时，中国人似乎并不怎样觉得，现在倒回上去，从这篇里，可以看见那时西欧文学界有名的人们——法国的 Anatole France，德国的 Gerhart Hauptmann。意大利的 Giovanni Papini，还有青年作家 D'Ancelis 等——的意见，以及一个科学底社会主义者——本论文的作者——对于这些意见的批评，较之由自己一一搜集起来看更清楚，更省力。

"二，借此可以知道时局不同，立论便往往不免于转变，豫知的事，是非常之难的。在这一篇上，作者还只将托尔斯泰判作非友非敌，不过一个并不相干的人；但到一九二四年的讲演，却已认为虽非敌人的第一阵营，但是'很麻烦的对手'了，这大约是多数派已经握了政权，于托尔斯泰派之多，渐渐感到统治上的不便的缘故。到去年，托尔斯泰诞生百年记念时，同作者又有一篇文章叫作《托尔斯泰记念会的意义》，措辞又没有演讲那么峻烈了，倘使这并非因为要向世界表示苏联未尝独异，而不过内部日见巩固，立论便也平静起来：那自然是很好的。

"从译本看来，卢那卡尔斯基的论说就已经很够明白，痛快了。但因为译者的能力不够和中国文本来的缺点，译完一看，晦涩，甚而至于难解之处也真多；倘将仂句拆下来呢，又失了原来的精悍的语气。在我，是除了还是这样的硬译之外，只有'束手'这一条路——就是所谓'没有出路'——了，所余的惟一的希望，只在读者还肯硬着头皮看下去而已。"

约略同时，韦素园君的从原文直接译出的这一篇，也在《未名》半月刊二卷二期上发表了。他多年卧在病床上还翻译这样费力的论文，实在给我不少的鼓励和感激。至于译文，有时晦涩也不下于我，但多几句，精确之处自然也更多，我现在未曾据以改定这译本，有心的读者，可以自去参看的。

第三篇就是上文所提起的一九二四年在墨斯科的讲演，据金田常三郎的日译本重译的，曾分载去年《奔流》的七，八两本上。原本并无种种小题目，是译者所加，意在使读者易于省览，现在仍然袭而不改。还有一篇短序，于这两种世界观的差异和冲突，说得很简明，也节译一点在这里——

　　"流成现代世界人类的思想圈的对蹠底二大潮流，一是唯物底思想，一是唯心底思想。这两个代表底思想，其间又夹杂着从这两种思想抽芽，而变形了的思想，常常相克，以形成现代人类的思想生活。

　　"卢那卡尔斯基要表现这两种代表底观念形态，便将前者的非有产者底唯物主义，称为马克斯主义，后者的非有产者底精神主义，称为托尔斯泰主义。

　　"在俄国的托尔斯泰主义，当无产者独裁的今日，在农民和智识阶级之间，也还有强固的思想底根底的。……这于无产者的马克斯主义底国家统制上，非常不便。所以在劳农俄国人民教化的高位的卢那卡尔斯基，为拂拭在俄国的多数主义的思想底障碍石的托尔斯泰主义起见，作这一场演说，正是当然的事。

　　"然而卢那卡尔斯基并不以托尔斯泰主义为完全的正面之敌。

这是因为托尔斯泰主义在否定资本主义，高唱同胞主义，主张人类平等之点，可以成为或一程度的同路人的缘故。那么，在也可以看作这演说的戏曲化的《被解放了的堂吉诃德》里，作者虽在挪揄人道主义者，托尔斯泰主义的化身吉诃德老爷，却决不怀着恶意的。作者以可怜的人道主义的侠客堂·吉诃德为革命的魔障，然而并不想杀了他来祭革命的军旗。我们在这里，能够看见卢那卡尔斯基的很多的人性和宽大。"

第四和第五两篇，都从茂森唯士的《新艺术论》译出，原文收在一九二四年墨斯科出版的《艺术与革命》中。两篇系合三回的演说而成，仅见后者的上半注云"一九一九年末作"，其余未详年代，但看其语气，当也在十月革命后不久，艰难困苦之时。其中于艺术在社会主义社会里之必得完全自由，在阶级社会里之不能不暂有禁约，尤其是于俄国那时艺术的衰微的情形，指导者的保存，启发，鼓吹的劳作，说得十分简明切要。那思虑之深远，甚至于还因为经济，而顾及保全农民所特有的作风。这对于今年忽然高唱自由主义的"正人君子"，和去年一时大叫"打发他们去"的"革命文学家"，实在是一帖喝得会出汗的苦口的良药。但他对于俄国文艺的主张，又因为时地究有不同，所以中国的托名要存古而实以自保的保守者，是又不能引为口实的。

末一篇是一九二八年七月，在《新世界》杂志上发表的很新的文章，同年九月，日本藏原惟人译载在《战旗》里，今即据以重译。原译者按语中有云："这是作者显示了马克斯主义文艺批评的基准的重要的论文。我们将苏联和日本的社会底发展阶段之不同，放在念头上之后，能够从这里学得非常之多的物事。我希望关心于文艺运动的同人，从这论文中摄取得进向正当的解决的许多的启发。"这是也可以移赠中国的读者们的。还有，我们也曾有过以马克斯主义文艺批评自命的批评家了，但在所写的判决书中，同时也一并告发了自己。这一篇提要，即可以据以批评近来中国之所谓同种的"批评"。必须更有真切的批评，这才有真的新文艺和新批评的产生的希望。

本书的内容和出处，就如上文所言。虽然不过是一些杂摘的花果枝柯，但或许也能够由此推见若干花果枝柯之所由发生的根柢。但我又想，要豁然贯通，是仍须致力于社会科学这大源泉的，因为千万言的论文，总不外乎深通学说，而且明白了全世界历来的艺术史之后，应环境之情势，回环曲折地演了出来的支流。

六篇中，有两篇半曾在期刊上发表，其余都是新译的。我以为最要紧的尤其是末一篇，凡要略知新的批评者，都非细看不可。可惜译成一看，还是很艰涩，这在我的力量上，真是无可如何。原译文上也颇有错字，能知道的都已改正，此外则只能承袭，因为一人之力，察不出来。但仍希望读者倘有发见时，加以指摘，给我将来还有改正的机会。

至于我的译文，则因为匆忙和疏忽，加以体力不济，谬误和遗漏之处也颇多。这首先要感谢雪峰君，他于校勘时，先就给我改正了不少的脱误。

一九二九年八月十六日之夜，

鲁迅于上海的风雨，啼哭，歌笑声中记。

题注：

本篇最初收入《文艺与批评》单行本，未另发表。《文艺与批评》，苏联卢那卡尔斯基的文艺论文集，内收论文 6 篇，鲁迅编译。1929 年 10 月由上海水沫书店出版，列为"科学的艺术论丛书"之一。

《小彼得》译本序

　　这连贯的童话六篇，原是日本林房雄的译本（一九二七年东京晓星阁出版），我选给译者，作为学习日文之用的。逐次学过，就顺手译出，结果是成了这一部中文的书。但是，凡学习外国文字的，开手不久便选读童话，我以为不能算不对，然而开手就翻译童话，却很有些不相宜的地方，因为每容易拘泥原文，不敢意译，令读者看得费力。这译本原先就很有这弊病，所以我当校改之际，就大加改译了一通，比较地近于流畅了。——这也就是说，倘因此而生出不妥之处来，也已经是校改者的责任。

　　作者海尔密尼亚·至尔·妙伦（Hermynia Zur Muehlen），看姓氏好像德国或奥国人，但我不知道她的事迹。据同一原译者所译的同作者的别一本童话《真理之城》（一九二八年南宋书院出版）的序文上说，则是匈牙利的女作家，但现在似乎专在德国做事，一切战斗的科学底社会主义的期刊——尤其是专为青年和少年而设的页子上，总能够看见她的姓名。作品很不少，致密的观察，坚实的文章，足够成为真正的社会主义作家之一人，而使她有世界的名声者，则大概由于那独创底的童话云。

不消说，作者的本意，是写给劳动者的孩子们看的，但输入中国，结果却又不如此。首先的缘故，是劳动者的孩子们轮不到受教育，不能认识这四方形的字和格子布模样的文章，所以在他们，和这是毫无关系，且不说他们的无钱可买书和无暇去读书。但是，即使在受过教育的孩子们的眼中，那结果也还是和在别国不一样。为什么呢？第一，还是因为文章，故事第五篇中所讽刺的话法的缺点，在我们的文章中可以说是几乎全篇都是。第二，这故事前四篇所用的背景，是：煤矿，森林，玻璃厂，染色厂；读者恐怕大多数都未曾亲历，那么，印象也当然不能怎样地分明。第三，作者所被认为"真正的社会主义作家"者，我想，在这里，有主张大家的生存权（第二篇），主张一切应该由战斗得到（第六篇之末）等处，可以看出，但披上童话的花衣，而就遮掉些斑斓的血汗了。尤其是在中国仅有几本这种的童话孤行，而并无基本底，坚实底的文籍相帮的时候。并且，我觉得，第五篇中银茶壶的话，太富于纤细的，琐屑的，女性底的色彩，在中国现在，或者更易得到共鸣罢，然而却应当忽略的。第四，则故事中的物件，在欧美虽然很普通，中国却纵是中产人家，也往往未曾见过。火炉即是其一；水瓶和杯子，则是细颈大肚的玻璃瓶和长圆的玻璃杯，在我们这里，只在西洋菜馆的桌上和汽船的二等舱中，可以见到。破雪草也并非我们常见的植物，有是有的，药书上称为"獐耳细辛"（多么烦难的名目呵！），是一种毛茛科的小草，叶上有毛，冬末就开白色或淡红色的小花，来"报告冬天就要收场的好消息"。日本称为"雪割草"，就为此。破雪草又是日本名的意译，我曾用在《桃色的云》上，现在也袭用了，似乎较胜于"獐耳细辛"之古板罢。

总而言之，这作品一经搬家，效果已大不如作者的意料。倘使硬要加上一种意义，那么，至多，也许可以供成人而不失赤子之心的，或并未劳动而不忘勤劳大众的人们的一览，或者给留心世界文学的人们，报告现代劳动者文学界中，有这样的一位作家，这样的一种作品罢了。

原译本有六幅乔治·格罗斯（George Grosz）的插图，现在也加上了，但因为几经翻印，和中国制版术的拙劣，制版者的不负责任，已经几乎全失了原作的好处，——尤其是如第二图，——只能算作一个空名的绍介。格罗斯是德国人，原属踏踏主义（Dadaismus）者之一人，后来却转了左翼。据匈牙利的批评家玛察（I.Matza）说，这是因为他的艺术要有内容——思想，已不能被踏踏主义所牢笼的缘故。欧洲大战时候，大家用毒瓦斯来打仗，他曾画了一幅讽刺画，给钉在十字架上的耶稣的嘴上，也蒙上一个避毒的嘴套，于是很受了一场罚，也是有名的事，至今还颇有些人记得的。

一九二九年九月十五日，校讫记。

题注：

本篇最初收入 1929 年 11 月上海春潮书局出版的《小彼得》中译本。原名《小彼得的朋友们讲的故事》，翻译者许霞（许广平）。

《小彼得》是德籍匈牙利女作家海尔密尼亚·至尔·妙伦创作的一部童话，有连贯的 6 篇童话故事，日本林房雄日译，1927 年东京晓星阁出版，许广平据此译本，在鲁迅指导下译成中文，鲁迅校改并作序。许广平在 1938 年的文章《青年人与鲁迅》里回忆说：“《小彼得》那本书，原来是他拿来教我学日文的，每天学过就叫我试试翻译。意思是懂了，就总是翻不妥当，改而又改，因为还是他的心血多，已经是他的译品了。”

《放浪者伊利沙辟台》和
《跋司珂族的人们》译者附记

　　巴罗哈（Pío Baroja y Nessi）以一八七二年十二月二十八日生于西班牙之圣舍跋斯丁市，和法兰西国境相近。先学医于巴连西亚大学，更在马德里大学得医士称号。后到跋司珂的舍斯德那市，行医两年，又和他的哥哥理嘉图（Ricardo）到马德里，开了六年面包店。

　　他在思想上，自云是无政府主义者，翘望着力学底行动（Dynamic action）。在文艺上，是和伊巴桌兹（Vincent Ibáñez）齐名的现代西班牙文坛的健将，是具有哲人底风格的最为独创底的作家。作品已有四十种，大半是小说，且多长篇，又多是涉及社会问题和思想问题这些大题目的。巨制有《过去》，《都市》和《海》这三部曲；又有连续发表的《一个活跃家的记录》，迄今已经印行到第十三编。有杰作之名者，大概属于这一类。但许多短篇里，也尽多风格特异的佳篇。

　　跋司珂（Vasco）族是古来就住在西班牙和法兰西之间的比莱纳（Pyrenees）山脉两侧的大家视为"世界之谜"的人种，巴罗哈就禀有这民族的血液的。选在这里的，也都是描写跋司珂族的性质和生活的文章，从日本的《海外文学新选》第十三编《跋司珂牧歌调》中译出。前一篇（Elizabideel Vagabundo）是笠井镇夫原译；后一篇是永田宽定译的，原是短篇集《阴郁的生活》(Vidas Sombrias)中的几篇，因为所写的全是跋司珂族的性情，所以就袭用日译本的题目，不再改换了。

题注：

　　本篇与所译两篇《放浪者伊利沙辟台》和《跋司珂族的人们》最初收入 1929 年 9 月朝花社出版的《在沙漠上及其他》。《放浪者伊利沙辟台》和《跋司珂族的人们》，西班牙作家巴罗哈作，鲁迅自日译本译出。

《苦蓬》译者附记

作者 Boris Pilniak 曾经到过中国，上海的文学家们还曾开筵招待他，知道的人想来至今还不少，可以无须多说了。在这里要画几笔蛇足的：第一，是他虽然在革命的漩涡中长大，却并不是无产作家，是以"同路人"的地位而得到很利害的攻击者之一，看《文艺政策》就可见，连日本人中间，也很有非难他的。第二，是这篇系十年前之作，正值所谓"战时共产时代"，革命初起，情形很混沌，自然便不免有看不分明之处，这样的文人，那时也还多——他们以"革命为自然对于文明的反抗，村落对于都会的反抗，惟在俄罗斯的平野和森林深处，过着千年前的生活的农民，乃是革命的成就者"。

然而他的技术，却非常卓拔的。如这一篇，用考古学，传说，村落生活，农民谈话，加以他所喜欢运用的 Erotic 的故事，编成革命现象的一段，而就在这一段中，活画出在扰乱和流血的不安的空气里，怎样在复归于本能生活，但也有新的生命的跃动来。惟在我自己，于一点却颇觉有些不满，即是在叙述和议论上，常常令人觉得冷评气息，——这或许也是他所以得到非难的一个原因罢。

这一篇，是从他的短篇集《他们的生活的一年》里重译出来的，原是日本平冈雅英的译本，东京新潮社出版的《海外文学新选》的三十六编。

一九二九年，十月，二日，译讫，记。

题注:

本篇与所译《苦蓬》最初发表于 1930 年 2 月 10 日《东方杂志》半月刊第二十七卷第三号。初未收集，后收入鲁迅选编的苏联短篇小说集《一天的工作》，1933 年 3 月由上海良友图书印刷公司出版。《苦蓬》，苏联作家毕力涅克所作短篇小说，鲁迅自日译本译出。

《Vl. G. 理定自传》译者附记

这一篇短短的自传，是从一九二六年，日本尾濑敬止编译的《文艺战线》译出的；他的根据，就是作者——理定所编的《文学的俄国》。但去年出版的《Pisateli》中的那自传，和这篇详略却又有些不同，著作也增加了。我不懂原文，倘若勉强译出，定多错误，所以自传只好仍译这一篇；但著作目录，却依照新版本的，由了两位朋友的帮助。

一九二九年十一月十八夜，译者附识。

题注：

本篇与所译《Vl.G. 理定自传》最初发表于 1929 年 12 月《奔流》月刊第二卷第五期。初未收集。《Vl.G. 理定自传》，鲁迅自日译本译出。

《恶魔》译者附记

这一篇，是从日本译《戈理基全集》第七本里川本正良的译文重译的。比起常见的译文来，笔致较为生硬；重译之际，又因为时间匆促和不爱用功之故，所以就更不行。记得 Reclam's Universal-Bibliothek 的同作者短篇集里，也有这一篇，和《鹰之歌》（有韦素园君译文，在《黄花集》中），《堤》同包括于一个总题之下，可见是寓言一流。但这小本子，现在不见了，他日寻到，当再加修改，以补草率从事之过。

创作的年代，我不知道；中国有一篇戈理基的《创作年表》，上面大约也未必有罢。但从本文推想起来，当在二十世纪初头，自然是社会主义信者了，而尼采色彩还很浓厚的时候。至于寓意之所在，则首尾两段上，作者自己就说得很明白的。

这回是枝叶之谈了——译完这篇，觉得俄国人真无怪被人比之为"熊"，连著作家死了也还是笨鬼。倘如我们这里的有些著作家那样，自开书店，自印著作，自办流行杂志，自做流行杂志贩卖人，商人抱着著作家的太太，就是著作家抱着自己的太太，也就是资本家抱着"革命文学家"的太太，而又就是"革命文学家"抱着资本家的太太，即使"周围都昏暗，在下雨。空中罩着沉重的云"罢，戈理基的"恶魔"也无从玩这把戏，只好死心塌地去苦熬他的"倦怠"罢了。

一九二九年十二月三日，译讫附记。

题注：

本篇与所译《恶魔》最初发表于 1930 年 1 月《北新》半月刊第四卷第一、二期合刊。初未收集。《恶魔》，苏联作家高尔基所作小说，鲁迅从日译本译出。

《文艺政策》后记

这一部书，是用日本外村史郎和藏原惟人所辑译的本子为底本，从前年（一九二八年）五月间开手翻译，陆续登在月刊《奔流》上面的。在那第一本的《编校后记》上，曾经写着下文那样的一些话——

"俄国的关于文艺的争执，曾有《苏俄的文艺论战》介绍过，这里的《苏俄的文艺政策》，实在可以看作那一部书的续编。如果看过前一书，则看起这篇来便更为明了。序文上虽说立场有三派的不同，然而约减起来，也不过两派。即对于阶级文艺，一派偏重文艺，如瓦浪斯基等，一派偏重阶级，是《那巴斯图》的人们，布哈林们自然也主张支持无产阶级作家的，但又以为最要紧的是要有创作。发言的人们之中，好几个是委员，如瓦浪斯基，布哈林，雅各武莱夫，托罗兹基，卢那卡尔斯基等；也有'锻冶厂'一派，如普列忒内夫；最多的是《那巴斯图》的人们，如瓦进，烈烈威支，阿卫巴赫，罗陀夫，培赛勉斯基等，译载在《苏俄的文艺论战》里的一篇《文学与艺术》后面，都有署名在那里。

"'那巴斯图'派的攻击，几乎集中于一个瓦浪斯基——《赤色新地》的编辑者。对于他所作的《作为生活认识的艺术》，烈烈威支曾有一篇《作为生活组织的艺术》，引用布哈林的定义，以艺术为'感情的普遍化'的方法，并指摘瓦浪斯基的艺术论，乃是超阶级底的。这意思在评议会的论争上也可见。但到后来，藏原惟人在《现代俄罗斯的批评文学》中说，他们两人之间的立场似乎有些接近了，瓦浪斯基承认了艺术的阶级性之重要，烈烈威支的攻击也较先前稍为和缓了。现在是托罗兹基，拉迪克都已放逐，瓦浪斯基大约也退职，状况也许又很不同了罢。

"从这记录中，可以看见在劳动阶级文学的大本营的俄国的文学的理论和实际，于现在的中国，恐怕是不为无益的；其中有几个空字，是原译本如此，因无别国译本，不敢妄补，倘有备有原书，通函见教或指正其错误的，必当随时补正。"

但直到现在，首尾三年，终于未曾得到一封这样的信札，所以其中的缺憾，还是和先前一模一样。反之，对于译者本身的笑骂却颇不少的，至今未绝。我曾在《"硬译"与"文学的阶级性"》中提到一点大略，登在《萌芽》第三本上，现在就摘抄几段在下面——

"从前年以来，对于我个人的攻击是多极了，每一种刊物上，大抵总要看见'鲁迅'的名字，而作者的口吻，则粗粗一看，大抵好像革命文学家。但我看了几篇，竟逐渐觉得废话太多了，解剖刀既不中腠理，子弹所击之处，也不是致命伤。……于是我想，可供参考的这样的理论，是太少了，所以大家有些胡涂。对于敌人，解剖，咬嚼，现在是在所不免的，不过有一本解剖学，有一本烹任法，依法办理，则构造味道，总还可以较为清楚，有味。人往往以神话中的Prometheus比革命者，以为窃火给人，虽遭天帝之虐待不悔，其博大坚忍正相同。但我从别国里窃得火来，本意却在煮自己的肉的，以为倘能味道较好，庶几在咬嚼者那一面也得到较多的好处，我也较不枉费了身躯：出发点全是个人主义。并且还夹杂着小市民性的奢华，以及慢慢地摸出解剖刀来，反而刺进解剖者的心脏里去的'报复'。……然而，我也愿意于社会上有些用处，看客所见的结果仍是火和光。这样，首先开手的就是《文艺政策》，因为其中含有各派的议论。

"郑伯奇先生……便在所编的《文艺生活》上，笑我的翻译这书，是不甘没落，而可惜被别人著了先鞭。翻一本书便会浮起，做革命文学家真太容易了，我并不这样想。有一种小报，则说我的译《艺术论》是'投降'。是的，投降的事，为世上所常有，但其时成仿吾元帅早已爬出日本的温泉，住进巴黎的旅馆，在这里又向谁输诚呢。今年，谥法又两样了……说是'方向转换'。我看见日本的有些杂志中，曾将这四字加在先前的新感觉派片冈铁兵上，算是一个好名词。其实，这些纷纭之谈，也还是只看名目，连想也不肯一想的老病。译一本关于无产阶级文学的书，是不足以证明方向的，倘有曲译，倒反足以为害。我的译书，就也要献给这些速断的无产文学批评家，因为他们是有不贪'爽快'，耐苦来研究这种理论的义务的。

"但我自信并无故意的曲译，打着我所不佩服的批评家的伤处了的时候我就一笑，打着我自己的伤处了的时候我就忍疼，却决不有所增减，这也是始终'硬译'的一个原因。自然，世间总会有较好的翻译者，能够译成既不曲，也不'硬'或'死'的文章的，那时我的译本当然就被淘汰，我就只要来填这从'无有'到'较好'的空间罢了。"

因为至今还没有更新的译本出现，所以我仍然整理旧稿，印成书籍模样，想延续他多少时候的生存。但较之初稿，自信是更少缺点了。第一，雪峰当编定时，曾给我对比原译，订正了几个错误；第二，他又将所译冈泽秀虎的《以理论为中心的俄国无产阶级文学发达史》附在卷末，并将有些字面改从我的译例，使总览之后，于这《文艺政策》的来源去脉，更得分明。这两点，至少是值得特行声叙的。

一九三〇年四月十二之夜，鲁迅记于沪北小阁。

题注：

本篇最初收入《文艺政策》单行本，未另发表。《文艺政策》，鲁迅据日译本译出，1930 年 6 月由上海水沫书店出版，列为"科学的艺术论丛书"之一。

《进化和退化》小引

　　这是译者从十年来所译的将近百篇的文字中，选出不很专门，大家可看之作，集在一处，希望流传较广的本子。一，以见最近的进化学说的情形，二，以见中国人将来的运命。

　　进化学说之于中国，输入是颇早的，远在严复的译述赫胥黎《天演论》。但终于也不过留下一个空泛的名词，欧洲大战时代，又大为论客所误解，到了现在，连名目也奄奄一息了。其间学说几经迁流，兑佛黎斯的突变说兴而又废，兰麻克的环境说废而复兴，我们生息于自然中，而于此等自然大法的研究，大抵未尝加意。此书首尾的各两篇，即由新兰麻克主义立论，可以窥见大概，略弥缺憾的。

　　但最要紧的是末两篇。沙漠之逐渐南徙，营养之已难支持，都是中国人极重要，极切身的问题，倘不解决，所得的将是一个灭亡的结局。可以解中国古史难以探索的原因，可以破中国人最能耐苦的谬说，还不过是副次的收获罢了。林木伐尽，水泽湮枯，将来的一滴水，将和血液等价，倘这事能为现在和将来的青年所记忆，那么，这书所得的酬报，也就非常之大了。

　　然而自然科学的范围，所说就到这里为止，那给与的解答，也只是治水和造林。这是一看好像极简单，容易的事，其实却并不如此的。我可以引史沫特列女士在《中国乡村生活断片》中的两段话作证——

"她（使女）说，明天她要到南苑去运动狱吏释放她的亲属。这人，同六十个别的乡人，男女都有，在三月以前被捕和收监，因为当别的生活资料都没有了以后，他们曾经砍过树枝或剥过树皮。他们这样做，并非出于捣乱，只因为他们可以卖掉木头来买粮食。

"……南苑的人民，没有收成，没有粮食，没有工做，就让有这两亩田又有什么用处？……一遇到些少的扰乱，就把整千的人投到灾民的队伍里去。……南苑在那时（军阀混战时）除了树木之外什么都没有了，当乡民一对着树木动手的时候，警察就把他们捉住并且监禁起来。"（《萌芽月刊》五期一七七页。）

所以这样的树木保护法，结果是增加剥树皮，掘草根的人民，反而促进沙漠的出现。但这书以自然科学为范围，所以没有顾及了。接着这自然科学所论的事实之后，更进一步地来加以解决的，则有社会科学在。

一九三〇年五月五日。

题注：

本篇最初收入 1930 年 7 月光华书局出版的《进化和退化》一书。后收入《二心集》。《进化和退化》系周建人辑译的生物学论文集。周建人《回忆鲁迅》中说："当时，我常翻译一些有关科技的文章，在报刊上发表。这些文章，鲁迅每每阅读，而且在见面时加以评论，鼓励我坚持下去。译得多了，鲁迅就鼓励我编辑出版，以期对普及科学知识有所裨益。这就是《进化和退化》一书的成因。鲁迅为这本书选了篇目，又写了'小引'。"

《艺术论》译本序

一

　　蒲力汗诺夫（George Valentinovitch Plekhanov）以一八五七年，生于坦木皤夫省的一个贵族的家里。自他出世以至成年之间，在俄国革命运动史上，正是智识阶级所提倡的民众主义自兴盛以至凋落的时候。他们当初的意见，以为俄国的民众，即大多数的农民，是已经领会了社会主义，在精神上，成着不自觉的社会主义者的，所以民众主义者的使命，只在"到民间去"，向他们说明那境遇，善导他们对于地主和官吏的嫌憎，则农民便将自行蹶起，实现自由的自治制，即无政府主义底社会的组织。

　　但农民却几乎并不倾听民众主义者的鼓动，倒是对于这些进步的贵族的子弟，怀抱着不满。皇帝亚历山大二世的政府，则于他们临以严峻的刑罚，终使其中的一部分，将眼光从农民离开，来效法西欧先进国，为有产者所享有的一切权利而争斗了。于是从"土地与自由党"分裂为"民意党"，从事于政治底斗争，但那手段，却非一般底社会运动，而是单独和政府相斗争，尽全力于恐怖手段——暗杀。

青年的蒲力汗诺夫，也大概在这样的社会思潮之下，开始他革命底活动的。但当分裂时，尚复固守农民社会主义的根本底见解，反对恐怖主义，反对获得政治底公民底自由，别组"均田党"，惟属望于农民的叛乱。然而他已怀独见，以为智识阶级独斗政府，革命殊难于成功，农民固多社会主义底倾向，而劳动者亦殊重要。他在那《革命运动上的俄罗斯工人》中说，工人者，是偶然来到都会，现于工厂的农民。要输社会主义入农村中，这农民工人便是最适宜的媒介者。因为农民相信他们工人的话，是在智识阶级之上的。

事实也并不很远于他的预料。一八八一年恐怖主义者竭全力所实行的亚历山大二世的暗杀，民众未尝蹶起，公民也不得自由，结果是有力的指导者或死或囚，"民意党"殆濒于消灭。连不属此党而倾向工人的社会主义的蒲力汗诺夫等，也终被政府所压迫，不得不逃亡国外了。

他在这时候，遂和西欧的劳动运动相亲，遂开始研究马克斯的著作。

马克斯之名，俄国是早经知道的；《资本论》第一卷，也比别国早有译本；许多"民意党"的人们，还和他个人底地相知，通信。然而他们所竭尽尊敬的马克斯的思想，在他们却仅是纯粹的"理论"，以为和俄国的现实不相合，和俄人并无关系的东西，因为在俄国没有资本主义，俄国的社会主义，将不发生于工厂而出于农村的缘故。但蒲力汗诺夫是当回忆在彼得堡的劳动运动之际，就发生了关于农村的疑惑的，由原书而精通马克斯主义文献，又增加了这疑惑。他于是搜集当时所有的统计底材料，用真正的马克斯主义底方法，来研究它，终至确信了资本主义实在君临着俄国。一八八四年，他发表叫作《我们的对立》的书，就是指摘民众主义的错误，证明马克斯主义的正当的名作。他在这书里，即指示着作为大众的农民，现今已不能作社会主义的支柱。在俄国，那时都会工业正在发达，资本主义制度已在形成了。必然底地随此而起者，是资本主义之敌，就是绝灭资本主义的无产者。所以在俄国也如在西欧一样，无产者是对于政治底改造的最有意味的阶级。从那境遇上说，对于坚执而有组织的革命，已比别的阶级有更大的才能，而且作为将来的俄国革命的射击兵，也是最为适当的阶级。

自此以来，蒲力汗诺夫不但本身成了伟大的思想家，并且也作了俄国的马克斯主义者的先驱和觉醒了的劳动者的教师和指导者了。

二

但蒲力汗诺夫对于无产阶级的殊勋，最多是在所发表的理论的文字，他本身的政治底意见，却不免常有动摇的。

一八八九年，社会主义者开第一次国际会议于巴黎，蒲力汗诺夫在会上说，“俄国的革命运动，只有靠着劳动者的运动才能胜利，此外并无解决之道”的时候，是连欧洲有名的许多社会主义者们，也完全反对这话的；但不久，他的业绩显现出来了。文字方面，则有《历史上的一元底观察的发展》（或简称《史底一元论》），出版于一八九五年，从哲学底领域方面，和民众主义者战斗，以拥护唯物论，而马克斯主义的全时代，也就受教于此，借此理解战斗底唯物论的根基。后来的学者，自然也尝加以指摘的批评，但什维诺夫却说，“倒不如将这大可注目的书籍，向新时代的人们来说明，来讲解，实为更好的工作”云。次年，在事实方面，则因他的弟子们和民众主义者斗争的结果，终使纺纱厂的劳动者三万人的大同盟罢工，勃发于彼得堡，给俄国的历史划了新时期，俄国无产阶级的革命底价值，始为大家所认识，那时开在伦敦的社会主义者的第四次国际会议，也对此大加惊叹，欢迎了。

然而蒲力汗诺夫究竟是理论家。十九世纪末，列宁才开始活动，也比他年青，而两个人之间，就自然而然地行了未尝商量的分业。他所擅长的是理论方面，对于敌人，便担当了哲学底论战。列宁却从最先的著作以来，即专心于社会政治底问题，党和劳动阶级的组织的。他们这时的以辅车相依的形态，所编辑发行的报章，是 Iskra（《火花》），撰者们中，虽然颇有不纯的分子，但在当时，却尽了重大的职务，使劳动者和革命者的或一层因此而奋起，使民众主义派智识者发生了动摇。

尤其重要的是那文字底和实际的活动。当时（一九〇〇年至一九〇一年），革命家是都惯于藏身在自己的小圈子中，不明白全国底展望的，他们不悟到靠着全国底展望，才能有所达成，也没有准确的计算，也不想到须用多大的势力，才能得怎样的成果。在这样的时代，要试行中央集权底党，统一全无产阶级的全俄底政治组织的观念，是新异而且难行的。《火花》却不独在论说上申明这观念，还组织了"火花"的团体，有当时铮铮的革命家一百人至一百五十人的"火花"派，加在这团体中，以实行蒲力汗诺夫在报章上用文字底形式所展开的计划。

但到一九〇三年，俄国的马克斯主义者分裂为布尔塞维克（多数派）和门塞维克（少数派）了，列宁是前者的指导者，蒲力汗诺夫则是后者。从此两人即时离时合，如一九〇四年日俄战争时的希望俄皇战败，一九〇七至一九〇九年的党的受难时代，他皆和列宁同心。尤其是后一时，布尔塞维克的势力的大部分，已经不得不逃亡国外，到处是堕落，到处有奸细，大家互相注目，互相害怕，互相猜疑了。在文学上，则淫荡文学盛行，《赛宁》即在这时出现。这情绪且侵入一切革命底圈子中。党员四散，化为个个小团体，门塞维克的取消派，已经给布尔塞维克唱起挽歌来了。这时大声叱咤，说取消派主义应该击破，以支持布尔塞维克的，却是身为门塞维克的权威的蒲力汗诺夫，且在各种报章上，国会中，加以勇敢的援助。于是门塞维克的别派，便嘲笑"他垂老而成了地下室的歌人"了。

企图革命的复兴，从新组织的报章，是一九一〇年开始印行的Zvezda（《星》），蒲力汗诺夫和列宁，都从国外投稿，所以是两派合作的机关报，势不能十分明示政治上的方针。但当这报章和政治运动关系加紧之际，就渐渐失去提携的性质，蒲力汗诺夫的一派终于完全匿迹，报章尽成为布尔塞维克的战斗底机关了。一九一二年两派又合办日报 Pravda（《真理》），而当事件展开时，蒲力汗诺夫派又于极短时期中悉被排除，和在 Zvezda 那时走了同一的运道。

殆欧洲大战起，蒲力汗诺夫遂以德意志帝国主义为欧洲文明和劳动阶级的最危险的仇敌，和第二国际的指导者们一样，站在爱国的见地上，为了和最可憎恶的德国战斗，竟不惜和本国的资产阶级和政府相提携，相妥协了。一九一七年二月革命后，他回到本国，组织了一个社会主义底爱国者的团体，曰"协同"。然而在俄国的无产阶级之父蒲力汗诺夫的革命底感觉，这时已经没有了打动俄国劳动者的力量，布勒斯特的媾和后，他几乎全为劳农俄国所忘却，终在一九一八年五月三十日，孤独地死于那时正被德军所占领的芬兰了。相传他临终的谵语中，曾有疑问云："劳动者阶级可觉察着我的活动呢？"

三

他死后，Inprekol（第八年第五十四号）上有一篇《G.V.蒲力汗诺夫和无产阶级运动》，简括地评论了他一生的功过——

"……其实，蒲力汗诺夫是应该怀这样的疑问的。为什么呢？因为年少的劳动者阶级，对他所知道的，是作为爱国社会主义者，作为门塞维克党员，作为帝国主义的追随者，作为主张革命底劳动者和在俄国的资产阶级的指导者密柳珂夫互相妥协的人。因为劳动者阶级的路和蒲力汗诺夫的路，是决然地离开的了。

然而，我们毫不迟疑，将蒲力汗诺夫算进俄国劳动者阶级的，不，国际劳动者阶级的最大的恩师们里面去。

怎么可以这样说呢？当决定底的阶级战的时候，蒲力汗诺夫不是在防线的那面的么？是的，确是如此。然而他在这些决定战的很以前的活动，他的理论上的诸劳作，在蒲力汗诺夫的遗产中，是成着贵重的东西的。

惟为了正确的阶级底世界观而战的斗争，在阶级战的诸形态中，是最为重要的之一。蒲力汗诺夫由那理论上的诸劳作，亘几世代，养成了许多劳动者革命家们。他又借此在俄国劳动者阶级的政治底自主上，尽了出色的职务。

蒲力汗诺夫的伟大的功绩，首先，是对于民意党，即在前世纪的七十年代，相信着俄国的发达，是走着一种特别的，就是，非资本主义底的路的那些智识阶级的一伙的他的斗争。那七十年代以后的数十年中，在俄国的资本主义的堂堂的发展情形，是怎样地显示了民意党人中的见解之误，而蒲力汗诺夫的见解之对呵。

一八八四年由蒲力汗诺夫所编成的'以劳动解放为目的'的团体（劳动者解放团）的纲领，正是在俄国的劳动者党的最初的宣言，而且也是对于一八七八年至七九年劳动者之动摇的直接的解答。

他说着——

'惟有竭力迅速地形成一个劳动者党，在解决现今在俄国的经济底的，以及政治底的一切的矛盾上，是惟一的手段。'

一八八九年，蒲力汗诺夫在开在巴黎的国际社会主义党大会上，说道——

'在俄国的革命底运动，只有靠着革命底劳动者运动，才能得到胜利。我们此外并无解决之道，且也不会有的。'

这，蒲力汗诺夫的有名的话，决不是偶然的。蒲力汗诺夫以那伟大的天才，拥护这在市民底民众主义的革命中的无产阶级的主权，至数十年之久，而同时也发表了自由主义底有产者在和帝制的斗争中，竟懦怯地成为奸细，化为游移之至的东西的思想了。

蒲力汗诺夫和列宁一同，是《火花》的创办指导者。关于为了创立在俄国的政党底组织体而战的斗争，《火花》所尽的伟大的组织上的任务，是广大地为人们所知道的。

从一九〇三年至一九一七年的蒲力汗诺夫，生了几回大动摇，倒是总和革命底的马克斯主义违反，并且走向门塞维克去了。惹起他违反革命底的马克斯主义的诸问题，大抵是什么呢？

首先，是对于农民层的革命底的可能力的过少评价。蒲力汗诺夫在对于民意党人的有害方面的斗争中，竟看不见农民层的种种革命底的努力了。

其次，是国家的问题。他没有理解市民底民众主义的本质。就是他没有理解无论如何，有粉碎资产阶级的国家机关的必要。

最后，是他没有理解那作为资本主义的最后阶段的帝国主义的问题，以及帝国主义战争的性质的问题。

要而言之，——蒲力汗诺夫是于列宁的强处，有着弱处的。他不能成为'在帝国主义和无产阶级革命时代的马克斯主义者'。所以他之为马克斯主义者，也就全体到了收场。蒲力汗诺夫于是一步一步，如罗若·卢森堡之所说，成为一个'可尊敬的化石'了。

在俄国的马克斯主义建设者蒲力汗诺夫，决不仅是马克斯和恩格斯的经济学，历史学，以及哲学的单单的媒介者。他涉及这些全领域，贡献了出色的独自的劳作。使俄国的劳动者和智识阶级，确实明白马克斯主义是人类思索的全史的最高的科学底完成，蒲力汗诺夫是与有力量的。惟蒲力汗诺夫的种种理论上的研究，在他的观念形态的遗产里，无疑地是最为贵重的东西。列宁曾经正当地常劝青年们去研究蒲力汗诺夫的书。——'倘不研究这个（蒲力汗诺夫的关于哲学的叙述），就谁也决不会是意识底的，真实的共产主义者的。因为这是在国际底的一切马克斯主义文献中，最为杰出之作的缘故。'——列宁说。"

四

蒲力汗诺夫也给马克斯主义艺术理论放下了基础。他的艺术论虽然还未能俨然成一个体系，但所遗留的含有方法和成果的著作，却不只作为后人研究的对象，也不愧称为建立马克斯主义艺术理论，社会学底美学的古典底文献的了。

这里的三篇信札体的论文，便是他的这类著作的只鳞片甲。

第一篇《论艺术》首先提出"艺术是什么"的问题，补正了托尔斯泰的定义，将艺术的特质，断定为感情和思想的具体底形象底表现。于是进而申明艺术也是社会现象，所以观察之际，也必用唯物史观的立场，并于和这违异的唯心史观（St.Simon, Comte, Hegel）加以批评，而绍介又和这些相对的关于生物的美底趣味的达尔文的唯物论底见解。他在这里假设了反对者的主张由生物学来探美感的起源的提议，就引用达尔文本身的话，说明"美的概念，……在种种的人类种族中，很有种种，连在同一人种的各国民里，也会不同"。这意思，就是说，"在文明人，这样的感觉，是和各种复杂的观念以及思想的连锁结合着"。也就是说，"文明人的美的感觉，……分明是就为各种社会底原因所限定"了。

于是就须"从生物学到社会学去"，须从达尔文的领域的那将人类作为"物种"的研究，到这物种的历史底运命的研究去。倘只就艺术而言，则是人类的美底感情的存在的可能性（种的概念），是被那为它移向现实的条件（历史底概念）所提高的。这条件，自然便是该社会的生产力的发展阶段。但蒲力汗诺夫在这里，却将这作为重要的艺术生产的问题，解明了生产力和生产关系的矛盾以及阶级间的矛盾，以怎样的形式，作用于艺术上；而站在该生产关系上的社会的艺术，又怎样地取了各别的形态，和别社会的艺术显出不同。就用了达尔文的"对立的根源的作用"这句话，博引例子，以说明社会底条件之关于与美底感情的形式；并及社会的生产技术和韵律，谐调，均整法则之相关；且又批评了近代法兰西艺术论的发展（Staël, Guizot, Taine）。

生产技术和生活方法，最密接地反映于艺术现象上者，是在原始民族的时候。蒲力汗诺夫就想由解明这样的原始民族的艺术，来担当马克斯主义艺术论中的难题。第二篇《原始民族的艺术》先据人类学者，旅行家等实见之谈，从薄墟曼，韦陀，印地安以及别的民族引了他们的生活，狩猎，农耕，分配财货这些事为例子，以证原始狩猎民族实为共产主义的结合，且以见毕海尔所说之不足凭。第三篇《再论原始民族的艺术》则批判主张游戏本能，先于劳动的人们之误，且用丰富的实证和严正的论理，以究明有用对象的生产（劳动），先于艺术生产这一个唯物史观的根本底命题。详言之，即蒲力汗诺夫之所究明，是社会人之看事物和现象，最初是从功利底观点的，到后来才移到审美底观点去。在一切人类所以为美的东西，就是于他有用——于为了生存而和自然以及别的社会人生的斗争上有着意义的东西。功用由理性而被认识，但美则凭直感底能力而被认识。享乐着美的时候，虽然几乎并不想到功用，但可由科学底分析而被发见。所以美底享乐的特殊性，即在那直接性，然而美底愉乐的根柢里，倘不伏着功用，那事物也就不见得美了。并非人为美而存在，乃是美为人而存在的。——这结论，便是蒲力汗诺夫将唯心史观者所深恶痛绝的社会，种族，阶级的功利主义底见解，引入艺术里去了。

看第三篇的收梢，则蒲力汗诺夫预备继此讨论的，是人种学上的旧式的分类，是否合于实际。但竟没有作，这里也只好就此算作完结了。

五

这书所据的本子，是日本外村史郎的译本。在先已有林柏修先生的翻译，本也可以不必再译了，但因为丛书的目录早经决定，只得仍来做这一番很近徒劳的工夫。当翻译之际，也常常参考林译的书，采用了些比日译更好的名词，有时句法也大约受些影响，而且前车可鉴，使我屡免于误译，这是应当十分感谢的。

序言的四节中，除第三节全出于翻译外，其余是杂采什维诺夫的《露西亚社会民主劳动党史》，山内封介的《露西亚革命运动史》和《普罗列塔利亚艺术教程》余录中的《蒲力汗诺夫和艺术》而就的。临时急就，错误必所不免，只能算一个粗略的导言。至于最紧要的关于艺术全般，在此却未曾涉及者，因为在先已有瓦勒夫松的《蒲力汗诺夫与艺术问题》，附印在《苏俄的文艺论战》（《未名丛刊》之一）之后，不久又将有列什涅夫《文艺批评论》和雅各武莱夫的《蒲力汗诺夫论》（皆是本丛书之一）出版，或则简明，或则浩博，决非译者所能企及其万一，所以不如不说，希望读者自去研究他们的文章。

最末这一篇，是译自藏原惟人所译的《阶级社会的艺术》，曾在《春潮月刊》上登载过的。其中有蒲力汗诺夫自叙对于文艺的见解，可作本书第一篇的互证，便也附在卷尾了。

但自省译文，这回也还是"硬译"，能力只此，仍须读者伸指来寻线索，如读地图：这实在是非常抱歉的。

一九三〇年五月八日之夜，鲁迅校毕记于上海闸北寓庐。

题注：

本篇最初发表于上海《新地月刊》（即《萌芽月刊》第一卷第六期，1930 年 6 月 1 日）。收入《二心集》。《艺术论》，俄国普列汉诺夫著，鲁迅译。在 1928 年开始的革命文学论争中，双方都致力于马克思主义理论的学习和介绍，鲁迅在《三闲集·序言》一文中曾说："我有一件事要感谢创造社的，是他们'挤'我看了几种科学底文艺论，明白了先前的文学史家们说了一大堆，还是纠缠不清的疑问。并且因此译了一本蒲力汗诺夫的《艺术论》……"译完《艺术论》后，鲁迅作本序。

《十月》后记

　　作者的名姓，如果写全，是 Aleksandr Stepanovitch Ya-kovlev。第一字是名；第二字是父名，义云"斯台班的儿子"；第三字才是姓。自传上不记所写的年月，但这最先载在理定所编的《文学底俄罗斯》（Vladimir Lidin：Literaturnaya Russiya）第一卷上，于一九二四年出版，那么，至迟是这一年所写的了。一九二八年在墨斯科印行的《作家传》（Pisateli）中，雅各武莱夫的自传也还是这一篇，但增添了著作目录：从一九二三至二八年，已出版的计二十五种。

　　俄国在战时共产主义时代，因为物质的缺乏和生活的艰难，在文艺也是受难的时代。待到一九二一年施行了新经济政策，文艺界遂又活泼起来。这时成绩最著的，是瓦浪斯基在杂志《赤色新地》所拥护，而托罗兹基首先给以一个指明特色的名目的"同路人"。

　　"'同路人'们的出现的表面上的日子，也可以将'绥拉比翁的弟兄'于一九二一年二月一日同在'列宁格勒的艺术之家'里的第一回会议，算进里面去。（中略。）在本质上，这团体在直接底的意义上是并没有表示任何的流派和倾向的。结合着'弟兄'们者，是关于自由的艺术的思想，无论是怎样的东西，凡有计划，他们都是反对者。倘要说他们也有了纲领，那么，那就在一切纲领的否定。将这表现得最为清楚的，是淑雪兼珂（M.Zoshchenko）：'从党员的见地来看，我是没有主义的人。那就好，叫我自己来讲自己，则——我既不是共产主义者，也不是社会革命党员，又不是帝政主义者。我只是俄罗斯人。而且——政治底地，是不道德的人。在大体的规模上，布尔塞维克于我最相近。我也赞成和布尔塞维克们来施行布尔塞维主义。（中略）我爱那农民的俄罗斯。'

"一切'弟兄'的纲领，那本质就是这样的东西。他们用或种形式，表现对于革命的无政府底的，乃至巴尔底山（袭击队）底的要素（Moment）的同情，以及对于革命的组织底计划底建设底的要素的那否定底的态度。"（P.S.Kogan：《伟大的十年的文学》第四章。）

《十月》的作者雅各武莱夫，便是这"绥拉比翁的弟兄"们中的一个。

但是，如这团体的名称所显示，虽然取霍夫曼（Th.A.Hoffmann）的小说之名，而其取义，却并非以绥拉比翁为师，乃在恰如他的那些弟兄们一般，各自有其不同的态度。所以各人在那"没有纲领"这一个纲领之下，内容形式，又各不同。例如先已不同，现在愈加不同了的伊凡诺夫（Vsevolod Ivanov）和毕力涅克（Boris pilniak），先前就都是这团体中的一分子。

至于雅各武莱夫，则艺术的基调，全在博爱与良心，而且很是宗教底的，有时竟至于佩服教会。他以农民为人类正义与良心的最高的保持者，惟他们才将全世界连结于友爱的精神。将这见解具体化了的，是短篇小说《农夫》，其中描写着"人类的良心"的胜利。我曾将这译载在去年的《大众文艺》上，但正只为这一个题目和作者的国籍，连广告也被上海的报馆所拒绝，作者的高洁的空想，至少在中国的有些处所是分明碰壁了。

《十月》是一九二三年之作，算是他的代表作品，并且表示了较有进步的观念形态的。但其中的人物，没有一个是铁底意志的革命家；亚庚临时加入，大半因为好玩，而结果却在后半大大的展开了他母亲在旧房子里的无可挽救的哀惨，这些处所，要令人记起安特来夫（L.Andreev）的《老屋》来。较为平静而勇敢的倒是那些无名的水兵和兵士们，但他们又什九由于先前的训练。

然而，那用了加入白军和终于彷徨着的青年（伊凡及华西理）的主观，来述十月革命的巷战情形之处，是显示着电影式的结构和描写法的清新的，虽然临末的几句光明之辞，并不足以掩盖通篇的阴郁的绝望底的氛围气。然而革命之时，情形复杂，作者本身所属的阶级和思想感情，固然使他不能写出更进于此的东西，而或时或处的革命，大约也不能说绝无这样的情景。本书所写，大抵是墨斯科的普列思那街的人们。要知道在别样的环境里的别样的思想感情，我以为自然别有法兑耶夫（A.Fadeev）的《溃灭》在。

他的现在的生活，我不知道。日本的黑田乙吉曾经和他会面，写了一点"印象"，可以略略窥见他之为人：

"最初，我和他是在'赫尔岑之家'里会见的，但既在许多人们之中，雅各武莱夫又不是会出锋头的性质的人，所以没有多说话。第二回会面是在理定的家里。从此以后，我便喜欢他了。

"他在自叙传上写着：父亲是染色工，父家的亲属都是农奴，母家的亲属是伏尔迦的船伙，父和祖父母，是不能看书，也不能写字的。会面了一看，诚然，他给人以生于大俄罗斯的'黑土'中的印象，'素朴'这字，即可就此嵌在他那里的，但又不流于粗豪，平静镇定，是一个连大声也不发的典型底的'以农奴为祖先的现代俄罗斯的新的知识者'。

"一看那以墨斯科的十月革命为题材的小说《十月》，大约就不妨说，他的一切作品，是叙述着他所生长的伏尔迦河下流地方的生活，尤其是那社会底，以及经济底的特色的。

"听说雅各武莱夫每天早上五点钟光景便起床，清洁了身体，静静地诵过经文之后，这才动手来创作。睡早觉，是向来几乎算了一种俄国的知识阶级，尤其是文学者的资格的，然而他却是非常改变了的人。记得在理定的家里，他也没有喝一点酒。"（《新兴文学》第五号 1928。）

他的父亲的职业，我所译的《自传》据日本尾濑敬止的《文艺战线》所载重译，是"油漆匠"，这里却道是"染色工"。原文用罗马字拼起音来，是"Ochez—Mal'Yar"，我不知道谁算译的正确。

这书的底本，是日本井田孝平的原译，前年，东京南宋书院出版，为《世界社会主义文学丛书》的第四篇。达夫先生去年编《大众文艺》，征集稿件，便译了几章，登在那上面，后来他中止编辑，我也就中止翻译了。直到今年夏末，这才在一间玻璃门的房子里，将它译完。其时曹靖华君寄给我一本原文，是《罗曼杂志》(Roman Gazeta)之一，但我没有比照的学力，只将日译本上所无的每章标题添上，分章之处，也照原本改正，眉目总算较为清楚了。

还有一点赘语：

第一，这一本小说并非普罗列泰利亚底的作品。在苏联先前并未禁止，现在也还在通行，所以我们的大学教授拾了侨俄的唾余，说那边在用马克斯学说掂斤估两，多也不是，少也不是，是夸张的，其实倒是他们要将这作为口实，自己来掂斤估两。有些"象牙塔"里的文学家于这些话偏会听到，弄得脸色发白，再来遥发宣言，也实在冤枉得很的。

第二，俄国还有一个雅各武莱夫，作《蒲力汗诺夫论》的，是列宁格勒国立艺术大学的助教，马克斯主义文学的理论家，姓氏虽同，却并非这《十月》的作者。此外，姓雅各武莱夫的，自然还很多。

但是，一切"同路人"，也并非同走了若干路程之后，就从此永远全数在半空中翱翔的，在社会主义底建设的中途，一定要发生离合变化，珂干在《伟大的十年的文学》中说：

> "所谓'同路人'们的文学，和这（无产者文学），是成就了另一条路了。他们是从文学向生活去的，从那有自立底的价值的技术出发。他们首先第一，将革命看作艺术作品的题材。他们明明白白，宣言自己是一切倾向性的敌人，并且想定了与这倾向之如何，并无关系的作家们的自由的共和国。其实，这些'纯粹'的文学主义者们，是终于也不能不拉进在一切战线上，沸腾着的

斗争里面去了的，于是就参加了斗争。到了最初的十年之将终，从革命底实生活进向文学的无产者作家，与从文学进向革命底实生活的'同路人'们，两相合流，在十年之终，而有形成苏维埃作家联盟，使一切团体，都可以一同加入的雄大的企图，来作纪念，这是毫不足异的。"

关于"同路人"文学的过去，以及现在全般的状况，我想，这就说得很简括而明白了。

一九三〇年八月三十日，译者。

题注：

本篇最初收入《十月》单行本，未另发表。《十月》，苏联"同路人"作家雅各武莱夫所作中篇小说。鲁迅自日译本译出，于1933年2月由上海神州国光社出版，列为"现代文艺丛书"之一。

《溃灭》第二部一至三章译者附记

关于这一本小说，本刊第二本上所译载的藏原惟人的说明，已经颇为清楚了。但当我译完这第二部的上半时，还想写几句在翻译的进行中随时发生的感想。

这几章是很紧要的，可以宝贵的文字，是用生命的一部分，或全部换来的东西，非身经战斗的战士，不能写出。

譬如，首先是小资产阶级的知识者——美谛克——的解剖；他要革新，然而怀旧；他在战斗，但想安宁；他无法可想，然而反对无法中之法，然而仍然同食无法中之法所得的果子——朝鲜人的猪肉——为什么呢，因为他饿着！他对于巴克拉诺夫的未受教育的好处的见解，我以为是正确的，但这种复杂的意思，非身受了旧式的坏教育便不会知道的经验，巴克拉诺夫也当然无从领悟。如此等等，他们于是不能互相了解，一同前行。读者倘于读本书时，觉得美谛克大可同情，大可宽恕，便是自己也具有他的缺点，于自己的这缺点不自觉，则对于当来的革命，也不会真正地了解的。

其次，是关于袭击团受白军——日本军及科尔却克军——的迫压，攻击，渐濒危境时候的描写。这时候，队员对于队长，显些反抗，或冷淡模样了，这是解体的前征。但当革命进行时，这种情形是要有的，因为倘若一切都四平八稳，势如破竹，便无所谓革命，无所谓战斗。大众先都成了革命人，于是振臂一呼，万众响应，不折一兵，不费一矢，而成革命天下，那是和古人的宣扬礼教，使兆民全化为正人君子，于是自然而然地变了"中华文物之邦"的一样是乌托邦思想。革命有血，有污秽，但有婴孩。这"溃灭"正是新生之前的一滴血，是实际战斗者献给现代人们的大教训。虽然有冷淡，有动摇，甚至于因为依赖，因为本能，而大家还是向目的前进，即使前途终于是"死亡"，但这"死"究竟已经失了个人底的意义，和大众相融合了。所以只要有新生的婴孩，"溃灭"便是"新生"的一部分。中国的革命文学家和批评家常在要求描写美满的革命，完全的革命人，意见固然是高超完善之极了，但他们也因此终于是乌托邦主义者。

又其次，是他们当危急之际，毒死了弗洛罗夫，作者将这写成了很动人的一幕。欧洲的有一些"文明人"，以为蛮族的杀害婴孩和老人，是因为残忍蛮野，没有人心之故，但现在的实地考察的人类学者已经证明其误了：他们的杀害，是因为食物所逼，强敌所逼，出于万不得已，两相比较，与其委给虎狼，委之敌手，倒不如自己杀了去之较为妥当的缘故。所以这杀害里，仍有"爱"存。本书的这一段，就将这情形描写得非常显豁（虽然也含自有自利的自己觉得"轻松"一点的分子在内）。西洋教士，常说中国人的"溺女""溺婴"，是由于残忍，也可以由此推知其谬，其实，他们是因为万不得已：穷。前年我在一个学校里讲演《老而不死论》，所发挥的也是这意思，但一个青年革命文学家将这胡乱记出，上加一段嘲笑的冒头，投给日报登载出来的时候，却将我的讲演全然变了模样了。

对于本期译文的我的随时的感想，大致如此，但说得太简略，辞不达意之处还很多，只愿于读者有一点帮助，就好。倘要十分了解，恐怕就非实际的革命者不可，至少，是懂些革命的意义，于社会有广大的了解，更至少，则非研究唯物的文学史和文艺理论不可了。

一九三〇年二月八日，L。

题注：

　　本篇与《溃灭》第二部第一至第三章译文，最初发表于 1930 年 4 月 1 日《萌芽》月刊第一卷第四期。初未收集。《溃灭》即《毁灭》，苏联作家法捷耶夫所作长篇小说。鲁迅据日译本译出，1931 年 9 月由上海大江书铺出版。

《洞窟》译者附记

俄国十月革命后饥荒情形的描写，中国所译的已有好几篇了。但描写寒冷之苦的小说，却尚不多见。萨弥亚丁（Evgenü Samiatin）是革命前就已出名的作家，这一篇巧妙地写出人民因饥寒而复归于原始生活的状态。为了几块柴，上流的智识者至于人格分裂，实行偷窃，然而这还是暂时的事，终于将毒药当作宝贝，以自杀为惟一的出路。——但在生活于温带地方的读者，恐怕所受的感印是没有怎么深切的。

一九三〇年七月十八日，译讫记。

题注：

本篇与《洞窟》译文最初发表于 1931 年 1 月 10 日《东方杂志》第二十八卷第一号，署名隋洛文。初未收集。《洞窟》，苏联"同路人"作家札弥尔丁所作小说。

《铁甲列车 Nr.14-69》译本后记

作者的事迹，见于他的自传，本书的批评，见于 Kogan 教授的《伟大的十年的文学》中，中国已有译本，在这里无须多说了。

关于巴尔底山的小说，伊凡诺夫所作的不只这一篇，但这一篇称为杰出。巴尔底山者，源出法语，意云"党人"，当拿破仑侵入俄国时，农民即曾组织团体以自卫，——这一个名目，恐怕还是法国人所起的。

现在或译为游击队，或译为袭击队，经西欧的新闻记者用他们的有血的笔一渲染，读者便觉得像是渴血的野兽一般了。这篇便可洗掉一切的风说，知道不过是单纯的平常的农民的集合，——其实只是工农自卫团而已。

这一篇的底本，是日本黑田辰男的翻译，而且是第二次的改译，自云"确已面目一新，相信能近于完全"的，但参照 Eduard Schiemann 的德译本，则不同之处很不少。据情节来加推断，亦复互见短长，所以本书也常有依照德译本之处。大约作者阅历甚多，方言杂出，即这一篇中就常有西伯利亚和中国语；文笔又颇特别，所以完全的译本，也就难于出现了罢。我们的译本，也只主张在直接的完译未出之前，有存在的权利罢了。

一九三〇年十二月三〇日。编者。

题注:

　　本篇最初收入中译本《铁甲列车 Nr.14—69》。《铁甲列车 Nr.14—69》，苏联伊凡诺夫所作中篇小说，侍桁翻译，鲁迅校定并写后记，1932 年 8 月由上海神州国光社出版，列入"现代文艺丛书"。

《毁灭》后记

要用三百页上下的书，来描写一百五十个真正的大众，本来几乎是不可能的。以《水浒》的那么繁重，也不能将一百零八条好汉写尽。本书作者的简炼的方法，是从中选出代表来。

三个小队长。农民的代表是苦勃拉克，矿工的代表是图皤夫，牧人的代表是美迭里札。

苦勃拉克的缺点自然是最多，他所主张的是本地的利益，捉了牧师之后，十字架的银链子会在他的腰带上，临行喝得烂醉，对队员自谦为"猪一般的东西"。农民出身的斥候，也往往不敢接近敌地，只坐在丛莽里吸烟卷，以待可以回去的时候的到来。矿工木罗式加给以批评道——

"我和他们合不来，那些农人们，和他们合不来。……小气，阴气，没有胆——毫无例外……都这样！自己是什么也没有。简直像扫过的一样！……"（第二部之第五章）

图皤夫们可是大不相同了，规律既严，逃兵极少，因为他们不像农民，生根在土地上。虽然曾经散宿各处，召集时到得最晚，但后来却"只有图皤夫的小队，是完全集合在一气"了。重伤者弗洛罗夫临死时，知道本身的生命，和人类相通，托孤于友，毅然服毒，他也是矿工之一。只有十分鄙薄农民的木罗式加，缺点却正属不少，偷瓜酗酒，既如流氓，而苦闷懊恼的时候，则又颇近于美谛克了。然而并不自觉。工兵刚卡连珂说——

> "从我们的无论谁，人如果掘下去，在各人里，都会发现农民的，在各人里。总之，属于这边的什么，至多也不过没有穿草鞋……"（二之五）

就将他所鄙薄的别人的坏处，指给他就是自己的坏处，以人为鉴，明白非常，是使人能够反省的妙法，至少在农工相轻的时候，是极有意义的。然而木罗式加后来去作斥候，终于与美谛克不同，殉了他的职守了。

关于牧人美迭里札写得并不多。有他的果断，马术，以及临死的英雄底的行为。牧人出身的队员，也没有写。另有一个宽袍大袖的细脖子的牧童，是令人想起美迭里札的幼年时代和这牧童的成人以后的。

解剖得最深刻的，恐怕要算对于外来的知识分子——首先自然是高中学生美谛克了。他反对毒死病人，而并无更好的计谋，反对劫粮，而仍吃劫来的猪肉（因为肚子饿）。他以为别人都办得不对，但自己也无办法，也觉得自己不行，而别人却更不行。于是这不行的他，也就成为高尚，成为孤独了。那论法是这样的——

"……我相信，我是一个不够格的，不中用的队员……我实在是什么也不会做，什么也不知道的……我在这里，和谁也合不来，谁也不帮助我，但这是我的错处么？我用了直心肠对人，但我所遇见的却是粗暴，对于我的玩笑，揶揄……现在我已经不相信人了，我知道，如果我再强些，人们就会听我，怕我的，因为在这里，谁也只向着这件事，谁也只想着这件事，就是装满自己的大肚子……我常常竟至于这样地感到，假使他们万一在明天为科尔却克所带领，他们便会和现在一样地服待他，和现在一样地法外的凶残地对人，然而我不能这样，简直不能这样……"（二之五）

这其实就是美谛克入队和逃走之际，都曾说过的"无论在那里做事，全都一样"论，这时却以为大恶，归之别人了。此外解剖，深切者尚多，从开始以至终篇，随时可见。然而美谛克却有时也自觉着这缺点的，当他和巴克拉诺夫同去侦察日本军，在路上扳谈了一些话之后——

"美谛克用了突然的热心，开始来说明巴克拉诺夫的不进高中学校，并不算坏事情，倒是好。他在无意中，想使巴克拉诺夫相信自己虽然无教育，却是怎样一个善良，能干的人。但巴克拉诺夫却不能在自己的无教育之中，看见这样的价值，美谛克的更加复杂的判断，也就全然不能为他所领会了。他们之间，于是并不发生心心相印的交谈。两人策了马，在长久的沉默中开快步前

进。"（二之二）

但还有一个专门学校学生企什，他的自己不行，别人更不行的论法，是和美谛克一样的——

"自然，我是生病，负伤的人，我是不耐烦做那样麻烦的工作的，然而无论如何，我总该不会比小子还要坏——这无须夸口来说……"（二之一）

然而比美谛克更善于避免劳作，更善于追逐女人，也更苛于衡量人物了——

"唔，然而他（莱奋生）也是没有什么了不得的学问的人呵，单是狡猾罢了。就在想将我们当作踏脚，来挣自己的地位。自然，您总以为他是很有勇气，很有才能的队长罢。哼，岂有此理！——都是我们自己幻想的！……"（同上）

这两人一相比较，便觉得美谛克还有纯厚的地方。弗理契《代序》中谓作者连写美谛克，也令人感到有些爱护之处者，大约就为此。

莱奋生对于美谛克一流人物的感想，是这样的——

"只在我们这里，在我们的地面上，几万万人从太古以来，活在宽缓的怠惰的太阳下，住在污秽和穷困中，用着洪水以前的木犁耕田，信着恶意而昏愚的上帝，只在这样的地面上，这穷愚的部分中，才也能生长这种懒惰的，没志气的人物，这不结子的空花……"（二之五）

但莱奋生本人，也正是一个知识分子——袭击队中的最有教养的人。本书里面只说起他先前是一个瘦弱的犹太小孩，曾经帮了他那终生梦想发财的父亲卖旧货，幼年时候，因为照相，要他凝视照相镜，人们曾诓骗他说将有小鸟从中飞出，然而终于没有，使他感到很大的失望的悲哀。就是到省悟了这一类的欺人之谈，也支付了许多经验的代价。但大抵已经不能回忆，因为个人的私事，已为被称为"先驱者莱奋生的莱奋生"的历年积下的层累所掩蔽，不很分明了。只有他之所以成为"先驱者"的由来，却可以确切地指出——

"在克服这些一切的缺陷的困穷中，就有着他自己的生活的根本底意义，倘若他那里没有强大的，别的什么希望也不能比拟的，那对于新的，美的，强的，善的人类的渴望，莱奋生便是一个别的人了。但当几万万人被逼得只好过着这样原始的，可怜的，无意义地穷困的生活之间，又怎能谈得到新的，美的人类呢？"（同上）

这就使莱奋生必然底地和穷困的大众联结，而成为他们的先驱。人们也以为他除了来做队长之外，更无适宜的位置了。但莱奋生深信着——

"驱使着这些人们者，决非单是自己保存的感情，乃是另外

242

的，不下于此的重要的本能，借了这个，他们才将所忍耐着的一切，连死，都售给最后的目的……然而这本能之生活于人们中，是藏在他们的细小，平常的要求和顾虑下面的，这因为各人是要吃，要睡，而各人是屡弱的缘故。看起来，这些人们就好像担任些平常的，细小的杂务，感觉自己的弱小，而将自己的最大的顾虑，则委之较强的人们似的。"（二之三）

莱奋生以"较强"者和这些大众前行，他就于审慎周详之外，还必须自专谋画，藏匿感情，获得信仰，甚至于当危急之际，还要施行权力了。为什么呢，因为其时是——

"大家都在怀着尊敬和恐怖对他看，——却没有同情。在这瞬间，他觉得自己是居部队之上的敌对底的力，但他已经觉悟，竟要向那边去，——他确信他的力是正当的。"（同上）

然而莱奋生不但有时动摇，有时失措，部队也终于受日本军和科尔却克军的围击，一百五十人只剩了十九人，可以说，是全部毁灭了。突围之际，他还是因为受了巴克拉诺夫的暗示。这和现在世间通行的主角无不超绝，事业无不圆满的小说一比较，实在是一部令人扫兴的书。平和的改革家之在静待神人一般的先驱，君子一般的大众者，其实就为了惩于世间有这样的事实。美谛克初到农民队的夏勒图巴部下去的时候，也曾感到这一种幻灭的——

"周围的人们，和从他奔放的想像所造成的，是全不相同的人物……"（一之二）

但作者即刻给以说明道——

　　"因此他们就并非书本上的人物，却是真的活的人。"（同上）

　　然而虽然同是人们，同无神力，却又非美谛克之所谓"都一样"的。例如美谛克，也常有希望，常想振作，而息息转变，忽而非常雄大，忽而非常颓唐，终至于无可奈何，只好躺在草地上看林中的暗夜，去赏鉴自己的孤独了。莱奋生却不这样，他恐怕偶然也有这样的心情，但立刻又加以克服，作者于莱奋生自己和美谛克相比较之际，曾漏出他极有意义的消息来——

　　"但是，我有时也曾是这样，或者相像么？
　　"不，我是一个坚实的青年，比他坚实得多。我不但希望了许多事，也做到了许多事——这是全部的不同。"（二之五）

　　以上是译完复看之后，留存下来的印象。遗漏的可说之点，自然还很不少的。因为文艺上和实践上的宝玉，其中随在皆是，不但泰茄的景色，夜袭的情形，非身历者不能描写，即开枪和调马之术，书中但以烘托美谛克的受窘者，也都是得于实际的经验，决非幻想的文人所能著笔的。更举其较大者，则有以寥寥数语，评论日本军的战术云——

　　"他们从这田庄进向那田庄，一步一步都安排稳妥，侧面布置着绵密的警备，伴着长久的停止，慢慢地进行。在他们的动作的铁一般固执之中，虽然慢，却可以感到有自信的，有计算的，

244

然而同时是盲目底的力量。"（二之二）

而和他们对抗的莱奋生的战术，则在他训练部队时叙述出来——

"他总是不多说话的，但他恰如敲那又钝又强的钉，以作永久之用的人一般，就只执拗地敲着一个处所。"（一之九）

于是他在部队毁灭之后，一出森林，便看见打麦场上的远人，要使他们很快地和他变成一气了。

作者法捷耶夫（Alexandr Alexandrovitch Fadeev）的事迹，除《自传》中所有的之外，我一无所知。仅由英文译文《毁灭》的小序中，知道他现在是无产者作家联盟的裁决团体的一员。

又，他的罗曼小说《乌兑格之最后》，已经完成，日本将有译本。

这一本书，原名《Razgrom》，义云"破灭"，或"溃散"，藏原惟人译成日文，题为《坏灭》，我在春初译载《萌芽》上面，改称《溃灭》的，所据就是这一本；后来得到 R.D.Charques 的英文译本和 Verlag für Literatur und Politik 出版的德文译本，又参校了一遍，并将因为《萌芽》停版，放下未译的第三部补完。后二种都已改名《十九人》，但其内容，则德日两译，几乎相同，而英译本却多独异之处，三占从二，所以就很少采用了。

前面的三篇文章，《自传》原是《文学的俄罗斯》所载，亦还君从一九二八年印本译出；藏原惟人的一篇，原名《法捷耶夫的小说〈毁灭〉》，登在一九二八年三月的《前卫》上，洛扬君译成华文的。这都从

《萌芽》转录。弗理契（V.Fritche）的序文，则三种译本上都没有，朱杜二君特为从《罗曼杂志》所载的原文译来。但音译字在这里都已改为一律，引用的文章，也照我所译的本文换过了。特此声明，并表谢意。

卷头的作者肖像，是拉迪诺夫（I.Radinov）画的，已有佳作的定评。威绥斯拉夫崔夫（N.N.Vuysheslavtsev）的插画六幅，取自《罗曼杂志》中，和中国的"绣像"颇相近，不算什么精采。但究竟总可以裨助一点阅者的兴趣，所以也就印进去了。在这里还要感谢靖华君远道见寄这些图画的盛意。

上海，一九三一年，一月十七日。译者。

题注:

本篇最初收入上海三闲书屋1931年出版的《毁灭》一书，未另发表。

《毁灭》是苏联作家法捷耶夫的长篇小说，内容反映苏联国内战争，作于1925年至1926年。鲁迅译文是从日本藏原惟人的日译本转译的，中译本于1931年译毕，有两种版本：1931年9月上海大江书铺版和同年10月鲁迅自费以上海三闲书屋名义出版，此前其第一、二部曾连载于上海《萌芽》月刊第一至第五期及《新地》月刊第一本，题为《溃灭》。在《萌芽》第一期的《编者附记》中，曾说这部作品"虽无一句革命的煽动的话，而仍使我们受到深强的感动"。

《勇敢的约翰》校后记

　　这一本译稿的到我手头，已经足有一年半了。我向来原是很爱Petöfi Sándor 的人和诗的，又见译文的认真而且流利，恰如得到一种奇珍，计画印单行本没有成，便想陆续登在《奔流》上，绍介给中国。一面写信给译者，问他可能访到美丽的插图。

　　译者便写信到作者的本国，原译者 K.de Kalocsay 先生那里去，去年冬天，竟寄到了十二幅很好的画片，是五彩缩印的 Sándor Bélátol（照欧美通式，便是 Béla Sándor）教授所作的壁画，来信上还说："以前我搜集它的图画，好久还不能找到，已经绝望了，最后却在一个我的朋友那里找着。"那么，这《勇敢的约翰》的画像，虽在匈牙利本国，也是并不常见的东西了。

　　然而那时《奔流》又已经为了莫名其妙的缘故而停刊。以为倘使这从此湮没，万分可惜，自己既无力印行，便绍介到小说月报社去，然而似要非要，又送到学生杂志社去，却是简直不要，于是满身晦气，怅然回来，伴着我枯坐，跟着我流离，一直到现在。但是，无论怎样碰钉子，这诗歌和图画，却还是好的，正如作者虽然死在哥萨克兵的矛尖上，也依然是一个诗人和英雄一样。

作者的事略，除译者已在前面叙述外，还有一篇奥国 Alfred Teniers 做的行状，白莽所译，登在第二卷第五本，即最末一本的《奔流》中，说得较为详尽。他的擅长之处，自然是在抒情的诗；但这一篇民间故事诗，虽说事迹简朴，却充满着儿童的天真，所以即使你已经做过九十大寿，只要还有些"赤子之心"，也可以高高兴兴的看到卷末。德国在一八七八年已有 I.Schnitzer 的译本，就称之为匈牙利的童话诗。

对于童话，近来是连文武官员都有高见了；有的说是猫狗不应该会说话，称作先生，失了人类的体统；有的说是故事不应该讲成王作帝，违背共和的精神。但我以为这似乎是"杞天之虑"，其实倒并没有什么要紧的。孩子的心，和文武官员的不同，它会进化，决不至于永远停留在一点上，到得胡子老长了，还在想骑了巨人到仙人岛去做皇帝。因为他后来就要懂得一点科学了，知道世上并没有所谓巨人和仙人岛。倘还想，那是生来的低能儿，即使终生不读一篇童话，也还是毫无出息的。

但是，现在倘有新作的童话，我想，恐怕未必再讲封王拜相的故事了。不过这是一八四四年所作，而且采自民间传说的，又明明是童话，所以毫不足奇。那时的诗人，还大抵相信上帝，有的竟以为诗人死后，将得上帝的优待，坐在他旁边吃糖果哩。然而我们现在听了这些话，总不至于连忙去学做诗，希图将来有糖果吃罢。就是万分爱吃糖果的人，也不至于此。

就因为上述的一些有益无害的原因，所以终于还要尽微末之力，将这献给中国的读者，连老人和成人，单是借此消遣的和研究文学的都在内，并不专限于儿童。世界语译本上原有插画三小幅，这里只取了两幅；最可惜的是为了经济关系，那难得的十二幅壁画的大部分只能用单色铜版印，以致失去不少的精采。但总算已经将匈牙利的一种名作和两个画家绍介在这里了。

一九三一年四月一日，鲁迅。

题注：

　　本篇最初收入上海湖风书店 1931 年 10 月出版的中译本《勇敢的约翰》一书，未另发表，署名唐丰瑜。

　　《勇敢的约翰》是匈牙利诗人裴多菲·山陀尔的长篇童话叙事诗，以流行的民间传说为题材，描写穷苦而机智勇敢的牧羊人约翰的生活故事。由孙用据世界语译本转译。鲁迅为了本书的出版，颇费周折。从 1929 年 11 月 6 日收到译稿到出版，前后历时两年，与孙用往来通信 21 封，并亲自与书店接洽，跑制版所，编校前后达五次之多。

《肥料》译者附记

　　这一篇的作者，是现在很辉煌的女性作家；她的作品，在中国也绍介过不止一两次，可以无须多说了。但译者所信为最可靠的，是曹靖华先生译出的几篇，收在短篇小说集《烟袋》里，并附作者传略，爱看这一位作家的作品的读者，可以自去参看的。

　　上面所译的，是描写十多年前，俄边小村子里的革命，而中途失败了的故事，内容和技术，都很精湛，是译者所见这作者的十多篇小说中，信为最好的一篇。可惜译文颇难自信，因为这是从《新兴文学全集》第二十三本中富士辰马的译文重译的，而原译者已先有一段附记道：

　　　　"用了真的农民的方言来写的绥甫林娜的作品，实在是难解，听说虽在俄国，倘不是精通地方的风俗和土话的人，也是不能看的。因此已有特别的字典，专为了要看绥甫林娜的作品而设。但译者的手头，没有这样的字典。……总是想不明白的处所，便求教于精通农民事情的一个鞑靼的妇人。绥甫林娜也正是出于鞑靼系的。到得求教的时候，却愈加知道这一篇之难解了。……倘到坦波夫或什么地方的乡下去，在农民中间生活三四年，或者可以得到完全的译本罢。"

但译文中的农民的土话，却都又改成了日本乡村的土话，在普通的字典上，全部没有的，也未有特别的字典。于是也只得求教于懂得那些土话的M君，全篇不下三十处，并注于此，以表谢忱云。

又，文中所谓"教友"，是基督教的一派，而反对战争，故当时很受帝制政府压迫，但到革命时候，也终于显出本相来了。倘不记住这一点，对于本文就常有难以明白之处的。

一九三一年八月十二日，洛文记于西湖之避暑吟诗堂。

题注：

本篇与《肥料》译文后半部分最初发表于 1931 年 10 月《北斗》月刊第一卷第二号，署名隋洛文，后插入《一天的工作》一书的后记。《肥料》，苏联作家绥甫林娜所作小说，鲁迅据日译本译出。

《夏娃日记》小引

　　玛克·土温（Mark Twain）无须多说，只要一翻美国文学史，便知道他是前世纪末至现世纪初有名的幽默家（Humorist）。不但一看他的作品，要令人眉开眼笑，就是他那笔名，也含有一些滑稽之感的。

　　他本姓克莱门斯（Samuel Langhorne Clemens，1835—1910），原是一个领港，在发表作品的时候，便取量水时所喊的讹音，用作了笔名。作品很为当时所欢迎，他即被看作讲笑话的好手；但到一九一六年他的遗著《The Mysterious Stranger》一出版，却分明证实了他是很深的厌世思想的怀抱者了。

　　含着哀怨而在嘻笑，为什么会这样的？

　　我们知道，美国出过亚伦·坡（Edgar Allan Poe），出过霍桑（N.Hawthorne），出过惠德曼（W.Whitman），都不是这么表里两样的。然而这是南北战争以前的事。这之后，惠德曼先就唱不出歌来，因为这之后，美国已成了产业主义的社会，个性都得铸在一个模子里，不再能主张自我了。如果主张，就要受迫害。这时的作家之所注意，已非应该怎样发挥自己的个性，而是怎样写去，才能有人爱读，卖掉原稿，得到声名。连有名如荷惠勒（W.D.Howells）的，也以为文学者的能为世间所容，是在他给人以娱乐。于是有些野性未驯的，便站不住了，有的跑到外国，如詹谟士（Henry James），有的讲讲笑话，就是玛克·土温。

那么，他的成了幽默家，是为了生活，而在幽默中又含着哀怨，含着讽刺，则是不甘于这样的生活的缘故了。因为这一点点的反抗，就使现在新土地里的儿童，还笑道：玛克·土温是我们的。

这《夏娃日记》（Eve's Diary）出版于一九〇六年，是他的晚年之作，虽然不过一种小品，但仍是在天真中露出弱点，叙述里夹着讥评，形成那时的美国姑娘，而作者以为是一切女性的肖像，但脸上的笑影，却分明是有了年纪的了。幸而靠了作者的纯熟的手腕，令人一时难以看出，仍不失为活泼泼地的作品；又得译者将丰神传达，而且朴素无华，几乎要令人觉得倘使夏娃用中文来做日记，恐怕也就如此一样：更加值得一看了。

莱勒孚（Lester Ralph）的五十余幅白描的插图，虽然柔软，却很清新，一看布局，也许很容易使人记起中国清季的任渭长的作品，但他所画的是仙侠高士，瘦削怪诞，远不如这些的健康；而且对于中国现在看惯了斜眼削肩的美女图的眼睛，也是很有澄清的益处的。

一九三一年九月二十七夜，记。

题注：

本篇最初收入李兰译的马克·吐温小说《夏娃日记》，署名唐丰瑜。收入《二心集》。《夏娃日记》，1931年10月上海湖风书局出版。据李兰回忆，此书系1931年时任"左联"党团书记冯雪峰交她翻译。

冯雪峰说是鲁迅家的保姆带海婴在隔壁一家刚搬走的外国人家玩，在弃物中捡到一本破旧的 1906 年英文版《夏娃日记》。书中 55 幅美国画家莱勒孚的白描插图吸引了鲁迅，画面清新健康，鲁迅极为赞赏。于是通过冯雪峰转请青年翻译家李兰将其译成中文，并亲自写了这篇小引，介绍出版。鲁迅早年开始关注马克·吐温，并藏有《夏娃日记》1906 年英文版。

《野草》英文译本序

　　冯 Y.S. 先生由他的友人给我看《野草》的英文译本，并且要我说几句话。可惜我不懂英文，只能自己说几句。但我希望，译者将不嫌我只做了他所希望的一半的。

　　这二十多篇小品，如每篇末尾所注，是一九二四至二六年在北京所作，陆续发表于期刊《语丝》上的。大抵仅仅是随时的小感想。因为那时难于直说，所以有时措辞就很含糊了。

　　现在举几个例罢。因为讽刺当时盛行的失恋诗，作《我的失恋》，因为憎恶社会上旁观者之多，作《复仇》第一篇，又因为惊异于青年之消沉，作《希望》。《这样的战士》，是有感于文人学士们帮助军阀而作。《腊叶》，是为爱我者的想要保存我而作的。段祺瑞政府枪击徒手民众后，作《淡淡的血痕中》，其时我已避居别处；奉天派和直隶派军阀战争的时候，作《一觉》，此后我就不能住在北京了。

　　所以，这也可以说，大半是废弛的地狱边沿的惨白色小花，当然不会美丽。但这地狱也必须失掉。这是由几个有雄辩和辣手，而那时还未得志的英雄们的脸色和语气所告诉我的。我于是作《失掉的好地狱》。

后来，我不再作这样的东西了。日在变化的时代，已不许这样的文章，甚而至于这样的感想存在。我想，这也许倒是好的罢。为译本而作的序言，也应该在这里结束了。

十一月五日。

题注：

本篇作于 1931 年 11 月 5 日，初未发表。后收入《二心集》。《野草》是鲁迅 1927 年由北新书局出版的散文诗集，此文是应《野草》英译本译者冯余声的要求为该书写的序。冯余声即文中的冯 Y.S.，广东人，中国左翼作家联盟的成员。他的《野草》译稿后毁于"一·二八"战火，最终未能出版。

《梅令格的〈关于文学史〉》译者附记

这一篇 Barin 女士的来稿，对于中国的读者，也是很有益处的。全集的出版处，已见于本文的第一段注中，兹不赘。日本文的译本，据译者所知道，则有《唯物史观》，冈口宗司译；关于文学史的有两种：《世界文学与无产阶级》和《美学及文学史论》，川口浩译，都是东京丛文阁出版。中国只有一本：《文学评论》，雪峰译，为水沫书店印行的《科学的艺术论丛书》之一，但近来好像很少看见了。

一九三一年十二月，三日。丰瑜译并附记。

题注：

本篇与《梅令格的〈关于文学史〉》译文最初发表于 1931 年 12 月《北斗》月刊第一卷第四期，署名丰瑜。初未收集。梅令格，德国马克思主义者，历史学家和文艺批评家，著有《关于文学史》两册。

《一天的工作》前记

苏联的无产作家，是十月革命以后，即努力于创作的，一九一八年，无产者教化团就印行了无产者小说家和诗人的丛书。二十年夏，又开了作家的大会。而最初的文学者的大结合，则是名为"锻冶厂"的集团。

但这一集团的作者，是往往负着深的传统的影响的，因此就少有独创性，到新经济政策施行后，误以为革命近于失败，折了幻想的翅子，几乎不能歌唱了。首先对他们宣战的，是《那巴斯图》（意云：在前哨）派的批评家，英古罗夫说："对于我们的今日，他们在怠工，理由是因为我们的今日，没有十月那时的灿烂。他们……不愿意走下英雄底阿灵比亚来。这太平常了。这不是他们的事。"

一九二二年十二月，无产者作家的一团在《青年卫军》的编辑室里集合，决议另组一个"十月团"，"锻冶厂"和"青年卫军"的团员，离开旧社，加入者不少，这是"锻冶厂"分裂的开端。"十月团"的主张，如烈烈威支说，是"内乱已经结束，'暴风雨和袭击'的时代过去了。而灰色的暴风雨的时代又已到来，在无聊的幔下，暗暗地准备着新的'暴风雨'和新的'袭击'。"所以抒情诗须用叙事诗和小说来替代；抒情诗也"应该是血，是肉，给我们看活人的心绪和感情，不要表示柏拉图一流的欢喜了。"

但"青年卫军"的主张，却原与"十月团"有些相近的。

革命直后的无产者文学，诚然也以诗歌为最多，内容和技术，杰出的都很少。有才能的革命者，还在血战的涡中，文坛几乎全被较为闲散的"同路人"所独占。然而还是步步和社会的现实一同进行，渐从抽象的，主观的而到了具体的，实在的描写，纪念碑的长篇大作，陆续发表出来，如里培进斯基的《一周间》，绥拉菲摩维支的《铁流》，革拉特珂夫的《士敏土》，就都是一九二三至二四年中的大收获，且已移植到中国，为我们所熟识的。

站在新的立场上的智识者的作家既经辈出，一面有些"同路人"也和现实接近起来，如伊凡诺夫的《哈蒲》，斐定的《都市与年》，也被称为苏联文坛上的重要收获。先前的势如水火的作家，现在似乎渐渐有些融洽了。然而这文学上的接近，渊源其实是很不相同的。珂刚教授在所著的《伟大的十年的文学》中说：

"无产者文学虽然经过了几多的变迁，各团体间有过争斗，但总是以一个观念为标帜，发展下去的。这观念，就是将文学看作阶级底表现，无产阶级的世界感的艺术底形式化，组织意识，使意志向着一定的行动的因子，最后，则是战斗时候的观念形态底武器。纵使各团体间，颇有不相一致的地方，但我们从不见有谁想要复兴一种超阶级的，自足的，价值内在的，和生活毫无关系的文学。无产者文学是从生活出发，不是从文学性出发的。虽然因为作家们的眼界的扩张，以及从直接斗争的主题，移向心理问题，伦理问题，感情，情热，人心的细微的经验，那些称为永久底全人类的主题的一切问题去，而'文学性'也愈加占得光荣的地位；所谓艺术底手法，表现法，技巧之类，又会有重要的意义；学习艺术，研究艺术，研究艺术的技法等事，成了急务，公认为切要的口号；有时还好像文学绕了一个大圈子，又回到原先的处所了。

"所谓'同路人'的文学，是开拓了别一条路的。他们从文学走到生活去。他们从价值内在底技巧出发。他们先将革命看作艺术底作品的题材，自说是对于一切倾向性的敌人，梦想着无关于倾向的作家的自由的共和国。然而这些'纯粹的'文学主义者们——而且他们大抵是青年——终于也不能不被拉进全线沸腾着的战争里去了。他们参加了战争。于是从革命底实生活到达了文学的无产阶级作家们，和从文学到达了革命底实生活的'同路人们'，就在最初的十年之终会面了。最初的十年的终末，组织了苏联作家的联盟。将在这联盟之下，互相提携，前进了。最初的十年的终末，由这样伟大的试练来作纪念，是毫不足怪的。"

由此可见在一九二七年顷，苏联的"同路人"已因受了现实的熏陶，了解了革命，而革命者则由努力和教养，获得了文学。但仅仅这几年的洗练，其实是还不能消泯痕迹的。我们看起作品来，总觉得前者虽写革命或建设，时时总显出旁观的神情，而后者一落笔，就无一不自己就在里边，都是自己们的事。

可惜我所见的无产者作家的短篇小说很有限，这十篇之中，首先的两篇，还是"同路人"的，后八篇中的两篇，也是由商借而来的别人所译，然而是极可信赖的译本，而伟大的作者，遗漏的还很多，好在大抵别有长篇，可供阅读，所以现在也不再等待，收罗了。

至于作者小传及译本所据的本子，也都写在《后记》里，和《竖琴》一样。

临末，我并且在此声谢那帮助我搜集传记材料的朋友。

一九三二年九月十八夜，鲁迅记。

题注：

本篇最初收入《一天的工作》单行本，未另发表。《一天的工作》，鲁迅所编苏联短篇小说集，1933 年 3 月由上海良友图书印刷公司出版，列为"良友文学丛书"之一。

《一天的工作》后记

　　毕力涅克（Boris Pilniak）的真姓氏是鄂皋（Wogau），以一八九四年生于伏尔迦沿岸的一个混有日耳曼、犹太、俄罗斯、鞑靼的血液的家庭里。九岁时他就试作文章，印行散文是十四岁。"绥拉比翁的兄弟们"成立后，他为其中的一员，一九二二年发表小说《精光的年头》，遂得了甚大的文誉。这是他将内战时代所身历的酸辛，残酷，丑恶，无聊的事件和场面，用了随笔或杂感的形式，描写出来的。其中并无主角，倘要寻求主角，那就是"革命"。而毕力涅克所写的革命，其实不过是暴动，是叛乱，是原始的自然力的跳梁，革命后的农村，也只有嫌恶和绝望。他于是渐渐成为反动作家的渠魁，为苏联批评界所攻击了，最甚的时候是一九二五年，几乎从文坛上没落。但至一九三〇年，以五年计划为题材，描写反革命的阴谋及其失败的长篇小说《伏尔迦流到里海》发表后，才又稍稍恢复了一些声望，仍旧算是一个"同路人"。

　　《苦蓬》从《海外文学新选》第三十六编平冈雅英所译的《他们的生活之一年》中译出，还是一九一九年作，以时候而论，是很旧的，但这时苏联正在困苦中，作者的态度，也比成名后较为真挚。然

262

而也还是近于随笔模样，将传说，迷信，恋爱，战争等零星小材料，组成一片，有嵌镶细工之观，可是也觉得颇为悦目。珂刚教授以为毕力涅克的小说，其实都是小说的材料（见《伟大的十年的文学》中），用于这一篇，也是评得很惬当的。

绥甫林娜（Lidia Seifullina）生于一八八九年；父亲是信耶教的鞑靼人，母亲是农家女。高等中学第七学级完毕后，她便做了小学的教员，有时也到各地方去演剧。一九一七年加入社会革命党，但至一九年这党反对革命的战争的时候，她就出党了。一九二一年，始给西伯利亚的日报做了一篇短短的小说，竟大受读者的欢迎，于是就陆续的创作，最有名的是《维里尼亚》（中国有穆木天译本）和《犯人》（中国有曹靖华译本，在《烟袋》中）。

《肥料》从《新兴文学全集》第二十三卷中富士辰马的译本译出，疑是一九二三年之作，所写的是十月革命时一个乡村中的贫农和富农的斗争，而前者终于失败。这样的事件，革命时代是常有的，盖不独苏联为然。但作者却写得很生动，地主的阴险，乡下革命家的粗鲁和认真，老农的坚决，都历历如在目前，而且绝不见有一般"同路人"的对于革命的冷淡模样，她的作品至今还为读书界所爱重，实在是无足怪的。

然而译她的作品却是一件难事业，原译者在本篇之末，就有一段《附记》说：

"真是用了农民的土话所写的绥甫林娜的作品，委实很难懂，听说虽在俄国，倘不是精通乡村的风俗和土音的人，也还是不能看的。竟至于因此有了为看绥甫林娜的作品而设的特别的字典。

我的手头没有这样的字典。先前曾将这篇译载别的刊物上，这回是从新改译的。倘有总难了然之处，则求教于一个熟知农民事情的靼靼的妇人。绥甫林娜也正是靼靼系。但求教之后，却愈加知道这篇的难懂了。这回的译文，自然不能说是足够传出了作者的心情，但比起旧译来，却自以为好了不少。须到坦波夫或者那里的乡下去，在农民里面过活三四年，那也许能够得到完全的翻译罢。"

但译者却将求教之后，这才了然的土话，改成我所不懂的日本乡下的土话了，于是只得也求教于生长在日本乡下的 M 君，勉强译出，而于农民言语，则不再用某一处的土话，仍以平常的所谓"白话文"了事，因为我是深知道决不会有人来给我的译文做字典的。但于原作的精采，恐怕又损失不少了。

略悉珂（Nikolei Liashko）是在一八八四年生于哈里珂夫的一个小市上的，父母是兵卒和农女。他先做咖啡店的侍者，后来当了皮革制造厂，机器制造厂，造船厂的工人，一面听着工人夜学校的讲义。一九〇一年加入工人的秘密团体，因此转辗于捕缚，牢狱，监视，追放的生活中者近十年，但也就在这生活中开始了著作。十月革命后，为无产者文学团体"锻冶厂"之一员，著名的著作是《熔炉》，写内乱时代所破坏，死灭的工厂，由工人们自己的团结协力而复兴，格局与革拉特珂夫的《士敏土》颇相似。

《铁的静寂》还是一九一九年作，现在是从《劳农露西亚短篇集》内，外村史郎的译本重译出来的。看那作成的年代，就知道所写的是革命直后的情形，工人的对于复兴的热心，小市民和农民的在革命时候的自利，都在这短篇中出现。但作者是和传统颇有些联系的人，所以虽是无产者作家，而观念形态却与"同路人"较相近，然而究竟是无产者作家，所以那同情在工人一方面，是大略一看，就明明白白的。对于农民的憎恶，也常见于初期的无产者作品中，现在的作家们，已多在竭力的矫正了，例如法捷耶夫的《毁灭》，即为此费去不少的篇幅。

聂维洛夫（Aleksandr Neverov）真姓斯珂培莱夫（Skobelev），以一八八六年生为萨玛拉（Samara）州的一个农夫的儿子。一九〇五年师范学校第二级卒业后，做了村学的教师。内战时候，则为萨玛拉的革命底军事委员会的机关报《赤卫军》的编辑者。一九二〇至二一年大饥荒之际，他和饥民一同从伏尔迦逃往塔什干，二二年到墨斯科，加入"锻冶厂"，二二年冬，就以心脏麻痹死去了，年三十七。他的最初的小说，在一九〇五年发表，此后所作，为数甚多，最著名的是《丰饶的城塔什干》，中国有穆木天译本。

《我要活》是从爱因斯坦因（Maria Einstein）所译，名为《人生的面目》（Das Antlitz des Lebens）的小说集里重译出来的。为死去的受苦的母亲，为未来的将要一样受苦的孩子，更由此推及一切受苦的人们而战斗，观念形态殊不似革命的劳动者。然而作者还是无产者文学初期的人，所以这也并不足令人诧异。珂刚教授在《伟大的十年的文学》里说：

> "出于'锻冶厂'一派的最是天才底的小说家，不消说，是将崩坏时代的农村生活，加以杰出的描写者之一的那亚历山大·聂维洛夫了。他全身浴着革命的吹嘘，但同时也爱生

活。……他之于时事问题，是远的，也是近的。说是远者，因为他贪婪的爱着人生。说是近者，因为他看见站在进向人生的幸福和充实的路上的力量，觉到解放的力量。……

"聂维洛夫的小说之一《我要活》，是描写自愿从军的红军士兵的，但这人也如聂维洛夫所写许多主角一样，高兴地爽快地爱着生活。他遇见春天的广大，曙光，夕照，高飞的鹤，流过洼地的小溪，就开心起来。他家里有一个妻子和两个小孩，他却去打仗了。他去赴死了。这是因为要活的缘故；因为有意义的人生观为了有意义的生活，要求着死的缘故；因为单是活着，并非就是生活的缘故；因为他记得洗衣服的他那母亲那里，每夜来些兵丁，脚夫，货车夫，流氓，好像打一匹乏力的马一般地殴打她，灌得醉到失了知觉，呆头呆脑的无聊的将她推倒在眠床上的缘故。"

玛拉式庚（Sergei Malashkin）是土拉省人，他父亲是个贫农。他自己说，他的第一个先生就是他的父亲。但是，他父亲很守旧的，只准他读《圣经》和《使徒行传》等类的书：他偷读一些"世俗的书"，父亲就要打他的。不过他八岁时，就见到了果戈理，普式庚，莱尔孟多夫的作品。"果戈理的作品给了我很大的印象，甚至于使我常常做梦看见魔鬼和各种各式的妖怪。"他十一二岁的时候非常之淘气，到处捣乱。十三岁就到一个富农的家里去做工，放马，耕田，割草……在这富农家里，做了四个月。后来就到坦波夫省的一个店铺子里当学徒，虽然工作很多，可是他总是偷着功夫看书，而且更喜欢"捣乱和顽皮"。

一九〇四年，他一个人逃到了墨斯科，在一个牛奶坊里找着了工作。不久他就碰见了一些革命党人，加入了他们的小组。一九〇五年革命的时候，他参加了墨斯科十二月暴动，攻打过一个饭店，叫做"波浪"的，那饭店里有四十个宪兵驻扎着：很打了一阵，所以他就受了伤。一九〇六年他加入了布尔塞维克党，一直到现在。从一九〇九年之后，他就在俄国到处流荡，当苦力，当店员，当木料厂里的工头。欧战的时候，他当过兵，在"德国战线"上经过了不少次的残酷的战斗。他一直喜欢读书，自己很勤恳的学习，收集了许多少见的书籍（五千本）。

他到三十二岁，才"偶然的写些作品"。

"在五年的不断的文学工作之中，我写了一些创作（其中一小部分已经出版了）。所有这些作品，都使我非常之不满意，尤其因为我看见那许多伟大的散文创作：普式庚，莱尔孟多夫，果戈理，陀思妥夫斯基和蒲宁。研究着他们的创作，我时常觉着一种苦痛，想起我自己所写的东西——简直一无价值……就不知道怎么才好。

"而在我的前面正在咆哮着，转动着伟大的时代，我的同阶级的人，在过去的几百年里是沉默着的，是受尽了一切痛苦的，现在却已经在建设着新的生活，用自己的言语，大声的表演自己的阶级，干脆的说：我们是主人。

"艺术家之中，谁能够广泛的深刻的能干的在自己的作品里反映这个主人，——他才是幸福的。

"我暂时没有这种幸福，所以痛苦，所以难受。"（玛拉式庚自传）

他在文学团体里，先是属于"锻冶厂"的，后即脱离，加入了"十月"。一九二七年，出版了描写一个革命少女的道德底破灭的经过的小说，曰《月亮从右边出来》一名《异乎寻常的恋爱》，就卷起了一个大风暴，惹出种种的批评。有的说，他所描写的是真实，足见现代青年的堕落；有的说，革命青年中并无这样的现象，所以作者是对于青年的中伤；还有折中论者，以为这些现象是实在的，然而不过是青年中的一部分。高等学校还因此施行了心理测验，那结果，是明白了男女学生的绝对多数，都是愿意继续的共同生活，"永续的恋爱关系"的。珂刚教授在《伟大的十年的文学》中，对于这一类的文学，很说了许多不满的话。

但这本书，日本却早有太田信夫的译本，名为《右侧之月》，末后附着短篇四五篇。这里的《工人》，就从日本译本中译出，并非关于性的作品，也不是什么杰作，不过描写列宁的几处，是仿佛妙手的速写画一样，颇有神采的。还有一个不大会说俄国话的男人，大约就是史太林了，因为他原是生于乔具亚（Georgia）——也即《铁流》里所说起的克鲁怎的。

绥拉菲摩维支（A. Serafimovich）的真姓是波波夫（Aleksandr Serafimovich Popov），是十月革命前原已成名的作家，但自《铁流》发表后，作品既是划一时代的纪念碑底的作品，作者也更被确定为伟大的无产文学的作者了。靖华所译的《铁流》，卷首就有作者的自传，为省纸墨计，这里不多说罢。

《一天的工作》和《岔道夫》，都是文尹从《绥拉菲摩维支全集》第一卷直接译出来的，都还是十月革命以前的作品。译本的前一篇的前面，原有一篇序，说得很分明，现在就完全抄录在下面——

绥拉菲摩维支是《铁流》的作家，这是用不着介绍的了。可是，《铁流》出版的时候已经在十月之后；《铁流》的题材也已经是十月之后的题材了。中国的读者，尤其是中国的作家，也许很愿意知道：人家在十月之前是怎么样写的。是的！他们应当知道，他们必须知道。至于那些以为不必知道这个问题的中国作家，那我们本来没有这种闲功夫来替他们打算，——他们自己会找着李完用文集或者吉百林小说集……去学习，学习那种特别的巧妙的修辞和布局。骗人，尤其是骗群众，的确要有点儿本事！至于绥拉菲摩维支，他是不要骗人的，他要替群众说话，他并且能够说出群众所要说的话。可是，他在当时——十月之前，应当有骗狗的本事。当时的文字狱是多么残酷，当时的书报检查是多么严厉，而他还能够写，自然并不能够"畅所欲言"，然而写始终能够写的，而且能够写出暴露社会生活的强有力的作品，能够不断的揭穿一切种种的假面具。

　　这篇小说:《一天的工作》，就是这种作品之中的一篇。出版的时候是一八九七年十月十二日——登载在《亚佐夫海边报》上。这个日报不过是顿河边的洛斯托夫地方的一个普通的自由主义的日报。读者如果仔细的读一读这篇小说，他所得的印象是什么呢？难道不是那种旧制度各方面的罪恶的一幅画像！这里没有"英雄"，没有标语，没有鼓动，没有"文明戏"里的演说草稿。但是，……

　　这篇小说的题材是真实的事实，是诺沃赤尔卡斯克城里的药房学徒的生活。作者的兄弟，谢尔盖，在一千八百九十几年的时候，正在这地方当药房的学徒，他亲身受到一切种种的剥削。谢尔盖的生活是非常苦的。父亲死了之后，他就不能够再读书，中学都没有毕业，就到处找事做，换过好几种职业，当过水手；后来还是靠他哥哥（作者）的帮助，方才考进了药房，要想熬到制药师副手的资格。后来，绥拉菲摩维支帮助他在郭铁尔尼珂华站上自己开办了一个农村药房。绥拉菲摩维支时常到那地方去的；一九〇八年他就在这地方收集了材料，写了他那第一篇长篇小说：《旷野里的城市》。

范易嘉志。一九三二，三，三〇。

孚尔玛诺夫（Dmitriy Furmanov）的自传里没有说明他是什么地方的人，也没有说起他的出身。他八岁就开始读小说，而且读得很多，都是司各德，莱德，倍恩，陀尔等类的翻译小说。他是在伊凡诺沃·沃兹纳新斯克地方受的初等教育，进过商业学校，又在吉纳史马毕业了实科学校。后来进了墨斯科大学，一九一五年在文科毕业，可是没有经过"国家考试"。就在那一年当了军医里的看护士，被派到"土耳其战线"，到了高加索，波斯边境，又到过西伯利亚，到过"西部战线"和"西南战线"……

一九一六年回到伊凡诺沃，做工人学校的教员。一九一七年革命开始之后，他热烈的参加。他那时候是社会革命党的极左派，所谓"最大限度派"（"Maximalist"）。

"只有火焰似的热情，而政治的经验很少，就使我先成了最大限度派，后来，又成了无政府派，当时觉得新的理想世界，可以用无治主义的炸弹去建设，大家都自由，什么都自由！"

"而实际生活使我在工人代表苏维埃里工作（副主席）；之后，于一九一八年六月加入布尔塞维克党。孚龙兹（Frunze，是托罗茨基免职之后第一任苏联军事人民委员长，现在已经死了——译者）对于我的这个转变起了很大的作用，他和我的几次谈话把我的最后的无政府主义的幻想都扑灭了。"（自传）

不久，他就当了省党部的书记，做当地省政府的委员，这是在中央亚细亚。后来，同着孚龙兹的队伍参加国内战争，当了查葩耶夫第二十五师的党代表，土耳其斯坦战线的政治部主任，古班军的政治部主任。他秘密到古班的白军区域里去做工作，当了"赤色陆战队"的党代表，那所谓"陆战队"的司令就是《铁流》里的郭如鹤（郭甫久鹤）。在这里，他脚上中了枪弹。他因为革命战争里的功劳，得了红旗勋章。

一九一七——一八年他就开始写文章，登载在外省的以及中央的报章杂志上。一九二一年国内战争结束之后，他到了墨斯科，就开始写小说。出版了《赤色陆战队》，《查葩耶夫》，《一九一八年》。一九二五年，他著的《叛乱》出版（中文译本改做《克服》），这是讲一九二〇年夏天谢米列赤伊地方的国内战争的。谢米列赤伊地方在伊犁以西三四百里光景，中国旧书里，有译做"七河地"的，这是七条河的流域的总名称。

从一九二一年之后，孚尔玛诺夫才完全做文学的工作。不幸，他在一九二六年的三月十五日就病死了。他墓碑上刻着一把剑和一本书；铭很简单，是：特密忒黎·孚尔玛诺夫，共产主义者，战士，文人。

孚尔玛诺夫的著作，有：

《查葩耶夫》 一九二三年。

《叛乱》 一九二五年。

《一九一八年》 一九二三年。

《史德拉克》 短篇小说，一九二五年。

《七天》(《查葩耶夫》的缩本) 一九二六年。

《斗争的道路》 小说集。

《海岸》(关于高加索的"报告") 一九二六年。

《最后几天》 一九二六年。

《忘不了的几天》"报告"和小说集，一九二六年。

《盲诗人》 小说集，一九二七年。

《孚尔玛诺夫文集》 四卷。

《市侩杂记》 一九二七年。

《飞行家萨诺夫》 小说集，一九二七年。

这里的一篇《英雄们》，是从斐檀斯的译本（D.Fourmanow：Die roten Helden, deutsch Von A.Videns, Verlag der Jugendinternationale, Berlin 1928）重译的，也许就是《赤色陆战队》。所记的是用一支奇兵，将白军的大队打退，其中似乎还有些传奇色采，但很多的是身历和心得之谈，即如由出发以至登陆这一段，就是给高谈专门家和唠叨主义者的一个大教训。

将"Helden"译作"英雄们"，是有点流弊的，因为容易和中国旧来的所谓"显英雄"的"英雄"相混，这里其实不过是"男子汉，大丈夫"的意思。译作"别动队"的，原文是"Dessert"，源出法文，意云"追加"，也可以引伸为饭后的点心，书籍的附录，本不是军用语。这里称郭甫久鹤的一队为"rote Dessert"，恐怕是一个诨号，应该译作"红点心"的，是并非正式军队，它的前去攻打敌人，不过给吃一点点心，不算正餐的意思。但因为单是猜想，不能确定，所以这里就姑且译作中国人所较为听惯的，也非正装军队的"别动队"了。

唆罗诃夫（Michail Sholochov）以一九〇五年生于顿州。父亲是杂货，家畜和木材商人，后来还做了机器磨坊的经理。母亲是一个土耳其女子的曾孙女，那时她带了她的六岁的小儿子——就是唆罗诃夫的祖父——作为俘虏，从哥萨克移到顿州来的。唆罗诃夫在墨斯科时，进了小学，在伏罗内希时，进了中学，但没有毕业，因为他们为了侵进来的德国军队，避到顿州方面去了。在这地方，这孩子就目睹了市民战，一九二二年，他曾参加了对于那时还使顿州不安的马贼的战斗。到十六岁，他便做了统计家，后来是扶养委员。他的作品于一九二三年这才付印，使他有名的是那大部的以市民战为材料的小说《静静的顿河》，到现在一共出了四卷，第一卷在中国有贺非译本。

《父亲》从《新俄新作家三十人集》中翻来，原译者是斯忒拉绥尔（Nadja Strasser）；所描写的也是内战时代，一个哥萨克老人的处境非常之难，为了小儿女而杀较长的两男，但又为小儿女所憎恨的悲剧。和果戈理，托尔斯泰所描写的哥萨克，已经很不同，倒令人仿佛看见了在戈理基初期作品中有时出现的人物。契诃夫写到农民的短篇，也有近于这一类的东西。

班菲洛夫（Fedor Panferov）生于一八九六年，是一个贫农的儿子，九岁时就给人去牧羊，后来做了店铺的伙计。他是共产党员，十月革命后，大为党和政府而从事于活动，一面创作着出色的小说。最优秀的作品，是描写贫农们为建设农村的社会主义的斗争的《勃鲁斯基》，以一九二六年出版，现在欧美诸国几乎都有译本了。

关于伊连珂夫（V. Ilienkov）的事情，我知道得很少。只看见德文本《世界革命的文学》（Literatur der Weltrevolution）的去年的第三本里，说他是全俄无产作家同盟（拉普）中的一人，也是一个描写新俄的人们的生活，尤其是农民生活的好手。

当苏俄施行五年计画的时候，革命的劳动者都为此努力的建设，组突击队，作社会主义竞赛，到两年半，西欧及美洲"文明国"所视为幻想，妄谈，昏话的事业，至少竟有十个工厂已经完成了。那时的作家们，也应了社会的要求，应了和大艺术作品一同，一面更加提高艺术作品的实质，一面也用了报告文学，短篇小说，诗，素描的目前小品，来表示正在获胜的集团，工厂，以及共同经营农场的好汉，突击队员的要求，走向库兹巴斯，巴库，斯太林格拉特，和别的大建设的地方去，以最短的期限，做出这样的艺术作品来。日本的苏维埃事情研究会所编译的《苏联社会主义建设丛书》第一辑《冲击队》（一九三一年版）中，就有七篇这一种"报告文学"在里面。

《枯煤，人们和耐火砖》就从那里重译出来的，所说的是伏在地面之下的泥沼的成因，建设者们的克服自然的毅力，枯煤和文化的关系，炼造枯煤和建筑枯煤炉的方法，耐火砖的种类，竞赛的情形，监督和指导的要诀。种种事情，都包含在短短的一篇里，这实在不只是"报告文学"的好标本，而是实际的知识和工作的简要的教科书了。

但这也许不适宜于中国的若干的读者，因为倘不知道一点地质，炼煤，开矿的大略，读起来是很无兴味的。但在苏联却又作别论，因为在社会主义的建设中，智识劳动和筋肉劳动的界限也跟着消除，所以这样的作品也正是一般的读物。由此更可见社会一异，所谓"智识者"即截然不同，苏联的新的智识者，实在已不知道为什么有人会对秋月伤心，落花坠泪，正如我们的不明白为什么熔铁的炉，倒是没有炉底一样了。

《文学月报》的第二本上，有一篇周起应君所译的同一的文章，但比这里的要多三分之一，大抵是关于樱林的故事。我想，这大约是原本本有两种，并非原译者有所增减，而他的译本，是出于英文的。我原想借了他的译本来，但想了一下，就又另译了《冲击队》里的一本。因为详的一本，虽然兴味较多，而因此又掩盖了紧要的处所，简的一本则脉络分明，但读起来终不免有枯燥之感——然而又各有相宜的读者层的。有心的读者或作者倘加以比较，研究，一定很有所省悟，我想，给中国有两种不同的译本，决不会是一种多事的徒劳的。

但原译本似乎也各有错误之处。例如这里的"他讲话，总仿佛手上有着细索子，将这连结着的一样。"周译本作"他老是这样地说话，好像他衔了甚么东西在他的牙齿间，而且在紧紧地把它咬着一样。"这里的"他早晨往往被人叫醒，从桌子底下拉出来。"周译本作"他常常惊醒来了，或者更正确地说，从桌上抬起头来了。"想起情理来，都应该是后一译不错的，但为了免得杂乱起见，我都不据以改正。

从描写内战时代的《父亲》，一跳就到了建设时代的《枯煤，人们和耐火砖》，这之间的间隔实在太大了，但目下也没有别的好法子。因为一者，我所收集的材料中，足以补这空虚的作品很有限；二者，是虽然还有几篇，却又是不能绍介，或不宜绍介的。幸而中国已经有了几种长篇或中篇的大作，可以稍稍弥缝这缺陷了。

一九三二年九月十九日，编者。

题注：

　　本篇最初收入《一天的工作》单行本，未另发表。《一天的工作》，鲁迅所编苏联短篇小说集，1933 年 3 月由上海良友图书印刷公司出版，列为"良友文学丛书"之一。

译本高尔基《一月九日》小引

当屠格纳夫，柴霍夫这些作家大为中国读书界所称颂的时候，高尔基是不很有人很注意的。即使偶然有一两篇翻译，也不过因为他所描的人物来得特别，但总不觉得有什么大意思。

这原因，现在很明白了：因为他是"底层"的代表者，是无产阶级的作家。对于他的作品，中国的旧的知识阶级不能共鸣，正是当然的事。

然而革命的导师，却在二十多年以前，已经知道他是新俄的伟大的艺术家，用了别一种兵器，向着同一的敌人，为了同一的目的而战斗的伙伴，他的武器——艺术的言语——是有极大的意义的。

而这先见，现在已经由事实来确证了。

中国的工农，被压榨到救死尚且不暇，怎能谈到教育；文字又这么不容易，要想从中出现高尔基似的伟大的作者，一时恐怕是很困难的。不过人的向着光明，是没有两样的，无祖国的文学也并无彼此之分，我们当然可以先来借看一些输入的先进的范本。

这小本子虽然只是一个短篇，但以作者的伟大，译者的诚实，就正是这一种范本。而且从此脱出了文人的书斋，开始与大众相见，此后所启发的是和先前不同的读者，它将要生出不同的结果来。

这结果，将来也会有事实来确证的。

一九三三年五月二十七日，鲁迅记。

题注：

本篇未另发表。初未收集。《一月九日》是苏联作家玛克西姆·高尔基对于 1905 年 1 月 9 日彼得堡冬宫广场请愿群众遭沙皇统治者残酷镇压这一流血事件的特写，1931 年由曹靖华译成中文。苏联中央出版局出版后，译者寄赠鲁迅一册，鲁迅把它交给《中国论坛》的编者、美国人伊罗生，并写了《小引》，请他重印出版。鲁迅日记 1933 年 5 月 28 日记有"以戈理基（即高尔基——编者）短篇小说序稿寄伊罗生"，即本文。

《一个人的受难》序

"连环图画"这名目，现在已经有些用熟了，无须更改；但其实是应该称为"连续图画"的，因为它并非"如环无端"，而是有起有讫的画本。中国古来的所谓"长卷"，如《长江无尽图卷》，如《归去来辞图卷》，也就是这一类，不过联成一幅罢了。

这种画法的起源真是早得很。埃及石壁所雕名王的功绩，"死书"所画冥中的情形，已就是连环图画。别的民族，古今都有，无须细述了。这于观者很有益，因为一看即可以大概明白当时的若干的情形，不比文辞，非熟习的不能领会。到十九世纪末，西欧的画家，有许多很喜欢作这一类画，立一个题，制成画帖，但并不一定连贯的。用图画来叙事，又比较的后起，所作最多的就是麦绥莱勒。我想，这和电影有极大的因缘，因为一面是用图画来替文字的故事，同时也是用连续来代活动的电影。

麦绥莱勒（Frans Masereel）是反对欧战的一人；据他自己说，以一八九九年七月三十一日生于弗兰兑伦的勃兰勘培克（Blankenberghe in Flandern），幼小时候是很幸福的，因为玩的多，学的少。求学时代是在干德（Gent），在那里的艺术学院里学了小半年；后来就漫游德，英，瑞士，法国去了，而最爱的是巴黎，称之为"人生的学校"。在瑞士时，常投画稿于日报上，摘发社会的隐病，罗曼罗兰比之于陀密埃（Daumier）和戈耶（Goya）。但所作最多的是木刻的书籍上的插图，和全用图画来表现的故事。他是酷爱巴黎的，所以作品往往浪漫，奇诡，出于人情，因以收得惊异和滑稽的效果。独有这《一个人的受难》（Die Passion eines Menschen）乃是写实之作，和别的图画故事都不同。

这故事二十五幅中，也并无一字的说明。但我们一看就知道：在桌椅之外，一无所有的屋子里，一个女子怀着孕了（一），生产之后，即被别人所斥逐，不过我不知道斥逐她的是雇主，还是她的父亲（二）。于是她只好在路上彷徨（三），终于跟了别人；先前的孩子，便进了野孩子之群，在街头捣乱（四）。稍大，去学木匠，但那么重大的工作，幼童是不胜任的（五），到底免不了被人踢出，像打跑一条野狗一样（六）。他为饥饿所逼，就去偷面包（七），而立刻被维持秩序的巡警所捕获（八），关进监牢里去了（九）。罚满释出（十），这回却轮到他在热闹的路上彷徨（十一），但幸而也竟找得了修路的工作（十二）。不过，终日挥着鹤嘴锄，是会觉得疲劳的（十三），这时乘机而入的却是恶友（十四），他受了诱惑，去会妓女（十五），去玩跳舞了（十六）。但归途中又悔恨起来（十七），决计进厂做工，而且一早就看书自习（十八）；在这环境里，这才遇到了真的相爱的同人（十九）。但劳资两方冲突了，他登高呼号，联合了工人，和资本家战斗（二十），于是奸细窥探于前（二十一），兵警弹压于后（二十二），奸细又从中离间，他被捕了（二十三）。在受难的"神之子"耶稣像前，这"人之子"就受着裁判（二十四）；自然是死刑，他站着，等候着兵们的开枪（二十五）！

耶稣说过，富翁想进天国，比骆驼走过针孔还要难。但说这话的人，自己当时却受难（Passion）了。现在是欧美的一切富翁，几乎都是耶稣的信奉者，而受难的就轮到了穷人。

这就是《一个人的受难》中所叙述的。

一九三三年八月六日，鲁迅记。

题注：

本篇最初收入1933年9月上海良友图书印刷公司出版的木刻连环画《一个人的受难》。后收入《南腔北调集》。该书作者为比利时画家、木刻家麦绥莱勒。他曾为美国惠特曼、法国罗曼·罗兰、巴比塞等人的作品作插图。上海良友图书印刷公司还出版过他的《光明的追求》《我的忏悔》和《没有字的故事》。鲁迅一则十分欣赏他的作品，二则也可以说明"连环图画"的意义和价值，故为介绍。中国古代连环画《归去来辞图卷》有明代徐贲等人的作品；古埃及《死书》(*The Book of the Dead*)，是贵族的陪葬品，它将咒语、祷文、颂歌及冥间图画书绘于其上，置于棺中。

《海纳与革命》译者附记

　　这一篇文字，还是一九三一年，即海纳死后的七十五周年，登在二月二十一日的一种德文的日报上的，后由高冲阳造日译，收入《海纳研究》中，今即据以重译在这里。由这样的简短的文字，自然不足以深知道诗人的生平，但我以为至少可以明白（一）一向被我们看作恋爱诗人的海纳，还有革命底的一面；（二）德国对于文学的压迫，向来就没有放松过，寇尔兹和希特拉，只是末期的变本加厉的人；（三）但海纳还是永久存在，而且更加灿烂，而那时官准的一群"作者"却连姓名也"在没有记起之前，就已忘却了。"这对于读者，或者还可以说是有些意义的罢。

　　　　　　　　　　一九三三年九月十日，译讫并记。

题注：

　　本篇与《海纳与革命》译文最初发表于 1933 年 11 月《现代》月刊第四卷第一期。海纳，通译海涅。鲁迅译自日译本《海纳研究》。

《解放了的堂·吉诃德》后记

    假如现在有一个人，以黄天霸之流自居，头打英雄结，身穿夜行衣靠，插着马口铁的单刀，向市镇村落横冲直撞，去除恶霸，打不平，是一定被人哗笑的，决定他是一个疯子或昏人，然而还有一些可怕。倘使他非常孱弱，总是反而被打，那就只是一个可笑的疯子或昏人了，人们警戒之心全失，于是倒爱看起来。西班牙的文豪西万提斯（Miguel de Cervantes Saavedra，1547—1616）所作《堂·吉诃德传》（Vida y hechos del ingenioso hidalgo Don Quixote de la Mancha）中的主角，就是以那时的人，偏要行古代游侠之道，执迷不悟，终于困苦而死的资格，赢得许多读者的开心，因而爱读，传布的。

    但我们试问：十六十七世纪时的西班牙社会上可有不平存在呢？我想，恐怕总不能不答道：有。那么，吉诃德的立志去打不平，是不能说他错误的；不自量力，也并非错误。错误是在他的打法。因为胡涂的思想，引出了错误的打法。侠客为了自己的"功绩"不能打尽不平，正如慈善家为了自己的阴功，不能救助社会上的困苦一样。而且是"非徒无益，而又害之"的。他惩罚了毒打徒弟的师傅，自以为立过"功绩"，扬长而去了，但他一走，徒弟却更加吃苦，便是一个好例。

但嘲笑吉诃德的旁观者，有时也嘲笑得未必得当。他们笑他本非英雄，却以英雄自命，不识时务，终于赢得颠连困苦；由这嘲笑，自拔于"非英雄"之上，得到优越感；然而对于社会上的不平，却并无更好的战法，甚至于连不平也未曾觉到。对于慈善者，人道主义者，也早有人揭穿了他们不过用同情或财力，买得心的平安。这自然是对的。但倘非战士，而只劫取这一个理由来自掩他的冷酷，那就是用一毛不拔，买得心的平安了，他是不化本钱的买卖。

这一个剧本，就将吉诃德拉上舞台来，极明白的指出了吉诃德主义的缺点，甚至于毒害。在第一场上，他用谋略和自己的挨打救出了革命者，精神上是胜利的；而实际上也得了胜利，革命终于起来，专制者人了牢狱；可是这位人道主义者，这时忽又认国公们为被压迫者了，放蛇归壑，使他又能流毒，焚杀淫掠，远过于革命的牺牲。他虽不为人们所信仰，——连跟班的山嘉也不大相信，——却常常被奸人所利用，帮着使世界留在黑暗中。

国公，傀儡而已；专制魔王的化身是伯爵谟尔却（Graf Murzio）和侍医巴坡的帕波（Pappo del Babbo）。谟尔却曾称吉诃德的幻想为"牛羊式的平等幸福"，而说出他们所要实现的"野兽的幸福来"，道——

"O！堂·吉诃德，你不知道我们野兽。粗暴的野兽，咬着小鹿儿的脑袋，啃断它的喉咙，慢慢的喝它的热血，感觉到自己爪牙底下它的小腿儿在抖动，渐渐的死下去，——那真正是非常之甜蜜。然而人是细腻的野兽。统治着，过着奢华的生活，强迫人家对着你祷告，对着你恐惧而鞠躬，而卑躬屈节。幸福就在于感觉到几百万人的力量都集中到你的手里，都无条件的交给了你，他们像奴隶，而你像上帝。世界上最幸福最舒服的人就是罗马皇帝，我们的国公能够像复活的尼罗一样，至少也要和赫里沃哈巴尔一样。可是，我们的宫庭很小，离这个还远哩。毁坏上帝和人的一切法律，照着自己的意旨的法律，替别人打出新的锁链出来！权力！这个字眼里面包含一切：这是个神妙的使人沉醉的字眼。生活要用权力的程度来量它。谁没有权力，他就是个死尸。"（第二场）

这个秘密，平常是很不肯明说的，谟尔却诚不愧为"小鬼头"，他说出来了，但也许因为看得吉诃德"老实"的缘故。吉诃德当时虽曾说牛羊应当自己防御，但当革命之际，他又忘却了，倒说"新的正义也不过是旧的正义的同胞姊妹"，指革命者为魔王，和先前的专制者同等。于是德里戈（Drigo Pazz）说——

"是的，我们是专制魔王，我们是专政的。你看这把剑——看见罢？——它和贵族的剑一样，杀起人来是很准的；不过他们的剑是为着奴隶制度去杀人，我们的剑是为着自由去杀人。你的老脑袋要改变是很难的了。你是个好人；好人总喜欢帮助被压迫者。现在，我们在这个短期间是压迫者。你和我们来斗争罢。我们也一定要和你斗争，因为我们的压迫，是为着要叫这个世界上很快就没有人能够压迫。"（第六场）

这是解剖得十分明白的。然而吉诃德还是没有觉悟，终于去掘坟；他掘坟，他也"准备"着自己担负一切的责任。但是，正如巴勒塔萨（Don Balthazar）所说：这种决心有什么用处呢？

而巴勒塔萨始终还爱着吉诃德，愿意给他去担保，硬要做他的朋友，这是因为巴勒塔萨出身知识阶级的缘故。但是终于改变他不得。到这里，就不能不承认德里戈的嘲笑，憎恶，不听废话，是最为正当的了，他是有正确的战法，坚强的意志的战士。

这和一般的旁观者的嘲笑之类是不同的。

不过这里的吉诃德，也并非整个是现实所有的人物。

原书以一九二二年印行，正是十月革命后六年，世界上盛行着反对者的种种谣诼，竭力企图中伤的时候，崇精神的，爱自由的，讲人道的，大抵不平于党人的专横，以为革命不但不能复兴人间，倒是得了地狱。这剧本便是给与这些论者们的总答案。吉诃德即由许多非议十月革命的思想家，文学家所合成的。其中自然有梅垒什珂夫斯基（Merezhkovsky），有托尔斯泰派；也有罗曼罗兰，爱因斯坦因（Einstein）。我还疑心连高尔基也在内，那时他正为种种人们奔走，使他们出国，帮他们安身，听说还至于因此和当局者相冲突。

但这种的辩解和预测，人们是未必相信的，因为他们以为一党专政的时候，总有为暴政辩解的文章，即使做得怎样巧妙而动人，也不过一种血迹上的掩饰。然而几个为高尔基所救的文人，就证明了这预测的真实性，他们一出国，便痛骂高尔基，正如复活后的谟尔却伯爵一样了。

而更加证明了这剧本在十年前所豫测的真实的是今年的德国。在中国，虽然已有几本叙述希特拉的生平和勋业的书，国内情形，却介绍得很少，现在抄几段巴黎《时事周报》"Vu"的记载（素琴译，见《大陆杂志》十月号）在下面——

"'请允许我不要说你已经见到过我，请你不要对别人泄露我讲的话。……我们都被监视了。……老实告诉你罢，这简直是一座地狱。'对我们讲话的这一位是并无政治经历的人，他是一位科学家。……对于人类命运，他达到了几个模糊而大度的概念，这就是他的得罪之由。……"

"'倔强的人是一开始就给铲除了的，'在慕尼锡我们底向导者已经告诉过我们，……但是别的国社党人则将情形更推进了一步。'那种方法是古典的。我们叫他们到军营那边去取东西回来，于是，就打他们一靶。打起官话来，这叫作：图逃格杀。'"

"难道德国公民底生命或者财产对于危险的统治是有敌意的么？……爱因斯坦底财产被没收了没有呢？那些连德国报纸也承认的几乎每天都可在空地或城外森林中发现的胸穿数弹身负伤痕的死尸，到底是怎样一回事呢？难道这些也是共产党底挑激所致么？这种解释似乎太容易一点了吧？……"

但是，十二年前，作者却早借谟尔却的嘴给过解释了。

另外，再抄一段法国的《世界》周刊的记事（博心译，见《中外书报新闻》第三号）在这里——

"许多工人政党领袖都受着类似的严刑酷法。在哥伦，社会民主党员沙罗曼所受的真是更其超人想像了！最初，沙罗曼被人轮流殴击了好几个钟头。随后，人家竟用火把烧他的脚。同时又以冷水淋他的身，晕去则停刑，醒来又遭殃。流血的面孔上又受他们许多次数的便溺。最后，人家以为他已死了，把他抛弃在一个地窖里。他的朋友才把他救出偷偷运过法国来，现在还在一个医院里。这个社会民主党右派沙罗曼对于德文《民声报》编辑主任的探问，曾有这样的声明：'三月九日，我了解法西主义比读什么书都透彻。谁以为可以在知识言论上制胜法西主义，那必定是痴人说梦。我们现在已到了英勇的战斗的社会主义时代了。'"

这也就是这部书的极透彻的解释，极确切的实证，比罗曼罗兰和爱因斯坦因的转向，更加晓畅，并且显示了作者的描写反革命的凶残，实在并非夸大，倒是还未淋漓尽致的了。是的，反革命者的野兽性，革命者倒是会很难推想的。

一九二五年的德国，和现在稍不同，这戏剧曾在国民剧场开演，并且印行了戈支（I.Gotz）的译本。不久，日译本也出现了，收在《社会文艺丛书》里；还听说也曾开演于东京。三年前，我曾根据二译本，翻了一幕，载《北斗》杂志中。靖华兄知道我在译这部书，便寄给我一本很美丽的原本。我虽然不能读原文，但对比之后，知道德译本是很有删节的，几句几行的不必说了，第四场上吉河德吟了这许多工夫诗，也删得毫无踪影。这或者是因为开演，嫌它累坠的缘故罢。日文的也一样，是出于德文本的。这么一来，就使我对于译本怀疑起来，终于放下不译了。

但编者竟另得了从原文直接译出的完全的稿子，由第二场续登下去，那时我的高兴，真是所谓"不可以言语形容"。可惜的是登到第四场，和《北斗》的停刊一同中止了。后来辗转觅得未刊的译稿，则连第一场也已经改译，和我的旧译颇不同，而且注解详明，是一部极可信任的本子。藏在箱子里，已将一年，总没有刊印的机会。现在有联华书局给它出版，使中国又多一部好书，这是极可庆幸的。

原本有毕斯凯莱夫（N.Piskarev）木刻的装饰画，也复制在这里了。剧中人物地方时代表，是据德文本增补的；但《堂·吉诃德传》第一部，出版于一六〇四年，则那时当是十六世纪末，而表作十七世纪，也许是错误的罢，不过这也没什么大关系。

一九三三年十月二十八日，上海。鲁迅。

题注：

　　本篇最初收入 1934 年 4 月上海联华书局出版的中译本《解放了的堂·吉诃德》，初未收集。《解放了的堂·吉诃德》，苏联卢那卡尔斯基所作剧本，易嘉（瞿秋白）译，列为"文艺连丛"之一。

《木刻创作法》序

地不问东西，凡木刻的图版，向来是画管画，刻管刻，印管印的。中国用得最早，而照例也久经衰退；清光绪中，英人傅兰雅氏编印《格致汇编》，插图就已非中国刻工所能刻，精细的必需由英国运了图版来。那就是所谓"木口木刻"，也即"复制木刻"，和用在编给印度人读的英文书，后来也就移给中国人读的英文书上的插画，是同类的。那时我还是一个儿童，见了这些图，便震惊于它的精工活泼，当作宝贝看。到近几年，才知道西洋还有一种由画家一手造成的版画，也就是原画，倘用木版，便叫作"创作木刻"，是艺术家直接的创作品，毫不假手于刻者和印者的。现在我们所要绍介的，便是这一种。

为什么要绍介呢？据我个人的私见，第一是因为好玩。说到玩，自然好像有些不正经，但我们钞书写字太久了，谁也不免要息息眼，平常是看一会窗外的天。假如有一幅挂在墙壁上的画，那岂不是更其好？倘有得到名画的力量的人物，自然是无须乎此的，否则，一张什么复制缩小的东西，实在远不如原版的木刻，既不失真，又省耗费。自然，也许有人要指为"要以'今雅'立国"的，但比起"古雅"

来，不是已有"古""今"之别了么？

第二，是因为简便。现在的金价很贵了，一个青年艺术学徒想画一幅画，画布颜料，就得化一大批钱；画成了，倘使没法展览，就只好请自己看。木刻是无需多化钱的，只用几把刀在木头上划来划去——这也许未免说得太容易了——就如印人的刻印一样，可以成为创作，作者也由此得到创作的欢喜。印了出来，就能将同样的作品，分给别人，使许多人一样的受到创作的欢喜。总之，是比别种作法的作品，普遍性大得远了。

第三，是因为有用。这和"好玩"似乎有些冲突，但其实也不尽然的，要看所玩的是什么。打马将恐怕是终于没有出息的了；用火药做花炮玩，推广起来却就可以造枪炮。大炮，总算是实用不过的罢，而安特莱夫一有钱，却将它装在自己的庭园里当玩艺。木刻原是小富家儿艺术，然而一用在刊物的装饰，文学或科学书的插画上，也就成了大家的东西，是用不着多说的。

这实在是正合于现代中国的一种艺术。

但是至今没有一本讲说木刻的书，这才是第一本。虽然稍简略，却已经给了读者一个大意。由此发展下去，路是广大得很。题材会丰富起来的，技艺也会精炼起来的，采取新法，加以中国旧日之所长，还有开出一条新的路径来的希望。那时作者各将自己的本领和心得，贡献出来，中国的木刻界就会发生光焰。这书虽然因此要成为一粒星星之火，但也够有历史上的意义了。

一九三三年十一月九日，鲁迅记。

题注：

本篇系应《木刻创作法》一书编译者白危（吴渤）的请求而写。收入《南腔北调集》。鲁迅日记 1933 年 11 月 9 日有"得吴渤信并《木刻创作法》稿子一本"的记载，当夜即写本文。同月 12 日又有"下午复吴渤信并还译稿"的记载。本文写成后因该书一时未出版，故在收入本集前未在报刊上发表。《木刻创作法》一书系木刻创作入门书，主要根据日本旭正秀的《创作版画的作法》、小泉癸巳男的《木版画雕法与印刷法》《世界美术史纲》和《世界美术全集》中的《东洋版画篇》和《西洋版画篇》编译而成，后于 1937 年 1 月由上海读书生活出版社出版。文中说及的英人傅兰雅（J.Fryer）系英国传教士，1875 年在上海与人合办格致书院，次年出版《格致汇编》，刊载大量精工细刻的插图。当时鲁迅倡导新兴版画，编印画册，举办木刻展览。与此同时，在关于"庄子"与"文选"的论争中，施蛰存曾讥讽鲁迅的"玩木刻"，是"要以'今雅'立足于天地之间"，故鲁迅一看到此书就立刻予以推荐，顺便回击了施的嘲笑。

《引玉集》后记

　　我在这三年中，居然陆续得到这许多苏联艺术家的木刻，真是连自己也没有预先想到的。一九三一年顷，正想校印《铁流》，偶然在《版画》（Graphika）这一种杂志上，看见载着毕斯凯来夫刻有这书中故事的图画，便写信托靖华兄去搜寻。费了许多周折，会着毕斯凯来夫，终于将木刻寄来了，因为怕途中会有失落，还分寄了同样的两份。靖华兄的来信说，这木刻版画的定价颇不小，然而无须付，苏联的木刻家多说印画莫妙于中国纸，只要寄些给他就好。我看那印着《铁流》图的纸，果然是中国纸，然而是一种上海的所谓"抄更纸"，乃是集纸质较好的碎纸，第二次做成的纸张，在中国，除了做账簿和开发票，账单之外，几乎再没有更高的用处。我于是买了许多中国的各种宣纸和日本的"西之内"和"鸟之子"，寄给靖华，托他转致，倘有余剩，便分送别的木刻家。这一举竟得了意外的收获，两卷木刻又寄来了，毕斯凯来夫十三幅，克拉甫兼珂一幅，法复尔斯基六幅，保夫理诺夫一幅，冈察罗夫十六幅；还有一卷被邮局所遗失，无从访查，不知道其中是那几个作家的作品。这五个，那时是都住在墨斯科的。

　　可惜我太性急，一面在搜画，一面就印书，待到《铁流》图寄到时，书却早已出版了，我只好打算另印单张，绍介给中国，以答作者的厚意。到年底，这才付给印刷所，制了版，收回原图，嘱他开印。不料战事就开始了，我在楼上远远地眼看着这印刷所和我的锌版都烧成了灰烬。后来我自己是逃出战线了，书籍和木刻画却都留在交叉火线下，但我也仅有极少的闲情来想到他们。又一意外的事是待到重回旧寓，检点图书时，竟丝毫也未遭损失；不过我也心神未定，一时不再想到复制了。

去年秋间，我才又记得了《铁流》图，请文学社制版附在《文学》第一期中，这图总算到底和中国的读者见了面。同时，我又寄了一包宣纸去，三个月之后，换来的是法复尔斯基五幅，毕珂夫十一幅，莫察罗夫二幅，希仁斯基和波查日斯基各五幅，亚历克舍夫四十一幅，密德罗辛三幅，数目比上一次更多了。莫察罗夫以下的五个，都是住在列宁格勒的木刻家。

但这些作品在我的手头，又仿佛是一副重担。我常常想：这一种原版的木刻画，至有一百余幅之多，在中国恐怕只有我一个了，而但秘之箧中，岂不辜负了作者的好意？况且一部分已经散亡，一部分几遭兵火，而现在的人生，又无定到不及薤上露，万一相偕湮灭，在我，是觉得比失了生命还可惜的。流光真快，徘徊间已过新年，我便决计选出六十幅来，复制成书，以传给青年艺术学徒和版画的爱好者。其中的法复尔斯基和冈察罗夫的作品，多是大幅，但为资力所限，在这里只好缩小了。

我毫不知道俄国版画的历史；幸而得到陈节先生摘译的文章，这才明白一点十五年来的梗概，现在就印在卷首，算作序言；并且作者的次序，也照序中的叙述来排列的。文中说起的名家，有几个我这里并没有他们的作品，因为这回翻印，以原版为限，所以也不再由别书采取，加以补充。读者倘欲求详，则契诃宁印有俄文画集，列培台华且有英文解释的画集的——

Ostraoomova-Ljebedeva by A.Benois and S.Ernst.

State Press，Moscow-Leningrad.

密德罗辛也有一本英文解释的画集——

D.I.Mitrohin by M. Kouzmin and V. Voinoff.

State Editorship，Moscow-Petrograd.

不过出版太早，现在也许已经绝版了，我曾从日本的"Nauka社"买来，只有四圆的定价，但其中木刻却不多。

因为我极愿意知道作者的经历，由靖华兄致意，住在列宁格勒的五个都写来了。我们常看见文学家的自传，而艺术家，并且专为我们而写的自传是极少的，所以我全都抄录在这里，借此保存一点史料。以下是密德罗辛的自传——

　　"密德罗辛（Dmitri Isidorovich Mitrokhin）一八八三年生于耶普斯克（在北高加索）城。在其地毕业于实业学校。后求学于莫斯科之绘画，雕刻，建筑学校和斯特洛干工艺学校。未毕业。曾在巴黎工作一年。从一九〇三年起开始展览。对于书籍之装饰及插画工作始于一九〇四年。现在主要的是给'大学院'和'国家文艺出版部'工作。

　　　　　　　　　七，三〇，一九三三。密德罗辛。"

在墨斯科的木刻家，还未能得到他们的自传，本来也可以逐渐调查，但我不想等候了。法复尔斯基自成一派，已有重名，所以在《苏联小百科全书》中，就有他的略传。这是靖华译给我的——

"法复尔斯基（Vladimir Andreevich Favorsky）生于一八八六年，苏联现代木刻家和绘画家，创木刻派。在形式与结构上显出高尚的匠手，有精细的技术。法复尔斯基的木刻太带形式派色彩，含着神秘主义的特点，表现革命初期一部分小资产阶级知识分子的心绪。最好的作品是：对于梅里美，普式庚，巴尔扎克，法郎士诸人作品的插画和单形木刻——《一九一七年十月》与《一九一九至一九二一年》。"

我极欣幸这一本小集中，竟能收载他见于记录的《一九一七年十月》和《梅里美像》；前一种疑即序中所说的《革命的年代》之一，原是盈尺的大幅，可惜只能缩印了。在我这里的还有一幅三色印的《七个怪物》的插画，并手抄的诗，现在不能复制，也是极可惜的。至于别的四位，目下竟无从稽考；所不能忘的尤其是毕斯凯来夫，他是最先以作品寄与中国的人，现在只好选印了一幅《毕斯凯来夫家的新住宅》在这里，夫妇在灯下作工，床栏上扶着一个小孩子，我们虽然不知道他的身世，却如目睹了他们的家庭。

以后是几个新作家了，序中仅举其名，但这里有为我们而写的自传在——

"莫察罗夫（Sergei Mikhailovich Mocharov）以一九○二年生于阿斯特拉汗城。毕业于其地之美术师范学校。一九二二年到圣彼得堡，一九二六年毕业于美术学院之线画科。一九二四年开始印画。现工作于'大学院'和'青年卫军'出版所。

七，三○，一九三三。莫察罗夫。"

"希仁斯基（L.S.Khizhinsky）以一八九六年生于基雅夫。

一九一八年毕业于基雅夫美术学校。一九二二年入列宁格勒美术学院,一九二七年毕业。从一九二七年起开始木刻。

主要作品如下:

1 保夫罗夫:《三篇小说》。

2 阿察洛夫斯基:《五道河》。

3 Vergilius:《Aeneid》。

4《亚历山大戏院(在列宁格勒)百年纪念刊》。

5《俄国谜语》。

七,三〇,一九三三。希仁斯基。"

最末的两位,姓名不见于"代序"中,我想,大约因为都是线画美术家,并非木刻专家的缘故。以下是他们的自传——

"亚历克舍夫(Nikolai Vasilievich Alekseev)。线画美术家。一八九四年生于丹堡(Tambovsky)省的莫尔襄斯克(Morshansk)城。一九一七年毕业于列宁格勒美术学院之复写科。一九一八年开始印作品。现工作于列宁格勒诸出版所:'大学院','Gihl'(国家文艺出版部)和'作家出版所'。

主要作品:陀思妥夫斯基的《博徒》,斐定的《城与年》,高尔基的《母亲》。

七,三〇,一九三三。亚历克舍夫。"

"波查日斯基(Sergei Mikhailovich Pozharsky)以一九〇〇年十一月十六日生于达甫理契省(在南俄,黑海附近)之卡尔巴斯村。

在基雅夫中学和美术大学求学。从一九二三年起,工作于列宁格勒，以线画美术家资格参加列宁格勒一切主要展览，参加外国展览——巴黎，克尔普等。一九三〇年起学木刻术。

七，三〇，一九三三。波查日斯基。"

亚历克舍夫的作品，我这里有《母亲》和《城与年》的全部，前者中国已有沈端先君的译本，因此全都收入了；后者也是一部巨制，以后也许会有译本的罢，姑且留下，以待将来。

我对于木刻的绍介，先有梅斐尔德（Carl Meffert）的《士敏土》之图；其次，是和西谛先生同编的《北平笺谱》；这是第三本，因为都是用白纸换来的，所以取"抛砖引玉"之意，谓之《引玉集》。但目前的中国，真是荆天棘地，所见的只是狐虎的跋扈和雉兔的偷生，在文艺上，仅存的是冷淡和破坏。而且，丑角也在荒凉中趁势登场，对于木刻的绍介，已有富家赘婿和他的帮闲们的讥笑了。但历史的巨轮，是决不因帮闲们的不满而停运的；我已经确切的相信：将来的光明，必将证明我们不但是文艺上的遗产的保存者，而且也是开拓者和建设者。

一九三四年一月二十夜，记。

题注：

本篇最初收入 1934 年 3 月以"三闲书屋"名义出版的《引玉集》，未署名。初未收集。

《引玉集》是鲁迅从他所收集的 80 多幅苏联木刻中挑选 59 幅编成的版画集。鲁迅为编印此书，与曹靖华等人有过多次通信。"那些木刻，我很想在上海选印一本，绍介于中国。"（1933 年 10 月 21 日致曹靖华）

"至于得到的木刻，我日日在想翻印，现在要踌躇一下的，只是经济问题。"(1933 年 11 月 25 日致曹靖华)1934 年 7 月 27 日，在致韩白罗信中，亦谈起编印《引玉集》的目的："这回的《引玉集》，目的是在供给学艺术的青年的参考。"

《草鞋脚》（英译中国短篇小说集）小引

在中国，小说是向来不算文学的。在轻视的眼光下，自从十八世纪末的《红楼梦》以后，实在也没有产生什么较伟大的作品。小说家的侵入文坛，仅是开始"文学革命"运动，即一九一七年以来的事。自然，一方面是由于社会的要求的，一方面则是受了西洋文学的影响。

但这新的小说的生存，却总在不断的战斗中。最初，文学革命者的要求是人性的解放，他们以为只要扫荡了旧的成法，剩下来的便是原来的人，好的社会了，于是就遇到保守家们的迫压和陷害。大约十年之后，阶级意识觉醒了起来，前进的作家，就都成了革命文学者，而迫害也更加厉害，禁止出版，烧掉书籍，杀戮作家，有许多青年，竟至于在黑暗中，将生命殉了他的工作了。

这一本书，便是十五年来的，"文学革命"以后的短篇小说的选集。因为在我们还算是新的尝试，自然不免幼稚，但恐怕也可以看见它恰如压在大石下面的植物一般，虽然并不繁荣，它却在曲曲折折地生长。

至今为止，西洋人讲中国的著作，大约比中国人民讲自己的还要多。不过这些总不免只是西洋人的看法，中国有一句古谚，说："肺腑而能语，医师面如土。"我想，假使肺腑真能说话，怕也未必一定完全可靠的罢，然而，也一定能有医师所诊察不到，出乎意外，而其实是十分真实的地方。

一九三四年三月二十三日，鲁迅记于上海。

题注：

　　本篇未另发表，收入《且介亭杂文》。《草鞋脚》是鲁迅应美国人伊罗生之约和茅盾共同编选的中国现代短篇小说集，共收鲁迅的《风波》《伤逝》和其他新作家的短篇小说计 26 篇，由伊罗生等译成英文。当时未能出版，后经重编，于 1974 年由美国麻省理工学院出版社印行。鲁迅在《且介亭杂文·附记》中说："《草鞋脚》是现代中国作家的短篇小说集，应伊罗生（H.Isaacs）先生之托，由我和茅盾先生选出，他更加选择，译成英文的。但至今好像还没有出版。"《草鞋脚》的书名是伊罗生从鲁迅的演讲《再论第三种人》中取来的。

《〈母亲〉木刻十四幅》序

高尔基的小说《母亲》一出版，革命者就说是一部"最合时的书"。而且不但在那时，还在现在。我想，尤其是在中国的现在和未来，这有沈端先君的译本为证，用不着多说。在那边，倒已经看不见这情形，成为陈迹了。

这十四幅木刻，是装饰着近年的新印本的。刻者亚历克舍夫，是一个刚才三十岁的青年，虽然技术还未能说是十分纯熟，然而生动，有力，活现了全书的神采。便是没有读过小说的人，不也在这里看见了暗黑的政治和奋斗的大众吗？

一九三四年七月廿七日，鲁迅记。

题注：

本篇最初收入 1934 年 8 月翻印本《〈母亲〉木刻十四幅》。初未收集。《母亲》是苏联作家高尔基的小说。《〈母亲〉木刻十四幅》，由鲁迅提供原版画插图并作序，韩白罗用蓝图纸晒图法翻印而成。

《果戈里私观》译者附记

立野信之原是日本的左翼作家，后来脱离了，对于别人的说他转入了相反的营盘，他却不服气，只承认了政治上的"败北"，目下只还在彷徨。《果戈理私观》是从本年四月份的《文学评论》里译出来的，并非怎么精深之作，但说得很浅近，所以清楚；而且说明了"文学不问地的东西，时的古今，永远没有改变"的不实之处，是也可以供读者的参考的。

题注：

本篇与《果戈里私观》译文最初发表于 1934 年 9 月《译文》月刊第一卷第一期，署名邓当世。初未收集。《果戈里私观》，日本左翼作家立野信之所作文艺论文，鲁迅从日本《文学评论》中译出。

《艺术都会的巴黎》译者附记

格罗斯（George Grosz）是中国较为耳熟的画家，本是踏踏派中人，后来却成了革命的战士了；他的作品，中国有几个杂志上也已经介绍过几次。《艺术都会的巴黎》，照实译，该是《当作艺术都会的巴黎》（Paris als kunststadt），是《艺术在堕落》（Die Kunst ist in Gefahr）中的一篇，题着和 Wieland Herzfelde 合撰，其实他一个人做的，Herzfelde 是首先竭力帮他出版的朋友。

他的文章，在译者觉得有些地方颇难懂，参看了麻生义的日本文译本，也还是不了然，所以想起来，译文一定会有错误和不确。但大略已经可以知道：巴黎之为艺术的中枢，是欧洲大战以前事，后来虽然比德国好像稍稍出色，但这是胜败不同之故，不过胜利者的聊以自慰的出产罢了。

书是一九二五年出版的，去现在已有十年，但一大部分，也还可以适用。

题注:

　　本篇与《艺术都会的巴黎》译文最初发表于 1934 年 9 月《译文》月刊第一卷第一期,署名茹纯。初未收集。《艺术都会的巴黎》,德国画家格罗斯所作的艺术论文,鲁迅参照日译本译出。

《鼻子》译者附记

　　果戈理（Nikolai V.Gogol 1809—1852）几乎可以说是俄国写实派的开山祖师；他开手是描写乌克兰的怪谈的，但逐渐移到人事，并且加进讽刺去。奇特的是虽是讲着怪事情，用的却还是写实手法。从现在看来，格式是有些古老了，但还为现代人所爱读，《鼻子》便是和《外套》一样，也很有名的一篇。

　　他的巨著《死掉的农奴》，除中国外，较为文明的国度都有翻译本，日本还有三种，现在又正在出他的全集。这一篇便是从日译全集第四本《短篇小说集》里重译出来的，原译者是八住利雄。但遇有可疑之处，却参照，并且采用了 Reclam's Universal-Bibliothek 里的 Wilhelm Lange 的德译本。

题注：

　　本篇与《鼻子》译文最初发表于 1934 年 9 月《译文》月刊第一卷第一期，署名许遐。初未收集。《鼻子》，俄国作家果戈理所作小说，鲁迅参照日本及德国译本译出。

《描写自己》和《说述自己的纪德》译者附记

纪德在中国，已经是一个较为熟识的名字了，但他的著作和关于他的评传，我看得极少极少。

每一个世界的文艺家，要中国现在的读者来看他的许多著作和大部的评传，我以为这是一种不看事实的要求。所以，作者的可靠的自叙和比较明白的画家和漫画家所作的肖像，是帮助读者想知道一个作家的大略的利器。

《描写自己》即由这一种意义上，译出来试试的。听说纪德的文章很难译，那么，这虽然不过一小篇，也还不知道怎么亵渎了作者了。至于这篇小品和画像的来源，则有石川涌的说明在，这里不赘。

文中的稻子豆，是 Ceratonia siliqual 的译名，这植物生在意大利，中国没有；瓦乐敦的原文，是 Félix Vallotton。

题注：

本篇与《描写自己》和《说述自己的纪德》两篇译文最初发表于

1934 年 10 月《译文》月刊第一卷第二期，署名乐雯。初未收集。《描写自己》，法国作家纪德作；《说述自己的纪德》，日本法国文学研究者石川涌作。鲁迅据石川涌的日文译出。

《饥馑》译者附记

　　萨尔蒂珂夫（Michail Saltykov 1826—1889）是六十年代俄国改革期的所谓"倾向派作家"（Tendenzios）的一人，因为那作品富于社会批评的要素，主题又太与他本国的社会相密切，所以被绍介到外国的就很少。但我们看俄国文学的历史底论著的时候，却常常看见"锡且特林"（Sichedrin）的名字，这是他的笔名。

　　他初期的作品中，有名的是《外省故事》，专写亚历山大二世改革前的俄国社会的缺点；这《饥馑》，却是后期作品《某市的历史》之一，描写的是改革以后的情状，从日本新潮社《海外文学新选》第二十编八杉贞利译的《请愿人》里重译出来的，但作者的锋利的笔尖，深刻的观察，却还可以窥见。后来波兰作家显克微支的《炭画》，还颇与这一篇的命意有类似之处；十九世纪末他本国的阿尔志跋绥夫的短篇小说，也有结构极其相近的东西，但其中的百姓，却已经不是"古尔波夫"市民那样的人物了。

题注:

    本篇与《饥馑》译文最初发表于 1934 年 10 月《译文》月刊第一卷第二期,署名许遐。初未收集。《饥馑》,俄国作家萨尔蒂珂夫所作小说,鲁迅自日本《海外文学新选》中译出。

《山民牧唱·序文》译者附记

《山民牧唱序》从日本笠井镇夫的译文重译，原是载在这部书的卷首的，可以说，不过是一篇极轻松的小品。

作者巴罗哈（Pío Baroja Y Nessi）以一八七二年十二月二十八日生于西班牙的圣绥巴斯锵市，从马德里大学得到 Doctor 的称号，而在文学上，则与伊本纳兹齐名。

但以本领而言，恐怕他还在伊本纳兹之上，即如写山地居民跋司珂族（Vasco）的性质，诙谐而阴郁，虽在译文上，也还可以看出作者的非凡的手段来。这序文固然是一点小品，然而在发笑之中，不是也含着深沉的忧郁么？

题注：

本篇与《山民牧唱·序文》译文最初发表于 1934 年 10 月《译文》月刊第一卷第二期，署张禄如译。初未收集。《山民牧唱》，西班牙作家巴罗哈小说集，鲁迅据日译本译出，生前未出版。

《会友》译者附记

　　《会友》就是上期登过序文的笠井镇夫译本《山民牧唱》中的一篇，用诙谐之笔，写一点不登大雅之堂的山村里的名人故事，和我先曾绍介在《文学》翻译专号上的《山中笛韵》，情景的阴郁和玩皮，真有天渊之隔。但这一篇里明说了两回：这跋司珂人的地方是法国属地。属地的人民，大概是阴郁的，否则嘻嘻哈哈，像这里所写的"培拉的学人哲士们"一样。同是一处的居民，外观上往往会有两种相反的性情。但这相反又恰如一张纸的两面，其实是一体的。

　　作者是医生，医生大抵是短命鬼，何况所写的又是受强国迫压的山民，虽然嘻嘻哈哈，骨子里当然不会有什么乐趣。但我要绍介的就并不是文学的乐趣，却是作者的技艺。在这么一个短篇中，主角迭土尔辟台不必说，便是他的太太拉·康迪多，马车夫马匿修，不是也都十分生动，给了我们一个明确的印象么？假使不能，那是译者的罪过了。

题注：

本篇与《会友》译文最初发表于 1934 年 11 月《译文》月刊第一卷第三期，署张禄如译。初未收集。《会友》，西班牙作家巴罗哈所作小说集《山民牧唱》中的一篇，鲁迅据日译本译出。

《少年别》译者附记

《少年别》的作者 P. 巴罗哈，在读者已经不是一个陌生人，这里无须再来介绍了。这作品，也是日本笠井镇夫选译的《山民牧唱》中的一篇，是用戏剧似的形式来写的新样式的小说，作者常常应用的；但也曾在舞台上实演过。因为这一种形式的小说，中国还不多见，所以就译了出来，算是献给读者的一种参考品。

Adios a La Bohemia 是它的原名，要译得诚实，恐怕应该是《波希米亚者流的离别》的。但这已经是重译了，就是文字，也不知道究竟和原作有怎么天差地远，因此索性采用了日译本的改题，谓之《少年别》，也很像中国的诗题。

地点是西班牙的京城玛德里（Madrid），事情很简单，不过写着先前满是幻想，后来终于幻灭的文艺青年们的结局；而新的却又在发生起来，大家在咖啡馆里发着和他们的前辈先生相仿的议论，那么，将来也就可想而知了。译者寡闻，先前是只听说巴黎有这样的一群文艺家的，待到看过这一篇，才知道西班牙原来也有，而且言动也和巴黎的差不多。

题注：

　　本篇与《少年别》译文最初发表于1935年2月《译文》月刊第一卷第六期，署张禄如译。初未收集。《少年别》，西班牙作家巴罗哈所作小说集《山民牧唱》中的一篇，鲁迅据日译本译出。

《表》译者的话

　　《表》的作者班台莱耶夫（L.Panteleev），我不知道他的事迹。所看见的记载，也不过说他原是流浪儿，后来受了教育，成为出色的作者，且是世界闻名的作者了。他的作品，德国译出的有三种：一为"Schkid"（俄语"陀斯妥也夫斯基学校"的略语），亦名《流浪儿共和国》，是和毕理克（G.Bjelych）合撰的，有五百余页之多；一为《凯普那乌黎的复仇》，我没有见过；一就是这一篇中篇童话，《表》。

　　现在所据的即是爱因斯坦（Maria Einstein）女士的德译本，一九三〇年在柏林出版的。卷末原有两页编辑者的后记，但因为不过是对德国孩子们说的话，在到了年纪的中国读者，是统统知道了的，而这译本的读者，恐怕倒是到了年纪的人居多，所以就不再译在后面了。

　　当翻译的时候，给了我极大的帮助的，是日本槇本楠郎的日译本：《金时计》。前年十二月，由东京乐浪书院印行。在那本书上，并没有说明他所据的是否原文；但看藤森成吉的话（见《文学评论》创刊号），则似乎也就是德译本的重译。这对于我是更加有利的：可以免得自己多费心机，又可以免得常翻字典。但两本也间有不同之处，这里是全照了德译本的。

《金时计》上有一篇译者的序言，虽然说的是针对着日本，但也很可以供中国读者参考的。译它在这里：

"人说，点心和儿童书之多，有如日本的国度，世界上怕未必再有了。然而，多的是吓人的坏点心和小本子，至于富有滋养，给人益处的，却实在少得很。所以一般的人，一说起好点心，就想到西洋的点心，一说起好书，就想到外国的童话了。

"然而，日本现在所读的外国的童话，几乎都是旧作品，如将褪的虹霓，如穿旧的衣服，大抵既没有新的美，也没有新的乐趣的了。为什么呢？因为大抵是长大了的阿哥阿姊的儿童时代所看过的书，甚至于还是连父母也还没有生下来，七八十年前所作的，非常之旧的作品。

"虽是旧作品，看了就没有益，没有味，那当然也不能说的。但是，实实在在的留心读起来，旧的作品中，就只有古时候的'有益'，古时候的'有味'。这只要把先前的童谣和现在的童谣比较一下看，也就明白了。总之，旧的作品中，虽有古时候的感觉、感情、情绪和生活，而像现代的新的孩子那样，以新的眼睛和新的耳朵，来观察动物，植物和人类的世界者，却是没有的。

"所以我想，为了新的孩子们，是一定要给他新作品，使他向着变化不停的新世界，不断的发荣滋长的。

"由这意思，这一本书想必为许多人所喜欢。因为这样的内容簇新，非常有趣，而且很有名声的作品，是还没有绍介一本到日本来的。然而，这原是外国的作品，所以纵使怎样出色，也总只显着外国的特色。我希望读者像游历异国一样，一面鉴赏着这特色，一面怀着涵养广博的智识，和高尚的情操的心情，来读这一本书。我想，你们的见闻就会更广，更深，精神也因此磨炼出来了。"

还有一篇秋田雨雀的跋，不关什么紧要，不译它了。

译成中文时，自然也想到中国。十来年前，叶绍钧先生的《稻草人》是给中国的童话开了一条自己创作的路的。不料此后不但并无蜕变，而且也没有人追踪，倒是拚命的在向后转。看现在新印出来的儿童书，依然是司马温公敲水缸，依然是岳武穆王脊梁上刺字；甚而至于"仙人下棋"，"山中方七日，世上已千年"；还有《龙文鞭影》里的故事的白话译。这些故事的出世的时候，岂但儿童们的父母还没有出世呢，连高祖父母也没有出世，那么，那"有益"和"有味"之处，也就可想而知了。

在开译以前，自己确曾抱了不小的野心。第一，是要将这样的崭新的童话，绍介一点进中国来，以供孩子们的父母，师长，以及教育家，童话作家来参考；第二，想不用什么难字，给十岁上下的孩子们也可以看。但是，一开译，可就立刻碰到了钉子了，孩子的话，我知道得太少，不够达出原文的意思来，因此仍然译得不三不四。现在只剩了半个野心了，然而也不知道究竟怎么样。

还有，虽然不过是童话，译下去却常有很难下笔的地方。例如译作"不够格的"，原文是 defekt，是"不完全"，"有缺点"的意思。日译本将它略去了。现在倘若译作"不良"，语气未免太重，所以只得这么的充一下，然而仍然觉得欠切帖。又这里译作"堂表兄弟"的是 Olle，译作"头儿"的是 Gannove，查了几种字典，都找不到这两个字。没法想就只好头一个据西班牙语，第二个照日译本，暂时这么的敷衍着，深望读者指教，给我还有改正的大运气。

插画二十二小幅，是从德译本复制下来的。作者孚克（Bruno Fuk），并不是怎样知名的画家，但在二三年前，却常常看见他为新的作品作画的，大约还是一个青年罢。

鲁迅。

题注：

本篇与《表》译文最初发表于 1935 年 3 月《译文》月刊第二卷第一期。《表》，苏联儿童文学作家班台莱耶夫所作中篇童话小说，鲁迅自日译本译出，1928 年 7 月由上海生活书店出版。

《促狭鬼莱哥羌台奇》译者附记

　　比阿·巴罗哈（Pío Baroja y Nessi）以一八七二年十二月生于西班牙之圣舍跋斯丁市，和法国境相近。他是医生，但也是作家，与伊本涅支（Vincent Ibáñez）齐名。作品已有四十种，大半是小说，且多长篇，称为杰作者，大抵属于这一类。他那连续发表的《一个活动家的记录》，早就印行到第十三编。

　　这里的一篇是从日本笠井镇夫选译的短篇集《跋司珂牧歌调》里重译出来的。跋司珂（Vasco）者，是古来就位在西班牙和法兰西之间的比莱纳（Pyrenees）山脉两侧的大家看作"世界之谜"的民族，如作者所说，那性质是"正经，沉默，不愿说诳"，然而一面也爱说废话，傲慢，装阔，讨厌，善于空想和做梦；巴罗哈自己就禀有这民族的血液的。

　　莱哥羌台奇正是后一种性质的代表。看完了这一篇，好像不过是巧妙的滑稽。但一想到在法国治下的荒僻的市镇里，这样的脚色就是名人，这样的事情就是生活，便可以立刻感到作者的悲凉的心绪。还记得中日战争（一八九四年）时，我在乡间也常见游手好闲的名人，每晚从茶店里回来，对着女人孩子们大讲些什么刘大将军（刘永福）

摆"夜壶阵"的怪话，大家都听得眉飞色舞，真该和跋司珂的人们同声一叹。但我们的讲演者虽然也许添些枝叶，却好像并非自己随口乱谈，他不过将茶店里面贩来的新闻，演义了一下，这是还胜于莱哥先生的促狭的。

一九三四年十二月三十夜，译完并记。

题注：

本篇与《促狭鬼莱哥羌台奇》译文最初发表于 1935 年 4 月《新小说》月刊第一卷第三期。初未收集。《促狭鬼莱哥羌台奇》，西班牙作家巴罗哈所作小说集《山民牧唱》中的一篇，鲁迅据日译本译出。

《俄罗斯的童话》小引

这是我从去年秋天起，陆续译出，用了"邓当世"的笔名，向《译文》投稿的。

第一回有这样的几句《后记》：

"高尔基这人和作品，在中国已为大家所知道，不必多说了。

"这《俄罗斯的童话》，共有十六篇，每篇独立；虽说'童话'，其实是从各方面描写俄罗斯国民性的种种相，并非写给孩子们看的。发表年代未详，恐怕还是十月革命前之作；今从日本高桥晚成译本重译，原在改造社版《高尔基全集》第十四本中。"

第二回，对于第三篇，又有这样的《后记》两段：

"《俄罗斯的童话》里面，这回的是最长的一篇，主人公们之中，这位诗人也是较好的一个，因为他终于不肯靠装活死人吃饭，仍到葬仪馆为真死人出力去了，虽然大半也许为了他的孩子们竟和帮闲'批评家'一样，个个是红头毛。我看作者对于他，是有点宽恕的，——而他真也值得宽恕。

"现在的有些学者说：文言白话是有历史的。这并不错，我们能在书本子上看到；但方言土话也有历史——只不过没有人写下来。帝王卿相有家谱，的确证明着他有祖宗；然而穷人以至奴隶没有家谱，却不能成为他并无祖宗的证据。笔只拿在或一类人的手里，写出来的东西总不免于蹊跷，先前的文人哲士，在记载上就高雅得古怪。高尔基出身下等，弄到会看书，会写字，会作文，而且作得好，遇见的上等人又不少，又并不站在上等人的高台上看，于是许多西洋镜就被拆穿了。如果上等诗人自己写起来，是决不会这模样的。我们看看这，算是一种参考罢。"

　　从此到第九篇，一直没有写《后记》。

　　然而第九篇以后，也一直不见登出来了。记得有时也又写有《后记》，但并未留稿，自己也不再记得说了些什么。写信去问译文社，那回答总是含含胡胡，莫名其妙。不过我的译稿却有底子，所以本文是完全的。

　　我很不满于自己这回的重译，只因别无译本，所以姑且在空地里称雄。倘有人从原文译起来，一定会好得远远，那时我就欣然消灭。

　　这并非客气话，是真心希望着的。

一九三五年八月八日之夜，鲁迅。

题注：

　　本篇最初收入《俄罗斯的童话》单行本。《俄罗斯的童话》，苏联作家高尔基著，鲁迅从日译本《高尔基全集》中译出，1935 年 8 月由上海文化生活出版社出版，列为"文化生活丛刊"之一。

《俄罗斯的童话》

　　高尔基所做的大抵是小说和戏剧，谁也决不说他是童话作家，然而他偏偏要做童话。他所做的童话里，再三再四的教人不要忘记这是童话，然而又偏偏不大像童话。说是做给成人看的童话罢，那自然倒也可以的，然而又可恨做的太出色，太恶辣了。

　　作者在地窖子里看了一批人，又伸出头来在地面上看了一批人，又伸进头去在沙龙里看了一批人，看得熟透了，都收在历来的创作里。这种童话里所写的却全不像真的人，所以也不像事实，然而这是呼吸，是痱子，是疮疽，都是人所必有的，或者是会有的。

　　短短的十六篇，用漫画的笔法，写出了老俄国人的生态和病情，但又不只写出了老俄国人，所以这作品是世界的；就是我们中国人看起来，也往往会觉得他好像讲着周围的人物，或者简直自己的顶门上给扎了一大针。

　　但是，要全愈的病人不辞热痛的针灸，要上进的读者也决不怕恶辣的书！

题注:

本篇最初收入 1935 年 8 月上海文化生活出版社出版的《俄罗斯的童话》，置于版权页之后，未署名。未另发表。

《恋歌》译者附记

罗马尼亚的文学的发展，不过在本世纪的初头，但不单是韵文，连散文也有大进步。本篇的作者索陀威奴（Mihail Sadoveanu）便是住在不加勒斯多（Bukharest）的写散文的好手。他的作品，虽然常常有美丽迷人的描写，但据怀干特（G.Weigand）教授说，却并非幻想的出产，到是取之于实际生活的。例如这一篇《恋歌》，题目虽然颇像有些罗曼的，但前世纪的罗马尼亚的大森林的景色，地主和农奴的生活情形，却实在写得历历如绘。

可惜我不明白他的生平事迹；仅知道他生于巴斯凯尼（Pascani），曾在法尔谛舍尼和约希（Faliticene und Jassy）进过学校，是二十世纪初最好的作家。他的最成熟的作品中，有写穆尔陶（Moldavia）的乡村生活的《古泼来枯的客栈》（Crîsma lui mos Precu，1905）；有写战争，兵丁和囚徒生活的《科波拉司乔治回忆记》（Amintirile caprarului Gheorghita，1906）和《阵中故事》（Povestiri din razboi，1905）；也有长篇。但被别国译出的，却似乎很少。

现在这一篇是从作者同国的波尔希亚（Eleonora Borcia）女士的德译本选集里重译出来的，原是大部的《故事集》（Povestiri，1904）

中之一。这选集的名字，就叫《恋歌及其他》(Das Liebeslied und andere Erzählungen)，是《莱克兰世界文库》(Reclam's Universal-Bibliothek) 的第五千零四十四号。

题注:

    本篇与《恋歌》译文最初发表于 1935 年 8 月《译文》月刊第二卷第六期。初未收集。《恋歌》，罗马尼亚作家索陀威奴所作小说，鲁迅自德译本译出。

《村妇》译者附记

在巴尔干诸小国的作家之中，伊凡·伐佐夫（Ivan Vazov，1850—1921）对于中国读者恐怕要算是最不生疏的一个名字了。大约十多年前，已经介绍过他的作品；一九三一年顷，孙用先生还译印过一本他的短篇小说集：《过岭记》，收在中华书局的《新文艺丛书》中。那上面就有《关于保加利亚文学》和《关于伐佐夫》两篇文章，所以现在已经无须赘说。

《村妇》这一个短篇，原名《保加利亚妇女》，是从《莱克兰世界文库》的第五千零五十九号萨典斯加（Marya Jonas von Szatanska）女士所译的选集里重译出来的。选集即名《保加利亚妇女及别的小说》，这是第一篇，写的是他那国度里的村妇的典型：迷信，固执，然而健壮，勇敢；以及她的心目中的革命，为民族，为信仰。所以这一篇的题目，还是原题来得确切，现在改成"熟"而不"信"，其实是不足为法的；我译完之后，想了一想，又觉得先前的过于自作聪明了。原作者在结束处，用"好事"来打击祷告，大约是对于他本国读者的指点。

我以为无须我再来说明，这时的保加利亚是在土耳其的压制之

下。这一篇小说虽然简单，却写得很分明，里面的地方，人物，也都
是真的。固然已经是六十年前事，但我相信，它也还很有动人之力。

题注：

　　本篇与《村妇》译文最初发表于1935年9月《译文》月刊终刊号。
《村妇》，保加利亚作家伊凡·伐佐夫所作小说，鲁迅自德译本译出。

《坏孩子和别的奇闻》前记

司基塔列慈（Skitalez）的《契诃夫记念》里，记着他的谈话——

"必须要多写！你起始唱的是夜莺歌，如果写了一本书，就停止住，岂非成了乌鸦叫！就依我自己说：如果我写了头几篇短篇小说就搁笔，人家决不把我当做作家。契红德！一本小笑话集！人家以为我的才学全在这里面。严肃的作家必说我是另一路人，因为我只会笑。如今的时代怎么可以笑呢？"（耿济之译，《译文》二卷五期。）

这是一九〇四年一月间的事，到七月初，他死了。他在临死这一年，自说的不满于自己的作品，指为"小笑话"的时代，是一八八〇年，他二十岁的时候起，直至一八八七年的七年间。在这之间，他不但用"契红德"（Antosha Chekhonte）的笔名，还用种种另外的笔名，在各种刊物上，发表了四百多篇的短篇小说，小品，速写，杂文，法院通信之类。一八八六年，才在彼得堡的大报《新时代》上投稿；有些批评家和传记家以为这时候，契诃夫才开始认真的创作，作品渐有特色，增多人生的要素，观察也愈加深邃起来。这和契诃夫自述的话，是相合的。

这里的八个短篇，出于德文译本，却正是全属于"契红德"时代之作，大约译者的本意，是并不在严肃的绍介契诃夫的作品，却在辅助玛修丁（V.N.Massiutin）的木刻插画的。玛修丁原是木刻的名家，十月革命后，还在本国为勃洛克（A.Block）刻《十二个》的插画，后来大约终于跑到德国去了，这一本书是他在外国的谋生之术。我的翻译，也以绍介木刻的意思为多，并不著重于小说。

这些短篇，虽作者自以为"小笑话"，但和中国普通之所谓"趣闻"，却又截然两样的。它不是简单的只招人笑。一读自然往往会笑，不过笑后总还剩下些什么，——就是问题。生瘤的化装，蹩脚的跳舞，那模样不免使人笑，而笑时也知道：这可笑是因为他有病。这病能医不能医。这八篇里面，我以为没有一篇是可以一笑就了的。但作者自己却将这些指为"小笑话"，我想，这也许是因为他谦虚，或者后来更加深广，更加严肃了。

一九三五年九月十四日，译者。

题注：

本篇与小说《波斯勋章》译文最初发表于 1936 年 4 月 8 日上海《大公报》副刊《文艺》第一二四期，后收入《坏孩子和别的奇闻》一书。《坏孩子和别的奇闻》，俄国作家契诃夫的短篇小说集，鲁迅据德译本译出，1936 年由上海联华书局出版，列为"文艺连丛"之一。

《坏孩子和别的奇闻》译者后记

契诃夫的这一群小说，是去年冬天，为了《译文》开手翻译的，次序并不照原译本的先后。是年十二月，在第一卷第四期上，登载了三篇，是《假病人》，《簿记课副手日记抄》和《那是她》，题了一个总名，谓之《奇闻三则》，还附上几句后记道——

> 以常理而论，一个作家被别国译出了全集或选集，那么，在那一国里，他的作品的注意者，阅览者和研究者该多起来，这作者也更为大家所知道，所了解的。但在中国却不然，一到翻译集子之后，集子还没有出齐，也总不会出齐，而作者可早被压杀了。易卜生，莫泊桑，辛克莱，无不如此，契诃夫也如此。
>
> 不过姓名大约还没有被忘却。他在本国，也还没有被忘却的，一九二九年做过他死后二十五周年的纪念，现在又在出他的选集。但在这里我不想多说什么了。
>
> 《奇闻三篇》是从 Alexander Eliasberg 的德译本《Der Persische Orden und andere Grotesken》（Welt-Verlag, Berlin, 1922）里选出来的。这书共八篇，都是他前期的手笔，

虽没有后来诸作品的阴沉，却也并无什么代表那时的名作，看过美国人做的《文学概论》之类的学者或批评家或大学生，我想是一定不准它称为"短篇小说"的，我在这里也小心一点，根据了"Groteske"这一个字，将它翻作了"奇闻"。

第一篇绍介的是一穷一富，一厚道一狡猾的贵族；第二篇是已经爬到极顶和日夜在想爬上去的雇员；第三篇是圆滑的行伍出身的老绅士和爱听艳闻的小姐。字数虽少，脚色却都活画出来了。但作者虽是医师，他给簿记课副手代写的日记是当不得正经的，假如有谁看了这一篇，真用升汞去治胃加答儿，那我包管他当天就送命。这种通告，固然很近于"杞忧"，但我却也见过有人将旧小说里狐鬼所说的药方，抄进了正经的医书里面去——人有时是颇有些希奇古怪的。

这回的翻译的主意，与其说为了文章，倒不如说是因为插画；德译本的出版，好像也是为了插画的。这位插画家玛修丁（V.N.Massiutin），是将木刻最早给中国读者赏鉴的人，《未名丛刊》中《十二个》的插图，就是他的作品，离现在大约已有十多年了。

今年二月，在第六期上又登了两篇：《暴躁人》和《坏孩子》。那后记是——

契诃夫的这一类的小说，我已经绍介过三篇。这种轻松的小品，恐怕中国是早有译本的，但我却为了别一个目的：原本的插画，大概当然是作品的装饰，而我的翻译，则不过当作插画的说明。

就作品而论，《暴躁人》是一八八七年作；据批评家说，这时已是作者的经历更加丰富，观察更加广博，但思想也日见阴郁，倾于悲观的时候了。诚然，《暴躁人》除写这暴躁人的其实并不敢暴躁外，也分明的表现了那时的闺秀们之鄙陋，结婚之不易和无聊；然而一八八三年作的大家当作滑稽小品看的《坏孩子》，悲观气息却还要沉重，因为看那结末的叙述，已经是在说：报复之乐，胜于恋爱了。

接着我又寄去了三篇：《波斯勋章》，《难解的性格》和《阴谋》，算是全部完毕。但待到在《译文》第二卷第二期上发表出来时，《波斯勋章》不见了，后记上也删去了关于这一篇作品的话，并改"三篇"为"二篇"——

木刻插画本契诃夫的短篇小说共八篇，这里再译二篇。

《阴谋》也许写的是夏列斯妥夫的性格和当时医界的腐败的情形。但其中也显示着利用人种的不同于"同行嫉妒"。例如，看起姓氏来，夏列斯妥夫是斯拉夫种人，所以他排斥"摩西教派的可敬的同事们"——犹太人，也排斥医师普莱息台勒（Gustav Prechtel）和望·勃隆（Von Bronn）以及药剂师格伦美尔（Grummer），这三个都是德国人姓氏，大约也是犹太人或者日耳曼种人。这种关系，在作者本国的读者是一目了然的，到中国来就须加些注释，有点缠夹了。但参照起中村白叶氏日本译本的《契诃夫全集》，这里却缺少了两处关于犹太人的并不是好话。一，是缺了"摩西教派的同事们聚作一团，在嚷叫"之后的一行："'哗拉哗拉，哗拉哗拉，哗拉哗拉……'"；二，是"摩西教

派的可敬的同事又聚作一团"下面一句"在嚷叫"，乃是"开始
那照例的——'哗拉哗拉，哗拉哗拉'了……"但不知道原文原
有两种的呢，还是德文译者所删改？我想，日文译本是决不至于
无端增加一点的。

平心而论，这八篇大半不能说是契诃夫的较好的作品，恐怕
并非玛修丁为小说而作木刻，倒是翻译者 Alexander Eliasberg
为木刻而译小说的罢。但那木刻，却又并不十分依从小说的叙
述，例如《难解的性格》中的女人，照小说，是扇上该有须头，
鼻梁上应该架着眼镜，手上也该有手镯的，而插画里都没有。大
致一看，动手就做，不必和本书一一相符，这是西洋的插画家很
普通的脾气。虽说"神似"比"形似"更高一著，但我总以为并
非插画的正轨，中国的画家是用不着学他的——倘能"形神俱
似"，不是比单单的"形似"又更高一著么？

但"这八篇"的"八"字没有改，而三次的登载，小说却只有七
篇，不过大家是不会觉察的，除了编辑者和翻译者。谁知道今年的刊
物上，新添的一行"中宣会图书杂志审委会审查证……字第……号"，
就是"防民之口"的标记呢，但我们似的译作者的译作，却就在这机
关里被删除，被禁止，被没收了，而且不许声明，像衔了麻核桃的赴
法场一样。这《波斯勋章》，也就是所谓"中宣……审委会"暗杀账
上的一笔。

《波斯勋章》不过描写帝俄时代的官僚的无聊的一幕，在那时的
作者的本国尚且可以发表，为什么在现在的中国倒被禁止了？——我
们无从推测。只好也算作一则"奇闻"。但自从有了书报检查以来，
直至六月间的因为《新生》事件"而烟消火灭为止，它在出版界上，

却真有"所过残破"之感，较有斤两的译作，能保存它的完肤的是很少的。

自然，在地土，经济，村落，堤防，无不残破的现在，文艺当然也不能独保其完整。何况是出于我的译作，上有御用诗官的施威，下有帮闲文人的助虐，那遭殃更当然在意料之中了。然而一面有残毁者，一面也有保全，补救，推进者，世界这才不至于荒废。我是愿意属于后一类，也分明属于后一类的。现在仍取八篇，编为一本，使这小集复归于完全，事虽琐细，却不但在今年的文坛上为他们留一种亚细亚式的"奇闻"，也作了我们的一个小小的记念。

一九三五年九月十五之夜，记。

题注：

本篇最初收入《坏孩子和别的奇闻》一书，未另发表。《坏孩子和别的奇闻》，俄国作家契诃夫的短篇小说集，鲁迅据德译本译出，1936年由上海联华书局出版，列为"文艺连丛"之一。

《凯绥·珂勒惠支版画选集》序目

　　凯绥·勘密特（Kaethe Schmidt）以一八六七年七月八日生于东普鲁士的区匿培克（Koenigsberg）。她的外祖父是卢柏（Julius Rupp），即那地方的自由宗教协会的创立者。父亲原是候补的法官，但因为宗教上和政治上的意见，没有补缺的希望了，这穷困的法学家便如俄国人之所说："到民间去"，做了木匠，一直到卢柏死后，才来当这教区的首领和教师。他有四个孩子，都很用心的加以教育，然而先不知道凯绥的艺术的才能。凯绥先学的是刻铜的手艺，到一八八五年冬，这才赴她的兄弟在研究文学的柏林，向斯滔发·培伦（Stauffer Bern）去学绘画。后回故乡，学于奈台（Neide），为了"厌倦"，终于向闵兴的哈台列克（Herterich）那里去学习了。

　　一八九一年，和她兄弟的幼年之友卡尔·珂勒惠支（Karl Kollwitz）结婚，他是一个开业的医生，于是凯绥也就在柏林的"小百姓"之间住下，这才放下绘画，刻起版画来。待到孩子们长大了，又用力于雕刻。一八九八年，制成有名的《织工一揆》计六幅，取材于一八四四年的史实，是与先出的霍普德曼（Gerhart Hauptmann）的剧本同名的；一八九九年刻《格莱亲》，零一年刻《断头台边的舞蹈》；零四年旅行巴黎；零四至八年成连续版画《农民战争》七幅，获盛名，受 Villa-Romana 奖金，得游学于意大利。这时她和一个女友由佛罗棱萨步行而入罗马，然而这旅行，据她自己说，对于她的艺术似乎并无大影响。一九〇九年作《失业》，一〇年作《妇人被死亡所捕》和以"死"为题材的小图。

世界大战起，她几乎并无制作。一九一四年十月末，她的很年青的大儿子以义勇兵死于弗兰兑伦（Flandern）战线上。一八年十一月，被选为普鲁士艺术学院会员，这是以妇女而入选的第一个。从一九年以来，她才仿佛从大梦初醒似的，又从事于版画了，有名的是这一年的纪念里勃克内希（Liebknecht）的木刻和石刻，零二至零三年的木刻连续画《战争》，后来又有三幅《无产者》，也是木刻连续画。一九二七年为她的六十岁纪念，霍普德曼那时还是一个战斗的作家，给她书简道："你的无声的描线，侵人心髓，如一种惨苦的呼声：希腊和罗马时候都没有听到过的呼声。"法国罗曼·罗兰（Romain Rolland）则说："凯绥·珂勒惠支的作品是现代德国的最伟大的诗歌，它照出穷人与平民的困苦和悲痛。这有丈夫气概的妇人，用了阴郁和纤秾的同情，把这些收在她的眼中，她的慈母的腕里了。这是做了牺牲的人民的沉默的声音。"然而她在现在，却不能教授，不能作画，只能真的沉默的和她的儿子住在柏林了；她的儿子像那父亲一样，也是一个医生。

在女性艺术家之中，震动了艺术界的，现代几乎无出于凯绥·珂勒惠支之上——或者赞美，或者攻击，或者又对攻击给她以辩护。诚如亚斐那留斯（Ferdinand Avenarius）之所说："新世纪的前几年，她第一次展览作品的时候，就为报章所喧传的了。从此以来，一个说，'她是伟大的版画家'；人就过作无聊的不成话道：'凯绥·珂勒惠支是属于只有一个男子的新派版画家里的'。别一个说：'她是社会民主主义的宣传家'，第三个却道：'她是悲观的困苦的画手'。而第四个又以为'是一个宗教的艺术家'。要之：无论人们怎样地各以自己的感觉和思想来解释这艺术，怎样地从中只看见一种的意义——然而有一件事情是普遍的：人没有忘记她。谁一听到凯绥·珂勒惠支的名姓，就仿佛看见这艺术。这艺术是阴郁的，虽然都在坚决的动弹，集中于强韧的力量，这艺术是统一而单纯的——非常之逼人。"

但在我们中国，绍介的还不多，我只记得在已经停刊的《现代》和《译文》上，各曾刊印过她的一幅木刻，原画自然更少看见；前四五年，上海曾经展览过她的几幅作品，但恐怕也不大有十分注意的人。她的本国所复制的作品，据我所见，以《凯绥·珂勒惠支画帖》（Kaethe Kollwitz Mappe, Herausgegeben Von Kunstwart, Kunstwart-Verlag, Muenchen, 1927）为最佳，但后一版便变了内容，忧郁的多于战斗的了。印刷未精，而幅数较多的，则有《凯绥·珂勒惠支作品集》（Das Kaethe Kollwitz Werk, Carl Reisner Verlag, Dresden, 1930），只要一翻这集子，就知道她以深广的慈母之爱，为一切被侮辱和损害者悲哀，抗议，愤怒，斗争；所取的题材大抵是困苦，饥饿，流离，疾病，死亡，然而也有呼号，挣扎，联合和奋起。此后又出了一本新集（Das Neue K.Kollwitz Werk, 1933），却更多明朗之作了。霍善斯坦因（Wilhelm Hausenstein）批评她中期的作品，以为虽然间有鼓动的男性的版画，暴力的恐吓，但在根本上，是和颇深的生活相联系，形式也出于颇激的纠葛的，所以那形式，是紧握着世事的形相。永田一修并取她的后来之作，以这批评为不足，他说凯绥·珂勒惠支的作品，和里培尔曼（Max Liebermann）不同，并非只觉得题材有趣，来画下层世界的；她因为被周围的悲惨生活所动，所以非画不可，这是对于榨取人类者的无穷的"愤怒"。"她照目前的感觉，——永田一修说——描写着黑土的大众。她不将样式来范围现象。时而见得悲剧，时而见得英雄化，是不免的。然而无论她怎样阴郁，怎样悲哀，却决不是非革命。她没有忘却变革现社会的可能。而且愈入老境，就愈脱离了悲剧的，或者英雄的，阴暗的形式。"

而且她不但为周围的悲惨生活抗争，对于中国也没有像中国对于她那样的冷淡：一九三一年一月间，六个青年作家遇害之后，全世界的进步的文艺家联名提出抗议的时候，她也是署名的一个人。现在，用中国法计算作者的年龄，她已届七十岁了，这一本书的出版，虽然篇幅有限，但也可以算是为她作一个小小的记念的罢。

选集所取，计二十一幅，以原版拓本为主，并复制一九二七年的印本《画帖》以足之。以下据亚斐那留斯及第勒（Louise Diel）的解说，并略参己见，为目录——

（1）《自画像》（Selbstbild）。石刻，制作年代未详，按《作品集》所列次序，当成于一九一〇年顷；据原拓本，原大 34×30cm. 这是作者从许多版画的肖像中，自己选给中国的一幅，隐然可见她的悲悯，愤怒和慈和。

（2）《穷苦》（Not）。石刻，原大 15×15cm. 据原版拓本，后五幅同。这是有名的《织工一揆》（Ein Weberaufstand）的第一幅，一八九八年作。前四年，霍普德曼的剧本《织匠》始开演于柏林的德国剧场，取材是一八四四年的勐列济安（Schlesien）麻布工人的蜂起，作者也许是受着一点这作品的影响的，但这可以不必深论，因为那是剧本，而这却是图画。我们借此进了一间穷苦的人家，冰冷，破烂，父亲抱一个孩子，毫无方法的坐在屋角里，母亲是愁苦的，两手支头，在看垂危的儿子，纺车静静的停在她的旁边。

（3）《死亡》（Tod）。石刻，原大 22×18cm. 同上的第二幅。还是冰冷的房屋，母亲疲劳得睡去了，父亲还是毫无方法的，然而站立着在沉思他的无法。桌上的烛火尚有余光，"死"却已经近来，伸开他骨出的手，抱住了弱小的孩子。孩子的眼睛张得极大，在凝视我们，他要生存，他至死还在希望人有改革运命的力量。

（4）《商议》（Beratung）。石刻，原大 27×17cm. 同上的第三幅。接着前两幅的沉默的忍受和苦恼之后，到这里却现出生存竞争的景象来了。我们只在黑暗中看见一片桌面，一只杯子和两个人，但为的是在商议摔掉被践踏的运命。

（5）《织工队》（Weberzug）。铜刻，原大 22×29cm. 同上的第四幅。队伍进向吮取脂膏的工场，手里捏着极可怜的武器，手脸都瘦损，神情也很颓唐，因为向来总饿着肚子。队伍中有女人，也疲惫到不过走得动；这作者所写的大众里，是大抵有女人的。她还背着孩子，却伏在肩头睡去了。

（6）《突击》（Sturm）。铜刻，原大 24×29cm. 同上的第五幅。工场的铁门早经锁闭，织工们却想用无力的手和可怜的武器，来破坏这铁门，或者是飞进石子去。女人们在助战，用痉挛的手，从地上挖起石块来。孩子哭了，也许是路上睡着的那一个。这是在六幅之中，人认为最好的一幅，有时用这来证明作者的《织工》，艺术达到怎样的高度的。

（7）《收场》（Ende）。铜刻，原大 24×30cm. 同上的第六和末一幅。我们到底又和织工回到他们的家里来，织机默默的停着，旁边躺着两具尸体，伏着一个女人；而门口还在抬进尸体来。这是四十年代，在德国的织工的求生的结局。

（8）《格莱亲》（Gretchen）。一八九九年作，石刻；据《画帖》，原大未详。歌德（Goethe）的《浮士德》（Faust）有浮士德爱格莱亲，诱与通情，有孕；她在井边，从女友听到邻女被情人所弃，想到自己，于是向圣母供花祷告事。这一幅所写的是这可怜的少女经过极狭的桥上，在水里幻觉的看见自己的将来。她在剧本里，后来是将她和浮士德所生的孩子投在水里淹死，下狱了。原石已破碎。

（9）《断头台边的舞蹈》（Tanz Um Die Guillotine）。一九〇一年作，铜刻；据《画帖》，原大未详。是法国大革命时候的一种情景：断头台造起来了，大家围着它，吼着"让我们来跳加尔玛弱儿舞罢！"（Dansons La Carmagnole！）的歌，在跳舞。不是一个，是为了同样的原因而同样的可怕了的一群。周围的破屋，像积叠起来的困苦的峭壁，上面只见一块天。狂暴的人堆的臂膊，恰如净罪的火焰一般，照出来的只有一个阴暗。

（10）《耕夫》（Die Pflueger）。原大 31×45cm. 这就是有名的历史的连续画《农民战争》（Bauernkrieg）的第一幅。画共七幅，作于一九〇四至〇八年，都是铜刻。现在据以影印的也都是原拓本。"农民战争"是近代德国最大的社会改革运动之一，以一五二四年顷，起于南方，其时农民都在奴隶的状态，被虐于贵族的封建的特权；玛丁·路德既提倡新教，同时也传播了自由主义的福音，农民就觉醒起来，要求废止领主的苛例，发表宣言，还烧教堂，攻地主，扰动及于全国。然而这时路德却反对了，以为这种破坏的行为，大背人道，应该加以镇压，诸侯们于是放手的讨伐，恣行残酷的复仇，到第二年，农民就都失败了，境遇更加悲惨，所以他们后来就称路德为"撒谎博士"。这里刻划出来的是没有太阳的天空之下，两个耕夫在耕地，大约是弟兄，他们套着绳索，拉着犁头，几乎爬着的前进，像牛马一般，令人仿佛看见他们的流汗，听到他们的喘息。后面还该有一个扶犁的妇女，那恐怕总是他们的母亲了。

（11）《凌辱》（Vergewaltigt）。同上的第二幅，原大35×53cm. 男人们的受苦还没有激起变乱，但农妇也遭到可耻的凌辱了；她反缚两手，躺着，下颏向天，不见脸。死了，还是昏着呢，我们不知道。只见一路的野草都被蹂躏，显着曾经格斗的样子，较远之处，却站着可爱的小小的葵花。

（12）《磨镰刀》（Beim Dengeln）。同上的第三幅，原大30×30cm. 这里就出现了饱尝苦楚的女人，她的壮大粗糙的手，在用一块磨石，磨快大镰刀的刀锋，她那小小的两眼里，是充满着极顶的憎恶和愤怒。

（13）《圆洞门里的武装》（Bewaffnung In Einem Gewoelbe）。同上的第四幅，原大50×33cm. 大家都在一个阴暗的圆洞门下武装了起来，从狭窄的戈谛克式阶级蜂涌而上：是一大群拚死的农民。光线愈高愈少；奇特的半暗，阴森的人相。

（14）《反抗》（Losbruch）。同上的第五幅，原大51×50cm. 谁都在草地上没命的向前，最先是少年，喝令的却是一个女人，从全体上洋溢着复仇的愤怒。她浑身是力，挥手顿足，不但令人看了就生勇往直前之心，还好像天上的云，也应声裂成片片。她的姿态，是所有名画中最有力量的女性的一个。也如《织工一揆》里一样，女性总是参加着非常的事变，而且极有力，这也就是"这有丈夫气概的妇人"的精神。

（15）《战场》（Schlachtfeld）。同上的第六幅，原大41×53cm. 农民们打败了，他们敌不过官兵。剩在战场上的是什么呢？几乎看不清东西。只在隐约看见尸横遍野的黑夜中，有一个妇人，用风灯照出她一只劳作到满是筋节的手，在触动一个死尸的下巴。光线都集中在这一小块上。这，恐怕正是她的儿子，这处所，恐怕正是她先前扶犁的地方，但现在流着的却不是汗而是鲜血了。

（16）《俘虏》（Die Gefangenen）。同上的第七幅，原大 33×42cm. 画里是被捕的孑遗，有赤脚的，有穿木鞋的，都是强有力的汉子，但竟也有儿童，个个反缚两手，禁在绳圈里。他们的运命，是可想而知的了，但各人的神气，有已绝望的，有还是倔强或愤怒的，也有自在沉思的，却不见有什么萎靡或屈服。

（17）《失业》（Arbeitslosigkeit）。一九〇九年作，铜刻；据《画帖》，原大 44×54cm. 他现在闲空了，坐在她的床边，思索着——然而什么法子也想不出。那母亲和睡着的孩子们的模样，很美妙而崇高，为作者的作品中所罕见。

（18）《妇人为死亡所捕获》（Frau Vom Tod Gepackt），亦名《死和女人》（Tod Und Weib）。一九一〇年作，铜刻；据《画帖》，原大未详。"死"从她本身的阴影中出现，由背后来袭击她，将她缠住，反剪了；剩下弱小的孩子，无法叫回他自己的慈爱的母亲。一转眼间，对面就是两界。"死"是世界上最出众的拳师，死亡是现社会最动人的悲剧，而这妇人则是全作品中最伟大的一人。

（19）《母与子》（Mutter Und Kind）。制作年代未详，铜刻；据《画帖》，原大 19×13cm. 在《凯绥·珂勒惠支作品集》中所见的百八十二幅中，可指为快乐的不过四五幅，这就是其一。亚斐那留斯以为从特地描写着孩子的呆气的侧脸，用光亮衬托出来之处，颇令人觉得有些忍俊不禁。

（20）《面包！》（Brot！）。石刻，制作年代未详，想当在欧洲大战之后；据原拓本，原大 30×28cm. 饥饿的孩子的急切的索食，是最碎裂了做母亲的的心的。这里是孩子们徒然张着悲哀，而热烈地希望着的眼，母亲却只能弯了无力的腰。她的肩膀耸了起来，是在背人饮泣。她背着人，因为肯帮助的和她一样的无力，而有力的是横竖不肯帮助的。她也不愿意给孩子们看见这是剩在她这里的仅有的慈爱。

（21）《德国的孩子们饿着！》（Deutschlands Kinder Hungern！）。石刻，制作年代未详，想当在欧洲大战之后；据原拓本，原大 43×29cm. 他们都擎着空碗向人，瘦削的脸上的圆睁的眼睛里，炎炎的燃着如火的热望。谁伸出手来呢？这里无从知道。这原是横幅，一面写着现在作为标题的一句，大约是当时募捐的揭帖。后来印行的，却只存了图画。作者还有一幅石刻，题为《决不再战！》（Nie Wieder Krieg！），是略早的石刻，可惜不能搜得；而那时的孩子，存留至今的，则已都成了二十以上的青年，可又将被驱作兵火的粮食了。

一九三六年一月二十八日，鲁迅。

题注：

本篇最初收入 1936 年 5 月以"三闲书屋"名义出版的《凯绥·珂勒惠支版画选集》。

为了纪念德国女版画家凯绥·珂勒惠支女士诞辰 70 周年，拓展中国青年美术工作者的视野，鲁迅从 1935 年 4 月起，将自己多年收藏的珂勒惠支版画进行整理，挑选出 21 幅，编成《凯绥·珂勒惠支版画选集》。该画册由北京故宫博物院印刷厂制版，次年 5 月用珂罗版印制，

7 月下旬在上海补印文字，装订成集。初版因成本很高，仅印 103 册，在版权页上印有"有人翻印，功德无量"字样。

鲁迅曾在刊物上介绍凯绥·珂勒惠支的版画作品。在《写于深夜里》一文曾谈及翻印珂勒惠支作品的意义："使读者知道版画之中，又有这样的作品；有了这画集，就明白世界上其实许多地方都还有着'被侮辱和被损害的人'。"

《译文》复刊词

先来引几句古书，——也许记的不真确，——庄子曰："涸辙之鲋，相濡以沫，相煦以湿，——不若相忘于江湖。"

《译文》就在一九三四年九月中，在这样的状态之下出世的。那时候，鸿篇巨制如《世界文学》和《世界文库》之类，还没有诞生，所以在这青黄不接之际，大约可以说是仿佛戈壁中的绿洲，几个人偷点余暇，译些短文，彼此看看，倘有读者，也大家看看，自寻一点乐趣，也希望或者有一点益处，——但自然，这决不是江湖之大。

不过这与世无争的小小的期刊，终于不能不在去年九月，以"终刊号"和大家告别了。虽然不过野花小草，但曾经费过不少移栽灌溉之力，当然不免私心以为可惜的。然而竟也得了勇气和慰安：这是许多读者用了笔和舌，对于《译文》的凭吊。

我们知道感谢，我们知道自勉。

我们也不断的希望复刊。但那时风传的关于终刊的原因：是折本。出版家虽然大抵是"传播文化"的，而"折本"却是"传播文化"的致命伤，所以茬苒半年，简直死得无药可救。直到今年，折本说这才起了动摇，得到再造的运会，再和大家相见了。

内容仍如创刊时候的《前记》里所说一样：原料没有限制；门类也没有固定；文字之外多加图画，也有和文字有关系的，意在助趣，也有和文字没有关系的，那就算是我们贡献给读者的一点小意思。

这一回，将来的运命如何呢？我们不知道。但今年文坛的情形突变，已在宣扬宽容和大度了，我们真希望在这宽容和大度的文坛里，《译文》也能够托庇比较的长生。

三月八日。

题注：

本篇最初发表于上海《译文》月刊第一卷第一期"复刊号"（1936年3月16日）。初未收集。

《译文》是一本翻译、介绍外国文学的刊物，由鲁迅、茅盾、黎烈文等发起筹办。1934年9月创刊于上海，前三期由鲁迅主编，后由黄源接手，出版时编者均署黄源，上海生活书店发行。1935年9月一度停刊，但鲁迅一直未放弃复刊《译文》的努力。1935年10月20日在致萧红、萧军信中说："《译文》还想继续出，但不能急。"同月12日在致孟十还信中又说："《译文》自然以复活为要，但我想最好是另觅一家出版所⋯⋯"《译文》于1936年3月复刊，改由上海杂志公司发行，鲁迅因此作复刊词。

《城与年》插图小引

一九三四年一月二十之夜，作《引玉集》的《后记》时，曾经引用一个木刻家为中国人而写的自传——

　　"亚历克舍夫（Nikolai Vasilievich Alekseev）。线画美术家。一八九四年生于丹堡（Tambovsky）省的莫尔襄斯克（Morshansk）城。一九一七年毕业于列宁格勒美术学院之复写科。一九一八年开始印作品。现工作于列宁格勒诸出版所：'大学院'，'Gihl'（国家文艺出版部）和'作家出版所'。

　　主要作品：陀思妥夫斯基的《博徒》，斐定的《城与年》，高尔基的《母亲》。

　　　　　　七，三〇，一九三三。亚历克舍夫。"

这之后，是我的几句叙述——

　　"亚历克舍夫的作品，我这里有《母亲》和《城与年》的全部，前者中国已有沈端先君的译本，因此全都收入了；后者也是一部巨制，以后也许会有译本的罢，姑且留下，以俟将来。"

但到第二年，捷克京城的德文报上绍介《引玉集》的时候，他的名姓上面，已经加着"亡故"二字了。

我颇出于意外，又很觉得悲哀。自然，和我们的文艺有一段因缘的人的不幸，我们是要悲哀的。

今年二月，上海开"苏联版画展览会"，里面不见他的木刻。一看《自传》，就知道他仅仅活了四十岁，工作不到二十年，当然也还不是一个名家，然而在短促的光阴中，已经刻了三种大著的插画，且将两种都寄给中国，一种虽然早经发表，而一种却还在我的手里，没有传给爱好艺术的青年，——这也该算是一种不小的怠慢。

斐定（Konstantin Fedin）的《城与年》至今还不见有人翻译。恰巧，曹靖华君所作的概略却寄到了。我不想袖手来等待。便将原拓木刻全部，不加删削，和概略合印为一本，以供读者的赏鉴，以尽自己的责任，以作我们的尼古拉·亚历克舍夫君的纪念。

自然，和我们的文艺有一段因缘的人，我们是要纪念的！

一九三六年三月十日扶病记。

题注：

本篇未另发表。苏联木刻家亚历克舍夫为苏联小说家费定的长篇小说《城与年》作插图28幅。1933年，鲁迅获得这套木刻拓本，为每幅插图写了说明。后曹靖华将《城与年》译出，1947年得以出版，版画及鲁迅所作的说明收入书中。

《死魂灵》第二部第一章译者附记

　　果戈理（N.Gogol）的《死魂灵》第一部，中国已有译本，这里无需多说了。其实，只要第一部也就足够，以后的两部——《炼狱》和《天堂》已不是作者的力量所能达到了。果然，第二部完成后，他竟连自己也不相信了自己，在临终前烧掉，世上就只剩了残存的五章，描写出来的人物，积极者偏远逊于没落者：这在讽刺作家果戈理，真是无可奈何的事。现在所用的底本，仍是德人 Otto Buek 译编的全集；第一章开首之处，借田退德尼科夫的童年景况，叙述着作者所理想的教育法，那反对教师无端使劲，像填鸭似的来硬塞学生，固然并不错，但对于环境，不想改革，只求适应，却和十多年前，中国有一些教育家，主张学校应该教授看假洋，写呈文，做挽对春联之类的意见，不相上下的。

题注：

　　本篇与《死魂灵》第二部第一章译文最初发表于 1936 年 3 月《译文》月刊第一卷第一期，初未收集。《死魂灵》，俄国作家果戈理所作长篇小说，第一部于 1935 年 11 月由上海文化生活出版社出版，列为"译文丛书"之一。第二部原稿被果戈理临终时烧掉，只存残稿 5 章，鲁迅翻译了前 3 章，翻译时参考的日译本是据德译本转译。

《死魂灵》第二部第二章译者附记

　　《死魂灵》第二部的写作，开始于一八四〇年，然而并没有完成，初稿只有一章，就是现在的末一章。后二年，果戈理又在草稿上从新改定，誊成清本。这本子后来似残存了四章，就是现在的第一至第四章；而其间又有残缺和未完之处。

　　其实，这一部书，单是第一部就已经足够的，果戈理的运命所限，就在讽刺他本身所属的一流人物。所以他描写没落人物，依然栩栩如生，一到创造他之所谓好人，就没有生气。例如这第二章，将军贝德理锡且夫是丑角，所以和乞乞科夫相遇，还是活跃纸上，笔力不让第一部；而乌理尼加是作者理想上的好女子，他使尽力气，要写得她动人，却反而并不活动，也不像真实，甚至过于矫揉造作，比起先前所写的两位漂亮太太来，真是差得太远了。

题注：

　　本篇与《死魂灵》第二部第二章译文最初发表于 1936 年 5 月《译文》月刊第一卷第三期，初未收集。

《呐喊》捷克译本序言

记得世界大战之后，许多新兴的国家出现的时候，我们曾经非常高兴过，因为我们自己也是曾被压迫，挣扎出来的人民。捷克的兴起，自然为我们所大欢喜；但是奇怪，我们又很疏远，例如我，就没有认识过一个捷克人，看见过一本捷克书，前几年到了上海，才在店铺里目睹了捷克的玻璃器。

我们彼此似乎都不很互相记得。但以现在的一般情况而论，这并不算坏事情，现在各国的彼此念念不忘，恐怕大抵未必是为了交情太好了的缘故。自然，人类最好是彼此不隔膜，相关心。然而最平正的道路，却只有用文艺来沟通，可惜走这条道路的人，历来又少得很。

出乎意外地，译者竟首先将试尽这任务的光荣，加在我这里了。我的作品，因此能够展开在捷克的读者的眼前，这在我，实在比被译成通行很广的别国语言更高兴。我想，我们两国，虽然民族不同，地域相隔，交通又很少，但是可以互相了解，接近的，因为我们都曾经走过艰难的道路，现在还在走—— 一面寻求着光明。

一九三六年七月二十一日，鲁迅。

题注:

　　本篇最初发表于上海《中流》半月刊第一卷第四期（1936年10月20日）。初未收集。本文是应捷克汉学家普实克之请而写的，原题作《捷克文译本〈短篇小说选集〉序》。1937年收入本集时，编者据作者底稿改题为《捷克译本》。人民文学出版社1981年版《鲁迅全集》收入本篇时，根据1937年12月布拉格人民文化出版社出版普实克译本影印的作者手迹，改为现题。

　　1936年7月23日鲁迅在致普实克的信中说："前两天，收到来信，说要将我的《呐喊》，尤其是《阿Q正传》，译成捷克文出版，征求我的意见。这事情，在我是很为荣幸的。……还有短序一篇，是特地照中国旧式——直写的……"信中所提"短序"即本文。9月28日鲁迅在致普实克的信中又说："我同意于将我的作品译成捷克文，这事情，已经是给我的很大的光荣。所以我不要报酬，虽然外国作家是收受的，但我并不愿意和他们一样。先前，我的作品曾经译成法、英、俄、日本文，我都不收报酬，现在也不应该对于捷克特别收受。"

曹靖华译《苏联作家七人集》序

　　曾经有过这样的一个时候，喧传有好几位名人都要译《资本论》，自然依据着原文，但有一位还要参照英，法，日，俄各国的译本。到现在，至少已经满六年，还不见有一章发表，这种事业之难可想了。对于苏联的文学作品，那时也一样的热心，英译的短篇小说集一到上海，恰如一胛羊肉坠入狼群中，立刻撕得一片片，或则化为"飞脚阿息普"，或则化为"飞毛腿奥雪伯"；然而到得第二本英译《蔚蓝的城》输入的时候，志士们却已经没有这么起劲，有的还早觉得"伊凡""彼得"，远不如"一洞""八索"之有趣了。

　　然而也有并不一哄而起的人，当时好像落后，但因为也不一哄而散，后来却成为中坚。靖华就是一声不响，不断的翻译着的一个。他二十年来，精研俄文，默默的出了《三姊妹》，出了《白茶》，出了《烟袋》和《四十一》，出了《铁流》以及其他单行小册很不少，然而不尚广告，至今无煊赫之名，且受挤排，两处受封锁之害。但他依然不断的在改定他先前的译作，而他的译作，也依然活在读者们的心中。这固然也因为一时自称"革命作家"的过于吊儿郎当，终使坚实者成为硕果，但其实却大半为了中国的读书界究竟有进步，读者自有确当的批判，不再受空心大老的欺骗了。

靖华是未名社中之一员；未名社一向设在北京，也是一个实地劳作，不尚叫嚣的小团体。但还是遭些无妄之灾，而且遭得颇可笑。它被封闭过一次，是由于山东督军张宗昌的电报，听说发动的倒是同行的文人；后来没有事，启封了。出盘之后，靖华译的两种小说都积在台静农家，又和"新式炸弹"一同被收没，后来虽然证明了这"新式炸弹"其实只是制造化装品的机器，书籍却仍然不发还，于是这两种书，遂成为天地之间的珍本。为了我的《呐喊》在天津图书馆被焚毁，梁实秋教授掌青岛大学图书馆时，将我的译作驱除，以及未名社的横祸，我那时颇觉得北方官长，办事较南方为森严，元朝分奴隶为四等，置北人于南人之上，实在并非无故。后来知道梁教授虽居北地，实是南人，以及靖华的小说想在南边出版，也曾被锢多日，就又明白我的决论其实是不确的了。这也是所谓"学问无止境"罢。

但现在居然已经得到出版的机会，闲话休题，是当然的。言归正传：则这是合两种译本短篇小说集而成的书，删去两篇，加入三篇，以篇数论，有增无减。所取题材，虽多在二十年前，因此其中不见水闸建筑，不见集体农场，但在苏联，还都是保有生命的作品，从我们中国人看来，也全是亲切有味的文章。至于译者对于原语的学力的充足和译文之可靠，是读书界中早有定论，不待我多说的了。

靖华不厌弃我，希望在出版之际，写几句序言，而我久生大病，体力衰惫，不能为文，以上云云，几同塞责。然而靖华的译文，岂真有待于序，此后亦如先前，将默默的有益于中国的读者，是无疑的。倒是我得以乘机打草，是一幸事，亦一快事也。

一九三六年十月十六日，鲁迅记于上海且介亭之东南角。

题注：

本文写于鲁迅逝世前三天，最初收入 1936 年 11 月上海良友图书印刷公司出版的《苏联作家七人集》。《苏联作家七人集》，收曹靖华选译的苏联作家拉甫列涅夫等人的短篇小说 15 篇，由鲁迅编定并作序。鲁迅 1936 年 9 月 15 日在致赵家璧信中说："他（按指曹靖华——编者）要我做一点小引，如出版者不反对，我是只得做一点的。"

曹靖华，作家，翻译家，20 世纪 20 年代初与鲁迅相识，并参加未名社，长期从事苏联文学作品翻译，与鲁迅结下了深厚的友谊。1933 年，曹靖华把他编译的《第四十一》和《烟袋》交由上海现代书局出版。结果稿子被压了两年多，直到 1936 年 4 月，鲁迅才托人把稿子索回。6 月，鲁迅在大病中，亲自向上海良友图书印刷公司推荐出版，并建议将两书合并成一本，篇幅略加以增删，取名为《苏联作家七人集》。

编校后记

　　研究作家作品，固然要联系历史背景、作家生平活动和心灵历程，但最重要的是依据文本。阅读、研究、翻译经典作家的作品，都需要有一个优质的文本，因为一字之差，就可能产生歧义和误读。在鲁迅作品传播史上，《鲁迅全集》有多种版本，本书提供了一个新的鲁迅全集版本。其特点是：校勘比较认真，题注比较简明，分类比较新颖，对鲁迅的日文书信也全部进行了重译。

一、关于版本

　　第一部《鲁迅全集》1938年由鲁迅全集出版社出版，共20卷，600余万字，收录了鲁迅的创作和译文，是《鲁迅全集》的奠基之作。第二部《鲁迅全集》1956年至1958年由人民文学出版社陆续出版，共10卷，专收鲁迅的创作、评论、书信和文学史著作。特别是增加了注释，这是《鲁迅全集》出版史上的创举。第三部《鲁迅全集》1981年由人民文学出版社出版，共16卷，增收了鲁迅的佚文和书信，注释更为详尽。第五部《鲁迅全集》2005年由人民文学出版社出版，共18卷，增强了注释的学术性和准确性。这些版本各有其局限，但都具有权威性，为读者广泛阅读，为研究者频繁引用，产生了广泛的社会影响和学术影响。

二、本书分类

本书名为《鲁迅著作分类全编》。鲁迅在《且介亭杂文·序言》中说："分类有益于揣摩文章，编年有利于明白时势。倘要知人论世，是非有编年的文集不可的。"本书甲编共八卷，所收杂文均按内容分类，每卷篇目又采用了编年的方式，以写作或发表时间先后排序，便于读者相对集中地了解和研究鲁迅所表达的思想及其创作历程。乙编共七卷，所收著作按体裁分类，所收著作或文章亦以写作或发表时间的先后排序。需要说明的是，鲁迅作品本身往往具有多义性，读者欣赏的角度又不尽相同，因此目前的类编方式表达的仅仅是本书编校者的观点和意图，并非鲁迅作品分类的统一模式。

三、关于校勘

校勘即校仇，原指一人持本，一人诵读，比勘文字异同，彼此如仇家怒目相对。其目的是校正文字，恢复文本原貌。古典文献学中有一条校勘原则，即依据善本对校。所谓善本，是接近作品历史原貌的版本，涵盖古、全、精诸要素。然而鲁迅作品的版本能够确定为善本的不多。比如，《中国矿产志》鲁迅生前曾出四版，其中1912年订正版可称善本。《呐喊》鲁迅生前曾出22版，其中1930年所出第13版为定本。《中国小说史略》鲁迅生前曾出11版，其中1931年7月第11次出版之前作者进行了最后修订，此版亦应视为善本。其他鲁迅作品集情况相当复杂，很难断言某版本为善本。这就给校勘带来了困难。

以手稿为据？

本书所收"日记全编"与"书信全编"均以现存手稿为据。但鲁迅手稿大多散佚，比如《呐喊》，仅存一份《阿Q正传》手稿的影印件。鲁迅手稿本身也偶有笔误。还有一书多种手稿的情况，如《两地书》，即有三种：（一）原信；（二）公开出版时的修订本；（三）鲁迅亲笔抄录的纪念本。三种文字均有异同。

以初刊本为据？

本书所收诸篇参考了初刊本，但鲁迅有些作品结集前并未发表，无初刊本可以对校，如小说《伤逝》《孤独者》。鲁迅结集前又亲自对文章作了修订，不能均以初刊本为据。鲁迅有些早期作品发表时未使用新式标点，不便当下读者阅读。

以初版本为据？

初版本不能与善本等同。比如，《呐喊》的初版本原收小说15篇，后来鲁迅把《不周山》改题为《补天》，另编入《故事新编》。《呐喊》第13版印行之后，鲁迅又亲自订正了误植45处。所以校勘《呐喊》既不能完全以初版为据，也不能完全以定本为据。

以再版本为据？

鲁迅有修订文字的习惯，所以有些鲁迅作品集后出的版本比初版精确，但也不尽然。比如回忆散文集《朝花夕拾》，北京未名社曾三次出版，后来由上海北新书局续出，重排印刷，不但文字没有更为精确，反而多了一些错字。

进行汇校？

1981年版《鲁迅全集》的汉字用量300多万字，版面字数约500多万字。鲁迅作品集历版不衰，仅《呐喊》一书鲁迅生前就有20多种版本。迄今为止，《呐喊》的纸质版本更不计其数。《彷徨》《野草》

鲁迅生前有 10 多个版本，任何人都不可能将鲁迅著作的全部版本收集齐备，一一比勘汇校。一部《嵇康集》，只有七万余字，鲁迅汇校就付出了十余年心血。如果以此为典范对鲁迅全部作品进行汇校，非本书编校者的绵力所能为。

鉴于以上情况，本书选择的校勘原则是：日记、书信全编均以手稿为底本，其它部分用 2005 年版《鲁迅全集》跟初刊本、初版本及现存手稿对校，订正错讹，其异文择善而从。

校勘过程中，还遇到文字标点如何规范的问题。鲁迅作品汉字用量远远多于当今通行的简化字，又有常用古体字、异体字的写作习惯，也夹杂生造字（如"鉬"）和貌似汉字的日文。如强调保持历史原貌，那就只能恢复繁体字。这显然是不可行。但如果都按当今的简化字和标点符号用法规范，又有失鲁迅原作风格，而且当今通行的简化字和标点符号的用法也处在不断完善的过程中。因此，我们的处理原则是：有简化字的用简化字，无简化字的用繁体字，异体字中尽量选用最为通行的字，手稿中出现的某些繁难字据原稿造字，不作无版本依据的擅改；不削足适履，强求统一。

四、关于题注

鲁迅作品内容博大精深，涉及古今中外的历史人物、典籍、报刊、团体、流派、机构、国家、民族、地名、引语、掌故、名物、古迹、词语（含多国语言）及生平活动，具有百科全书性质。2005 年人民文学出版的《鲁迅全集》，注释详尽，是几代学人和出版人数十年的集体成果，属国家行为。虽有人榷商指谬，但仍具有难以超越性和不可复制性。本书对每篇作品都作了题注，介绍本篇写作、发表或出版的时间，鲁迅的相关自评，具有解题和简注的性质。题注一般不对作品内容及艺术特征进行阐释。因为阐释是一个辽阔的空间，允许见仁见智。编注者希望这些题注具备常识性，减少争议，避免将鲁迅作品的解读模式化。鉴于书信、日记的体裁跟小说、散文、杂文不同，无法每则日记或每封信都加题注。专著跟单篇的性质和分量也有不同，非题注可以说明。因此，我们在"书信全编""日记全编""学术论著集""科学论著集"之前加上了导读，以供参考。鲁迅作品长短不一，因此题注文字无法统一限定。

五、关于分工

本书由陈漱渝、王锡荣、肖振鸣任主编。王锡荣负责"日记全编"的校勘，肖振鸣负责"学术论著集"及诗歌、文言论文的校勘。其余作品均由陈漱渝负责校勘。参加初校工作的有汤立、王立、高道一、秦世蓉、李淑文、赵雨生、邵魁、李京萍、肖媛等，题注部分由王锡荣、肖振鸣负责，参加撰写工作的有赵敬立、李浩、乔丽华、施晓燕、王锡荣、肖振鸣。"日记全编"导读由王锡荣撰写，"书信全编""学术论著集""科学论著集"导读由陈漱渝撰写。分卷工作由肖振鸣负责，陈漱渝作了局部调整。鲁迅致日本友人书信及《对增田涉提问的书面回答》由陈重役翻译。

在此书的编校过程中，最深的感受是编校者的知识背景、广度、深度跟作为文化巨人的鲁迅之间存在明显的不对称性。因此，工作中的疏漏失误难以避免，欢迎四海方家不吝指正。但本书毕竟是在人力、时间和其它条件短缺的条件下完成的一个鲁迅全集的新版本。记得鲁迅在《再论重译》等文章中，对重译采取了包容和尊重的态度，因为偌大的中国，偌大的文艺园圃，外国名著多几种译文是好事，而不是坏事，批评家必须反对的只是乱译和恶译文。对鲁迅作品的编选工作，也应作如是观。

陈漱渝

2018 年 12 月 12 日